성서와 영문학의 만남

성서와 영문학의 만남

김종두 지음

도서출판 동인

교부시대로부터 문학은 신앙에 도움이 되지 않는다는 생각이 팽배해 있었기 때문에 성서를 문학과 결부시키는 것은 불경스러운 일로 여겨져 왔다. 그러나 1960년대에 들어서면서 성서학자들은 다양한 문학비평 이론의 도움을 받아 성서를 해석하기 시작했다. 20세기를 거쳐 21세기에 와서는 문학비평적 성서해석이 아주 활발해져 문학이론의 도움 없이 성서를 해석하는 일이 거의 불가능하다고 말할 정도로 상황이 변했다. 이렇게 된 데는 여러 이유들이 있지만 가장 중요한 것은 성서의 많은 부분들이 문학적인 언어로 기록되어 있다는 부인할 수 없는 사실 때문이다.

성서는 분명히 본 일도 없고 상상하기도 어려운, 인간의 인식의 범위를 초월하는 신성한 하나님의 계시를 기록한 책이지만 초월적인 하나님의 존재를 나타내 보여주기 위한 계시의 수단으로 인간의 언어를 사용한다. 성서의 기자들은 이스라엘 민족이 눈으로 보지는 못했지만 그들의 경험을 통해 만난 하나님에 대한 믿음을 비유적인 언어의 표현법을 통해 기록하고 있다. 66권으로 이루어져 있는 성서의 대부분의 책들은 심지어 역사서까지도 많은 부분이 문학적 표현과 문학적 서술기법을 통해 기술되어 있다. 그럼에도 불구하고, 성서는 믿음의 증언이기 때문에 성서 문학은 일반 문학과는 다르다. 하지만 성서와 문학작품은 공통적으로 구체적인 인간의 경험을 다루고 있고 성서에서 단어의 외연적인 의미를 중시하는 이성의 언어보다는 내포적인 의미를 중시하는 감정의 언어가 많이 사용되고 있으며 성서에 나타나는 다양한 문학적 표현방법과 문학적 서술기법들 또한 추상적인 믿음을 이해하기 쉬운 구체적인 경험으로 전달하기 위한 수단이라는 점에서 성서를 일반적인 문학의 해석방법으로 연구하고 분석하는 것은 필요하고도 당연한 일이라고 할 수 있다.

그런데 리쾨르(Paul Ricoeur)가 지적하고 있듯이 성서를 문학으로 읽는 것은 성서의 내용을 축소하거나 바꾸어 놓는 것도, 존재하지 않는 엉뚱한 세계로 들어가는 것도 아닌, 성서 안에 있는 세계를 새롭게 보는 것을 말한다. 따라서 이런 입장에 근거하여 성서를 문학적으로 해석하고 성서가 영국의 중요한 작가들의 작품과 사상에 어떤 영향을 끼치고 있는지를 본 저서에서 살펴보고자 한다.

필자는 지난 18년 동안 봉직하는 대학의 영문과에서 <성경과 영문학>이란 과목을 강의해왔다. 영국의 가장 대표적인 종교 시인인 밀턴을 전공하기도 했고 어릴 때부터 신앙생활을 해왔기 때문에 성서와 영문학과의 관계에 관심이 많았던 것이 이런 과목을 개설하게 된 계기였다. 더구나 성서는 헬레니즘과 더불어 서양 문화의 커다란 한 축을 형성하고 있는 헤브라이즘의 뿌리로서 영문학의 형성에 무엇보다 크게 영향을 끼쳤기 때문에 성서를 제대로 이해하는 것이 영문학을 제대로 공부하는 데 밑거름이 된다고 생각했다. 그런데 문제는 문학적인 관점에서 성서를 해석한 원서들은 많지만 이 분야에 관한 국내의 저서는 소수이며 그것도 문학적으로 성서를 설명한 것들이 대부분이어서 성서와 영문학의 상관관계를 보여주는 저서를 찾기가 어렵다는 것이었다. 이런 이유로 성서와 영문학의 관계를 다루는 책을 집필해야겠다는 생각을 하게 되었고 그 조그만 결실이 이 책이다.

성서와 영문학에 대한 연구와 강의가 활발하지 않는 국내의 상황에서 은사이신 조신권 교수님의 지도와 조언이 없었더라면 성서와 영문학에 대해 관심을 가질 수 없었을 것이다. 마음 깊이 존경과 감사를 드린다. 또한 필자가 재직하는 연세대학교 학술연구비의 지원이 없었더라면 이 책이 출간될 수 없었을 것이다. 연세대학교에도 감사를 표한다.

이 책의 내용 중 제1장 문학으로서의 성서 부분과 2장 중에서 밀턴의 「그리스도 탄생한 날 아침에」, 그리고 3장 중에서 성서의 삼손 이야기, 『욥기』에 나타난 고통과 하나님의 섭리, 욥의 세 친구와 삼손의 방문객들 비교 등의 글들은 전문학술지에 실렸던 것의 일부나 전체를 이 책에 맞게 수정하고 정리한 것이다. 또한 2장의 간결한 서사시로서 밀턴의 『복낙원』과 3장의 밀턴의 『투사 삼손』은 한국 밀턴과근세영문학회 총서 2권 『밀턴의 이해』에 실었던 글을 발췌하여 수정한 것임을 밝혀둔다.

끝으로 원고 교정을 도와준 영문과 신지항 선생과 선뜻 출판을 허락해준 이성모 사장님께도 감사를 드린다. 아무쪼록 이 책이 성서와 영문학을 공부하는 영문학도들과 이 분야에 관심이 있는 독자들에게 유익을 주길 기대한다.

2015년 8월

김 종 두

| 차례 |

성서와 영문학

성서만큼 영문학 전반에 걸쳐 광범위하게 영향을 끼친 것도 없다. 히브리어와 일부분 아람어 그리고 헬라어로 기록된 성서가 영어로 번역되면서 성서는 영국민의 언어, 문화, 사상, 가치관, 문학, 삶의 스타일 등 모든 분야에 걸쳐 실로 직접적이고 강력한 영향력을 행사했다. 존 위클리프(John Wyclif), 마일즈 커버데일(Miles Coverdale), 윌리엄 틴덜(William Tyndale)이 성서를 영어로 옮기는 일을 본격화 한 이래로 가장 괄목한 만한 영역 성서는 1611년 제임스 1세의 명령에 의해 완성된 'King James Version'으로 알려져 있는 흠정역본(Authorized Version)이다. 이 흠정역본 성서는 영국이 자랑하는 가장 영향력 있는 작가 윌리엄 셰익스피어(William Shakespeare)를 비롯한 많은 작가들과 영문학의 형성과 발전에 절대적인 영향을 준 것으로 알려져 있다.

흠정역본은 문체가 간결하면서도 장엄하고, 자연스러우면서도 위엄이 있다. 번역에 있어서는 지나칠 정도의 직역을 피하면서도 저급한 구어나 속어적인 표현은 배제하고 고풍스러운 영어본래의 표현을 사용함으로써 성서의 품위를 높이고 있다. 또한 히브리 문학에서 사용되는 중요한 표현기법인 병행법(parallelism)의 맛을 살리기 위해 같은 형식의 문장들을 나란히 배치하고 밝고 경쾌한 리듬을 구사하여 문학성이 돋보이는 번역을 완성했다. 그래서 영역 성서들 중에서 가장 문학적으로 완성도가 높은 번역으로 꼽힌다. 이런 이유로 인해 흠정역본은 수많은 영국작가들의 작품 형성에 직ㆍ간접적으로 기여하게 된다. 특히, 존 밀턴(John Milton)을 비롯한 17세기 영국 작가들에게는 놀라울 만큼 직접적인 영향을 끼쳤다. 웨지우드(C. V. Wegewood)는 이 시대의 중요한 작가치고 성서의 영향을 받지 않은 사람은 없으며 그것은 흠정역본 때문이라고 말한다.[1] 영문학에 있어 가장 훌륭한 시 작품으로 알려져 있는 밀턴의 서사시 『실낙원』(*Paradise Lost*)은 여러 다양한 자료들을 바탕으로 창작된 것이지만 그 중에서도 가장 중요하게 영향을 준 것은 성서 곧, 흠정역본 성서였다. 만약 성서가 없었다면 『실낙원』이라는 불후의 명작도 없었을 것이다. 뿐만 아니라 밀턴의 다른 작품들 예를 들어, 초기에 쓴 시들을 비롯하여 후기에 쓴 『복낙원』(*Paradise Regained*), 『투사 삼손』(*Samson Agonistes*)에 이르기까지 그의 작품 세계에는 성서의 영향이 짙게 드리워져 있다. 17세기를 대표하는 영국의 형이상학파 시인들(metaphysical poets) 즉, 존 던(John Donne), 조지 허버트(George Herbert), 앤드루 마벨(Andrew Marvell), 헨리 본(Henry Vaughan), 리처드 크래쇼(Richard Crashaw) 등도 모두 종교성이 강한 작가들로서 성서의 영향을 강하게 받았다.

또한, 이 시대의 산문작가인 존 버니언(John Bunyan)에게 끼친 성서

---

1) C. V. Wegewood, *Seventeenth-century English Literature* (London: Norwood, 1978), 17.

의 영향은 너무나도 직접적인 것이어서 그의 대표작인 『천로역정』(*The Pilgrim's Progress*)에는 수많은 흠정역본 성서의 어휘들과 표현들이 등장한다. 그래서 루이스(C. S. Lewis)는 성서를 제쳐놓고 버니언을 생각할 수 없으며, 성서가 없었더라면 천로역정도 나올 수 없었을 것이라고 말한다.2) 성서는 이 시대에 작가들뿐 아니라 영국 국민들 전체에 절대적인 영향력을 행사하여 그들에게 도덕과 판단의 기준을 제공하고 방황하는 삶의 안내자이자 길잡이 역할을 하였다.

18세기에도 성서의 영향을 받은 작품들이 많이 발견되는데 존 드라이든(John Dryden)의 시들과 새뮤얼 존슨(Samuel Johnson)의 경우가 대표적인 예다. 드라이든의 대표적인 풍자시 「압살롬과 아키토펠」("Absalom and Achitophel")은 성서의 다윗 왕 이야기에 나오는 다윗의 반역 아들 압살롬과 모략가 아키토벨(성서에서는 아히도벨)을 인유하여 당시의 정치적인 상황을 풍자하고 있다. 특히, 새뮤얼 존슨이 창작한 「인간 욕망의 허무」("The Vanity of Human Wishes")는 제목부터 성서의 전도서 첫 부분에 나오는 "헛되고 헛되니 모든 것이 헛되도다!"(Vanity of vanities, vanity of vanities; all is vanity)라는 구절에서 아이디어를 차용하고 있다. 내용에 있어서도 전도서에서 강조되는 '삶의 무의미함과 헛됨의 신앙적인 극복'이라는 주제를 그대로 옮겨놓고 있다.

19세기에 와서는 낭만주의 시인들로부터 빅토리아조 시인들에 이르기까지 성서의 영향은 실로 광범위한 것이었다. 대표적인 낭만시인들인 윌리엄 블레이크(William Blake), 윌리엄 워즈워스(William Wordsworth), 새뮤얼 콜리지(Samuel Coleridge), 퍼시 비시 셸리(Percy Bysshe Shelley),

---

2) C. S. Lewis, *The Literary Impact of the Authorized Version* (London: Oxford University Press, 1950), 20.

존 키츠(John Keats)를 위시하여 알프레드 로드 테니슨(Alfred Lord Tennyson), 로버트 브라우닝(Robert Browning), 매슈 아널드(Matthew Arnold) 등 빅토리아조 시인들에 이르기까지 작품의 주제이건 언어적인 문체에 있어서건 간에 성서의 영향을 직·간접적으로 받지 않은 작가는 거의 없었다. 그들은 성서에 예민하게 반응했고 그 결과 종교적인 색채가 강한 작품들을 창작했다.

자연과학의 발달에 의한 인지의 개발과 신은 죽었다고 외친 니체 (Nietzsche)와 찰스 다윈(Charles Darwin)의 진화론 등으로 인해 기독교 신앙에 회의를 느끼기 시작한 20세기에도 성서의 영향은 사라지지 않았다. 종래의 신앙적 가치관에 의구심을 품는 작가들조차도 그들의 회의의 근저에 성서의 전통이 자리 잡고 있었다. 그들이 종교적인 진리와 신의 존재에 대해 의문을 제기하면서도 종교적인 신념을 완전히 떨쳐버리지 못한 것은 전통적으로 전해져 내려온 성서의 영향 때문이었다. 비록 성서의 주제를 그대로 강조하지는 않아도 20세기 작가들의 작품 속에 성서의 흔적들은 수없이 다양한 형태로 나타난다. 예를 들어, 윌리엄 버틀러 예이츠(William Butler Yeats)는 시의 제목을 「재림」("The Second Coming"), 「동방박사들」("The Magi"), 「아담의 저주」("Adam's Curse")와 같이 성서의 용어들을 차용하여 표현한다. 불가지론에 입각하여 기독교적인 이상주의를 반대하는 내용의 시를 쓰면서도 성서에 나오는 이미지들과 용어들을 작품 속에 가져오는 것을 결코 망설이지 않고 있다. 성서의 영향이 오랜 시간 영국의 문학과 서구 문화 속에 깊이 스며들어 있다는 증거다.

물론 20세기에 이런 작가들만 있는 것은 아니다. 성서의 정신과 사상 또한 그대로 계승하여 종교적인 가치를 옹호한 작가들도 발견할 수 있는데 대표적인 인물이 제라드 맨리 홉킨스(Gerard Manley Hopkins)와 20세기를 대표하는 위대한 문학가인 토머스 스턴즈 엘리엇(Thomas Sterns Eliot)이다. 홉킨스는 세속시는 거부하고 종교시만 쓸 정도로 성서의 영향을 직접적으로 받은 종교시인이었다. 그는 아름다운 자연 만물들을 통해 그 이면에 존재하는 신의 손길을 시에서 노래했다. 그의 시는 종교적인 이미지와 용어들로 가득 차 있다. 그의 걸작 「황조롱이」("The Windhover")라는 시에는 아예 "우리 주 그리스도에게"(To Christ Our Lord)라는 부제가 붙어 있다. 엘리엇의 경우도 현실 사회의 부패와 혼돈의 구제를 초월적인 것에서 찾았다. 그는 인간 삶의 모순과 부조리를 현실 속에서 해답을 찾기보다 종교적인 초월적 가치에서 찾았다. 그의 생각과 시인으로서의 삶의 태도는 성서의 영향을 받은 바 크고, 종교적인 진리를 통해 현실문제에 접근하고 있다.

이상에서 살펴본 것처럼 영역 성서는 수많은 영국 작가들의 상상력과 영감, 문학적인 발상은 물론 그들이 작품에서 사용하는 언어와 문체에 지대한 영향을 끼쳤다. 심지어 성서가 영어로 번역되기 전인 고대나 중세 시대의 작가들에게도 성서의 사상은 영향을 주어, 「캐드먼의 찬미가」("Caedman's Hymn")를 비롯한 고대영어 시대의 종교적인 작품들과 「베오울프」("Beowulf"), 그리고 제프리 초서(Geoffrey Chaucer)의 대표적인 저작들에도 성서적인 세계관과 표현들이 직접적으로 나타난다. 영국의 가장 위대한 작가인 윌리엄 셰익스피어(William Shakespeare)에게도 성서의 영향은 절대적인 것이어서 그의 작품 속에는 무려 550개의 성서적인 인유(biblical allusion)들이 사용되고 있다.3) 물론 그에게 영향을

---

3) 유성덕, 『성경과 영문학』(서울: 총신대학출판부, 1984), 12.

준 영역 성서는 흠정역본이 아닌 『제네바 성경』(Geneva Bible)이라는 점은 기억할 필요가 있다.

성서가 영문학 전반에 가지는 소중한 가치에 대해 쿡(A. S. Cook) 교수는 "모든 시대의 영문학을 이해하는 데 있어서 성서에 대한 충분한 지식 이상으로 좋은 열쇠가 되는 것은 없다"[4]고 말한 바 있다. 그의 지적대로 성서를 모르고 영문학을 제대로 이해하는 것은 가능하지 않다.

그렇다면 이처럼 영국 사람들, 나아가 서양 사람들에게 엄청난 영향을 끼친 성서는 과연 어떤 책인가? 그리고 전 세계적으로 가장 많은 사람들이 읽은 베스트셀러 중의 베스트셀러인 성서를 어떤 방식으로 읽어야 그 내용을 제대로 파악할 수 있는 것인가?

우선 필자는 성서가 다양한 문학적 형태의 글들로 가득 차 있다는 사실에 주목하고자 한다. 영문학을 연구하고 가르치는 사람으로서 성서의 문학적 성격에 주목하여 성서를 문학적으로 읽고 해석함으로써 성서의 의미를 제대로 파악해보고자 하는 것이다.

성서를 문학적으로 이해하기 위해 첫 번째로 준비해야 할 것은 문학 장르(genre)에 대한 올바른 인식이다. 문학 장르(양식)는 문학으로서의 성서해석에 있어 매우 중요하기 때문이다. 시는 시답게, 이야기는 이야기답게 장르적 특성을 고려해서 읽어야만 거기에 내포된 의미와 메시지를 정확하게 발견할 수 있다. 성서에 많이 사용되는 문학양식으로는 설화(narrative), 시(poetry), 서사시(epic), 비극(tragedy), 드라마(drama) 등이 있다. 이것들 중 구약성서의 40퍼센트와 신약의 많은 부분들이 설화(narrative)로 되어 있다. 이 양식은 플롯, 구성, 전개방법, 인물의 성격,

---

4) 이 말은 Cook 교수가 예일대학에서 성경의 영어를 공부하는 학생들에게 강의한 내용의 일부다.

주제의 발전, 서술방법 등을 통해 의미와 비전을 독자들에게 제시하기 때문에 이런 것들을 알아야만 의미를 올바르게 파악할 수 있다.

히브리 민족만큼 노래를 사랑한 민족도 없다. 히브리인들은 원래 노래를 좋아하는 매우 열정적이고 감수성이 강한 사람들이었다. 그들은 일찍부터 그들의 신앙적 체험과 감정을 시적인 형식을 사용하여 표현하기를 즐겨했다. 유목민족으로서 그들의 파란만장한 삶은 그들로 하여금 부단히 하나님을 신뢰하는 심성을 품게 만들었을 뿐 아니라 감정을 자극하여 서정적인 감수성을 갖게 하였다. 그래서 성서에는 많은 시들이 등장하고 그것들은 주관적이면서도 매우 실제적인 특성을 갖고 있다. 스미스(G. A. Smith)는 "그들(히브리인들)의 시는 사물을 사상적, 공상적인 것으로 인식하지 않고 사물이 출현하는 순간에 그것의 인상을 객관적으로 인식한다. 그 결과 그들의 시는 서정시의 형태를 가지면서도 구체적이고 선명한 특성을 갖는다."5)고 말한다. 즉, 히브리인들은 주관적인 강렬한 감정을 소유하고 있으면서도 그 감정을 객관화시키고, 또한 구체적으로 표현하는 능력을 갖고 있었기 때문에 초월적인 종교적 경험을 구체화하기가 용이했다는 것이다.

이 외에도 성서에는 삼손 이야기나 사울 왕 이야기 같은 비극도 존재하고 아모서나 요나서와 같은 풍자 문학도 존재한다. 그리고 욥기 같은 드라마, 신약의 복음서를 가득 채우고 있는 예수의 비유, 서간(편지)문, 지혜문학, 계시문학 등 그야말로 문학적인 온갖 글들을 담고 있는 문학 백화점이다. 따라서 성서의 문학성을 고려하지 않고 성서의 세계를 바르게 이해하는 것은 힘든 일이며 성서가 영문학에 끼친 영향을 제대로 알 수도 없다.

---

5) G. A. Smith, *Early Poetry of Israel* (New York: Prentice-Hall, 1988), 34.

이런 점들을 염두에 두고 필자는 이 책에서 성서에 나오는 대표적인 문학적인 글들을 분석하여 문학성과 의미를 파악하고 이를 통해 성서 문학의 세계를 조망해 보고자 한다. 그리고 성서가 영국 작가들과 작품에 어떤 영향을 끼치고 있는지를 알아보기 위해 직·간접적으로 성서의 영향을 받은 영문학 작품들을 분석해 보고자 한다. 이와 함께, 서양 사람들의 삶 속 깊숙이 스며들어 있는 성서의 사상과 표현법, 그리고 종교적인 가치와 세계관이 영문학 작품에 어떻게 나타나고 있는지를 살펴보고자 한다.

제1장

문학으로서의 성서

I

성서를 문학작품으로 보는 것은 타당한가?

오늘날에는 성서의 문학성을 논하는 일이 보편화된 것처럼 보이지만 교부시대로부터 문학은 신앙에 도움이 되지 않는다는 생각이 팽배해 있었기 때문에 성서를 문학과 결부시키는 것은 불경스러운 일로 여겨져 왔다. '문학으로서의 성서'라는 말을 처음 사용한 사람은 영국의 시인이며 비평가인 아널드(Matthew Arnold)였는데[6] 그 이전까지만 해도 성서의 문학적인 특성과 가치를 논하기에 앞서 성서를 하나의 문학작품으로 볼 수 있느냐가 논쟁거리였고 지금도 일부 크리스천들은 성서를 문학작품으로 보는 것에 반감을 표시한다.

성서를 문학작품으로 보는 것을 반대하는 사람들은 우선, 성서는 하나님의 말씀인데 어떻게 인간이 쓴 문학과 같은 위치에 놓을 수 있겠는가라는 것에서부터 문제를 제기한다. 즉, 그들은 문학은 인간이 쓴 허구

---

6) 최재석, 『왜 그리스도인에게 문학적 소양이 필요한가?』 (서울: 대한기독교서회, 2006), 53.

의 세계이고 성서는 변치 않는 진리를 담고 있는 하나님의 말씀이기 때문에 성서를 문학작품과 동등하게 여기는 것은 가당치도 않은 일이라는 것이다. 더구나, 성서를 문학작품으로 보면 문학적인 방법으로 평가할 수밖에 없는데 전능한 신의 말씀을 인간의 잣대로 평가하는 것 자체가 있을 수 없는 일이라고 생각한다.[7]

사실, 종교적인 가치와 교회의 권위가 맹위를 떨치던 고대와 중세 시대에는 수노원에서 수도사들이 문학작품을 읽는 것조차도 불경스러운 일로 간주되었다. 예를 들어, 서기 797년에 교부 알쿠인(Alcuin)은 수도원의 내부에서 일어나는 세속화가 허구적인 문학의 악영향 때문이라고 판단하고 수도사들이 베오울프나 잉겔드 같은 주인공들을 그린 허구적인 이야기, 즉 문학작품을 읽는 것을 좋아한다는 사실에 대단한 우려를 표명했다. 그는 "수도원 휴게실의 식당에서는 하나님의 말씀이 큰 소리로 낭독되고 성서 읽는 소리가 들려야지, 피리소리가 들려서는 안 된다. 또한 교부들의 가르침 대신 이교도의 노랫소리가 들려서도 안 된다"[8]고 주장했다. 이보다 앞서 6세기의 터툴리언(Tertullian)도 "예술은 바로 그 본질에 있어서 악마적인 것이며 하나님으로부터 인간을 돌아서게 하려는 악마의 계교에 의하여 이룩된 것"[9]이라고 주장하면서 문학은 신앙의 걸림돌이 된다고 반대의 목소리를 높였다.

그런데 이처럼 문학과 종교를 대립적인 것으로 보는 전통은 이미 기독교 문화가 성행하기 이전 시대부터 시작된 것으로 플라톤(Plato)의 사

---

7) Peter Milward, *The Bible as Literature* (Tokyo: Kenkyusha, 1983), iii.
8) Leland Ryken, *Triumphs of the Imagination: Literature in Christian Perspective* (Downers: InterVarsity Press, 1979), 13.
9) *Ibid.*, 14.

상에서 그 근원을 찾을 수 있다. 잘 알려진 대로, 플라톤은 세 가지 이유를 내세워 문학을 반대했다.

첫째로, 시인(문학가)은 감각세계의 사물 즉, 초월적인 이데아의 불완전한 복사물을 모방해서 진리로부터 세 단계나 떨어져 있을 뿐 아니라 그러한 허구적인 모방을 통하여 아동들이나 순진한 사람들을 기만한다.

둘째로, 문학은 이성을 함양시키기는커녕 감정에 물을 주어 이를 키우고 활성화시키기 때문에 독자들에게 도덕적으로 나쁜 영향을 끼친다.

셋째로, 문학은 아무 쓸모가 없다. 그것은 단지 일종의 놀이나 장난에 불과하며, 시속에 즐거움과 유익함이 함께 존재한다는 사실이 입증되지 않는 한 그것은 용납되어서는 안 된다.

요약하면, 문학은 허구이므로 진리를 결여하고 있고, 부도덕하고, 인간을 잘못된 길로 이끌 수 있으며, 그것에 몰두하는 것은 시간을 낭비하는 일이 되기 때문에 반대한다는 것이다.

그런데 플라톤의 이와 같은 생각은 서구사상에서 한 번도 사라진 적이 없었다. 문학을 반대하는 사상가들과 종교가들은 하나같이 플라톤의 논점에서부터 비판의 물꼬를 열었다. 그 유명한 중세의 사상가 어거스틴(St. Augustine)도 문학에 대한 태도에 있어서 플라톤을 닮았다. 그는 문학을 본질적으로 교훈적인 것이기는 하지만 미덕보다는 죄악을 가르치기 때문에 그것의 가치에 의문을 제기했다. 그는 무엇보다 문학의 허구적인 요소를 불신했다. 그래서 그는 플라톤이 시인을 추방하고, 진리에 관여하지 않는 허구적인 작품을 쓰지 못하게 하며, 또한 천부적인 활동이라는 미명하에 천박한 사람의 면전에 옳지 못한 본보기 즉, 문학작품을 제시하지 못하게 한 것을 잘한 일이라고 칭송했다.10)

이러한 종교(기독교)와 문학 사이의 갈등은 종교개혁 시대에도 계속

되었다. 예컨대, 성서를 영어로 번역하는 일을 개척하였던 윌리엄 틴덜(William Tyndale)은 토머스 모어(Thomas More)의 『유토피아』(Utopia)를 색칠한 시라고 멸시했으며,11) 윌리엄 퍼킨스(William Perkins)도 민요, 사랑에 관한 책, 부질없는 이야기 등은 허무한 유혹들에 불과하며 인간을 죄악으로 이끄는 마귀와 같은 것이라고 주장함으로써 허구적인 문학에 대한 적대적인 감정을 드러냈다.12) 특히, 리처드 박스터(Richard Baxter)는 어수석인 문학은 위험스럽게도 속이 빈 젊은이들의 마음을 미혹시키고 타락하게 만들며, 더 좋은 일들을 하는 데 보낼 수 있는 소중한 시간을 빼앗아 간다고 생각했다.13) 그런데 이러한 그의 견해는 일종의 청교도 문학이론의 시금석으로 간주되었다.

문학에 대한 불신은 21세기를 사는 오늘날까지도 이어져서 일부 종교인들을 포함한 문학 반대자들은 지금도 문학의 허구적 성격을 거부하며 문학이 비도덕적이고 무용하다는 주장을 되풀이하고 있다. 만약 이런 입장을 받아들인다면, 성서를 문학으로 보는 것은 분명 상상할 수도 없는 일일 것이다.

그러나 1960년대 이후 성서연구에 있어서 엄청난 변화가 일어났는데 그것은 성서를 연구하는 학자들이 성서를 문학작품으로 보고 다양한 문학비평 이론의 도움을 받아서 성서를 해석하기 시작한 것이었다. 20세기를 거쳐 21세기에 와서는 문학 비평적 성서해석이 더욱 활기를 띠어 문학이론의 도움 없이 성서를 해석한다는 것은 거의 불가능하다고 말할 정

---

10) *Ibid.*, 15.
11) *Ibid.*, 16.
12) *Ibid.*, 16.
13) *Ibid.*, 16.

도로 상황이 변했다. 현대 미국인들에게 누구보다도 많은 영향을 끼친 문학가이자 비평가인 루이스(C. S. Lewis)가 "문학으로서의 성서를 읽지 않고서는 성서를 적절하게 이해할 수 없다. 그 이유는 성서가 결국 문학 작품이기 때문이다. 그리고 문학에도 여러 장르가 있듯이 성서도 여러 종류의 문학 장르로 이루어져 있다"[14]고 주장하고 있는 것에서도 이러한 분위기를 읽을 수 있다.

성서를 문학작품으로 볼 수 있는 이유에는 여러 가지가 있다. 첫째로, 성서는 구체적이며 경험적으로 기록되어 있어서 문학이라 할 수 있다. 성서는 진리에 관한 글이지만 성서에 제시되는 진리에 대한 접근방식은 이론적이거나 추상적이지 않고 경험적이다. 이러한 점은 문학의 본질적인 성격과 동일하다. 왜냐하면 문학의 중심 주제는 인간의 추상적인 사상이나 사고가 아닌 인간의 경험을 묘사하는 것이기 때문이다. 문학은 인간의 경험에 관해서 말하는 것(telling)이 아니라 가능한 한 구체적으로 인간의 경험 그 자체를 보여(showing)준다. 그렇게 함으로써 인간의 상상력에 호소하며 독자들로 하여금 리얼리티에 대한 의미를 갖도록 만든다. 성서의 표현방식도 마찬가지다. 예를 들어, 어떤 율법사가 진정한 이웃에 대한 정의를 내려 달라고 요청했을 때 예수가 말한 비유를 보자.

예수께서 대답하여 이르시되 어떤 사람이 예루살렘에서 여리고로 내려가다가 강도를 만나매 강도들이 그 옷을 벗기고 때려 거의 죽은 것을 버리고 갔더라 마침 한 제사장이 그 길로 내려가다가 그를 보고 피하여 지나가고 또 이와 같이 한 레위인도 그 곳에 이르러 그를 보고 피하여

---

14) C. S. Lewis, *Reflections on the Psalms* (New York: Harcourt, Brace and World, 1958), 3.

지나가되 어떤 사마리아 사람은 여행하는 중 거기 이르러 그를 보고 불쌍히 여겨 가까이 가서 기름과 포도주를 그 상처에 붓고 싸매고 자기 짐승에 태워 주막으로 데리고 가서 돌보아 주니라 그 이튿날 그가 주막 주인에게 데나리온 둘을 내어 주며 이르되 이 사람을 돌보아 주라 비용이 더 들면 내가 돌아올 때에 갚으리라 하였으니 네 생각에는 이 세 사람 중에 누가 강도 만난 자의 이웃이 되겠느냐 이르되 자비를 베푼 자니이다 예수께서 이르시되 가서 너도 이와 같이 하라 하시니라 (누가복음 10장 30-37절)

선한 사마리아인의 비유로 잘 알려져 있는 이 이야기에서 예수는 이웃에 대해 결코 추상적이고 관념적인 정의를 내리지 않는다. 이 이야기에는, 강도가 물건을 빼앗고, 그 사람을 길가에서 때리고, 특별한 사람들이 그 길을 여행하고, 기름과 포도주로써 상처 입은 부위를 싸매어 주며, 나귀, 여관, 돈과 같은 구체적인 물건들이 등장함으로써 경험에 관한 이야기가 아니라 경험 자체가 제시되고 있다. 예수는 이웃이란 개념을 하나의 구체적이고 경험적인 이야기를 통해 규정하고 있다. 비유라는 문학적인 형태를 취하고 있는 이 이야기는 추상적인 생각이 아닌 구체적인 경험을 제시함으로써 진정한 이웃의 개념을 보여준다. 예수는 사전에서처럼 이웃에 대한 추상적인 정의를 내릴 수도 있었겠지만 구체적이고 경험적인 사물들을 통하여 문학적인 정의를 내리고 있는 것이다.

둘째로, 성서의 많은 부분들이 문학 장르의 한 형식으로 표현되고 있어서 성서는 문학이라 할 수 있다. 성서를 살펴보면 설화, 서사시, 비극, 서정시, 풍자, 축혼가, 비가, 찬미가, 서간문 등 다양한 장르의 문학 형식을 찾아 볼 수 있다. 특히, 문학 장르 중에서도 성서의 대부분을 차지하고 있는 것은 설화, 즉 이야기체라는 형식이다.

셋째로, 성서는 문학 장르의 형식으로 표현되어 있을 뿐 아니라 주의 깊게 다듬어진 기교적 구조를 가지고 있고 독자들의 지적, 정서적, 상상력의 작용에 관여하기 때문에 문학이라 할 수 있다. 예를 들어, 앞의 선한 사마리아인의 비유도 세 번 겹치는 이야기를 되풀이하는 반복의 구조를 가지고 있고 세 번째에 결정적인 사건이 소개된다. 이 이야기는 시작부터 다음 단계에서 무슨 일이 일어날 것인가에 대한 긴장감을 불러일으키는 생생한 구성상의 갈등을 포함하고 있어서 독자들의 흥미와 관심을 유발시킨다. 또한, 예수는 상대방의 허를 찌르는 능란한 수법을 사용한다. 즉, 선한 사마리아인이 이웃을 사랑하는 모습을 제사장과 레위인의 무관심과 대조시킴으로써 우리 모두에게 이웃을 사랑하는 참된 모습이 무엇인가를 선명하게 제시한다. 이처럼 선한 사마리아인의 이야기는 주의 깊게 다듬어진 기교적 구조를 가지고 있는 끊임없이 우리의 지적, 정서적 상상력에 호소함으로써 문학작품과 다르지 않다는 것을 느끼게 해준다.

이상과 같은 여러 가지 점들을 고려해 볼 때, 성서를 하나의 문학작품으로 보고 성서를 이해함에 있어서 문학적인 접근법을 사용하는 것은 잘못된 일이 아니다. 성서는 믿음의 증언이기 때문에 성서 문학은 분명히 일반 문학과 다르지만 첫째, 성서와 문학작품은 공통적으로 구체적인 인간 경험을 다루고 있고 둘째, 성서에서는 단어의 외연적인 의미를 중시하는 이성의 언어보다는 내포적인 의미를 중시하는 감정의 언어가 많이 사용되고 있으며 셋째, 성서에 나타나는 다양한 문학적 표현방법과 문학적 서술기법들은 추상적인 믿음을 이해하기 쉬운 구체적인 경험으로 전달하기 위한 수단이라는 점에서 성서를 일반적인 문학의 해석방법으로 연구하고 분석하는 것은 지극히 당연하며 중요하다. 따라서 성서의 세계를 잘 이해하기 위해서는 문학작품 분석의 기본적인 방법을 알 필요가 있다. 문학적 표현이나 문학적 서술기법을 알지 못하면 성서의 내용을 제대로 파악할 수 없기 때문이다.

그러나 문학적인 방법으로 성서를 해석하는 것은 결코 문학적인 해석의 틀을 사용하여 신학적인 내용에 관한 새로운 해석이나 교리 문제에 대한 새로운 시각을 제공하고자 하는 것이 아니라는 점을 분명하게 인식해야 한다. 문학적인 관점으로 성서를 해석하게 되면 문학적인 양식으로 표현되어 있는 성서의 내용들이 담고 있는 의미를 정확하게 파악할 수 있어 오히려 신학적인 문제나 교리해석에 도움을 줄 수 있다는 장점이 있다. 수많은 문학적 형식과 표현 뒤에 감추어져 있는 하나님의 말씀의 거룩한 뜻과 그것의 아름다움을 인식하여 진리의 말씀을 개념적이고 추상적인 것으로가 아닌 구체적이고 경험적으로 이해하고자 하는 것15)이 문학적인 성서해석의 중요한 목적이다.

---

15) 한성우, 『성경 속의 문학』 (대전: 오늘의문학사, 2014), 18-19.

II

문학작품으로서 시편 23편

성서가 가지고 있는 문학적인 가치를 보다 구체적으로 알아보기 위한 한 가지 방법으로 영역성서 중 가장 문학적인 가치를 인정받고 있는 흠정역본(King James Version)의 시편 23편을 살펴보자.

여호와는 나의 목자시니 내게 부족함이 없으리로다.
그가 나를 푸른 풀밭에 누이시며 쉴 만한 물 가로 인도하시는도다.
내 영혼을 소생시키시고 자기 이름을 위하여 의의 길로 인도하시는도다.
내가 사망의 음침한 골짜기로 다닐지라도 해를 두려워하지 않을 것은 주께서 나와 함께 하심이라 주의 지팡이와 막대기가 나를 안위하시나이다.
주께서 내 원수의 목전에서 내게 상을 차려 주시고 기름을 내 머리에 부으셨으니 내 잔이 넘치나이다.
평생에 선하심과 인자하심이 반드시 나를 따르리니 내가 여호와의 집에 영원히 살리로다.

The Lord is my shepherd; I shall not want.

He maketh me to lie down in green pastures: he leadeth me beside the still waters.

He restoreth my soul: he leadeth me in the paths of righteousness for his name's sake.

Yea, though I walk through the valley of the shadow of death, I will fear no evil: for thou art with me; thy rod and thy staff they comfort me

Thou preparest a table before me in the presence of mine enemies: thou anointest my head with oil; my cup runneth over.

Surely goodness and mercy shall follow me all the days of my life: and I will dwell in the house of the Lord for ever.

　　우선, 이 글이 문학이라는 사실은 그것이 문학적으로 구별되는 하나의 장르인 시의 형태를 취하고 있다는 것에서 알 수 있다. 이유는 반복되는 단위가 문장이 아니라 시의 행이기 때문이다. 더구나, 거의 모든 행들이 동일한 문법적 패턴을 따르고 있다. 즉, 하나님이 행위자로 나타나며, 그 다음에 그의 행위가 묘사되는 형태를 취하고 있다. 그리고 문장들이 배열된 모양을 보면 두 번째 표현이 첫 번째 사상을 다른 말로 설명하는 대구의 형식을 취하고 있다. 한 마디로, 시편 23편은 반복적인 대구법의 형태를 취하고 있는 운문의 형식으로 되어 있어 문학 장르로 보아 시임이 틀림없다.

　　뿐만 아니라 이 글은 전체적인 통일성과 짜임새를 갖추고 있어 문학적인 예술성을 지닌다. 이 시에는 신과 인간 사이의 관계가 양과 목자의 관계로 비유되고 있다. 이 시는 한 낮에 양들을 그늘에서 쉬게 하는 것으로부터 시작해서 해가 질 무렵 양을 우리로 인도하는 일에 이르기까지 목자가 수행하는 일련의 행위들을 시적인 언어로 묘사한다. 그리고 미래를 조망하는 말로 시가 끝난다. 전체적으로 통일성과 짜임새를 잘 갖추고 있는 우수한 한 편의 시다.16)

내용적인 면에 있어서도 이 작품은 탁월한 문학성을 보여준다. 이 시편 23편의 주제는 하나님의 섭리(providence)다. 하지만 시편의 기자는 하나님의 섭리라는 단어를 한 번도 사용하지 않으며, 그에 대한 어떤 신학적인 정의도 내리고 있지 않다. 이 시는 섭리가 무엇인지에 대해 직접적으로 설명하는 대신에 간접적인 접근방식을 사용하여 하나님의 섭리가 무엇인지를 이성적으로 인식하게 하는 것이 아니라 가슴으로 체험하게 해준다. 웨스트민스터 신앙고백서에 나타나 있는 하나님의 섭리의 개념과 비교해보면 그 차이를 보다 명확하게 알 수 있다.

> 모든 것의 창조자이신 하나님은 가장 큰 것에서부터 가장 작은 것에 이르기까지 그 분의 가장 지혜롭고 거룩한 섭리로써 모든 피조물들과 행위와 사물들을 격려하시고, 인도하시고, 처분하시고, 다스리신다.17)

위 인용문의 특징은 신의 섭리가 어떤 것인지를 추상적이고 신학적인 용어들로 서술하고 있다는 것이다. 다시 말해, 웨스트 민스터 신앙고백서에서는 하나님의 섭리에 대해 직접적으로 개념적인 정의를 내리고 있다. 그러나, 위에서 본 시편 23편의 기자는 하나님의 섭리가 무엇인지를 어려운 용어들을 사용해 직접적으로 설명하는 대신에 모두가 공감할

---

16) Leland Ryken, *How to Read the Bible as Literature* (Grand Rapidz: Zondervan Publishing House, 1984), 16.

17) *Ibid.*, 16 에서 재인용.

수 있도록 비유적인 시의 언어를 사용하여 묘사함으로써 그것이 어떤 것인지를 체험하게 만든다. 즉, 그는 은유법을 사용하여 목자가 양을 위해 어떤 일을 하는지를 묘사함으로써 인간을 향한 신의 역할과 섭리가 어떤 것인지를 이해하기 쉽게 제시한다. 또한, 푸른 초장, 잔잔한 물, 막대기와 지팡이, 식탁, 기름, 컵 등 구체화된 일상적인 이미지를 사용함으로써 우리의 머릿속에 하나의 그림을 떠올리게 한다. 이와 같이 시편 23편은 구세석이고 일상적인 이미지들을 통하여 신의 섭리라는 매우 추상적이고 난해한 개념을 알기 쉽게 예술적으로 형상화하고 있다.

III

성서의 문학적 통일성

성서를 문학으로 볼 수 있는 이유는 앞에서 살펴본 대로 추상적인 관념이나 명제가 아닌 인간 경험을 구체적이고 생생하게 묘사하고 있기 때문이다. 이와 함께, 성서는 전체적으로 문학적인 통일성을 가지고 있어서 문학작품이라 할 수 있다.

우선 '바이블'(Bible)이라는 제목 자체는 '작은 책들'(little books)이라는 뜻을 가지고 있다. 이 말은 성서가 단 한 개의 책이 아니라 여러 권의 책들을 모아 놓은 문집이라는 뜻이다.18) 그러나 성서를 가리키는 그리스어 '비블리아'(biblia)라는 말은 단순히 '책들'이라는 뜻을 가진 복수형이 아니라 '거룩하고 존엄한 책'(holy and solemn book)이라는 경칭적 표현의 복수형이다. 이처럼 여러 작은 책들(구약 39권, 신약 27권)로 이루어져 있으면서도 거룩하고 존엄한 책인 성서는 다방면의 전문가들의 작품집일 뿐 아니라 그 자체로 설명적인 동시에 문학적인 저술이 포함된

---

18) Leland Ryken, *The Literature of the Bible* (Michigan: Zondervan, 1974), 14.

대형 작품집이다. 즉, 성서는 오랜 기간에 걸쳐 기록된 히브리 기독교 문학의 개관을 담은 작은 장서다. 거기에는 기원에 관한 이야기, 인간의 타락 이야기, 영웅 설화, 서사시, 패러디, 비극, 서정시, 결혼 축시, 찬미, 지혜문학, 잠언, 비유, 전원시, 풍자, 예언, 복음, 서간, 웅변, 그리고 계시 등 다양한 문학 형식들을 포함하고 있다. 따라서 성서는 그 자체가 하나의 문학작품인 것이다.

성서는 다양한 작품들의 모음집이라는 성격 때문에 다루고 있는 주제 또한 매우 포괄적이다. 성서에는 취급되지 않는 인간 경험이 없을 정도로 다양한 경험들이 묘사된다. 더구나, 성서는 본질적이며 영속적인 인간 삶의 경험 즉, 하나님, 자연, 사랑, 사회적 관계, 죽음, 악, 죄, 구원, 가족생활, 심판, 그리고 용서 등을 다루고 있어서 총체적 인간 경험의 세계를 보여준다.

그렇지만 성서의 각 부분들은 서로 의존하고 있기 때문에 어떤 한 부분도 완전한 독립적 단위로 간주할 수 없다. 즉, 한 부분의 의미는 다른 부분의 의미에 의하여 심화되고 수정된다. 예를 들어, 성서에서 제시되는 하나님의 모습은 어느 한 부분의 이야기나 서정시 하나에서 묘사되는 것이 아니라 성서 전체를 통하여 조금씩 묘사되어 전체적인 모습으로 나타난다. 이처럼 성서는 개별 단위들이 유기적으로 잘 엮여져 있는, 전체적으로 고도의 통일성을 갖춘 하나의 큰 책 곧, 문학작품인 것이다.

성서가 다양한 작품들의 모음집이기는 하지만 전체적인 통일성을 보이고 있는 데에는 이와 같이 각 부분들이 서로 유기적인 관계를 가지는 구조로 구성되어 있다는 점 외에도 여러 가지 다른 이유들이 있다.

그 첫 번째는 성서의 각각의 이야기를 쓴 저자의 민족적 통일성이다. 성서 전체를 통하여 유대인이 쓰지 않은 것은 두 권(누가복음과 사도행

전)밖에 없을 정도로 성서는 같은 민족의 저자들이 기록하고 있다. 따라서 동일한 민족성과 가치관 그리고 문화가 성서 속에 스며들어 있다.

둘째는, 하나님을 중심으로 하는 세계관과 신학의 통일성이 있다. 다시 말해, 모든 성서의 사건들은 신의 섭리와 뜻을 드러내는 데 초점이 맞추어져 있다는 것이다.

셋째는, 인유를 바탕으로 하는 문학적인 구성의 통일성이 있다. 예컨대, 성서의 기자들이 어떤 사실을 언급할 때 그들은 항상 성서의 초기 작품들에 나오는 동일한 사건이나 신앙, 문화적인 환경들을 인유하고 있어서 성서는 통일된 인유 구조를 가지고 있음을 보여준다.

넷째는, 플롯에 있어서도 성서는 선과 악의 영적인 갈등이 중심을 이루고 있어서 통일성을 보여준다. 성서의 플롯은 하나님으로 대변되는 선과 사탄으로 대변되는 악 사이에서 인간이 경험하게 되는 거대한 도덕적 딜레마와 선택의 연속으로 구성되어 있다. 그것은 아리스토텔레스가 『시학』에서 말한 시작, 중간, 결말의 통일된 구조를 가진다. 즉, 천지 창조라는 시작으로부터 세상 끝이라는 결말을 향해 진행되는 역사의 흐름 속에서 하나님의 섭리와 목적이 어떤 것인가를 보여주는 모습으로 플롯이 진행된다. 그래서 노스럽 프라이(Northrop Frye)는 "성서는 창조로부터 계시에 이르는 단일 원형 구조를 가지고 있다"[19]라고 하였다.

하지만, 성서의 플롯이 선과 악의 갈등에 초점을 맞추고 있다고 해서 성서의 내용이 꼭 추상적인 것은 아니다. 성서에는 추상적인 사실이 표현되는 곳도 있지만 일반적으로 성서의 기자들은 관념적인 것보다는 사물에 관심이 있다. 하나님이 빛, 바위, 천둥 등으로 묘사되어 있는가 하면

---

19) Northrop Frye, *Anatomy of Criticism* (Princeton: Princeton University Press, 1957), 315.

부(富)라는 것도 볼 수 있고 만질 수 있는 것으로 설명되고 있다. 인간의 감정도 마찬가지다. 이런 점에서 성서는 사실적인 책이라고 할 수 있다. 이러한 특성을 강조하여 아우어바하(Erich Auerbach)는 "성서는 매일의 삶을 부끄럽게 여기지 않고, 감각적이고 현실적인 것들, 심지어 추하고, 품위 없고, 육신적으로 천박한 것들까지 포용할 준비가 되어 있는 새로운 기품 있는 문체를 만들어 냈다"[20]라고 말한다.

게나가 성서가 다루고 있는 제재 또한 보편적이고 삼성적이며 감각적인 경험들과 관련된 것들이다. 한마디로, 그것은 단순하고 기본적인 것이다. 싸움, 농사일, 강한 성적인 욕망, 간헐적인 경배 등 우리의 일상생활에 존재하는 몇몇 기본적인 행위들이 성서가 주로 묘사하고 있는 삶의 모습들이다. 이처럼 성서는 문학적인 통일성을 갖추고 있어 그 자체를 하나의 문학작품이라 부를 수 있고 문학성을 지닌 글이라고 평가할 수 있다.

---

20) Erich Auerbach, *Mimesis: The Representation of Reality in Western Literature*, Trans. Willard R. Trask (Princeton: Princeton University Press, 1968), 72.

IV

성서의 문학적 기능

'왜 우리는 문학작품을 읽는가?'라는 질문을 받았을 때 거기에는 여러 가지 대답이 있을 수 있다. 아마도, '문학은 우리가 인간적으로 될 수 있게 도와준다. 문학은 우리가 하는 경험의 범위를 넓혀주고, 우리 자신과 세계에 대한 의식을 고양시켜주며, 다른 사람들에 대한 우리의 동정심을 크게 해준다. 그것은 우리의 상상력을 일깨워준다. 그것은 우리의 미적 감각에 생기를 준다. 그것은 또한 건설적인 오락의 형태를 제공한다.'[21] 등을 일반적으로 대답할 수 있을 것이다. 대학생들이 문학 작품을 읽는 이유를 적어 놓은 다음의 글은 문학의 역할과 기능을 보다 분명하게 보여주고 있어서 주목할 만하다.

학생들은 문학을 자기의 지식을 늘리는 수단으로 생각한다. 왜냐하면 그들은 문학을 통해서 추가적인 정보가 아니라 추가적인 경험을 더 얻

---

21) Leland Ryken, *Windows to the World: Literature in Christian Perspective* (Dallas: World Publishing, 1990), 26-28.

을 수 있기 때문이다. 역동적이고도 인격적으로, 새로운 인식이 그들에게 전해진다는 것이다. 문학은 단순히 삶에 관한 지식이 아니라 살아감의 체험을 제공한다. 다시 말해, 젊고 아름다운 연인이 죽었다는 사실이 아니라 '로미오와 줄리엣'의 체험을 전달해주는 것이며, 로마에 관한 학설이 아니라 '줄리어스 시저'를 통해 드러나는 갈등의 체험을 제공하는 것이다.[22]

　　문학이 아닌 "성서를 왜 읽는가?"라는 질문을 받았을 때는 보다 진지한 대답을 할 것으로 기대하게 되는데 그 이유는 성서를 진리에 이르는 방법을 기록한 거룩한 하나님의 말씀이요, 생명의 양식으로 인식하고 있기 때문이다. 그러나, 앞서 살핀 대로 성서 또한 문학적인 표현 방법으로 기술되어 있기 때문에 성서를 읽으면서 받는 느낌도 문학을 읽으면서 받는 느낌과 크게 다르지 않다. 물론, 문학과 달리 성서는 대개 즐거움을 추구해서가 아니라 영적 생활을 위해 읽기 때문에 성서의 기능을 문학적인 입장에서 논의하는 것의 불가함을 주장할 수도 있다. 그러나 성서가 우리에게 주는 감동의 중요한 부분이 문학적인 것이라는 점에서 성서의 문학적 기능을 간과해서는 안 된다.

　　성서는 옛날 히브리 민족의 경험과 생각과 느낌들을 기록해 놓은 책이지만 그것은 오늘날에 있어서도 읽는 사람들의 마음을 시원하게도 하고, 변화시키기도 하며, 새로운 삶을 결단케 하는 힘을 주기도 한다.

　　신·구약 성서 가운데서도, 욥기, 시편, 잠언, 전도서, 아가 등의 성문서(holy document)들은 일급의 문학 작품이라 해도 전혀 손색이 없다. 욥기를 통하여 우리는 고통의 의미와 고통이 인간을 성숙시키는 모습을

---

22) *Ibid.*, 23에서 재인용.

보게 된다. 시편은 여러 가지 신앙의 체험들을 영롱한 언어로 형상화 해주고 있어서 슬픔 중에서 위로와 환희를, 절망 중에서 용기를, 비탄 중에서 찬송과 영광을 체험하게 해준다. 전도서는 이 세상을 두 가지 시각으로 보게 하는 귀중한 인식의 눈을 열어준다. 아가서는 남녀 간의 뜨거운 사랑을 통하여 신의 사랑의 본질을 우리에게 보여준다. 즉, 성서를 통해 우리는 인생의 희로애락과 지혜, 감정, 사랑이 무엇인지를 경험하게 되고 사랑하고 용서하고 이해하는 것이 무엇인지를 배우게 된다.

성서는 이처럼 인생의 체험과 향기를 우리에게 전해주면서 이를 통해 우리의 경험세계를 확장시켜준다. 현재의 자신을 벗어나서 새로운 경험의 세계로 나아가기를 원하는 우리들에게 다른 신앙인들의 경험을 통해 새로운 경험을 제공해준다. 성서의 시나 설화, 비극 또는 희극은 우리로 하여금 세계를 들여다볼 수 있게 주는 창문이요 렌즈다. 그래서 우리는 성서를 통하여 인생의 다양한 경험들을 들여다 볼 수 있을 뿐만 아니라 초월적인 존재를 인식할 수 있게 된다.

또한, 성서는 풍부한 삶의 방식을 우리에게 제공한다, 수많은 문제들이 일어나고 있는 현실 속에서 성서는 우리가 어떻게 살아야 의미 있게 사는 것인지를 가르치고, 악이 우리를 유혹할 때는 어떻게 대처해야 하며, 아름다움과 즐거움, 기쁨과 슬픔, 행복과 고통에 대해 어떤 생각을 가지고 살아가야 할지를 안내한다.

더욱이, 성서는 우리의 의식을 고양시킨다. 그것은 우리들로 하여금 우리 주변의 세계와 내면의 세계에 민감해 지도록 만듦으로써 새로운 느낌으로 세상을 바라보게 한다. 뿐만 아니라 우리 인생에게 살아 숨 쉬는 감수성을 갖게 하여 주변에 대해 따뜻한 정감과 동정심을 갖게 해준다. 이런 여러 가지 작용들을 통해 성서는 우리 자신과 세계 그리고, 다른 사람들과 하나님에 대한 의식을 고양시키는 수단이 된다. 이처럼 성서의 세계는 문학의 세계가 수행하는 여러 기능들 곧, 인간의 체험을 이해하고, 인간의 의식을 확장하고 고양시키며, 풍부한 삶의 방식을 제공하는 기능들을 동일하게 수행한다.

이상에서 살펴본 것처럼, 성서는 그 기술방법이 본질상 문학적이기 때문에 문학작품의 성격을 가지고 있기 때문에 그것을 길 이에하기 위해서는 문학적인 접근방법이 필요하다. 성서가 인간의 삶에 대해 구체적인 현실을 묘사하고 전달하는 경험적인 책이기에 더욱 그렇다. 성서는 문학적인 기교들과 아름다움으로 가득 차 있으며, 많은 부분이 문학 장르의 형태로 되어 있다. 성서는 또한 문학적인 언어들을 끊임없이 사용한다. 성서가 메시지를 전달하는 방식도 문학적인 전달방식이 대부분을 차지한다. 문체적인 면에 있어서도 성서의 표현은 구체성, 사실성, 단순성, 간결성 등을 특징으로 하고 있어 너무나도 문학적이다. 성서는 또한 문학이 수행하는 여러 기능들을 똑같이 수행하고 있다. 한마디로, 성서는 종교적인 진리를 이야기하고 있지만 문학성을 풍부하게 담고 있어서 문학적인 가치가 뛰어난 저술로 볼 수 있다.

제2장

성서 문학과 영문학

I

창조 이야기

1. 창세기의 창조 이야기

성서의 처음을 장식하는 창세기 1장과 2장에는 창조의 이야기가 기록되어 있다. 그런데 창조의 이야기는 이 세상과 인간의 기원을 알려줄 뿐 아니라 이후 성서에서 전개되는 모든 사건과 상황들의 발단이 되고 있어 매우 중요하다. 즉, 성서를 하나의 플롯을 가진 책으로 보았을 때 아리스토텔레스가 말한 시작(beginning), 중간(middle), 끝(end) 중에서 시작을 점하는 것이 바로 창조 이야기다.

창세기 1장과 2장은 서로 다른 관점에서 창조의 이야기가 서술되고 있는데 1장의 창조 이야기에서는 전능하신 하나님이 유일한 주인공이다. 이 이야기는 하나님의 위대하고 강력한 창조행위들의 목록으로 구성되어 있고 성서 전체에서 되풀이될 주제를 담고 있다. 여기서 하나님은 초월적인 위엄성을 가진 주권자이며 전지전능한 창조주(creator)로 제시된다.

그는 초월적인 위엄성을 가지고 말씀으로 만물들을 창조한다. 그가 빛이 있으라고 명령하면 즉시 빛이 모습을 드러내고 궁창이 있으라고 명령하면 궁창이 생겨난다. 그가 여기서 사용하는 언어는 인간의 언어와는 본질적으로 다르다. 인간은 의사소통이나 설득의 수단으로 언어를 사용하지만 그는 무에서 유를 만들어 내는 절대적인 권위와 불가항력적인 능력을 표현하는 수단으로 언어를 사용한다. 다시 말해, 인간과 달리 창조주 하나님은 설득조가 아닌 엄숙한 선언조의 언어를 사용하며 그의 발화 행위는 즉각성을 지니며 중재의 필요가 없는 충족된 대상으로 나타난다.

창세기 1장에서 창조주 하나님은 우주 밖에서 모든 만물을 만들고 다스리는 장엄한 초월자(majestic transcendant)다. 하지만 단지 만물을 존재케 하는 창조주의 역할만 하는 것이 아니라 동시에 만물에 아름다운 형태를 부여하는 장인(craftsman)이며 자기가 만든 것을 지키고 유지시키는 존재다.23) 그의 창조행위가 매우 예술적인 형식을 통해 진행되고 있는 것만 보아도 이를 잘 알 수 있다.

모두 6일 동안 진행되는 하나님의 창조행위에서 발견할 수 있는 첫 번째 예술적인 형식은 일정한 패턴이 반복되는 것이다. 빛이 있으라고 명령한 첫날부터 인간을 창조한 마지막 여섯째 날까지 거의 동일한 패턴의 반복 속에서 창조가 진행된다. 다시 말해, 하나님의 6일 동안의 창조행위는 "하나님이 이르시되(공표), ...이 있으라(명령), 그대로 되니라(보고), 하나님이 보시기에 좋았더라(평가), 저녁이 되고 아침이 되니 이는 ...째 날이니라(시간적인 구조의 배치)."라는 일정한 예술적인 형식을 통해 기술되고 있다.24)

---

23) Leland Ryken, *The Literature of the Bible* (Michigan: Zondervan, 1974), 33.
24) *Ibid.*, 34.

뿐만 아니라 하나님의 창조 행위는 매우 논리적이며 통일성 있게 진행된다. 모든 자연현상의 기본이 되는 빛의 창조를 기점으로 하여 앞에서 일어난 창조가 기반이 되어 뒤에 따라오는 창조가 이루어지게 된다. 예를 들어, 땅과 바다가 먼저 만들어지고 거기에 사는 사물과 동물이 만들어지며 빛이 만들어진 후 빛의 전달자인 해와 달과 별들이 만들어진다. 그리고 모든 창조는 창조의 극치인 마지막 날 이루어지는 인간의 창조를 목표로 진행된다.

또한, 하나님의 창조 행위는 예술적 균형을 가지고 있다. 세 쌍의 창조가 둘씩 균형을 이루며 행하여진다. 빛은 첫날에, 빛의 전달자는 넷째 날에 창조된다. 궁창(하늘)은 둘째 날에 바다와 분리되며 새와 물고기는 다섯째 날에 만들어진다. 마른 땅과 식물은 셋째 날에, 땅의 짐승과 사람은 여섯째 날에 창조되어 이 모든 것들이 서로 대칭과 균형을 이룬다. 그런데 이런 균형의 원리는 그 속에 질서의 이미지(the image of order)와 에너지의 이미지(the image of energy)를 모두 포함하고 있어서 중요한 의미를 가진다. 인간 역사를 뒤돌아보면 인간의 경험은 규칙(rule)과 에너지(energy), 이성(reason)과 감성(emotion), 질서(order)와 충동(impulse)의 상호 대립적인 것들의 충돌로 점철되어 왔는데[25] 창조의 이야기 속에 바로 이런 대립적인 두 가지 성질이 다 녹아 있다. 신의 창조 행위는 말씀 선포와 함께 이루어지는 동시적 이행을 통한 명령과 질서의 행위로 묘사되고 있으면서도 또 한 편으로는 풍성한 생산 에너지의 이미지들을 포함하고 있어서 상호 보완되는 모습을 보인다. 예를 들어, 10절에서 12절을 보면 풀을 내는 땅뿐만 아니라 풀, 씨 맺는 채소, 씨 가진 열매 맺는 과실나무를 기술함으로써 생물학적 번식에 대한 에너지의 이미지가 나타

---

25) *Ibid.*, 34.

난다. 나아가 20절과 23절에서는 생육하고 번성하며 땅과 바다에 충만하라고 함으로써 풍성한 생산 에너지의 이미지가 창조이야기의 후반부를 채우고 있다. 이처럼 서로 상반되는 이미지들의 병치와 결합을 통해 통일성 속에서의 다양성, 질서 속에서의 변화와 발전의 원리를 창조의 이야기는 말해주고 있다.

물론, 창조 이야기의 절정은 인간의 창조다. 창세기 기자(writer)는 다른 민물들의 상소보다 훨씬 상세하게 인간의 창조를 묘사하고 있을 뿐 아니라 인간이 창조물 중에서 가장 귀하고 존엄한 존재라는 점을 부각시킨다. 창세기 1장 26절을 보면 하나님께서 "우리의 형상을 따라 우리의 모양대로 우리가 사람을 만들었다"라는 구절이 나온다. 다른 피조물을 창조할 때 하나님이 "...이 있으라"(Let there be ...)고 일방적으로 명령한 것과는 달리 인간을 만드실 때는 위 구절에서 나타나듯, 삼위일체 하나님이 자기 자신과 의논하는 신중하고 사려 깊은 모습을 보이고 있다. 또한 인간은 다른 피조물들과는 달리 하나님의 형상대로 창조되었음을 강조한다. 그런데 이 말은 매우 중요한 의미를 담고 있다. 하나님은 의, 사랑, 자비, 지혜, 영원, 권세를 소유하고 있는 존재로 인간이 그의 형상대로 지음 받았다는 것은 바로 이런 신의 속성을 가지게 되었다는 것을 뜻하기 때문이다.

그런데 하나님은 이처럼 인간을 피조물들 중 독특한 존재로 창조하였을 뿐 아니라 인간에게 온 땅을 다스리고 정복하라는 문화적인 사명을 부여하였다.

하나님이 그들에게 복을 주시며 하나님이 그들에게 이르시되 생육하고 번성하여 땅에 충만하라, 땅을 정복하라, 바다의 물고기와 하늘의 새와

땅에 움직이는 모든 생물을 다스리라 하시니라. (창세기 1장 28절)

이는 만물 가운데서 인간에게만 만물을 관리할 수 있는 권위를 확고하게 부여했음을 보여주는 것으로 하나님의 창조에는 위계질서가 존재한다는 사실을 보여준다.

또 하나 기억해야 할 것은 만물을 선하게 창조하셨다는 사실이다. 첫째 날부터 시작하여 만물을 하나씩 창조할 때마다 "하나님이 보시기에 좋았더라"라는 진술이 빠진 적이 없다. 특히, 창세기 1장의 마지막 절에서는 "하나님이 그 지으신 것을 보시니 보시기에 심히 좋았더라"고 표현함으로써 절정을 이룬다. 또한 선하게 만들었을 뿐 아니라 각각 그 종류대로 완전하게 창조했다. "하나님이 이르시되 땅은 풀과 씨 맺는 채소와 각기 종류대로 씨 가진 열매 맺는 나무를 내라 하시니 그대로 되어 땅이 풀과 각기 종류대로 씨 맺는 채소와 각기 종류대로 씨 가진 열매 맺는 나무를 내니 하나님이 보시기에 좋았더라"(11-12절)라는 구절과 "하나님이 땅의 짐승을 그 종류대로 가축을 그 종류대로 땅에 기는 모든 것을 그 종류대로 만드시니 하나님이 보시기에 좋았더라"(25절)라는 구절은 이런 사실을 잘 보여준다. 단세포로 된 미세한 생물로부터 고등동물에 이르기까지 모든 것들이 완전하게 처음부터 창조되었음을 보여주는 매우 의미심장한 내용이다.

이처럼 1장에 기술되고 있는 하나님의 창조행위는 고도로 잘 짜인 계획과 질서 속에서 이루어지는 것으로 그 주인공인 창조주 하나님은 초월적인 존재이면서 동시에 만물을 그 종류대로 선하고 완전하고 아름답게 만든 훌륭한 장인(craftsman)의 모습으로 제시되고 있다.

창세기 2장에서의 창조 이야기는 일곱 째 날에 안식했다는 내용 즉,

6일 동안의 위대한 창조 후에 가지는 휴식의 뜻과 취지를 강조하는 내용으로 이야기가 시작된다. 여기서의 휴식은 단순한 쉼이 아닌 위대한 업적의 성취 즉, 거대한 창조사역을 완성한 것에 대한 축하 의식(ceremony of cerebration)으로서의 휴식을 말한다. 따라서 이 일곱째 날은 단순한 휴식이 아닌 무한한 기쁨과 경배, 축복이 행해지는 날로서 위대한 창조 파노라마의 대단원의 결말이 이루어지는 날이다. 이런 축복의 메시지를 시작점으로 하여 창세기 2장에서 기술되는 창조의 이야기는 창세기 1장의 창조 이야기와는 여러 가지 면에서 차이를 보인다.

우선, 1장에서 하나님은 특정한 공간이 아닌 일반화된 공간(generalized space) 즉, 우주 밖에서 천지만물을 창조하는 것으로 기술되어 있는 것과 달리 여기서는 에덴동산이라는 한정된 장소가 이야기의 무대가 되고 있다. 다시 말해, 1장에서는 전 우주적인 차원에서 창조의 파노라마를 이야기 했다면 여기에서는 에덴동산이라는 특정한 장소에서 인간의 삶이 시작되는 것을 이야기한다. 등장인물에 있어서도 1장에서는 유일한 주인공으로서 하나님 한 분이 존재했다면 여기서는 하나님, 아담, 이브라는 3명의 인물이 등장한다. 이야기를 서술하는 방식에 있어서도 1장에서는 대화가 없는 서술(narrative)로만 창조의 이야기가 기술되어 있는 것에 반해 여기에서는 대화에 의해 진행되는 사건이 기술되고 있어서 분명한 차이점을 보인다. 하지만 무엇보다 중요한 차이점은 1장에서는 지엄하신 신의 명령에 의해 창조되는 만물들의 목록이 기록되어 있고 초월적인 하나님(transcendent God)의 모습이 제시되었다면 여기서는 인간과 대화를 나누며 친밀한 관계를 형성하고 있는 내재적인 하나님(immanent God)의 모습이 그려지고 있다는 것이다.[26] 따라서 1장의 제목을 '세상의 창조'(The Creation of the World)라고 한다면 2장의 제목은 '에덴동산에서의 삶'(Life in Paradise)이라 할 수 있다.[27] 1장이 만물의 창조와 시간의 기원을 강조하고 있는 것과 달리 2장에서는 시간 속에서의 인간의 창조와 인간 역사의 시작에 강조점이 주어지고 있다.

우선, 인간을 어떻게 만들었는지에 대한 설명부터 1장과 2장은 차이를 보인다. 창세기 1장에서는 추상적이고 원론적인 입장에서 인간이 하나님의 형상대로 지음 받았다고 기록하고 있지만 2장에서 하나님은 토기장이(potter)의 이미지로 묘사된다. 마치 토기장이가 그릇을 빚듯이 하나님은 말씀이 아닌 흙을 사용하여 인간의 외형을 직접 손으로 빚고 코 속에 생기를 불어넣어 인간을 만드신다.

> 여호와 하나님이 땅의 흙으로 사람을 지으시고 생기를 그 코에 불어 넣으시니 사람이 생령이 되니라. (창세기 2장 7절)

여기에서의 인간의 창조는 단순히 말씀으로 있으라고 명령함으로 행한 것이 아니라 하나님이 흙으로 집적 모양을 빚고 코 속에 생기 즉, 생명의 숨결을 불어넣어 완성한 것이다. 그 결과 인간은 단지 육체만을 가진 존재가 아니라 생령(a living soul) 즉, 영적인 존재가 되었다. 창조의 극치가 왜 인간인지를 알 수 있게 해주는 부분이다.

그런데 위 인용문의 "여호와 하나님이 땅의 흙으로 사람을 지으시고 생기를 그 코에 불어 넣으시니 사람이 생령이 되니라"라는 구절에 나오는 '지으시고'(formed), '불어 넣으시니'(breathed)라는 동사들과 이어지

---

26) Leland Ryken, *Words of Delight: A Literary Introduction to the Bible* (Grand Rapids: Baker, 1992), 97.

27) *Ibid.*, 96.

는 구절인 "하나님이 동방의 에덴에 동산을 창설하시고 그 지으신 사람을 거기 두시니라"(8절)에 나오는 '창설하시고'(planted), '두시니라'(put) 같은 동사들은 하나님이 토기장이(potter)나 정원사(gardner), 또는 아버지(father)처럼 인간의 삶 속에 인간이 필요한 것들을 공급해주시고 채워주시는 '인격적이고 친근한 존재'임을 보여주는 단어들이다.[28]

창세기 2장에서는 인간의 모습 또한 단지 하나님의 피조물이 아닌 관계성을 가신 존재라는 섬이 강소된다. 즉, '사회적인 존재로서의 인간'(man in social life)의 모습이 제시되고 있다.

첫 번째로, 인간은 물리적인 환경과 관계를 맺고 있다. 하나님이 인간에게 거주하도록 주신 땅을 경작하고 가꾸며 관리해야 할 의무가 인간에게 부과된다.

두 번째로, 인간은 다른 피조물들과 관계를 맺고 살아가야할 존재로 나타난다. 특히, 하나님은 각종 들짐승과 공중의 새들을 아담에게로 데리고 와 이름을 짓게 함으로써 인간이 동물들에게 정체성을 부여하고 인간과 동물이 밀접한 관계를 형성하게 하셨다.

세 번째로, 인간은 다른 인간과 관계를 맺고 살아야 한다는 것이다. 하나님은 아담이 독처하는 것이 좋지 않다고 느끼시고 그의 갈비뼈로 '돕는 배필'(a help meet)로서 이브를 만들어 아담에게 데리고 와서 "이러므로 남자가 부모를 떠나 그의 아내와 합하여 둘이 한 몸을 이룰지로다"(24절)라고 말씀하셨다. 인간 사회의 기본이 되는 부부제도를 인간이 만든 것이 아니라 하나님이 제정한 거룩한 제도임을 알게 해주는 구절이

---

28) Kenneth R. R. Gros Louis, "Genesis I-II" *Literary Interpretations of Biblical Narratives* Ed. Kenneth R. R. Gros Louis & James S. Ackerman, Thayer S. Warshaw (Nashville: Parthenon Press, 1978), 47.

다. 또한 이 구절은 본질적으로 인간은 혼자 생활하지 말고 서로 도우며 더불어 살아가야 하는 존재라는 것을 가르쳐준다. 즉, 이 땅위에서 인간은 다른 인간과 관계를 맺고 살 수밖에 없는 존재임을 강조하고 있다.

마지막으로 인간은 하나님과도 인격적인 관계를 맺고 있다는 것이다. 1장에서 창조주 하나님은 만물과 인간을 창조하시고 인간을 축복하고 있지만 그의 축복은 명령의 형태로 제시되고 있어서 인간의 곁에 서서 인간과 함께 호흡하고 인간사를 직접 돌보는 하나님의 모습을 찾아 볼 수는 없었다. 그러나 여기서 하나님의의 모습은 인간을 위해 에덴동산을 직접 창설하시고 인간을 거기에 있게 놓으시며, 동물들을 인간에게 데리고 올 뿐만 아니라 아담을 깊은 잠에 빠지게 만들어 그의 배필을 만들어 데려다주시는 등 직접 인간사에 참여하여 활동하며 인간과 개인적인 관계를 맺고 있는 모습으로 제시된다. 에덴동산에 있는 각종 나무의 실과들을 마음대로 먹을 수 있지만 동산 중앙에 있는 선악과를 먹으면 안 된다는 하나님의 명령도 모든 피조물들을 향한 일반적인 명령이 아닌 인간만을 향한 개별적인 명령으로 나타난다. 하나님의 명령에 불순종하여 선악과를 따 먹을 경우 반드시 죽을 것이라는 하나님과 인간 사이에 맺은 언약(covenant)은 이런 점에서 하나님과 인간의 관계가 매우 직접적이며 친밀한 것임을 알게 해주는 하나의 좋은 예가 된다. 이처럼 창세기 2장에서는 인간과 하나님 사이에 형성된 개인적인 관계가 인간의 운명을 좌우하는 결정적인 것으로 제시된다.

그런데 2장에 기술되고 있는 창조 이야기에서 무엇보다 우리의 시선을 끄는 것은 낙원에서 시작되는 순수한 인간의 첫 삶의 모습이다. 여기에 제시되는 타락 이전의 에덴동산에서의 아담과 이브의 삶은 인간이 염원하는 이상향 즉, 파라다이스에서의 삶의 원형으로 매우 중요한 의미를 지닌다. 인간은 원초적으로 파라다이스에서의 이상적인 삶을 꿈꾼다. 그러나 인간에게 파라다이스는 일상적인 생활양식과는 거리가 멀고 살아서는 돌아갈 수 없는 원형적인 영역으로 여겨져 왔다. 그러니까 파라다이스는 보통의 인간 경험의 영역을 벗어나는 어떤 곳, 어떤 시간에 존재하는 하나의 상황을 뜻한다. 창세기에 기록되어 있는 에덴동산은 바로 이런 파라다이스의 전형으로 실제이면서도 접근 불가능한 잃어버린 장소로 인식되고 있다. 그러나 에덴동산은 인간이 꿈꾸면서도 살 수 없는 상실한 장소를 가리키기도 하지만 동시에 휴식, 즐거움, 만족, 덕, 아름다움, 자유, 조화, 완전성을 특징으로 하는 삶의 방식을 의미하기도 한다.29)

물론 창세기 2장에서 묘사되는 에덴동산에 대한 기록은 극히 짧기 때문에 이러한 모티프들이 풍성하게 드러나 있지는 않다. 하지만 그곳은 전능한 창조주 하나님이 직접 건설한 낙원으로, 예술적인 걸작이며 창조적 솜씨를 잘 보여주는 곳이다. 특별히 인간에 대한 신의 사랑과 배려의 산물이며 인간에게 제공된 이상적인 삶의 거처다.

그러나 신이 마련한 신성한 거처로서의 에덴동산은 인간의 삶을 위한 완벽한 장소로 묘사되어 있기는 하나 애초부터 시련의 장소였다. 이 말은 에덴동산은 순수성과 완전함의 이미지를 가진 이상적인 장소이기는 하지만 처음부터 그 속에 변화의 가능성이 잠재해 있음을 뜻한다.30) "하나님은 에덴동산에 인간을 두사 그것을 다스리며 지키게 하셨다"(15절). 신은 인간에게 필요한 모든 것들을 제공하셨다. 그러나 이 에덴동산에 금지된 나무도 두었는데 그 실과를 먹으면 인간은 죽을 수밖에 없었다. 이 나무가 중요한 이유는 그것이 하나님의 사랑과 은혜에 보답하는 인간

---

29) Leland Ryken, *The Literature of the Bible* (Michigan: Zondervan, 1974), 38.
30) *Ibid.*, 38.

의 감사와 존경의 마음을 말뿐 아니라 행동으로 보여줄 기회를 제공해주고 있다는 점에 있다. 이와 더불어 그것이 나타내는 또 다른 의미는 하나님이 창조한 세계는 물리적인 법칙뿐 아니라 도덕적이고 영적인 법칙에 따라 움직이는 것이라는 사실이다. 이런 점에서 에덴동산에서의 인간의 존재방식은 도덕적 선택에 의해 결정될 수밖에 없는 것이었다.

이상을 통해 창세기 2장에서 창조주 하나님은 다음과 같은 역할을 하는 것으로 요약된다. 첫째로, 그는 창조주로서 형상을 만들고 배열하는 존재다. 둘째로, 그는 인간에게 필요한 모든 것들을 채워주면서 지상에서 일어나는 일에 참여하여 인간을 위해 활동하는 내재적인 존재다. 셋째로, 그는 인간과 관계를 맺는 인격적인 존재로서 언약의 하나님이다. 넷째로, 그는 피조물을 양육하고 인도하는 사랑의 하나님이다.31)

한마디로 성서의 창조이야기는 창세기 1장이 창조주로서 하나님의 초월성을 강조하고 있는 데 반해 창세기 2장은 하나님의 내재성, 인격성, 인간과 유사한 모습을 강조하며 '신과 인간 사이의 개인적인 관계' (personal relationship between God and man)32)를 보여주는 데 초점을 맞추고 있다.

2. 캐드먼의 「찬미가」

캐드먼의 「찬미가」("Caedmon's Hymn")는 서기 658년과 680년 사이에 창작된 것으로 고대영어로 쓰여 있다. 이 작품은 길이는 매우 짧지만

---

31) Ryken, 37.
32) Louis, 48.

현존하는 가장 오래된 영시 중 하나이고, 이 작품의 창작에 있어 가장 중요한 원천이 되는 종교적인 영감(inspiration)의 성격을 잘 보여주고 있어서 우리의 관심을 끈다. 고대영어 시대의 성직자였던 비드(Bede)가 그의 저서 『영국민 교회사』(*Ecclesiastical History of the English People*)에서 전해주는 이 시의 창작에 관련된 일화는 이 시의 성격을 이해하는 데 좋은 지침이 된다.

> 노섬브리어 사람이었던 캐드먼은 일생 동안 자신은 시를 짓는 데는 소질이 없다고 생각하고 살았다. 그런데 당시에는 연회가 열리면 참석한 손님들에게 시를 노래하여 좌중을 즐겁게 하라고 하프가 차례로 돌려지는 것이 관습이었다. 그럴 때면 언제나 캐드먼은 하프가 자기에게 오기 전에 핑계를 대고 자리를 뜨곤 했다. 어느 날 밤도 마찬가지로 그는 그런 상황을 피하여 자기가 돌보던 마구간으로 가서 거기서 잠이 들었다. 그런데 꿈속에서 어떤 사람이 자기에게 다가와 말했다. "캐드먼아 나에게 노래(시)를 불러다오." 캐드먼은 노래를 못한다고 사양했지만 그 사람은 천지창조를 찬양하는 노래를 부를 것을 요구했고 그러자 그 즉시 캐드먼은 천지창조를 기리는 찬미의 노래를 부르게 되었다. 잠에서 깨어났을 때 캐드먼은 그 시구를 생생하게 기억했고 그 후로 종교적인 주제에 대해 무엇이든 짧은 시간 동안의 작업만으로 훌륭한 시를 지을 수 있었다.[33)]

위 일화에 따르면 캐드먼의 「찬미가」는 종교적인 영감에 의해 탄생된 것임을 알 수 있다. 캐드먼이 잠에서 깨어나 꿈속에서 읊었던 시를 그

---

33) Bede, *A History of the English Church and People* (Harmondsworth: Penguin Books, 1965), 251.

대로 기록한 것이 바로 그의 「찬미가」라는 것이다. 시를 창작할 능력이 없었던 그에게 신비로운 사건을 통해 재능이 부여되었고 그 결과 종교 시인이 된 것이다. 성서에서 이사야와 아모스를 비롯한 여러 인물들이 하나님의 부르심에 의해 평범한 사람에서 예언자로 변신한 것처럼 캐드먼도 하나님의 소명(calling)에 의해 마부에서 시인으로 변신하게 되었다는 것이다.

캐드먼은 앵글로 색슨 시대의 밀턴이라고 불린다.[34] 신의 섭리가 인간에게 정당함을 입증하기 위해 시를 썼던 청교도 시인 밀턴처럼 신성한 영감을 받아 신을 찬양하는 시를 썼기 때문이다. 학자들 중에는 그가 이 「찬미가」 외에 「창세기A」("Genesis A"), 「창세기B」("Genesis B"), 「출애굽기」("Exodus"), 「다니엘」("Daniel"), 「그리스도와 사탄」("Christ and Satan") 등의 작품을 썼다고 주장하기도 하지만 확실한 것은 아니다. 그러나 비드의 설명을 보면 그가 성서적인 주제에 관한 많은 작품들을 썼다는 것은 분명해 보인다.

그는 천지창조와 인류의 기원 및 창세기의 전 이야기를 노래했다. 그는 이스라엘의 출애굽, 약속의 땅으로 들어감, 그리고 많은 성서의 역사적 사건들을 노래했다. 그는 예수의 성육신, 수난, 부활, 승천, 성령 강림, 사도들에 관한 교훈들도 노래했다. 또한 그는 마지막 심판의 두려움에 관한 여러 편의 시를 지었고 하나님의 축복과 징벌에 관한 시들을 창작하기도 했다. 이런 작품들을 통해 그는 시를 듣는 사람들로 하여금 악이 제공하는 즐거움에서 돌아서게 만들었고 그들에게 영감을 주어 사랑과 선행을 실천하게 만들었다.[35]

---

34) 조신권, "영문학과 종교적 상상력: 캐드몬의 "찬미"를 중심으로" 『영문학과 종교적 상상력』 조신권 편저 (서울: 도서출판 동인, 1994), 14.

성서적인 주제들 중에서 캐드먼이 가장 관심을 가졌던 것은 능력과 권능으로 천지를 창조한 하나님이었다. 그의 「찬미가」는 그에게 있어 가장 중요한 가치와 관심사가 무엇이었는지를 잘 보여주고 있어서 흥미롭다. 고대영어로 쓰인 「찬미가」를 현대영어로 옮긴 시의 전문은 다음과 같다.

이제 우리는 하늘 왕국의 수호사,
창조주의 능력과 그의 마음의 계획,
영광스러운 아버지의 업적을 찬양해야 한다. 이는 영원한 주께서
경이롭게 만물의 시초를 마련했기 때문이다.
그는 처음 사람의 아들들을 위해 하늘을 지붕으로
창조하셨다. 거룩한 창조주인 그가,
그런 다음 중간 땅을 만드셨다. 인류의 수호자께서,
그 후 영원한 주이시며 강한 주인이신 그는
인간을 위해 땅을 창조하셨다.

Now we must praise heaven kingdom's Guardian,
the Creator's might and his mind-plans,
the work of the Glory Father, when he of wonders of every one,
eternal Lord, the beginning established.
He first created for men's sons
heaven as a roof, holy Creator;
then middle-earth, mankind's Guardian,
eternal Lord, afterwards made −
for men earth, Master almighty.

---

35) Bede, 252.

이 시의 첫 부분에서 캐드먼은 강한 어조로 우리가 바로 지금 하나님의 능력과 업적을 찬양해야 한다고 선포한다. 창조주 하나님을 찬양하는 것이 인간의 임무라는 것이다. 어떤 존재이기에 하나님을 찬양해야 하는지는 이 시에 사용되는 다양한 하나님에 대한 호칭들을 살펴보면 잘 알 수 있다. 우선 시인은 하나님을 '하늘나라의 수호자'(heaven kingdom's Guardian), '창조주'(Creator)로 부른다. 그런데 이런 호칭들은 성서 창세기 1장에서 묘사되는 만물을 위엄 있게 말씀으로 창조하시는 초월적인 하나님의 모습을 연상케 한다. 이 호칭들은 그는 하나님이 하늘의 왕국을 창조하시고 그것을 보호하는 존재임을 보여주고 있다.

하지만 하늘나라만 수호하는 것은 아니다. 시의 후반부에서 하나님은 '인류의 수호자'(mankind's Guardian)로 제시된다. 이는 창세기 2장에서 강조되고 있는 인간의 삶 속에 참여하여 인간을 보호하는 내재적인 하나님의 모습을 떠올리게 하는 것으로 캐드먼이 노래하는 하나님의 모습은 성서의 창조 이야기에 나오는 하나님의 모습과 흡사하다. 이어 등장하는 '영광스러운 아버지'(Glory Father)라는 호칭에서는 단지 인간사에 참여하는 정도가 아니라 아버지로서 인간과 매우 밀접한 개인적인 관계를 맺고 있는 하나님의 모습을 엿보게 된다. 특히, '영원한 주'(eternal Lord)라는 호칭은 두 번씩이나 사용되고 있는데 여기에서의 '주'(Lord)라는 용어는 원래 군사적인 역할을 훌륭하게 수행하는 군주를 의미하는 것이었으나 이 시에서는 '영원한'(eternal)이란 형용사의 수식으로 인해 세속적인 지도자와 영적인 지도자 모두를 지칭하는 이중적인 의미를 함축하고 있다. 이해하기 쉽지 않은 초월적 존재로서 창조주 하나님의 모습을 보다 설득력 있게 전달하기 위해 영적인 창조주의 이미지와 세속적인 군주의 이미지를 결합시키고 있다고 보인다.

이뿐만 아니라 이 시는 단지 영원하신 창조주 하나님의 모습만을 강조하고 있는 것이 아니라 현대의 성서 해석학에서 말하는 '삼위일체로서의 창조주의 모습'(the Trinitarian aspects of the Creator)을 제시하고 있어서 매우 특징적이다.[36] 이 시에서 'the Creator's might'는 성부 하나님(the Father)을, 'his mind-plans'는 성자 하나님(the son)을, 그리고 'the work of the Glory Father'는 성령 하나님(the Holy Spirit)을 지칭한다. 시를 쓰는 재주기 없있고 신학을 공부한 적도 없었던 캐드먼이 이처럼 종교적인 색채가 강한 시를 썼다는 것은 놀라운 일이 아닐 수 없다. 그가 신으로부터 신성한 영감을 받지 않았다면 불가능한 일이었다. 시의 창작에 있어 영감이 얼마나 중요한 것인지를 알게 해준다.

이 시는 9행으로 구성된 짧은 시이지만 내용이나 구조적인 측면에서 예술성을 가진 작품이다. 이 시는 독자들의 관심을 광활한 우주로부터 시작하여 점차적으로 하늘(sky), 땅(earth), 인간의 아들(the sons of men)에게로 유도함으로써 단지 초월적인 존재로서의 창조주가 아닌, 인간과 함께 하시고 인간을 사랑하시며 인간 속에서 역사하는 신의 모습을 설득력 있게 보여준다. 의미 있게 사용한 하나님에 대한 호칭들과 배려 깊게 짜인 시의 구조가 시의 의미를 선명하게 부각시키고 있다.

또한, 이 시는 주제가 종교적이라고 해서 그 당시에 유행하던 이교적인 문화를 배격하고 있지 않다는 점에서도 눈길을 끈다. 오히려 이 시는 당시의 이교적인 문화를 기독교적인 주제를 형상화하는 데 효과적으로 이용함으로써 시의 가치를 극대화하고 있다. 이 시에 등장하는 Guardian, Lord, Master 같은 호칭들은 이교적인 문화의 왕이나 군주를 지칭하는 데 사용되는 것이었다. 이런 호칭들 앞에 heaven kingdom's, eternal, almighty

---

36) Michael Swanton, *English Literature before Chaucer* (London: Longman, 1987), 74.

등의 형용사를 붙여 이교적인 문화를 접목시킨 새로운 창조주 하나님의 호칭을 만듦으로써 시인은 기독교적인 문화와 이교적인 문화를 융합하고 있다. 이 「찬미가」에 대해 문학적인 가치가 없다고 평가절하 하는 학자들도 있지만 시를 찬찬히 읽어보면 균형 잡힌 태도와 장엄한 운율적인 특징을 가지고 있어서 독자들에게 매력을 선사하고 빠져들게 만든다.

II

타락 이야기

1. 창세기에 나타난 인간의 타락

　　문학적인 구조로 볼 때 창세기 3장에서부터 시작되는 인간의 타락 이 야기는 이전의 창조 이야기와는 분명한 대조를 보인다. 긍정적인 창조 이야기와 달리 타락의 이야기는 부정적인 것으로 여기서의 분위기는 앞 과는 확연하게 다르다. 이야기를 서술하는 기법에 있어서도 이전의 이야 기는 대화가 없는 내러티브로 기록되어 있는 데 반해 타락의 이야기는 주로 대화로 이야기가 전개된다. 앞에서는 하나님이 인류를 위해 천지만 물을 창조하시고 생육하고 번성할 것을 명령하심으로써 인류에게 아름다 운 미래를 약속하고 있는 긍정적이고 축복된 이야기를 한 것과는 달리 여기에서는 불순종으로 인한 인간의 부정적인 역할과 암울한 미래를 이 야기한다.

　　인간의 타락 이야기는 하나의 비극적인 사건이다. 3장에서의 타락 이야기는 하나님께서 선하고 완전하게 만든 세상이 어떻게 그 완전함을 상실하게 되고 또한 하나님의 형상대로 지음 받은 인간이 어떻게 순수성을 잃어버리게 되는지를 그리고 있다. 그런데 타락의 이야기는 다음의 세 가지 측면을 살펴보아야 의미가 분명해진다.

첫째, 유혹자는 어떤 특징을 가진 존재인가? 둘째, 유혹자는 타락의 대상자를 어떤 과정을 통해 타락시키고 있는가? 셋째, 타락의 대상자가 유혹자의 설득의 전략에 직면했을 때 어떤 반응을 보이며 타락하게 되는 원인들은 무엇인가? 넷째, 타락은 어떤 결과를 가져오며 그 범위는 어디까지인가?

창세기 3장은 "하나님이 지으신 들짐승 중에 뱀이 가장 간교하니라" (1절)라는 구절로부터 타락 이야기를 시작한다. 인간을 타락시킨 유혹자는 피조물 중에서 가장 간교한 뱀이다. 이런 특성을 가진 존재가 타락의 대상자로 아담이 아닌 보다 연약한 그릇으로 창조된 이브를 선택하고 매우 전략적인 화법을 사용하여 유혹을 시도한다. 간교한 유혹자인 뱀의 질문은 처음부터 매우 치밀하게 계산되고 의도된 것이다. 뱀은 이브에게 "하나님이 참으로 너희에게 동산 모든 나무의 열매를 먹지 말라 하시더냐?"(1절)라고 묻는다. 뱀의 목표는 이브로 하여금 하나님께서 금한 선악과의 열매를 따먹게 하는 데 있었지만 그 의도를 숨긴 채 "하나님이 선악과를 먹지 말라고 하시더냐?"라는 질문이 아닌 "동산 모든 나무의 열매를 먹지 말라고 하시더냐?"라는 질문을 함으로써 모든 좋은 것들을 인간에게 주신 하나님의 선하심에 의문을 제기하도록 유도한다.

이에 대해 이브는 "동산 나무의 열매를 우리가 먹을 수 있으나 동산 중앙에 있는 나무의 열매는 하나님의 말씀에 너희는 먹지도 말고 만지지도 말라 너희가 죽을까 하노라 하셨느니라."(3절)고 대답한다. 뱀의 사악한 의도를 간파하지 못한 이브가 동산 중앙에 생명나무와 선악을 알게 하는 두 가지 종류의 나무가 있다는 사실을 망각한 채 이 둘을 구분하지 않고 동산 중앙에 있는 나무의 열매를 하나님이 금하셨다고 말하고 있는 것이다. 더구나, 하나님께서는 선악과를 먹으면 반드시 죽는다고 했지만 이브는 하나님께서 먹지도 말고 만지지도 말라고 했다고 하면서 그렇게 했을 경우 죽을지도 모른다고 대답한다. 이브는 하나님의 명령을 정확하게 기억하지 못할 뿐 아니라 자신의 생각을 추가시키는 인간 중심적인 모습을 보이고 있다. 이런 허점을 간교한 뱀은 놓치지 않는다. 그는 이브에게 결코 죽지 않을 것이라고 단언하면서 "너희가 그것을 먹는 날에는 너희 눈이 밝아져 하나님과 같이 되어 선악을 알 줄을 하나님이 아심이니라."(5절)고 유혹의 수위를 높인다.

그런데 선악과를 먹으면 눈이 밝아져 하나님과 같이 된다는 뱀의 유혹은 정말 강력한 유혹이다. 이는 유한성을 가진 피조물이 무한한 조물주와 같아질 수 있다는 것으로 어떤 유혹보다 강한 매력을 선사하기 때문이다. 이것은 단지 만져보고 먹어보고 싶다는 육체적인 욕구를 초월하여 유한한 존재가 무한한 존재로 바뀔 수 있다는 인간 존재의 본질적인 상승과 변화에 대한 유혹이다. 따라서 이런 강력한 유혹에 이브의 마음은 동요될 수밖에 없다. 성서는 이때의 이브의 심적 상태를 "그 여자가 나무를 본즉 먹음직도 하고 보암직도 하고 지혜롭게 할 만큼 탐스럽기도 한 나무인지라 여자가 그 열매를 따먹고 자기와 함께 있는 남편에게도 주매 그도 먹은지라."(6절)라는 말로 표현한다. 이를 통해 창세기의 기자는 인간이 타락한 것은 본질적으로는 불순종(disobedience)이 그 원인이지만 거기에는 신과 같이 되고 싶어 하는 교만(pride)과 맛있는 것을 먹고 싶어 하는 육체적인 식욕(physical appetites), 시각적인 아름다움에 대한 욕구(desire for visual beauty), 그리고 지혜에 대한 갈망(desire for wisdom) 등 여러 심리적인 원인들이 복합적으로 얽혀있음을 보여준다. 물론 라이켄(Leland Ryken) 교수가 설명하고 있듯이 인간이 음식을 먹고 싶어 하고 아름다움과 지혜를 향유하고 싶은 욕구를 가지는 것은 잘못된 일이 아니다.37) 하지만 그런 욕구들이 하나님의 지고의 명령을 어기는 데 사용될 때, 다시 말해 인간의 잘못된 '도덕적 선택'(moral choice)으로 이어질 때 그것은 엄청난 결과를 가져올 수 있다는 것이다.

불순종으로 인한 인간의 타락은 여러 가지 불행한 결과를 초래한다. 타락의 결과 그들은 내적인 벌과 외적인 벌을 모두 받는다.38) 그 첫 번째는 인간이 타락 이전에는 느끼지 않았던 수치심을 느끼게 되었다는 것이다. 죄를 지은 후, 아담과 이브는 하나님이 선하고 아름답게 만든 자신들의 벌거벗은 모습에 수치심을 느끼고 무화과 잎을 엮어 치마를 만들어 입는다(7절). 불순종으로 인한 타락이 인간으로 하여금 이전과 다른 부정적인 경험을 하게 만든 것이다. 이와 함께 인간은 죄의식과 두려움의 감정도 가지게 된다. 타락 후 인간은 죄의식 때문에 움츠러들게 되고 공포심 때문에 하나님과 떳떳하게 대면하지 못한다. 타락 후 아담과 이브가 동산에 거니시는 여호와의 목소리를 듣고 여호와 하나님의 낯을 피하여 동산 나무 사이에 숨게 되는(8절) 것은 바로 이 때문이다. 요약건대, 죄라는 것이 창조주 하나님과 인간 사이의 친밀했던 관계를 단절시키는 무서운 결과를 가지고 온 것이다. 이뿐 아니라 타락으로 인해 뱀은 배로 기어

---

37) Leland Ryken, *The Literature of the Bible* (Michigan: Zondervan, 1974), 40-41.

38) Kenneth R. R. Gros Louis, "The Garden of Eden" *Literary Interpretations of Biblical Narratives* Ed. Kenneth R. R. Gros Louis & James S. Ackerman, Thayer S. Warshaw (Nashville: Parthenon Press, 1978), 57.

다니고 일생동안 흙을 먹어야 하는 벌을 받고, 여자는 해산의 고통과 남편의 다스림을 받아야 하며 남자는 먹고 살기 위해서는 이마에 땀을 흘려 노동을 해야 하는 벌을 받는다. 자연 또한 저주를 받아 땅에 가시덤불과 엉겅퀴가 생겨나게 된다.

그러나 창세기 3장의 타락이야기에서 매우 특징적인 것은 인간의 타락으로 인한 불행과 슬픔을 묘사하면서도 동시에 희망의 메시지를 그 속에 포함시켜 내소를 봉한 균형의 자세를 취하고 있다는 점이다. 여기에서는 타락 전(before the fall)과 타락 후(after the fall), 하나님과 사탄(God and Satan), 에덴동산(the Garden of Eden)과 바깥세상(wilderness), 죄와 회복(sin and restoration), 하나님의 심판과 자비(God's judgement and mercy) 등 서로 대조적인 것들이 균형을 이루어 묘사되고 있다.[39] 공의로운 하나님은 타락한 인간에게 큰 벌을 내리면서도 동시에 자비를 베푸시는데 그것은 세 가지 형태로 나타난다.

첫째, 하나님은 인간에게 여자의 후손이 뱀의 머리를 상하게 할 것이라는 약속의 말씀을 주셨다. 이는 여자의 후손으로 오실 그리스도가 사탄의 세력을 쳐부수고 인류를 구원할 것을 가리킨다.

둘째, 벌거벗은 아담과 이브를 보호하기 위해 가죽옷(garment of skin)을 지어 입히셨다. 이 또한 어린양 되신 그리스도의 희생을 통해 인간의 죄와 수치를 해결해줄 것이라는 약속을 의미한다.

셋째, 하나님은 인간을 에덴동산에서 쫓아내시고 동산 동쪽에 천사들과 불 칼(flaming sword)을 두어 생명나무의 실과를 지키게 하셨다. 타락으로 인해 고통을 경험할 수밖에 없는 육체적인 존재로서의 인간은 생명

---

39) Leland Ryken, *Words of Delight: A Literary Introduction to the Bible* (Grand Rapids: Baker, 1992), 99.

나무의 실과를 따먹고 타락한 세계에서 영원히 살게 되면 끝없이 불행한 육체적인 삶에 고착될 수밖에 없다. 따라서 생명나무의 실과를 지키게 한 것은 인간이 타락한 세상에서 끝없는 불행의 삶을 사는 운명을 피하도록 하기 위한 신의 배려 깊은 조치였음을 알 수 있다. 그러니까 역설적이게도 에덴동산에서 인간을 추방시키고 생명나무의 실과를 먹지 못하도록 한 신의 처사는 타락한 인간에게 내려진 형벌이면서도 동시에 영원한 슬픈 운명 속에 처할 수밖에 없었던 인간을 보호하기 위한 신의 자비의 행동이었던 것이다.

이상과 같은 성서의 타락 이야기를 통해 우리가 알 수 있는 것은 인간의 고통은 원래부터 있었던 것이 아니라 인간의 잘못된 선택으로 초래된 것이라는 사실이다. 즉, 도덕적 선택이 인간 삶의 회피할 수 없는 조건임을 성서의 타락 이야기는 보여준다.[40]

인간이 살고 있는 물질세계는 원래 선하게 창조된 것이었다. 그것은 신성한 법의 지배하에 움직이는 질서 있고 지적인 것이었다. 그런데 삶의 실체를 지탱하는 법과 질서를 깨트림으로써 인간과 물질세계 사이의 항구적인 변화와 파괴를 초래하도록 만든 것이 바로 악(evil)이었다. 그래서 인간이 살고 있는 세계는 더 이상 선하지 않게 되었다. 다시 말해, 인간의 타락으로 이 세상은 선함과 순수성을 상실하게 되었다. 타락의 결과 하나님께서 예정하신 선한 목적을 성취하도록 지음 받은 인간 또한 고통스러운 노력을 거쳐야만 선한 목적을 이룰 수 있게 되었다. 하나님의 뜻에 대한 순종은 인간에게 행복을 가져다주었지만 불순종은 불행과 슬픔을 가져오게 된 것이다. 따라서 인간은 자신의 잘못을 회개하고

---

40) Ryken, 42.

다시 신에게로 돌아가야 한다. 이 타락의 이야기 끝에 암시되고 있는, 하나님이 은총을 베풀어 타락한 인간을 회복시켜줄 것이라는 희망의 메시지는 인간의 회개가 없이는 실현될 수 없다. 이처럼 인간의 타락 이야기는 희망의 메시지를 그 속에 담고 있으면서도 회개가 인간의 구원을 위한 필수조건임을 강조하고 있다.

2. 밀턴의 『실낙원』에 나타난 인간의 타락

영국의 대서사시인 존 밀턴(John Milton)이 쓴 『실낙원』(*Paradise Lost*)은 기독교적 세계관을 잘 보여주는 너무나도 유명한 작품이다. 밀턴은 이 작품에서 "하나님의 길이 인간에게 정당하다는 것을 보여주기 위해"(『실낙원』 1권 26행) 이 서사시를 썼다고 집필 의도를 명백히 밝힌다. 개인적으로 여러 가지 어려움과 불행한 일들을 겪었기 때문에 하나님의 섭리가 불합리하고 가혹하다고 생각할 법 하지만 그는 창조, 타락, 구원으로 이어지는 하나님의 섭리는 옳고 정당하다고 주장한다. 이 작품의 창작에 사용된 자료는 여러 가지가 있지만 가장 중요한 자료는 창세기 1-2장에 나오는 아담과 이브의 타락 이야기와 요한계시록 12장에 나오는 천상에서의 전쟁에 관한 기록이다. 신실한 청교도로서 그는 어떤 것보다도 성서에 많은 영향을 받았으며 성서는 그의 종교적인 상상력의 원천이었다. 물론, 그의 문학가로서의 위대성은 성서의 주제를 다룰 때 빠지기 쉬운 단색의 빛에다 고전의 깊은 맛을 가미해준 데 있고 또한, 무한한 상상력을 통해 인간의 운명과 신의 도리라는 장대한 문제를 고전적 전통의 빛을 사용하여 조명해줄 수 있었다는 데 있다.[41] 여기에서는 그의 『실낙원』에 묘사되어 있는 인간의 타락 장면을 살펴보고 성서의 타락 장면과 비교함으로써 성서가 밀턴의 작품에 어떤 영향을 끼쳤는지를 생각해보고자 한다.

『실낙원』에서 인간의 타락은 유혹자인 사탄에 의해 시작된다. 인간이 거주하는 낙원에 도착한 후 정탐하면서 기회를 엿보던 사탄은 인간에게 접근하여 신이 금한 선악을 알게 하는 나무의 열매를 따먹게 함으로써 인간을 타락시키고 신에게 간접적인 복수를 시도한다.

사탄이 시도하는 유혹의 첫 번째 단계는 두꺼비로 변신한 그가 이브의 귓가에 웅크리고 앉아서 그녀에게 헛된 환상과 꿈을 꾸게 하며, 이를 통해 교만과 과도한 욕망을 불어넣는 것이다(제4권 799-810행). 이렇게 그녀의 이성의 기능을 약화시킨 다음 사탄은 교활한 뱀으로 변장하여 혼자 동산을 가꾸고 있는 이브에게 접근한다.

> 놀라지 마소서, 여왕이여, 유일하게 경이로운 존재이신
> 그대 혹시 놀라셨다면. 더구나 하늘과 같이 온유한
> 그 얼굴에 멸시의 표정 짓지 마시며,
> 이렇게 접근하여 싫증을 느끼지 않고 그대를
> 바라보고, 이렇게 혼자 있어 더욱 위엄찬
> 그대의 이마를 두려워하지 않는다고 불쾌하게 생각하지 마소서.
> 조물주를 닮은 가장 아름다운 이여.

> Wonder not, sovereign mistress, if perhaps
> Thou canst, who are sole wonder, much less arm
> Thy looks, the heaven of mildness, with disdain,

---

41) 조신권, 『실낙원: 불후의 서사시』 (서울: 아가페문화사, 2013), 14.

Displeased that I approach thee thus, and gaze

Insatiate, I thus single, nor have feared

Thy awful brow, more awful thus retired.

Fairest resemblance of thy maker fair, (IX. 532-38)

사탄은 그녀를 '여왕', '경이로운 존재'라고 호칭하며 그녀의 헛된 자만심을 조장한다. 이에 그치지 않고 '주문주를 닮은 가장 아름다운 존재'라고 지칭하며 완전히 추겨 세운다. 이런 사탄의 감언이설은 그녀의 마음속으로 흘러들어가 그녀의 교만한 마음을 한껏 부풀게 한다. 또한, 사탄은 그녀가 남편 아담보다 더 고귀한 존재임을 마음속에 각인시킴으로써 혼자서도 과감하게 죄를 짓는 행동을 할 수 있도록 준비시킨다. 이처럼 치밀한 준비 작업을 한 후 사탄은 교묘하게 계획된 논리적이며 설득적인 화술을 이용하여 그녀를 본격적으로 유혹한다.

이 유혹자는 일어나 움직이며 머리를 높이 들고
정열에 넘쳐 이렇게 열변을 시작한다.
　"아, 거룩하고, 슬기롭고, 지혜 있는 나무여,
지식의 어머니여! 만물의 근원을 알아낼 뿐 아니라
아무리 슬기롭게 보일지라도
그 지고한 자의 행적마저 더듬어 찾을 수 있는
그대의 힘이 지금 내 마음 속에 명백히
느껴지도다. 이 우주의 여왕이여!
그 엄한 죽음의 위협 믿지 마소서. 그대 죽지 않으리니.
열매를 맛본다고 죽음을 얻다니 어찌 그러 하리오?
그것은 지혜뿐 아니라 생명도 주리이다.

So standing, moving, or to highth upgrown
The tempter all impassioned thus began.
　O sacred, wise, and wisdom-giving plant,
Mother of science, now I feel thy power
Within me clear, not only to discern
Things in their causes, but to trace the ways
Of highest agents, deemed however wise.
Queen of this universe, do not believe
Those rigid threats of death; ye shall not die:
How should ye? by the fruit? it gives you life
To knowledge. (IX. 677-687)

　사탄은 이브에게 금단의 열매를 먹어도 결코 죽지 않으며 오히려 지혜와 생명을 얻게 될 것이라고 단언하고 있다. 하지만 이런 그의 말은 허위이며 거짓이다. 그런데 문제는 그의 말이 거짓이라고 생각할 틈도 주지 않고 계속해서 "나를 보소서, 나는 손대고 맛보았으나 살았고 또한 내 분수보다 높은 것을 시도하여 운명이 정한 것보다 더 완전한 생명을 얻었나이다."(제9권 688-691)라고 하면서 사탄은 거부하기 어려운 더욱 강도 높은 유혹의 공격을 퍼붓고 있다. 게다가 신이 선악과를 먹지 못하게 한 이유를 인간을 사랑해서가 아니라 인간이 신과 같이 되는 것을 두려워했기 때문이라고 말함으로써 그녀로 하여금 신에게 복종하는 것에 대한 근본적인 회의와 불쾌감을 가지도록 사주한다.

　　그런데 왜 금했을까? 그의 숭배자인
　　그대들을 다만 위협으로 낮고 우매하게
　　두어두고자 한 것일까? 하나님은 아시리라

그대들이 그것을 먹는 날, 밝게 보면서
실은 어두운 그대들의 눈이
완전히 열리고 밝아져 신들같이 되고
신들처럼 살게 되리라는 것을.

Why then was this forbid? Why but to awe,
Why but to keep ye low and ignorant
His worshippers; he knows that in the day
Ye eat thereof, your eyes that seem so clear,
Yet are but dim, shall perfectly be then
Opened and cleared, and ye shall be as gods,
Knowing both good and evil as they know. (IX. 703-709)

이미 헛된 욕망과 부풀린 자만심을 가진 이브에게 이처럼 치밀하고
설득적인 사탄의 말은 "이성과 진리가 내포된 듯이 생각되게 되고"(제9
권 738) 간절한 욕망에 사로잡혀 그녀의 이성은 흐려지고 만다. 그래서
이브는 경솔하게 손을 뻗쳐 금단의 열매를 따서 먹는다.

이 작품에서 이브의 잘못은 일차적으로 하나님의 명령을 어기고 금
단의 열매를 따먹은 행동, 즉 그녀의 불순종(disobedience)에 있다. 이것
이 그녀가 타락한 직접적인 가장 중요한 이유다. 그런데 루이스(C. S,
Lewis)나 라이트(B. A. Wright) 같은 밀턴 학자들은 타락의 원인을 불순
종으로 보면서 그 동기는 교만(pride)에서 난 것이라고 말한다.[42] 앞서
살펴보았듯이 사탄은 여러 가지 방법으로 이브의 교만을 자극했고 이러

---

42) C. S. Lewis, *A Preface to Paradise Lost* (London: Oxford University Press, 1942), 69.

   B. A. Wright, *Milton's Paradise Lost* (London: Methuen, 1968), 53.

한 간교한 부추김에 분별력을 잃고 타락하고 만 것이다. 사탄이 그녀의 교만을 자극하기 위하여 '최고의 여왕'(sovran Mistress, 9권 532), '이 우주의 여왕'(Queen, 9권 684)이라고 칭찬하면서, 금단의 열매를 먹으면 그녀 자신이 여신이 될 수 있다고 부추기는 것에 넘어가 신의 명령에 불순종하는 잘못을 저지르게 된 것이다.

밀턴의 작품 세계에서 교만은 모든 죄의 근원으로 피조물이 자기 위치와 한계를 망각하고 자신을 신격화하려는 마음상태를 일컫는다. 즉, 이것은 지음을 받은 상대적인 존재인 피조물(the created)이 절대적인 존재인 창조주(creator)처럼 되고자 하거나 그보다 더 높은 위치에 올라가 존경을 받으려는 과욕을 말한다. 밀턴 시대에는 인간의 영혼 속에는 감정, 욕망, 환상 등 많은 저급한 정신 능력들이 있는데 이런 것들은 보다 고급한 정신 능력인 이성(reason)의 지배 아래 있어야 한다고 생각했다. 이브의 타락은 교만이라는 과도한 욕망이 그녀의 이성을 어둡게 만들었기 때문에 행해진 것이다. 이런 점에서 보면, 이브는 많은 학자들이 주장하듯이 결국 '이성의 연약성'(weakness of reason)[43] 때문에 타락했다고 할 수 있다.

그러나 인류의 첫 조상 아담은 이브와는 다른 이유 때문에 타락한다. 사실 이브는 타락하는 것을 전혀 인식하지 못한 채 타락한 경우다. 순진한 상태에서 사탄의 기만적이고 계획적인 화술에 의해 속임을 당한 결과 잘못을 잘못인 줄 모르고 저지른 것이다. 따라서 사탄이라는 강력한 유혹자의 공격이 없었더라면 그녀는 타락하지 않았을 것이다. 하지만 아담은 이브가 선악과의 열매를 가져왔을 때 그것을 먹으면 신의 명령을 어

---

43) Douglas Bush, "Paradise Lost in Our Time: Religious and Ethical Principles" *Milton: Essays in Criticism*. Ed. Artur E. Barker (London: Oxford University Press, 1970), 164.

기는 죄를 범하는 줄 분명히 알고 있으면서도 스스로의 자유 의지(free will)에 의해 타락한다. 아담이 타락한 원인에 대해 밀턴학자 핸포드 (John H. Hanford)는 사악한 욕정 때문에 타락했다고 보았고,[44] 부시 (Douglas Bush)는 의지의 약함 때문이라고 주장했다.[45] 그는 신의 명령을 어기면 안 된다는 사실을 분명히 이성적으로 인식하고 있었다. 그러나 반려자인 이브가 불순종으로 인해 죽음을 면할 수 없게 되었다는 사실을 알았을 때 아내와 함께 죽을 결심을 한다. 즉, 선악과를 먹는 것은 하나님의 명령을 어기는 잘못된 일인 줄 알면서도 스스로 타락을 선택한다. 이런 점에서 아담의 타락을 의지의 약함 때문이라고 본 부시의 설명이 훨씬 설득력이 있다.

> . . . 그대와 같이 죽으려는 것이
> 나의 확실한 결심이니 그대 없는 세상 나 혼자
> 어찌 살 것인가 그대와의 달콤한 교제와 이토록
> 깊이 맺어진 사랑을 버리고 이 황량한 숲속에
> 혼자 남아 어떻게 다시 살 것인가?
> 하나님이 제 2의 이브를 창조하고 내가
> 또 하나의 갈비뼈를 내놓는다 해도 그대의 죽음은
> 내 마음에서 사라지지 않으리라. 아니 자연의 사슬이
> 나를 끄는 것을 느끼노라. 그대는 나의
> 살 중의 살, 뼈 중의 뼈, 그러니 축복이든
> 화든 그대 몸에서 떨어질 수 없도다.

---

44) Holly J. Hanford. *A Milton Handbook* 4th Ed. (New York: Appelton Century-Crofts, 1961), 213.

45) Douglas Bush, 164.

. . . for with thee

Certain my resolution is to die;

How can I live without thee, how forgo

Thy sweet converse and love so dearly joined,

To live again in these wild woods forlorn?

Should God create another Eve, and I

Another rib afford, yet loss of thee

Would never from my heart; no no, I feel

The link of nature draw me: flesh of flesh,

Bone of my bone thou art, and from thy state

Mine never shall be parted, bliss or woe. (IX. 906-916)

그러나 아담의 선택을 어떻게 평가할 것인가는 쉬운 문제는 아니다. 시맨(John E. Seaman)이란 학자처럼 이것을 순진한 결심으로 보면46) 그의 선택은 비록 비극적이기는 하지만 '고귀한 사랑의 행위'로 평가할 수 있다. 그 결심은 타인의 협박이나 설득에 의한 것이 아니라 자의적인 것이라는 점에서 인간의 자유의지가 표출된 것이고, 그의 비극적 선택의 이면에는 아내에 대한 진한 낭만적인 사랑의 색채가 묻어있기 때문이다. 그의 선택에 대해 아내 없이 홀로 사는 것을 두려워한 것이 가장 중요한 동기라고 판단하여 그의 타락의 원인을 '집단 본능'(gregariousness) 때문이라고 해석하는 학자도 있지만 이보다는 작품에 나타나 있는 대로 "속은 것은 아니지만 여성의 매력에 넘어가"(제9권 998-999) 타락했다고 보는 것이 좋을 것이다. 이렇게 볼 때, 아담으로 하여금 신의 명령에 불순

---

46) John E. Seaman. *The Moral Paradox of Paradise Lost* (The Hague: Mouton, 1971), 121.

종하게 만든 최초의 비극적인 결함은 '지나친 아내 사랑'(uxoriousness) 이었다고 할 수 있다.

그런데, 아담이 아내를 사랑하는 것은 지극히 당연한 일이다. 부부가 사랑하지 않으면 결혼 생활은 원만하게 진행될 수 없다. 그러나 사랑이 올바른 이성에 근거를 두지 않았을 때 그것은 동물적인 정욕으로 전락하게 되고, 더구나 피조물로서 조물주보다 인간을 더 사랑하게 될 때 사랑의 신성한 가치를 잃게 된다. 밀턴이 살던 시대에 유행했던 신플라톤 사상에서 강조하고 있는 중요한 사랑의 개념은 "신의 사랑을 얻기 위해서는 피조물(인간)에 대한 사랑을 버려야 한다."(To rise to the love of God one must leave behind the love of creature)[47]는 것이었다. 따라서 아담은 당연히 여성의 매력보다는 신의 명령을 선택했어야 했다. 그는 여성의 매력에 끌려 이성의 소리를 듣지 않고 정욕을 따랐기 때문에 타락하고 만 것이다. 이런 점에서 '이성의 연약함'(weakness of reason) 때문에 타락한 이브와는 달리 아담은 '의지의 연약함'(weakness of will) 때문에 타락했다고 볼 수 있다.

하나님은 아담과 이브를 위해 에덴동산을 만드시고 인간이 그 안에 살면서 모든 것들을 누리게 하셨다. 그러면서 인간에게 단 한 가지 순종을 요구하셨다. 그리고 인간이 신의 명령에 순종하는지를 가늠하는 기준이 선악과였다. 선악과의 열매 속에 해로운 것이 들어 있어서 인간에게 선악과를 금한 것이 아니라 인간이 바른 이성에 근거해 신의 명령에 자발적으로 순종하는 것을 원했던 것이다.

---

47) Thomas R. Arp, *Instructor's Manual to Accompany Perrines's Sound and Sense: Am Introduction to Poetry* (Fort Worth: Harcourt Brace College Publishers, 1997), 29.

인간의 입장에서 순종은 신이 일방적으로 부과한 독단적인 것으로 보일 수 있으나 에덴에서의 순종은 행복의 조건이었다. 신은 인간을 자유의지를 가진 스스로 선택할 수 있는 존재로 만들었기 때문에 감사하는 마음으로 신의 명령에 기꺼이 순종하느냐 그렇지 않느냐 하는 것은 인간의 몫이었다. 이브가 선악과의 열매를 가지고 왔을 때 아담은 이런 선택의 기로에 섰고 창조주보다 피조물을 더 사랑하지 말아야 한다는 것을 알면서도 아내 사랑을 택했던 것이다. 그러니까 이브는 자기 사랑 때문에, 아담은 아내 사랑 때문에 타락한 것이다. 다시 말해, 본질적인 측면에서 보면, 인간 중심적인 생각과 행동이 불순종과 타락의 원인이 되고 있는 것이다.

그렇다면 『실낙원』에서 인간 타락의 결과는 어떻게 나타나고 있는가? 타락의 첫 번째 비참한 결과는 '죽음'이다. 인간이 타락하지 않았더라면 영원히 하늘의 축복을 누리며 행복할 수 있었지만 죄를 지음으로 죽을 수밖에 없고 슬픔을 체험할 수밖에 없는 비참한 운명이 찾아온다. 이런 사실은 다음과 같은 구절을 보면 명백하다.

. . . 죽음에 이르는
금단의 나무 열매를 먹음으로써
죽음과 온갖 슬픔이 세상에 들어왔도다.

. . . and the fruit
Of that forbidden tree, whose mortal taste
Brought death into the world, and all our woe, (I. 1-3)

. . . 나의 유일한 명령을
범하는 것이니, 너는 반드시 죽을 것이고,
그날로부터 필멸의 몸이 되어 이 낙원의
행복한 상태를 잃어버린 채 괴로움과 슬픔의
세계로 쫓겨나리라.

. . . my sole command
Transgressed, inevitably thou shalt die;
From that day mortal, and this happy state
Shalt loose, expelled from hence into a world
Of woe and sorrow. (VIII. 329-333)

그런데 타락의 결과, 인간이 맞이하게 된 죽음은 단지 '육체적 죽음'(physical death)만을 말하는 것은 아니다. 거기에는 죄의식과 고통, 실망, 분노, 증오, 수치심을 수반하는 '도덕적인 죽음'(moral death)과 인간이 원초적으로 신에게서 받았던 신의 은총과 본질적인 의로움을 상실하게 되는 '영적인 죽음'(spiritual death), 그리고 최후의 심판을 거쳐 이르게 되는 '영원한 죽음'(eternal death)이 모두 포함된다.

또한, 타락의 결과는 단지 인간세계에만 영향을 미친 것은 아니다. 인간의 타락으로 자연만물도 탄식하며 괴로움을 당한다. 이브가 선악과를 먹었을 때 생긴 가장 일차적인 현상은 자연이 슬픔의 징표를 드러내는 것이었다.

대지는 상처를 느끼고, 자연은 제자리에서
만물을 통하여 탄식하며 모든 것이 상실됐다고
고애의 징표를 드러낸다.

Earth felt the wound, and nature from her seat

Sighing through all her works gave signs of woe,

That all was lost. Back to the thicket slunk (IX. 782-784)

이브가 건네준 금단의 열매를 먹고 아담까지 원죄에 가담하자 자연의 반응은 더욱 격렬해진다.

대지는 다시 고통에 몸부림치듯 내장에서부터
흔들리고 자연도 다시 한 번 신음한다.
하늘은 흐리고 뇌성은 나직이 울려 치명적인
원죄가 이루어짐을 보고 슬픔의 눈물을 떨어뜨린다.

Earth trembled from her entrails, as again

In pangs, and nature gave a second groan,

Sky loured and muttering thunder, some sad drops

Wept at completing of the mortal sin

Original; while Adam took no thought, (IX. 1000-1004)

동물들 또한 사나워져서 서로 잡아먹는 육식의 본능을 드러내고 인간은 포악한 동물들을 두려워하게 되며 동물에게 적대감을 갖게 된다. 인간의 타락이 자연계의 부조화와 인간과 자연의 관계를 붕괴시키는 참담한 결과를 가져온 것이다. 이뿐 아니라 인간과 인간 사이의 관계도 파괴되게 된다. 타락 이전 아담과 이브는 완벽하게 보일 정도로 이상적이고 조화로운 관계를 이루고 있었다. 아담은 이브를 "모든 생물보다 월등하고 비길 데 없이 사랑스러운 둘도 없는 이브, 둘도 없는 벗이여"(제9권

227-228)라고 한다든지, "하나님과 인간의 딸 불멸의 이브여 그대는 죄와 가책이 없는 몸"(제9권 291-292)이라고 불렀다. 그러나 타락 후 그는 이브를 악녀라고 하거나 뱀이라고 부르며 자기 앞에서 물러나라(제10권 867-869)고 호통을 친다. 타락이 하나님이 직접 만든 신성한 부부의 관계를 단절시키고 만 것이다.

이상에서 살펴본 것처럼 유혹자이며 대적자인 사탄의 술수에 넘어가 타락한 결과 사탄의 의도대로 인간과 하나님 사이의 관계가 단설되었을 뿐 아니라, 인간과 인간, 인간과 자연사이의 관계도 깨어진다. 하나님을 중심으로 일사불란했던 일원론적인 세계가 붕괴되고 악이 또 하나의 축을 형성하여 이원론적인 세계가 만들어진다. 그래서 타락 이후 인간은 선과 악, 행복과 불행, 기쁨과 슬픔 등 대립적인 가치들 속에서 갈등과 고통을 체험하며 낙원에서 추방되어 방랑자로서의 삶을 살 수밖에 없는 운명에 처하게 된다.

III

성서의 설화

1. 성서 설화의 특징

　문학 형태 중에서 성서에 가장 많이 포함되어 있는 것이 설화 (narrative)다. 구약 성서의 40퍼센트 이상이 설화체로 되어 있고 신약의 거의 60퍼센트가 설화로 구성되어 있다. 설화는 한 마디로 이야기다. 성서의 설화는 현 시대를 사는 모든 사람들에게 의미와 방향을 제시하려고 지난 과거의 역사적 사건들을 다시 진술한, 목적이 있는 이야기를 말한다.[48)]

　성서의 설화는 성령의 감동으로 기록되었기 때문에 우리 이야기라기보다는 하나님의 이야기라는 점에서 일반 설화와 다르다. 그러나 하나님이 우리에게 들려주기 위해, 우리에 관해 쓴 이야기이기 때문에 우리의

---

48) 피, 골든 D. · 스튜어트 더글러스, 『성경을 어떻게 읽을 것인가』 개정3판. 오강만 · 박대영 역. (서울: 성서유니온, 2014), 104.

이야기이기도 하다. 다시 말해, 성서의 이야기는 우리와는 때와 장소를 달리하는 히브리 사람들의 이야기이기는 하지만 일반적인 다른 이야기와 달리 모든 인간들의 이야기다. 성서의 설화는 단지 어떤 것을 이야기하고 있는 것이 아닌 실제로 일어난 일을 우리에게 말해주고 있고 그것의 목적은 하나님이 그의 창조와 피조물들 가운데서 역사하는 것을 보여주는 데 있다.[49]

싱서의 설화는 이야기의 구성, 전개방법, 인물의 성격, 주제의 발전, 서술방법 등 다양한 문학적인 기법들을 통해 그 의미를 우리들에게 전달한다. 모든 성서의 설화는 기본적으로 세 가지 부분으로 구성되어 있다. 등장인물, 플롯, 플롯의 해결이 그것이다. 전통적인 설화에서 등장인물은 이야기에서 가장 중요한 인물인 주인공(protagonist), 갈등이나 긴장을 야기하는 적대자(antagonist), 그리고 갈등에 참여하는 다른 인물(agonist)로 이루어져 있다. 성서 이야기에서는 하나님이 주인공이고 사탄 혹은 악한 사람이 대적자이며 하나님의 백성들이 갈등에 참여하는 인물들이다. 하나님이 세상을 만들고 그의 형상대로 사람을 창조하여 아름다운 에덴동산에 살게 하셨지만 사탄이 사람을 미혹하여 하나님을 대적하게 만들었다. 그래서 타락한 인간은 슬픔과 갈등 속에서 몸부림치는 존재가 된다. 이것이 성서에서 제시되는 근본적인 갈등의 플롯이며, 여기에서 갈등의 해결은 하나님이 대적자인 사탄의 손에서 인간을 구원하여 잃어버린 신의 형상을 회복시키고 새 하늘과 새 땅을 인간의 영원한 안식처로 삼게 함으로써 이루어진다. 성서에는 이런 전체적인 플롯 속에 짧은 여러 이야기들이 포함되어 있다.[50]

---

49) Gordon D. Fee & Douglas Stuart, *How to Read the Bible for All Its Worth* 2nd Ed. (Grand Rapids: Zondervan, 1993), 79.

그런데 일반 문학의 설화와 달리 성서의 설화에는 세 가지 차원이 있다고 한다.[51] 첫 번째는 가장 상위의 차원으로, 하나님께서 자신의 피조세계 전체를 통해 역사하는 전 우주적인 인류의 창조, 타락, 구속의 이야기를 말한다. 다시 말해, 성서 전체를 통해 강조되는 인류의 구속 이야기 즉, 구속사가 그것이다. 두 번째 중간 차원은 하나님이 그가 택한 이스라엘 백성을 구속하는 이야기다. 아브라함을 부르는 것으로 시작하여 죄와 불신으로 하나님과 멀어진 이스라엘 백성을 사사와 선지자들을 보내 구원하는 이야기와 잃어버린 나라를 회복시키는 이야기가 여기에 포함된다. 이 중간 차원의 설화의 강조점은 이처럼 이스라엘 민족에게 집중되어 있다. 즉, 하나님이 간섭하고 인도하는 이스라엘의 역사가 바로 두 번째 차원의 성서의 이야기다. 마지막 세 번째 하위차원의 설화는 앞의 두 차원을 형성하는 데 사용되는 수백 개의 개별적인 작은 이야기들을 말한다. 이 차원의 설화는 두 가지의 다른 이야기들이 섞여있는 복합적인 이야기들과 작은 독립된 이야기들을 모두 포함한다. 그런데, 하위 차원의 설화를 해석할 때 유념해야 하는 것은 상위 두 차원의 의미를 고려하면서 성서의 전체적인 틀 속에서 해석해야 오류를 피할 수 있다는 것이다. 다시 말해, 각각의 단편적인 이야기들이 성서의 전체적인 구속사와 이스라엘 민족의 역사의 틀 속에서 어떤 의미를 지니는가를 생각해야 그 의미를 올바르게 이해할 수 있다는 것이다. 이런 점을 염두에 두고 설화로서 아브라함 이야기와 요셉의 이야기를 분석해보고자 한다.

---

50) 피, 골든 D. · 스튜어트 더글러스,『성경을 어떻게 읽을 것인가』개정3판. 오강만 · 박대영 역 (서울: 성서유니온, 2014), 105-106.

51) Gordon D. Fee & Douglas Stuart, 79.

2. 영웅 설화로서 아브라함 이야기

영웅 설화(heroic narrative)는 구약 성서의 설화 중 가장 많은 부분을 차지하는 것으로 주인공이나 영웅의 일생과 위업에 관한 이야기를 말한다. 그런데 문학에 나오는 전통적인 영웅은 단순한 지도적 인물(leading figure)이나 주인공(protagonist) 이상의 인물이다. 그는 그가 속한 사회의 중요한 갈등과 가치를 대변하는 존재로 대중들의 주목과 인기의 대상이며, 그가 하는 행동은 개인적인 차원을 넘어 공동체 전체의 운명과 직결된다. 그는 갈등과 유혹 속에서도 선을 행할 능력을 가진 인물이며 그의 삶은 중대한 목적을 지향하는 특징을 가진다. 따라서 이러한 영웅의 삶을 통해 인간은 어떤 존재이며 어떤 의미를 가지는지가 조명되고 그가 속한 사회가 표방하는 가치가 어떠한 것인지도 알 수 있다.52)

구약성서에서 영웅 설화는 믿음의 조상으로 불리는 아브라함의 이야기로부터 시작된다. 창세기 12장에 등장하는 아브라함의 이야기는 그 이전의 이야기와는 완전히 상이한 관점에서 기술된다. 앞의 이야기가 모든 민족, 모든 지역에 관한 이야기였던 것에 반해 아브라함의 이야기는 한 개인, 한 장소로 초점이 고정된다. 하나님이 타락한 인간 세상에 은혜를 베풀기 위해 구원의 대표자로 불러낸 인물이 바로 아브라함이다. 가인의 범죄 이후 점차적으로 죄가 세상에 만연하여 타락이 범세계적인 현상이 되었을 때 하나님은 그가 택한 한 사람의 믿음의 인물을 통해 구원을 인간 세상에 펼쳐 보인다.

영웅으로서 아브라함의 자질은 전통적인 문학과는 다르게 본질적으

---

52) Leland Ryken, *The Literature of the Bible* (Michigan: Zondervan, 1974), 45.

로 영적인 것에 있다. 그는 근본적으로 하나님을 신뢰하며 전적으로 그의 말씀에 순종하는 인물이다. 하나님께서 그에게 고향과 친척과 아버지의 집을 떠나 내가 네게 보여 줄 땅으로 가라고 명령하자(12장 1절) 그는 여호와의 말씀을 따라 갔고 그 때 그의 나이가 칠십오 세였다(12장 4절)고 성서에 기록되어 있다. 또한, 그는 가는 곳마다 제단을 쌓음으로써 하나님을 경배하는 모습을 지속적으로 보여준다. 이 이야기에서 아브라함은 순종(obedience)과 믿음(faith)의 표본이다. "아브라함이 여호와를 믿으니"(15장 6절)라는 구절이 보여주듯, 그는 여호와 하나님과의 관계에서 하나님을 철저하게 신뢰하고 그의 명령에 순종하는 대표적인 믿음의 인물이다. 하지만 그는 완벽한 인물은 아니다. 창세기의 두 곳에서 그는 자신의 안전을 위해 아내를 누이라고 속이는 비열한 모습을 보인다(12장 10-20절, 20장 1-18절). 성서의 다른 이야기에서처럼 아브라함 이야기의 진정한 주인공은 인간을 통해 역사하는 하나님이다. 여기에서 하나님은 한편으로는 초월적이고 주권적인 존재로 묘사되면서도 동시에 인간사와 세상사를 직접적으로 주관하고 간섭하며 다스리는, 내재적이고 친밀한 존재로 나타난다. 아브라함을 위대한 인물이자 영웅으로 만든 것은 그가 가진 내적인 자질보다 하나님의 선택과 은혜가 더 큰 요소였다. 아브라함 이야기에서 강조되는 중요한 주제는 인간을 선택하여 사용하고 인간의 삶과 역사를 주관하는 하나님의 능력과 섭리의 위대함이다.

그러나 인간적인 차원에서 아브라함은 그 누구보다 위대한 영웅이다. 그는 '영적인 영웅'(spiritual hero)일 뿐 아니라 '가정의 영웅'(domestic hero)이다. 그는 남편, 삼촌, 아버지, 족장, 가축의 소유주로서 자신의 역할을 훌륭히 수행한다. 조카 롯이 적에게 잡혀 갔을 때 집에서 훈련시킨 군사들을 이끌고 추격하여 구해오는가 하면(14장1-16절), 세 명의 천사

방문객들이 집으로 찾아 왔을 때는 정성을 다하여 그들을 접대한다(18장). 거주할 땅이 협소해서 그의 목자들과 조카 롯의 목자들 사이에 다툼이 일어났을 때에도 그는 조카에게 더 비옥한 땅을 양보한다. 또한, 그는 족장으로서 그 당시의 다른 왕들과 제사장 멜기세덱을 비롯한 고귀한 신분의 인물들과의 교제를 통해 이른바 외교관의 역할을 수행하기도 한다. 그런데 그의 가정에서의 역할과 영적인 역할은 서로 분리된 것이 아니다. 용감하게 조카 롯을 구해올 수 있었던 깃은 하나님의 보호와 함께하심을 절대적으로 신뢰하지 않았다면 할 수 없는 행동이었으며, 조카에게 더 좋은 땅을 양보한 것도 눈앞에 보이는 세상적인 부나 가치보다 하나님의 축복을 더욱 소중하게 생각한 그의 신앙 때문에 가능한 것이었다.

전체적으로 아브라함의 이야기는 하나님께서 아브라함에게 그의 후손을 주시고 그를 축복의 근원이 되게 할 것이라는 약속(promise)과 언약(covenant)을 중심으로 진행된다. 이 약속은 하나님이 그에게 고향을 떠날 것을 명령하면서 "내가 너로 큰 민족을 이루고 네게 복을 주어 네 이름을 창대하게 하리니 너는 복이 될지라."(12장 2절)라고 말씀하는 것으로부터 시작된다. 그러나 약속 후 시간이 많이 흘러 아브라함과 그의 아내가 점점 늙어감에도 자식이 생기지 않자 독자들의 긴장감은 고조된다. 과연 하나님의 약속은 어떻게 실현될 것인가에 관심이 집중된다.

일반 문학에 자주 등장하는 '여행 모티프'(journey motif) 또한 아브라함 이야기를 흥미진진하고 생동감 있게 만드는 중요한 요소다. 아브라함의 이야기는 기본적으로 한 장소에서 다른 장소로 이동하면서 사건이 전개되는 서술의 구조를 가지고 있다. 아브라함은 고향을 떠나 새로운 곳을 찾아 이동하면서 자연과 인간, 환경 등과 갈등을 겪는다. 사막, 우물, 낙타와 당나귀, 특정한 장소와 새로 접하는 왕들과 사람들, 이 모든 것들이 아브라함의 여행이 특별하고 국제적인 의미까지 내포하는 의미 있는 것임을 보여준다.

또한, 이 이야기는 추구(quest)의 이야기다. 아브라함은 처음부터 끝까지 아들, 자손, 그리고 약속된 땅을 추구한다. 그런데 새로운 장소를 찾아가는 그의 여정은 많은 부분 육체적인 추구의 과정으로 채워져 있다. 그 중에서도 가장 중요한 것은 아들을 얻는 것이었다. 그러나 하나님께서 약속하신 아들을 언제, 어떻게 얻을 것인가 하는 그의 희망과 기대는 하나님의 약속의 성취와 맞물려 정신적이고 영적인 추구의 또 다른 패턴을 형성한다. 이 이야기는 후손을 주시겠다는 하나님의 언약의 계시가 점진적으로 나타나면서 진행된다. 다시 말해, 이야기가 진행됨에 따라 하나님은 아브라함에게 좀 더 자세한 내용을 계시하며 더 큰 복을 약속한다. 예컨대, 아브라함이 가나안 땅에 도착했을 때 하나님은 그에게 후손들과 '이 땅'(12장 7절)을 약속하시는데 이것은 첫 번째 계시된 내용보다 발전된 것이다. 아브라함이 롯에게 좋은 땅을 양보하고 거주 장소를 헤브론으로 옮겼을 때에도 하나님은 그로 하여금 큰 민족을 이루고 복을 주겠다는 처음 약속과는 다르게 거대한 혈통과 거대한 땅을 주겠다고 약속함으로써 언약을 확장한다.

> 롯이 아브람을 떠난 후에 여호와께서 아브람에게 이르시되 너는 눈을 들어 너 있는 곳에서 북쪽과 남쪽 그리고 동쪽과 서쪽을 바라보라. 보이는 땅을 내가 너와 네 자손에게 주리니 영원히 이르리라. 내가 네 자손이 땅의 티끌 같게 하리니 사람이 땅의 티끌을 능히 셀 수 있을 진대 네 자손도 세리라. 너는 일어나 그 땅을 종과 횡으로 두루 다녀보라. 내가 그것을 네게 주리라. (창세기 12장 14-17절)

이러한 하나님의 약속은 15장에서는 더욱 구체적이고 명확한 내용으로 발전한다. 하나님은 사라의 여종 하갈에게서 난 이스마엘이 아니라 사라의 몸에서 난 아들이 아브라함의 후사가 될 것이며(15장 4절), 그의 후손이 400년 동안 이방에서 노예생활을 하다가 가나안 땅으로 돌아갈 것이라고 말한다. 그리고 이들 부부의 이름도 '높임을 받은 아버지'라는 뜻의 아브람에서 '열국의 아버지'를 뜻하는 아브라함으로, '높임을 받은 어머니'라는 뜻의 사래에서 '열국의 어머니'를 뜻하는 사라로 바꾸라고 명한다. 이처럼 하나님은 아브라함에게 그의 섭리와 뜻을 점진적으로 확장시켜 계시하며 그것들을 성취해 가신다.

하지만 하나님의 섭리가 진행되는 이런 큰 그림 속에는 인간으로서 아브라함이 직면하는 여러 가지 갈등과 어려움들이 섞여있다. 아브라함은 근본적으로 하나님의 부르심에 즉각 응답하는 순종과 믿음의 사람이지만 우리들과 마찬가지로 때때로 잘못을 범하는 인물이다. 아들을 후사로 주시겠다는 하나님의 약속이 빨리 실현되지 않자 그는 아내의 의견을 받아들여 아내의 여종을 통해 아들을 낳는다. 하나님에 대한 신뢰(faith in God)와 인간의 편의주의적인 생각(ethic of expediency) 사이에서 후자를 선택한 결과이다.[53] 흉년이 들어 애굽에 내려갔을 때도 아내의 미모 때문에 자신이 죽을 것을 두려워하여 아내를 누이로 속이는 잘못을 범한다. 그랄에 갔을 때에도 그는 그랄 왕 아비멜렉에게 다시 한 번 아내를 누이라고 속이는 동일한 잘못을 저지른다. 물론 선택의 기로에 섰을 때 아브라함이 항상 잘못된 결정을 하는 것은 아니다. 조카 롯에게 좋은 땅을 양보한 사건에서 알 수 있듯이 현명한 신앙적인 선택도 하고 있다.

창세기의 기자가 아브라함의 실수장면에서 강조하는 것은 인간의 연

---

53) Ryken, 49.

약함과 대비되는 하나님의 권능과 보호하심이다. 실수를 하고 곤경에 빠진 아브라함을 하나님은 능력의 손길로 구해낸다. 오히려 남의 아내인 것을 모르고 사라를 데리고 간 애굽왕 바로의 집에 하나님은 큰 재앙을 내린다(12장 17절). 전능한 하나님이 택한 백성을 이방 민족의 손에서 구원한다는 성서 전체를 관통하는 중요한 주제는 아브라함의 이야기에서부터 시작되고 있다.

아브라함은 이처럼 인간적인 연약성을 가지고 있어서 때때로 실수를 저지르지만, 하나님이 제공한 시험(test)을 훌륭하게 통과함으로써 믿음의 영웅으로 자리매김한다. 영웅설화로서 아브라함 이야기의 절정은 백세에 얻은 아들 이삭을 하나님께 제물로 바치는 사건이다. "그 일 후에 하나님이 아브라함을 시험하시려고"(22장 1절)라는 구절이 보여주듯 이 일은 아브라함에게 내려진 하나님의 시험이 분명하다. 이 의미심장한 사건은 성서에 이렇게 기록되어 있다.

그 일 후에 하나님이 아브라함을 시험하시려고 그를 부르시되 아브라함아 하시니 그가 이르되 내가 여기 있나이다. 여호와께서 이르시되 네 아들 네 사랑하는 독자 이삭을 데리고 모리아 땅으로 가서 내가 네게 일러 준 한 산 거기서 그를 번제로 드리라. 아브라함이 아침에 일찍이 일어나 나귀에 안장을 지우고 두 종과 그의 아들 이삭을 데리고 번제에 쓸 나무를 쪼개어 가지고 떠나 하나님이 자기에게 일러주신 곳으로 가더니 제 삼일에 아브라함이 눈을 들어 그곳을 멀리 바라본지라. 이에 아브라함이 종들에게 이르되 너희는 나귀와 함께 여기서 기다리라. 내가 아이와 함께 저기 가서 예배하고 우리가 너희에게로 돌아오리라 하고 아브라함이 이에 번제 나무를 가져다가 그의 아들 이삭에게 지우고 자기는 불과 칼을 손에 들고 두 사람이 동행하더니 이삭이 그 아버지 아브라함에게 말하여 이르되 내 아버지여 하니 그가 이르되 내 아들아 내가 여기 있노라. 이삭이 이르되 불과 나무는 있거니와 번제할 어린 양은 어디 있나이까 아브라함이 이르되 내 아들아 번제할 어린 양은 하나님이 자기를 위하여 친히 준비하시리라하고 두 사람이 함께 나아가서 하나님이 그에게 일러주신 곳에 이른지라. 이에 아브라함이 그 곳에 제단을 쌓고 나무를 벌여 놓고 그의 아들 이삭을 결박하여 제단 나무 위에 놓고 손을 내밀어 칼을 잡고 그 아들을 잡으려하니 여호와의 사자가 하늘에서부터 그를 불러 이르시되 아브라함아 아브라함아 하시는지라. 아브라함이 이르되 내가 여기 있나이다 하매 사자가 이르시되 그 아이에게 네 손을 대지 말라. 그에게 아무 일도 하지 말라. 네가 네 아들 네 독자까지도 내게 아끼지 아니하였으니 내가 이제야 네가 하나님을 경외하는 줄을 아노라. 아브라함이 눈을 들어 살펴본즉 한 숫양이 뒤에 있는데 뿔이 수풀에 걸려 있는지라. 아브라함이 가서 그 숫양을 가져다가 아들을 대신하여 번제로 드렸더라. 아브라함이 그 땅 이름을 여호와이레라 하였으므로 오늘날까지 사람들이 이르기를 여호와의 산에서 준비되리라 하더라. (창세기 22장 1-14절)

인간적인 차원에서 생각하면 아들을 제물로 바치라는 하나님의 명령은 납득할 수도, 수용할 수도 없는 일이다. 하지만 아브라함은 하나님께 절대적인 신뢰와 복종을 보여줌으로써 이 시험을 통과하고 모든 민족의 복의 근원으로 우뚝 서게 된다.

아들인 이삭을 하나님께 제물로 바치는 이 이야기 속에는 희생양 모티프(scapegoat motif), 죽음-재생 모티프(death-rebirth motif), 영적 여행 모티프(spiritual journey motif) 등 다양한 문학적인 모티프들이 사용되어 이야기의 효과와 감동을 배가시킨다.54) 이 이야기는 사실적이면서 동시에 비유적이며 상징적이다. 이 이야기를 통해 성서의 기자는 인간이 축복의 하나님께 해야 할 의무가 순종과 믿음임을 보여준다. 또한, 이교의 제사에서 신들의 노여움을 달래기 위해 아이를 희생 제물로 바치는 것과 달리 이 이야기에서 하나님은 이삭 대신 양을 제물로 준비함으로써 본질적으로 인간을 사랑하는 존재임을 보여준다. 나아가, 여기에서의 어린 양은 인류의 죄를 대속하고 십자가에서 희생되는 어린양 되신 예수 그리스도를 예표하고 있어서 비유적이고 상징적인 면에서도 이 이야기는 매우 중요한 의미를 가진다.

문학적인 영웅의 정의로 되돌아가 아브라함의 삶을 생각해보면 그의 삶은 영웅을 낳은 사회의 중요한 갈등을 재현하고 있음을 보여준다. 그는 자연 환경과 충돌을 경험하면서 생존의 방편으로 끊임없이 여행을 한다. 이런 양상은 그의 유목생활을 통해 잘 나타난다. 또한, 그의 삶은 이방인들과의 갈등으로 점철되어 있고, 미래에 관한 하나님의 약속에 대한 믿음과 자신의 힘으로 문제를 해결하려는 인간적인 충동 사이에서 영적 · 심리적 갈등을 겪는다.

이와 함께, 아브라함 이야기는 인간의 삶에 중요한 패턴이 있음을 보여주고 있다는 점에서도 전형적인 영웅이야기라고 할 수 있다. 그의 삶은 하나님의 언약과 약속에 기반을 두고 진행되는 것으로, 인간적인 계획과 노력이 아닌 하나님의 축복과 인도가 그의 삶을 이끌어간다. 따라서 그를 통해 강조되는 세계는 본질적으로 신 중심적인 것이며, 그의 삶은 믿음과 순종이 인간에게 요구되는 핵심적인 덕목임을 보여준다. 이 이야기는 인간은 아무리 위대해도 흠이 있는 존재이기 때문에 하나님의 약속을 의지하고 순종과 믿음을 보일 때 큰일을 감당할 수 있다는 기독교적인 영웅의 개념을 우리에게 전해주고 있다.

---

54) *Ibid.*, 50.

3. 요셉 이야기

많은 성서 주석가들은 요셉 이야기가 성서에서 가장 정교하게 엮어진 이야기 중의 하나라고 말한다. 또한, 인류학자들과 민속 연구가들은 이 이야기가 신데렐라 이야기와 비슷한 요소들을 가지고 있다고 보았다. 그들의 견해에 따르면, 요셉은 신데렐라 이야기의 학대받는 주인공에 해당하고, 형들은 잔인한 계모와 의붓자매이며, 바로는 대모(代母)에 해당한다.55) 그러나 이 요셉 이야기의 주제는 신데렐라 이야기의 주제에 비해 훨씬 더 진지하고 무게감이 있다.

요셉 이야기는 전체적으로 사건이 여러 가지 재난으로 떨어지다가 결국에는 행복으로 끝나는 U자 형태의 희극적인 플롯으로 구성되어 있다. 그의 일생은 이복형들의 미움으로 가족에게서 쫓겨나는 것으로 시작해서 애굽의 시위대장 보디발의 집에 팔려가 그의 재산 관리인이 되고, 억울하게 누명을 쓰고 감옥에 갇혀 고생하다가 꿈을 해몽하는 사람이 되며, 결국 애굽 왕 바로의 꿈을 해석하여 애굽의 국무총리가 되는 희극적인 이야기다.

요셉의 이야기는 한 마디로 꿈 이야기다. 요셉이 어린 시절 꾼 꿈의 내용이 실현되는 과정을 그리고 있는 이 이야기에는 플롯을 지배하는 한 가지 중요한 모티프가 있다. 그것은 바로 '고난 받는 종'(suffering servant)의 모티프다. 이 이야기에서 요셉은 전형적인 고난 받는 종의 원형으로 제시된다. 그는 어린 시절에는 성품이 고결하지 못한 형들과 갈등을 불러일으키는 순진한 고난자로, 형들의 미움으로 미디안 상인들에

---

55) Buckner B. Trawick, *The Bible as Literature: The Old Testament and the Apocrypha* (New York: Harper & Row, Publishers, 1970), 60-61.

게 노예로 팔렸을 때는 비천한 고난자로, 그리고 애굽의 시위대장 보디발의 아내에 의해 누명을 쓰고 감옥에 갇히게 되었을 때는 '죄 없는 고난받는 종'(innocent suffering servant)으로서의 삶을 산다.

창세기 37장 2절을 보면 "요셉이 형들과 양을 칠 때에 형들의 잘못을 아버지에게 말했다"는 구절이 나온다. 여기에 나타난 요셉의 행동을 일차적으로는 아버지의 사랑을 독차지하기 위해 저지른 이기적인 행동으로 해석할 수 있으나 다른 한 편으로는 그의 성품이 고결하여 불의를 보면 참을 수 없는 정의감 때문에 행한 행동으로 해석할 수도 있다. 요셉 이야기의 전체 내용에 비추어 보면 후자의 해석이 더 설득력이 있다. 그가 아버지에게 형들의 나쁜 점을 말한 것은 라이켄(Leland Ryken) 교수의 지적처럼 그가 불의에 대해 도덕적으로 민감하다는 증거로 볼 수도 있다.[56] 그렇다면 이 이야기에서 문제가 되는 '편애'도, 도덕적으로 정의로운 아들에 대한 아버지의 신뢰의 표시를 형들이 오해하여 그렇게 인식했을 수도 있다. 특히, 결정적으로 형들의 미움을 받게 만든 어린 시절 꿈의 사건은 그의 잘못과는 전혀 연관이 없는 것으로 요셉을 통해 이스라엘 민족을 구원하시려는 하나님의 계획에 대한 예시로 주어진 것이다. 형들의 곡식 단들이 자기 곡식 단에게 절을 하고 해와 달과 열 한 별이 자기에게 절을 하더라는 그의 꿈은 형들로부터 시기와 질투 그리고 미움을 불러일으키지만, "그의 아버지는 그 말을 간직해 두었더라."(37절 11절)는 구절이 암시하듯 아버지 야곱과 이 글을 읽는 독자들은 과연 이 꿈이 어떻게 성취될 것인가에 관심을 집중하게 된다.

이처럼 요셉의 이야기에서 꿈(dream)은 플롯의 단초를 제공하고 독

---

56) Leland Ryken, *The Literature of the Bible* (Michigan: Zondervan, 1974), 58.

자들의 긴장감을 유발시키는 기능을 하고 있어서 그 무엇보다 중요하다. 만약 그가 꿈을 꾸지 않았더라면 형들의 미움을 받지 않았을 것이며 종으로 팔리지도 않았을 것이다. 이런 점에서 그의 꿈은 일차적으로는 형제들과의 갈등을 조장하고 그것을 증폭시켜 그를 불행하게 만드는 부정적인 역할을 한다고 볼 수 있다. 하지만 아이러니하게도 감옥 속에서 술 맡은 관원장과 떡 맡은 관원장의 꿈을 해석하고 이를 계기로 바로의 꿈을 해석하게 되어 애굽의 총리대신이 된다는 점에서는 꿈이 그의 불행을 행복으로 바꾸는 매우 긍정적인 역할도 한다. 다시 말해, 그는 꿈 때문에 종으로 팔려 아버지 곁을 떠나 타국에서 극심한 고통을 당하지만 애굽왕 바로가 꾼 꿈을 해석하고 인생역전을 이룬다. 이처럼 꿈은 그가 고난 받는 종에서 영웅으로 변신하는 데 결정적인 역할을 한다.

하지만 우리는 요셉의 꿈이 현실로 실현되기까지 그가 겪었던 일련의 과정에 주목할 필요가 있다. 요셉의 삶은 겉으로 보기에는 고난을 당하다가 어느 날 갑자기 애굽의 총리가 되기 때문에 신데렐라 이야기 패턴을 따르는 것처럼 보이지만 그의 삶의 여정을 잘 살펴보면 고난의 과정을 통해 영웅으로서의 자질들을 하나씩 갖추어 가는 의미심장한 구조를 취하고 있기 때문이다.

영웅으로서 요셉이 갖추게 되는 첫 번째 자질은 순종의 미덕이다. 그는 형들이 자신을 미워하는 줄 알고 있으면서도 아버지가 형들이 어떻게 양을 치고 있는지 가보고 오라는 명령에 곧바로 순종한다. 위험한 상황에 빠질 수 있음을 예상하면서도 아버지의 말씀에 따르는 그의 모습은 그가 어린 시절부터 순종의 미덕으로 무장되어 있음을 보여준다.

두 번째 자질은 성적인 유혹에 확실하게 대처하는 정결한 성품이다. 그는 많은 영웅들이 쉽게 미혹되었던 성적인 유혹을 단호하게 물리친다.

애굽의 시위대장 보디발의 아내가 그의 준수함을 보고 추파를 던지지만 그는 전혀 흔들림이 없다. 급기야 그의 옷을 잡고 강제로 동침할 것을 요구하지만 그는 옷을 버려두고 도망쳐 나온다. 그러나 이 일로 누명을 쓰고 그는 왕의 죄수들이 갇히는 감옥에 갇히게 된다. 그런데 그가 이처럼 성적인 유혹을 확실하게 거부할 수 있었던 것은 "내가 어찌 이 큰 악을 행하여 하나님께 죄를 지으리이까"(창세기 39장 9절)라는 그의 대사에서 알 수 있듯이 그의 시선이 하나님께로 맞추어져 있었기 때문에 가능한 것이었다. 그는 억울하게 형들에 의해 노예로 팔려 이국땅으로 와서 힘들고 고된 삶을 살았지만 형들이나 하나님을 원망하지 않았다. 오히려 여러 가지 고통을 겪으면서도 정결한 삶의 자세를 견지함으로써 진정한 영웅으로 준비되고 있었다. 그의 삶은 고난 받는 종으로서의 삶이었지만 그의 고난을 통해 성서의 기자는 매우 중요한 메시지를 우리에게 전달한다. 그것은 바로 인간이 당하는 고난에는 의미가 있다는 것이다. 다시 말해, 고난이 인간을 성숙하게 만들고 하나님은 인간의 고난을 사용하여 더 큰 선을 이룬다는 것이다. 이런 고난의 의미는 고난의 당사자인 요셉에 의해 두 번씩이나 언급된다. 그 첫 번째로 그는 하나님이 자신의 고난을 비극이 아닌 희극으로 바꾸어놓았다고 말한다. 흉년이 들어 양식을 구하기 위해 애굽으로 온 형들에게 그는 다음과 같이 말한다.

당신들이 나를 이곳에 팔았다고 해서 근심하지 마소서 한탄하지 마소서 하나님이 생명을 구원하시려고 나를 당신들보다 먼저 보내셨나이다. 이 땅에 이 년 동안 흉년이 들었으나 아직 오 년은 밭갈이도 못하고 추수도 못할지라. 하나님이 큰 구원으로 당신들의 생명을 보존하고 당신들의 후손을 세상에 두시려고 나를 당신들보다 먼저 보내셨나니 그런

즉 나를 이리로 보내신 이는 당신들이 아니요 하나님이시라. 하나님이 나를 바로에게 아버지로 삼으시고 그 온 집의 주로 삼으시며 애굽 온 땅의 통치자로 삼으셨나이다. (창세기 45장 5-8절)

그가 주목하고 있는 것은 그에게 아픔을 주었던 고난의 외적인 실상이 아닌 고난의 이면에 감추어져 있는 신의 섭리(providence)다. '고난의 종'(suffering servant)으로서 그가 겪었던 삶은 그를 영석으로 개안시켜 고난을 통해 자신의 가족과 이스라엘의 구원의 역사를 이루시는 신의 손길을 보게 만든 것이다. 그가 보여주는 이러한 영적인 통찰력은 그를 성서의 인물들 중에서 위대한 영웅으로 만드는 중요한 요소로서 그의 영웅성을 돋보이게 한다.

두 번째로 아버지 야곱이 죽은 후 형들이 지난 날 저질렀던 행위에 대해 요셉이 보복할 것을 두려워하자 그는 또 다시 고난의 긍정적인 의미를 상기시킴으로써 형들을 안심시킨다. 그는 "당신들이 나를 해하려 하였으나 하나님이 그것을 선으로 바꾸사 오늘과 같이 만민의 생명을 구원하게 하시려 하셨나이다."(창세기 50장 20절)라고 하면서 악에서 선을 만들어 내시는 신의 섭리의 정당성을 다시 한 번 강조한다. 그는 자기를 팔았던 원수와 같은 형들을 미워하는 것이 아니라 오히려 사랑으로 대한다. 전통적인 문학의 영웅들이 가지고 있는 다른 인간에 대한 책임감과 사랑의 마음을 요셉은 보여준다. 그의 역할은 단지 자신 한 사람의 행복과 성공에 국한된 것이 아니며, 그의 운명은 야곱 가문과 이스라엘 민족 전체의 운명과 연결되어 있다. 이런 점에서 그의 이야기는 성서에서 찾아볼 수 있는 대표적인 영웅이야기다.

이렇게 볼 때, 그에게 닥친 예기치 않은 고난과 고통의 시간들은 하나님이 그를 하나님의 도구로 사용하기 위해 시험하고 훈련시키는 기간이었음을 알 수 있다. 이런 훈련의 과정을 통해 그는 눈앞에 보이는 외적인 현상들 이면에 존재하는 정신적인 의미와 신의 섭리를 깨닫게 되는 영적인 눈을 가짐으로써 진정한 종교적인 영웅의 모습을 갖추게 된다.

문학적으로 요셉 이야기에는 몇 개의 중요한 이미지들이 반복적으로 사용되어 내러티브의 구조에 통일성을 부여하고 동시에 풍부한 상징성을 갖게 한다. 그 첫 번째는 요셉의 의복(garment)이다. 상승-하락-상승의 U자형 플롯을 가지고 있는 이 이야기에서 요셉이 추락할 때는 옷을 벗고 상승할 때는 좋은 옷으로 갈아입는다. 즉, 그의 인생의 각 단계에서 변화의 시점마다 옷이 상징으로 사용된다. 여기서 그의 옷은 지배(domination)와 변이(transition)의 상징이다.[57] 예를 들어, 형제들이 그를 구덩이에 넣기 전에 옷을 벗기며, 보디발의 아내가 옷을 붙잡고 유혹하자 그는 옷을 버려두고 도망을 가고 이로 인해 감옥에 갇힌다. 또한 그가 바로의 꿈을 해석하기 위해 왕을 만나러 갈 때는 죄수복을 벗고 새 옷으로 갈아입으며, 애굽의 총리가 될 때에는 세마포 옷을 입는다. 꿈과 마찬가지로 옷이 이 이야기의 곳곳에 등장하여 그의 신분상의 변화를 상징적으로 보여주는 역할을 하는 것이다.

다음으로, 이 이야기에서는 구덩이와 감옥도 내러티브의 구조와 진행에 중요한 역할을 하는 이미지들로 나타난다. 형들이 요셉을 미워하여 던져 넣은 물 없는 구덩이와 보디발의 아내의 모함으로 억울하게 투옥된 감옥은 일차적으로는 요셉의 고난과 불행을 상징한다. 그러나 이 이야기에서 구덩이와 감옥은 요셉을 보호하고 그의 행복한 미래를 준비시키는

---

57) 조신권, 『성경의 이해와 해석』(서울: 아가페문화사, 2011), 641.

공간으로서의 의미도 함께 가지고 있어서 매우 역설적인 공간이다. 사실은 요셉이 형들을 찾아갔을 때 다른 형들의 계획은 그를 죽이는 것이었으나 맏형인 르우벤이 그를 살리기 위해 제안한 것이 구덩이에 던져 넣는 것이었다. 따라서 여기서의 구덩이는 아버지로부터 사랑을 독차지하는 귀한 아들로서의 신분이 박탈되고 종으로 팔려가는 출발점이 되고 있어서 요셉의 불행이 시작되는 곳이지만 동시에 생명을 보호받는 긍정적인 의미를 가진 공간이기도 하다. 그가 갇힌 감옥도 그의 신분이 노예에서 죄수로 전락함을 보여주고 있어서 지극히 부정적인 의미를 시사하지만 동시에 바로 이 감옥에서 왕의 술 맡은 관원장의 꿈을 해석해줌으로써 왕의 앞에 나아갈 수 있는 계기가 마련되고 있다는 점에서 꿈의 실현이 준비되는 매우 긍정적인 의미를 갖는 장소이기도 하다. 이처럼 구덩이와 감옥은 인간의 사악함과 하나님의 보호하심을 동시에 보여주는 의미심장한 상징적인 장소로서 플롯의 진행을 주도하는 역할을 하고 있다.

또한, 문학적인 관점에서 독자의 시선을 자극하는 것은 요셉이 형들과 만나는 장면에 사용되고 있는 '극적 아이러니'(dramatic irony)의 기법이다. 이 기법은 요셉과 형들 사이의 대화에서 잘 나타나는 것으로 독자들의 흥미를 유발하고 긴장감을 고조시킨다. 양식을 사러 애굽에 형들이 도착하여 요셉 앞에 엎드렸을 때 독자들은 요셉에 대해 알고 있지만 형들은 요셉이 누구인지 모른다. 뻔히 형들인지 알면서도 요셉은 형들이 스파이가 아닌지 시험을 하는 장면에서 극적인 아이러니는 극에 달한다. 형들과 동생 베냐민을 집으로 초대하여 나이 많은 순서대로 그들을 자리에 앉히고 동생 베냐민에게 다섯 배의 음식을 주는 장면에서도 형들은 신기하게 여기기는 하지만 그가 요셉인 것을 전혀 눈치 채지 못한다. 그래서 독자들은 과연 어느 순간에 어떤 방식으로 요셉이 자신의 신분을 형들에게 밝힐 것인가에 긴장감을 갖게 된다. 이 모든 것들이 극적인 아이러니가 만들어낸 훌륭한 효과다.

이와 함께, 이 이야기에는 인류의 첫 조상 아담과 이브의 타락 이후 계속해서 성서에 나타나는 유혹(temptation)의 모티프가 주인공의 인물 설정에 중요한 역할을 한다. 아담과 이브는 육체적인 욕망과 교만의 감정에 빠져 타락했지만 요셉은 보디발의 아내가 시도한 강력한 유혹에 직면했을 때 조금의 동요도 없이 유혹을 이겨냄으로써 승리자로 나타난다. 학자들은 이런 점 때문에 요셉을 사탄의 모든 유혹들을 이겨내고 구원자로서의 역할을 완벽하게 감당하는 예수 그리스도를 예표 하는 인물이라고 평가하기도 한다. 그를 어떻게 평가하든 분명한 것은 그가 보디발의 아내의 유혹을 거절함으로써 주인에 대한 충성심과, 하나님을 거역하는 죄를 짓지 않겠다는 믿음을 동시에 보여주고 있다는 사실이다. 유혹을 확실하게 이겨내고 인간과 신 모두에게 신의를 지키는 이런 모습은 그를 더욱 이상적인 영웅으로 부각시키는 역할을 한다.

이상에서 알 수 있듯이 요셉이 어린 시절 꾸었던 꿈의 성취는 단순히 이루어진 것이 아니라 하나님의 섭리와 계획 속에서 그가 영웅으로서의 자질을 갖추는 훈련을 통해 실현된 값진 것이다. 따라서 그는 누구보다도 뛰어난 영웅이라 할 수 있다. 그는 믿음의 사람이었고 진실한 사람이었다. 또한, 엄청난 능력의 소유자였으며 악을 선으로 승화시킬 줄 아는 사랑의 사람이었다. 그러나 모든 성공에도 불구하고 그는 고난의 종이었다. 다시 말해, 그는 다른 사람을 구원하기 위해 이유 없이 고난을 당했다. 그의 삶은 행복한 결말로 끝나지만 그의 이야기는 개인적인 차원을 넘어 성서 전체에서 강조되는 택한 자를 통한 인류구원의 역사를 감동적으로 보여주고 있다.

IV

성서의 서사시

1. 서사시의 특징

　문학용어사전에서 서사시는 "장엄하고 진지한 주제를 다룬 설화체의 장편시이며, 장엄한 문체로 기술되어 있고, 한 부족이나 국가 혹은 인류의 운명이 그들의 행동에 달려있는 영웅적인 인물이나 반신적인 주인공에 관한 이야기"[58]라고 정의되어 있다. 이것은 영웅 설화의 한 형태로서 우선 길이가 긴 이야기다. 그래서 다양한 에피소드들을 가지고 있는 백과사전적인 형식으로 되어 있다. 이 점을 강조해 프라이(Northrop Frye)는 서사시를 '모든 것의 이야기'(the story of all things)라고 말한다.[59] 문학에서의 서사시는 아주 광범위하고 너무나 중요한 주제와 가치관을 구체

---

[58] M. H. Abrams, *A Glossary of Literary Terms* 7th Ed. (Orlando: Harcourt Brace, 1985), 76.

[59] Northrop Frye, *The Return of Eden: Five Essays on Milton's Epics* (Totronto: University of Toronto Press, 1965), 3.

적으로 표현하고 있기 때문에 한 시대 전체를 요약적으로 보여주는 특징을 가진다.

서사시에는 전통적으로 민족과 국가에 대한 관심이 강하게 나타나고 역사에 관한 언급들이 많다. 서사시는 주인공인 영웅의 개인적인 운명 이상의 것을 다룬다. 다시 말해, 서사시의 주제는 매우 장엄하고 진지하다. 서정시가 개인적인 정서나 사상을 표현하고 있는 것과 달리 서사시는 광대한 역사 공동체나 인류전체의 이념이나 운명을 주제로 다룬다. 서사시의 주인공은 그가 속한 국가의 전체적인 운명을 대표하며 서사시의 주제 속에는 일반적으로 국가의 정복, 전쟁, 지배가 포함된다. 그래서 대부분의 경우 국가의 형성과정에서 발생하는 중요한 사건들로 플롯이 구성된다.

또한, 서사시에는 초자연적인 배경, 등장인물, 사건 등 초자연적인 요소들이 항상 등장한다. 서사시의 이야기는 이 지구뿐만 아니라 다른 세상을 포함하는 광활한 우주적인 차원을 배경으로 펼쳐진다. 또한, 초자연적인 인물이 이 세상의 일에 참여하여 기적적인 일을 행하고 문제를 해결하기도 한다. 이것은 서사시가 독자들에게 경이감과 신비감을 주는 중요한 이유가 된다.

그러나 서사시는 다루는 영역이 광범위함에도 불구하고 그 구성은 매우 탄탄하다. 서사시의 플롯은 본질적으로 주인공인 영웅을 중심으로 통일성 있는 구조를 가진다. 주인공의 리더십에 따라 서사시에서의 공동체는 하나의 목표를 추구하는 매우 목적 지향적인 성향을 보인다. 서사시에 포함되어 있는 잡다한 에피소드들은 이 하나의 공통된 목표를 향해 집중되고 통일된다.

서사시의 관례로는 '주제 표명' 및 '시신에의 기원'(invocation to

Muses), '사건의 중심으로부터 서술 시작'(*in medias res*), '등장인물들의 카탈로그', '전투설화 삽입', '반복적인 표현', '서사시적인 직유의 사용' 등이 중요한 요소들이다.

2. 서사시로서 모세 이야기

성서에서 서사시와 가장 유사한 특징을 가진 것은 모세를 중심으로 진행되는 출애굽의 이야기다. 구체적으로 출애굽기 1-20장, 32-34장, 민수기 10-14장, 16-17장, 20-24장, 그리고 신명기 32-34장의 내용이 여기에 해당된다. 이 이야기를 서사시로 볼 수 있는 데는 여러 이유들이 있다. 우선 이 이야기는 운문(verse)으로 기록되어 있지는 않지만 모세를 중심으로 진행되는 길이가 긴 이야기(long narrative)이며, 이스라엘 국가의 형성과정을 그리고 있다는 점이다. 또한, 이스라엘의 초기 역사에서 주요한 사건들이 묘사되어 있고 민족주의가 강조되어 있으며, 지도자 모세의 도덕과 가치관이 이스라엘의 가치를 대변하고 있다는 점에서도 서사시로서의 특징을 가진다. 지도자 모세의 운명에 이스라엘 민족의 운명이 달려 있다는 점도 일반적인 문학의 서사시와 흡사하다.

이 출애굽의 서사시는 아브라함의 이야기와 마찬가지로 추구(quest)의 이야기다. 이스라엘 민족이 모세의 영도 하에 노예 생활을 하던 애굽을 탈출하여 젖과 꿀이 흐르는 약속의 땅 가나안을 찾아가는 이야기다. 이스라엘 국가의 형성과 초기의 역사를 기술하고 있다. 이 서사시에는 이스라엘 민족이 40년 동안의 광야생활을 하면서 겪게 되는 다양한 사건들이 등장하고 있어 복잡하고 혼란스러울 것 같지만 지도자 모세를 중심으로 강력한 통일성을 보여준다. 이 서사시는 모세의 출생 에피소드로 시작되고 그의 죽음으로 끝난다. 그는 이 서사시의 모든 사건들을 지배하는 중심적인 인물이다.

그러나 전통적인 서사시의 주인공들과 모세를 비교해보면 그는 전통적인 영웅의 자질과 반영웅적인 자질을 동시에 가진 인물이다. 전통적인 서사시의 주인공들은 용기와 자신감으로 가득 차 있고 무엇보다 자신에 대한 강한 신뢰와 믿음을 가지고 있다. 또한, 자신의 뜻을 관철시키려는 강한 의지와 실천력을 가지고 있다. 하지만 모세는 애굽의 감독자를 살해하고 미디안으로 도망가 숨어 살았으며 하나님이 이스라엘을 구원하기 위해 그를 선택하고 애굽에 갈 것을 명령했을 때에도 심하게 용기 없고 주저하는 태도를 보인다. 하나님이 두 번씩이나 그에게 이적을 보여주고 그의 형 아론이 대변인으로 함께한다고 했을 때야 비로소 용기를 내어 애굽의 바로 왕 앞으로 나아간다. 그가 민족의 영웅으로 서사시의 주인공이 될 수 있었던 것은 하나님의 선택과 도움이 있었기에 가능한 것이었다. 그가 약속의 땅 가나안을 향해 이스라엘 민족을 이끌어가는 동안 하나님이 항상 그와 동행하고 그를 통해 이적과 기사를 펼쳐 보이셨다. 그가 손에 들고 있는 지팡이는 하나님이 그와 함께하심을 보여주는 표징으로 그것을 들어 올릴 때 기적이 일어났다. 이런 점에서 모세는 일반 서사시의 주인공들과 다른 반영웅(anti-hero)적인 특징을 가진 인물이며, 엄밀한 의미에서 이 서사시의 진정한 주인공은 하나님이라 할 수 있다. 모세 이야기의 여러 부분에서 하나님의 위대함은 강조된다. "여호와께서 그 손의 권능으로 너희를 그곳에서 인도하여 내셨음이라"(출애굽기 13장 3절), "여호와께서 너를 가나안 사람의 땅에 인도하시고"(출애굽기 13장 5절), "여호와께서 그 손의 권능으로 우리를 애굽에서 인도하여 내실새"

(출애굽기 13장 14절), "여호와께서 애굽나라 가운데 처음 나은 것을 다 죽이신고로"(출애굽기 13장 15절) 등 여러 구절에서 출애굽기 기자는 인간 영웅이 아닌 모든 것을 주관하시는 하나님을 찬양하고 있다.

하지만 모세는 이 서사시에서뿐 아니라 성서 전체를 통해 가장 위대한 지도자이며 영웅임이 틀림없다. 모세만큼 하나님이 영웅으로 잘 준비시키고 직접적으로 사랑과 신뢰를 보인 인물을 찾아볼 수 없기 때문이다. 전능하신 여호와 하나님이 그를 영웅으로 선택하고 함께하며 친히 영웅으로 인정하고 있다는 점이 그를 영웅들 중의 영웅으로 만들고 있다.

모세 이야기에서도 아브라함 이야기에서처럼 여행 모티프(journey motif)에 의해 이야기가 진행되고 통제되는 특징을 보인다. 즉, 이 이야기는 이스라엘 백성들이 애굽의 노예 생활에서 탈출하여 가나안 땅으로 가는 여행이 전체적인 플롯을 형성한다. 한 장소에서 다른 장소로 여행을 계속하는 가운데 여러 일들이 생기고 그래서 독자들은 이번에는 과연 어떻게 어려운 난관들이 극복될까에 관심을 집중한다. 이스라엘 백성들의 여행의 과정 속에는 여러 갈등들이 나타나는데 사람과 자연환경과의 갈등, 사람과 사람 사이의 갈등, 이스라엘 백성과 지도자 모세 사이의 갈등을 들 수 있다. 그런데 이스라엘 백성들이 겪는 여러 어려움들을 통해 하나님은 그들의 믿음을 시험한다. 그러나 시험에 직면할 때마다 그들은 반복적으로 하나님을 원망하고 불평을 늘어놓는다. 이 때 그들과 하나님 사이의 중재자로서 역할을 하는 인물이 모세다. 하나님은 백성들을 위해 모세가 간구하는 소리를 들으시고 그들에게 필요한 것들을 채워주고 위기에서 구해준다. 위기-불평-하나님의 구원(crisis-complaint-divine deliverance)이라는 패턴이 광야생활 내내 이스라엘 민족의 여정에서 계속적으로 반복된다.[60] 특기할 만한 것은 이스라엘 백성들은 하나님이 출애굽의 과정에서 보여주는 놀라운 기적을 몸소 체험하면서도 계속해서 하나님을 원망하고 불신하는 모습을 보인다는 것이다. 홍해가 갈라져 마른 땅이 되고, 밤에는 불기둥이 그리고 낮에는 구름기둥이 나타나 그들을 인도하며, 반석에서 물이 솟아나오는 놀라운 이적들을 경험하면서도 위기에 봉착할 때마다 지도자 모세를 원망하고 하나님을 불신하는 태도를 보인다. 게다가 모세가 하나님으로부터 십계명을 받기 위해 시내산 꼭대기로 올라가서 오랫동안 내려오지 않자 급기야는 금송아지 우상을 만들어 섬김으로써 하나님의 진노를 유발시킨다.

그런데 하나님이 가장 싫어하는 것이 우상숭배다. 금송아지 사건은 출애굽 과정에서 이스라엘 백성들에게 가장 큰 위기를 가져온다. 하나님은 너무나도 진노한 나머지 이스라엘 백성들을 진멸하고자 했기 때문이다. 이 때 자신의 목숨을 걸고 중재에 나선 인물이 바로 지도자 모세다.

> 모세가 여호와께로 다시 나아가 여짜오되 슬프도소이다. 이 백성이 자기들을 위하여 금신을 만들었사오니 큰 죄를 범하였나이다. 그러나 이제 그들의 죄를 사하시옵소서. 그렇지 아니하시오면 원하건대 주께서 기록하신 책에서 내 이름을 지워버려 주옵소서. (출애굽기 32장 31-32절)

위 인용문에 나타나 있듯이 영웅으로서 모세가 가지고 있는 가장 매력적인 자질은 백성들을 향한 지극한 사랑이다. 백성들을 살릴 수 있다면 생명책에서 자신의 이름이 제외되는 것도 불사하겠다는 그의 각오가 이를 잘 대변해준다. 이스라엘 백성들은 어려운 일이 생길 때마다 그를 원망하고 불평을 늘어놓았지만 그의 마음속에는 자기 백성들을 향한 사랑

---

60) Leland Ryken, *The Literature of the Bible* (Michigan: Zondervan, 1974), 86.

의 마음이 식을 줄 몰랐던 것이다. 성서는 그를 "이 사람 모세는 온유함이 지면의 모든 사람보다 더하니라"(민수기 12장 3절)라고 밝힘으로써 그가 지도자로서 고결한 인품을 지닌 인물임을 잘 보여준다. 이뿐 아니라 그는 하나님이 특별하게 대하시는 인물이다. 그가 이방 구스 여자를 취했을 때 그의 누이 미리암과 형 아론이 이 일을 비난하자 하나님이 직접 나서서 그를 변호한다.

> 이르시되 내(여호와) 말을 들으라. 너희 중에 선지자가 있으면 나 여호와가 환상으로 나를 그에게 알리기도 하고 꿈으로 그와 말하기도 하거니와 내 종 모세와는 그렇지 아니하니 그는 내 온 집에 충성함이라. 그와는 내가 대면하여 명백히 말하고 은밀한 말로 하지 아니하며 그는 또 여호와의 형상을 보거늘 너희가 어찌하여 내 종 모세 비방하기를 두려워하지 아니하느냐 여호와께서 그들을 향하여 진노하시고 떠나시매 (민수기 12장 6-9절)

모세는 하나님과 대면하여 직접 그의 뜻을 전달받은 특별한 인물이다. 위 인용문에 나오는 "내가 모세와 대면하여 명백히 말하고 은밀한 말로 하지 아니하며"라는 하나님의 진술에 대해 라이켄 교수는 이 말은 하나님과 모세의 관계가 어떠함을 분명하게 보여주며 그의 영웅적 자질을 인증하고 있는 것이라고 설명했다.[61] 그의 설명에서 알 수 있듯이 동서고금을 막론하고 모세처럼 하나님에 의해 특별한 인물임을 확실하게 인정받은 영웅은 없다. 그는 하나님의 형상을 보고도 죽지 않은 유일한 인물로 하나님의 충성된 종이며 하나님이 직접 세운 영웅이다. 인간의 위

---

61) *Ibid.*, 92.

대성과 능력을 강조하는 전통적인 서사시와 달리 모세 이야기는 하나님의 위대성과 능력을 강조하고 있어서 반서사시적(anti-epic)인 특징을 가지고 있지만 신이 영웅성을 부여하고 있는 모세는 분명 위대한 영웅임이 틀림없다.

성서의 모세 이야기에서 근본적으로 강조하고 있는 것은 인간의 연약함과 하나님의 신실하심이다. 하나님은 이스라엘 백성들의 계속적인 잘못에도 불구하고 자신이 선택한 백성을 끝까지 인도하며 보호한다. 하나님은 자신을 불신하는 그들을 40년 동안 광야에서 방황하도록 함으로써 벌을 내리지만 또한 계속해서 그들을 구원한다. 이와 같은 죽음(death)과 신생(rebirth)의 모티프는 모세 이야기 전체를 통해 반복적으로 나타난다. 모세의 서사시에 나타나는 이런 모티프는 베르길리우스의 서사시에서도 찾아 볼 수 있는 것으로, 주인공 모세의 죽음으로 이 서사시는 막을 내린다. 그런데 안타깝게도 모세는 므리바에서 행한 불순종 때문에 약속의 땅을 바라만 보고 들어가지는 못한다.

애굽을 탈출하여 가나안으로 가는 여행의 과정으로 구성되어 있는 모세의 서사시는 신 중심적인 세계관을 강조하면서도 인간의 영웅성 또한 부각시킨다. 이런 이중적인 성격은 성서가 본질적으로 하나님의 역사와 섭리를 기록하고 있는 책이라는 특수성에서 기인한다. 성서는 인간에 대한 기록이 아니라 인간을 통해 역사하는 하나님에 관한 기록이다. 성서의 영웅들은 인간적인 측면에서는 영웅임이 틀림없지만 하나님의 선택과 도움이 없이는 결코 영웅이 될 수 없는 인물들이다. 영웅을 영웅 되게 만드는 분은 하나님이기 때문이다. 성서의 서사시로 불리는 모세 이야기의 주인공 모세가 이를 대표하는 인물이다.

3. 간결한 서사시로서 밀턴이 쓴 『복낙원』

영문학 작품 중에서 성서의 영향을 직접적으로 받은 대표적인 서사시는 모두가 잘 알고 있듯이 밀턴(John Milton)의 『실낙원』(*Paradise Lost*)이다. 그러나 이 작품은 외국은 물론 국내에서도 이미 많은 연구가 진행되어 논문들은 물론 저서들을 통해서도 널리 소개된 바 있다. 그래서 여기에서는 밀턴의 후기의 대작들 중 '간결한 서사시'(brief epic) 알려져 있는 『복낙원』(*Paradise Regained*)을 살펴보고자 한다.

이 작품은 비록 길이가 짧기는 하지만 『실낙원』보다 성서의 색채가 더욱 강하게 나타나고 주제와 표현방식, 사용된 이미지나 인유들에 있어서도 서사시의 특징을 그대로 가지고 있어서 서사시로서 손색이 없는 작품이다.

『복낙원』은 설화체시로 되어 있고 모두 4권으로 구성되어 있다. 밀턴이 이 작품을 언제 썼는지 정확한 창작시기는 알려져 있지 않으나 여러 가지 정황들로 미루어 볼 때 『실낙원』이 완성되어 출판된 1667년 이후에 쓰인 것으로 추정되며, 1671년 『투사 삼손』(*Samson Agonistes*)과 함께 출판되었다. 『실낙원』은 엄숙한 주제를 장대한 스타일로 장엄하게 묘사하고 있어 '장중체 서사시'(grand epic)라 불리지만, 『복낙원』은 스케일이 작고 스타일도 단순하여 '간결한 서사시'로 불린다. 특히, 스타일은 성서의 욥기의 서술방식과 유사하다.

『복낙원』의 자료는 주로 「마태복음」 3장과 4장 1-11절, 「마가복음」 1장 1-13절, 「누가복음」 3장 2-23절, 4장 1-14절, 그리고 「요한복음」 1장에서 요한이 기술한 예수 이야기에서 온 것이지만, 성서 이외에 스펜서(Edmund Spenser)의 『선녀 여왕』(*Faerie Queen*)과 플레처(Giles Fletcher)

의 『그리스도의 승리와 이김』(*Christ's Victory and Triumph*)도 이 작품을 쓰는 데 영향을 주었다고 전해진다. 그러나 밀턴이 이 서사시를 구성할 때 가장 영향을 많이 받은 것은 구약의 「욥기」와 신약의 「요한복음」으로 알려져 있다.

위대한 서사시인 밀턴은 산문을 비롯하여 수많은 작품들을 썼지만, 독자들과 비평가들의 관심의 대상이 되어 온 것은 그의 후기의 세 대작, 즉 『실낙원』, 『복낙원』, 『투사 삼손』이다. 그 중에서도 『실낙원』에 대해서는 찬사가 쏟아지고 관심과 연구가 집중되었지만 나머지 두 작품들에 대해서는 칭찬보다는 비판의 견해가 더 많이 주어졌다. 학자들은 그 이유로서 첫째, 『복낙원』은 하나의 독립된 작품이 아닌 『실낙원』의 연속편으로 『실낙원』에 비해 질이 떨어진다. 둘째, 『실낙원』은 그 스케일이 웅장할 뿐만 아니라 스토리 전개도 매우 박진감 넘치게 진행되는 데 반하여 『복낙원』은 주목할 만한 외적인 행동을 결여하고 있어 무미건조하게 느껴진다. 셋째, 『복낙원』의 단어, 이미저리, 문장의 구조 등이 『실낙원』의 그것들보다 훨씬 단순하고 소박하며, 언어의 사용도 놀라우리만큼 직접적이고 평면적인 것이어서 흥미가 반감된다는 것 등을 들고 있다.

실제로 『실낙원』의 웅장하고 역동적인 모습에 매료된 독자들은 이 작품을 읽고 그 스케일이 단순하고 평범하며 매우 정적인 분위기를 연출하고 있음을 발견하고 실망감을 느끼기 십상이다. 그러나 주목해야 할 것은, 이 작품은 이러한 소박하고 정적인 성격을 통해 그 주제를 제시하고 있다는 것이다. 즉, 밀턴은 『실낙원』의 마지막 부분에서 거론했던 '내적인 낙원'(Paradise Within)의 회복을 이 작품에서 노래한다. 그런데 그것은 육체적이거나 외적으로 화려한 세계에 존재하는 것이 아니라 영적이고 내면적인 세계에 존재하는 마음의 낙원을 가리킨다. 즉, 그것은 『실낙원』에서 그려지는 것과 같은 웅장하고 장엄한 세계로써는 표현하기 어렵다. 그것은 가시적이고 외적인 것을 거부하고 정신적이고 내적인 것으로 관심을 돌려야만 회복될 수 있는 내적 가치의 세계이기 때문이다.

따라서, 『복낙원』은 화려한 액션이나 웅장한 스펙터클을 전혀 보여주지 않고 그리스도(Jesus Christ)와 사탄(Satan)사이의 대화로만 플롯이 구성되어 있어 겉으로 보기에 재미없게 느껴지지만, 오히려 그 정적이고 내면지향적인 성격이 작품의 중심비진의 의미를 확연히 부각시켜준다. 다시 말해, 이 작품에서 밀턴은 인간에게 있어서 중요한 가치란 형이하학적인 것이 아닌 형이상학적인 것임을 주장하고 있는데, 그리스도와 사탄 사이의 정적인 대화의 논쟁에만 플롯을 국한시키는 방법을 통하여 이러한 주장을 효과적이고 설득력 있게 전달하고 있다.

44세에 실명한 것으로 알려져 있는 밀턴은 육체적인 시력을 상실한 후 오히려 마음의 눈을 뜨게 되었다. 그는 실명 후, 눈에 보이는 세상적인 가치보다 보이지 않는 내면적인 가치를 더 중요하게 생각하게 되었다. 그 결과 그의 작품은 후기로 갈수록 더욱 내면지향적이고 형이상학적인 성격을 강하게 나타내 보인다. 『실낙원』보다 『복낙원』에서 밀턴이 내적이고 정신적인 가치를 더욱 강조하고 있는 것도 이 때문이다. 그는 주인공 그리스도를 통해 『실낙원』에서와는 달리 진정한 영웅의 모습은 사탄과 같은 외적인 힘이나 화려함을 갖춘 인물이 아니라 '내적인 강인함' (inner fortitude)을 갖춘 인물임을 주장한다. 즉, 그가 그리는 진정한 영웅상은 전통적인 영웅개념인 '행동하는 인간'(man in action)이 아니라 기독교적인 영웅개념인 '인내하는 인간'(man of patience)이다. 다시 말해, 밀턴은 세상적인 명예와 부, 권력 등 세속적인 가치들을 신봉하여 육체적인 힘이나 화려한 무공을 행사함으로써 적이나 타민족을 정복하려고 자신의 이름을 만방에 떨치는 그런 영웅이 아니라, 정신적이고 영적인 가치를 소중하게 생각하여 내적인 강인함과 덕을 쌓음으로써 잘못된 자기 자신의 모습을 청산하고 잃어버린 내면의 미덕들을 회복하는 인물을 진정한 영웅상으로 제시하고 있다는 것이다. 『복낙원』에서 그리스도가 어떤 외적인 화려함이나 적극적인 힘을 보여주지 않는 것도 그를 내적인 미덕과 가치를 중시하는 정신적인 영웅상으로 제시하려는 밀턴의 의도 때문이다.

이러한 이유 때문에 그리스도는 그 어떤 외적인 가치의 유혹에도 동요됨이 없다. 이 작품에서 그는 세상의 모든 유혹거리들 즉, 물질, 명예, 부, 권력 등의 유혹을 받지만 실제적으로 그것에 영향을 받아 육체적인 행동을 보이는 적은 단 한 번도 없다. 그는 외부적이고 육신적인 행동은 아무 것도 하지 않으며, 또한 그런 일이 일어나기를 바라지도 않는다. 오로지 그의 관심은 내부의 정신적이고 영적인 가치에 집중되어 있다.

『실낙원』에는 광대한 우주를 배경으로 무엇이 선이며 무엇이 악인지 분간할 수 없을 정도로 선과 악이 뒤섞인 양상을 보이지만 『복낙원』에서는 선과 악이 분명히 구분될 수 있는 것으로 제시되고 있다. 인간에게 필요한 것은 이 둘을 구분하기 위한 '영적인 통찰력'(spiritual insight)을 갖는 일이다. 밀턴은 주인공인 그리스도를 통하여 영적인 통찰력을 어떻게 소유할 수 있는지 그 방법을 가르쳐준다. 또한, 이 작은 서사시에서 밀턴이 노래하는 낙원은 외적인 공간이 아닌 인간의 영혼의 낙원을 일컫는다. 따라서 이 작은 서사시는 외부가 아닌 내부로 그 움직임이 진행되며 시의 스타일 또한 내면지향적일 수밖에 없는 것이다. 콘디(Ralph Waterbury Condee)도 작품의 이러한 성격을 강조하여, 이 작품의 구조를 "그리스도가 자신의 진정한 본성을 발견하기 위해 자신의 내부로 내려가는 내면의 여행에 있다"62)고 설명한다. 그리스도와 사탄이 벌이는 싸움도 시종일관 주먹이나 몸, 또는 무기의 싸움이 아닌 언어의 싸움이다. 사탄이 말로써 그리스도를 공격하고 그리스도는 이에 대해 말로써 응수한다. 하지만 인류의 첫 조상 아담이 사탄의 유혹에 넘어가 온 인류에게 죽음을 가져온 것에 반해 이 작품에서 그리스도는 사탄의 유혹을 이겨냄으로써 온 인류에게 생명을 가져온다. 이러한 위대한 인류구원의 역사는 다른 것이 아닌 그리스도의 온전한 인내와 완선한 복종을 통해 이루어진다.

라이스(Warner G. Rice)를 위시한 밀턴 학자들은 『복낙원』의 주제를 『실낙원』과 동일한 것 즉, 유혹, 진리와 거짓의 갈등, 선을 파괴시키려는 사탄의 시도 등으로 보고63) 『실낙원』과 동일한 관점에서 이 작품을 살펴보아야 한다고 주장한다. 그러나, 여기서의 사탄의 유혹은 그리스도가 하는 내면여행의 '구조적인 추진력'(structural impetus)64)으로 작용하고 있어서, 이 작품을 살펴볼 때 유의해야 할 것은 유혹과 갈등과 거부로 이어지는 외부적인 플롯이 아니라 이를 통해 제시되는 그리스도의 자아발견과 자신에게 부여된 사명인식이라는 내면적인 구조를 파악하는 일이다.

밀턴은 『실낙원』에서 마이클(Michael)이 아담(Adam)에게 약속했던 낙원의 회복을 노래하겠다고 천명함으로써 『복낙원』의 첫 부분을 시작한다.

---

62) Ralph Waterbury Condee, *Structure in Milton's Poetry: From the Foundation to the Pinnacles* (University Park: The Pennsylvania State University Press, 1974), 157.

63) Warner G. Rice, *"Paradise Regained" Milton: Modern Essays in Criticism*, Ed. Arthur E. Barker (Oxford: Oxford University Press, 1967), 416.

64) Condee, 158.

내 일찍이 한 인간의 불순종으로 인해
상실된 행복의 동산을 노래했으나 이제는
모든 유혹을 통해 충분히 시련 받은 한 인간의
확고한 순종에 의해 온 인류에게 회복된 낙원을
노래하리라.

I who erewhile the happy garden sung,
By one man's disobedience lost, now sing
Recovered Paradise to all mankind,
By one man's firm obedience fully tried
Through all temptation, (I. 1-5)

이 간결한 서사시의 주제는 '모든 유혹을 통해 충분히 시련 받은 한
인간, 즉 예수 그리스도가 하나님에게 보이는 확고한 순종'에 의한 낙원
의 회복이다. 그러나 마귀의 권세를 물리치고 하나님의 나라를 이 땅에
건설할 사명을 가지고 태어난 그리스도는 자신이 하나님의 아들임을 처
음부터 확실하게 인식하지는 못한다. 그래서 그리스도가 어떤 존재인가
에 시의 관심이 집중된다. 시는 시작부터 끝까지 그리스도의 '자기발견'
(self-discovery), 즉 그의 정체성(identity)을 탐색해 나간다. 다시 말해,
"이 시에 제시되는 모든 행동들은 그리스도를 타락시키려는 악마의 노력
에 집중되면서도 동시에 그리스도의 실제적인 모습을 발견하려는 노력에
더욱 그 강조점을 두고 있다"[65]고 할 수 있다. 그러니까, '이 작품의 주인
공인 그리스도는 과연 하나님의 아들인가?' 그리고, '그는 어떻게 자신이
하나님의 아들임을 인식하게 되는가?'에 작품의 초점이 있다는 말이다.

---

65) Rice, 419.

그리스도가 하나님의 아들이라는 사실이 확인되는 것은 그가 요단강
에서 요한(John)에게 세례를 받고 초자연적인 방법으로 '하나님의 아들'
이라는 선언을 받으면서 시작된다.

　　　　　　그에게 세례를 베풀자
　　하늘이 열리고 비둘기 모양으로 성령이
　　내려오더니 하늘로부터 아버지 음성이 들리고
　　「이는 내 사랑하는 아들이라」고 선언하였다.

　　　　　　on him baptized
　　Heaven opened, and in likeness of a dove
　　The Spirit descended, while the Father's voice
　　From heaven pronounced him his beloved Son (I. 29-32)

　　물론 하나님의 아들이라고 하는 하늘로부터의 음성을 들었다고 해서
그리스도는 그 즉시로 하나님의 아들로서의 자신의 정체성(identity)을
명확하게 확신하지는 못한다. 그러나 그는 이 음성을 들은 후 사람 하나
없는 광야로 나아가 40일 동안 인간에게 필요한 모든 음식을 끊고 금식
기도를 드리게 된다. 그리고 자신이 과연 하나님의 아들인지 곰곰이 생
각하게 된다. 그러나 인간으로 태어난 그는 40일 후 너무나도 배가 고파
아사상태에 빠질 수밖에 없었다. 이 때 그의 앞에 농부로 변장한 사탄
(Satan)이 나타난다. 그는 40일 동안의 금식으로 인하여 거의 죽을 지경
에 처해 있는 그리스도에게 그들 앞에 무수히 흩어져 있는 돌덩어리를
빵으로 만들어 먹으라고 한다. 이것이 『복낙원』에서 그리스도를 유혹하
기 위해 사탄이 가하는 첫 번째 공격이다.

그러나 그대가 하나님의 아들이라면 이 단단한
돌더러 빵이 되라고 명령해 보시오.
그러면 가련한 우리들이 좀처럼 맛볼 수 없는
음식으로 그대 자신과 우리를 구할 수 있을 것이오.

But if thou be the Son of God, command
That out of these hard stones be made thee bread;
So shalt thou save thyself and us relieve
With food, whereof we wretched seldom taste. (I. 342-345)

　40일 동안 광야에서 금식하여 몹시 허기진 상태에 처해 있는 그리스
도에게 가해진 음식에 대한 유혹은 인간적인 차원에서는 거절하기 힘든
것처럼 보인다. 그러나 예상과는 달리 그리스도는 매우 쉽게 시험을 물
리친다. 그가 사탄의 유혹을 물리치는 데 사용하는 무기는 다름 아닌 살
아있는 하나님의 말씀이다.

그의 말이 끝나자 하나님의 아들은 이렇게 대답한다.
빵 속에 그런 힘이 있다고 생각하시오? (그대를 보기와는
다른 사람으로 인정하기에 하는 말이지만)
사람은 빵으로만 사는 것이 아니라 하나님의 입으로부터
나오는 모든 말씀으로 산다고 쓰여 있지 않소.
하나님은 여기에서 우리 조상들을 만나로 먹여 주셨고
산에서 모세는 사십 일을 지냈으나 먹지도 않고
마시지도 않았소. 엘리야도 먹지 않고 사십 일을
이 불모의 광야에서 헤매었고 나도 지금 마찬가지요.

He ended, and the Son of God replied.

Think'st thou such force in bread? Is it not written

(For I discern thee other than thou seem'st)

Man lives not by bread only, but each word

Proceeding from the mouth of God; who fed

Our fathers here with manna; in the mount

Moses was forty days, nor eat nor drank,

And forty days Elijah without food

wandered this barren waste, the same I now: (I. 346-354)

위 인용문의 "사람은 빵으로만 사는 것이 아니라 하나님의 입으로부터 나오는 모든 말씀으로 산다"는 구절은 구약성서 신명기 8장 3절 말씀이다. 그리스도는 하나님의 말씀을 신뢰할 뿐만 아니라 이를 사탄의 공격을 방어하는 무기로 삼고 있는 것이다. 즉, 그리스도에게 있어서 하나님의 말씀은 피상적인 믿음의 대상이 아니라 참과 거짓을 구별할 수 있도록 지혜를 제공해주는 구체적인 힘으로 작용하고 있는 것이다. 이어지는 "그런데 그대는 어째서 나에게 불신하라고 제안하오, 그대 누구임을 내 알듯이 내가 누구임을 그대 알면서도"(I. 355-356)라는 대사에서 나타나듯, 그리스도는 이 첫 유혹에서부터 사탄이 어떤 인물인지 그 정체를 훤히 꿰뚫어 보고 일언지하에 사탄의 유혹을 물리치고 있는 것이다.

그런데 그리스도가 당하는 이 첫 번째 유혹은 '자기 발견'(self-discovery)의 출발점이 되기에 중요하다. 조단(Richard Douglas Jordan)은 첫 번째 유혹 장면의 의의를 "그리스도는 바로 이 시점에서 그의 사명에 대해 분명히 의식하게 되었으며 그가 추구하는 승리도 물질적인 것이 아닌 영적인 것임을 인식하게 되었다"[66]고 설명한다. 첫 번째 유혹이

끝난 후 그리스도가 거룩한 명상으로 내면의 세계로 깊이 내려가는 모습을 보이는 것만 보아도 이러한 설명은 적절한 것임을 알 수 있다.

사실, 사탄의 첫 번째 유혹은 "만약 그대가 하나님의 아들이라면 이 단단한 돌덩이가 빵이 되라고 해보시오"라는 것이어서 그리스도가 과연 누구인지에 대해 의문을 제기하는 것이었다. 하지만, 이러한 사탄의 도전은 오히려 그리스도에게 좋은 자극제가 되어 그는 자신의 존재에 대해 깊이 생각하게 된다. 이러한 자기 발견의 주제는 작품 전체에 걸쳐 중요하게 나타나는데 결국 이 작품은 그리스도와 사탄 모두가 그리스도가 어떤 존재인가를 깨닫게 되는 과정, 즉 하나님의 아들로서의 그리스도의 존재와 그의 사명, 그리고 역할을 이해하는 과정이 플롯을 형성하고 있다고 하겠다.

『실낙원』에서 그려지고 있듯이 불굴의 투지와 꺾을 수 없는 용기를 특징으로 하는 사탄은 한 번 실패했다고 해서 유혹을 포기하는 그런 존재가 결코 아니다. 이 작품에서 그리스도에 대한 그의 두 번째 유혹은 돈(money)과 부(riches)에 관한 것이다. 그런데 첫 번째 유혹에서도 그랬듯이 사탄의 유혹에는 항상 전제 조건이 붙어있다. 그것은 곧, "당신이 하나님의 아들이라면"(If thou be the Son of God)이라는 단서이다. 이 말의 뜻은 그리스도가 하나님의 진정한 아들이 되기 위해서는 사탄이 제시하는 방법들을 수용해야 한다는 것으로 그리스도에 대한 사탄의 유혹은 그리스도의 '정체성'(identity)과 '소명'(vocation)에 관한 것임을 알 수 있다. 두 번째 유혹에서도 사탄은 인류 구원이라는 '지고의 사명'(high

---

66) Richard Douglas Jordan, '*Paradise Regained* and the Second Adam' in *Milton Studies IX*, Ed. James D. Simmonds (Pittsburgh: University of Pittsburgh Press, 1969), 267.

action, II. 411)을 수행하기 위해 꼭 필요한 것이 돈과 부이기 때문에 이를 받아들일 것을 그리스도에게 강요한다.

> 돈은 명예, 친구, 승리, 그리고 영토를 가져 오도다.
> . . . .
> 그러니 그대 만일 위대한 일을 이루려면
> 우선 부와 재물을 얻고 보물을 쌓으라.
> 그대 내 말을 들으면 어렵지 않으리라.
> 재물도 내 것이고 행운도 내 손안에 있으니
> 내가 편드는 자는 곧 부를 누리지만
> 덕, 용기, 지혜는 곤궁에 처하리라.

> Money brings honour, friends, conquest, and realms;
> . . . .
> Therefore, if at great things thou wouldst arrive,
> Get riches first, get wealth, and treasure heap,
> Not difficult, if thou hearken to me,
> Riches are mine, fortune is in my hand;
> They whom I favour thrive in wealth amain,
> While virtue, valour, wisdom sit in want. (II. 422-431)

사탄은 명예, 친구, 승리, 영토를 차지하기 위해 필요한 것은 돈이기 때문에 부와 재물이 없이는 위대한 일을 성취할 수 없다고 말하고 있다. 그런데 그런 부와 재물이 모두 자신의 손 안에 있기 때문에 자신의 제안을 수락해야 한다는 것이다.

이 두 번째 유혹도 세속적, 물질적 가치에 대한 것으로 육신을 가진 인간이 쉽게 거부할 수 있는 것은 아니다. 그러나, 물질적 욕망, 감각의 경험, 육체의 자랑 등 세속적이고 물질적인 가치들을 아침 안개와 같이 잠깐 있다가 없어지는 무가치한 것으로 인식하고 있는 그리스도에게 이러한 유혹은 전혀 설득력을 가지지 못한다. 더구나, 그리스도는 사탄을 "끝없이 영광을 갈구하다가 결국에는 모든 것을 잃고"(III. 147-148) 가장 비참한 상태로 전락한 존재라는 사실을 이미 간파하고 있어 입으로는 부와 운명이 자신의 손안에 있다고 주장하는 사탄의 말이 거짓임을 잘 알고 있다. 따라서 그의 유혹을 거절할 수밖에 없다.

그러나 사탄에 대한 그리스도의 거절의 말속에는 사탄의 주장을 단순히 배격하는 차원을 넘어 참된 왕국과 왕권에 대한 그의 생각이 반영되고 있어 의미심장하다. 그는 기드온(Gideon), 입다(Jephtha), 퀸티우스(Quintius), 파브리시우스(Fabricius), 쿠리우스(Curius), 레구루스(Regulus) 등(II. 439, 446) 가난하면서도 왕권을 차지했던 역사적 인물들을 예로 들면서 참된 왕권은 돈이나 부에 의한 것이 아니라 미덕에 의해 획득되어질 수 있다고 주장한다. 다시 말해, 참된 왕이 되기 위해 필요한 것은 돈이나, 재물, 부가 아니라 덕, 용기, 지혜 같은 인간의 미덕이며 자신의 마음을 다스리는 자가 명실상부한 위대한 왕이 될 수 있다는 것이다. 즉, 그가 염원하는 왕국은 세상의 왕국이 아닌 천상의 왕국이며 그가 이상적으로 생각하는 군주도 백성을 다스리고 호령하는 세속의 군주가 아닌 '내적인 인간'(inner man)을 다스리는 정신적인 군주다.

> 그러나 구원의 교리에 의거해서 백성들을
> 진리의 길로 인도하고 죄에서 이끌어 하나님을
> 알게 하고 알아서 올바르게 그를 경배토록 하는 것이

훨씬 더 왕다운 것이니라. 이것은 영혼을 이끌고 보다
고귀한 부분인 내적인 인간을 다스리는 것인데 그 밖의
사람들은 오직 육체만을 다스릴 뿐이고, 그것도 강제적인
것이 많아서 관대한 사람에게 있어서는 그렇게 다스리는
것이 진정한 기쁨이 될 수 없도다.

But to guide nations in the way of truth
By saving doctrine, and from error lead
To know, and, knowing worship God aright,
Is yet more kingly, this attracts the soul,
Governs the inner man, the nobler part,
That other o'er the body only reigns,
And oft by force, which to a generous mind
So reigning can be no sincere delight. (II. 473-480)

이처럼 밀턴은 그리스도를 통해, 육체적인 힘이나 세상의 권력, 세속
적인 부나 명예 같은 것들은 무가치하며, 인간이 다스려야 할 것도 육체
가 아니라 정신임을 주장하고 있다. 따라서 그는 자신의 진정한 영웅상
인 그리스도를 외적인 행동을 보여주지 않는 인간으로 그릴 수밖에 없었
다. 만약 그러지 않았더라면, 자신이 주장하고자 하는 메시지와 그의 주
인공의 모습이 부합되지 않았을 뿐 아니라 그가 중시했던 내적인 가치의
중요성도 부각시킬 수 없었을 것이다.

두 번의 실패에도 불구하고 사탄은 포기하지 않고 계속해서 유혹을
시도하는데 그의 세 번째 유혹은 많은 사람들이 한결 같이 갈망하는 명
예(fame)와 영광(glory)에 관한 것이다. 그런데 세 번째 유혹에서 특히 우

리의 관심을 끄는 것은 사탄이 사용하는 수사법이다. 그는 "그대는 알아서 소용 있는 것을 알고 말하며 가장 좋은 것을 말하고 행함을 보노라"(III. 7-8)라고 그리스도를 추켜세우면서 유혹을 시작하는데 여기에 사용된 특징적인 수사법은 아첨(flattery)이다. 아첨은 거짓말(lies), 뜬소문(rumors), 입에 발린 찬사(ephemeral praise) 등과 함께 진실을 결여한 수사의 한 형태로 인간을 타락시키기 위해 사탄이 만들어낸 공허한 말이다. 그래서 그리스도는 이 작품에서 그 어떤 말보다도 사탄의 아첨의 말에 신랄한 비판과 공격을 가한다. 사탄의 아첨의 말을 보자.

> 그대는 어찌하여 신성한 이 능력을 감추는가?
> 어찌하여 사사로운 생활을 하는 체 행세하며
> 황량한 벌판에 더욱 깊이 숨어들어
> 온 세상으로 하여금 그대 행동을 경탄케 하지 않으며
> 명예와 영광과 그로 인한 보답을 버리는가?

> These godlike virtues wherefore dost thou hide?
> Affecting private life, or more obscure
> In savage wilderness, wherefore deprive
> All earth her wonder at thy acts, thyself
> The fame and glory, glory the reward (III. 21-25)

사탄이 하는 말의 요지는 왜 그리스도는 위대한 행동을 하여 사람들로부터 영광과 존경을 받을 수 있는데도 그렇게 하지 않느냐는 것이다. 즉, 위대한 행동을 함으로써 명예와 명성을 얻을 수 있을 때는 주저하지 말고 당장 실행에 옮겨야 한다는 것이다.

그러나 진정한 명예는 인간이 노력해서 얻을 수 있는 그런 것이 아니다. 진정한 명성 또한 마찬가지다. 진정한 명예란 하나님이 의로운 사람에게 그의 의로움을 인정할 때 주어지는 것이며, 진정한 명성 또한 의로운 사람을 발견하고 그 사실을 하늘에 있는 천사들에게 알릴 때 비로소 만들어지는 것이다(III. 60-64).

사실, 사탄이 주장하는 것과 같은 야심(ambition), 폭력(violence), 전쟁(war) 등을 통해 획득되는 세상적인 명예는 지극히 헛된 것이다. 그것은 밀턴이 말하는 진정한 명예와 영광을 획득하기 위한 필수조건인 평화(peace), 지혜(wisdom), 인내(patience), 절제(temperance) 등의 미덕(III. 91-92)을 결하고 있어 인간이 추구해야 할 가치가 아니라 경계해야 할 유혹이다. 진정한 명예는 인간의 육신적인 노력으로써는 획득할 수 없는 것, 즉 인간의 능력 밖에 존재하는 것으로 하늘에 속한 것(즉, 하나님의 손에 달려있는 것)이다. 따라서 악의 화신인 사탄은 명예를 얻기 위해 몸부림을 치지만 결국은 가장 비참한 상태로 떨어지고 마는 패러독스의 전형으로 나타날 수밖에 없다.

그런데 사탄의 계속되는 공격 즉, "무엇을 위해 이 땅에 왔는지를 생각하고 그 사명 완수를 위한 임무로서 지상의 왕권을 차지하라"(III. 187)는 주장에 대해 그리스도는 모든 일에는 때가 있는 법이기 때문에 신이 정한 시간이 도래할 때까지 기다려야 한다는 태도를 보이는데, 이 같은 시간을 인내하는 그리스도의 태도는 이 작품에서 매우 중요하다. 이 작품에서 밀턴이 그 무엇보다도 강조하고 있는 것이 인내의 미덕이기 때문이다.

밀턴이 여러 가지 덕목들, 예컨대 믿음, 소망, 사랑, 겸손, 인내 같은 것들 가운데서 인내의 미덕을 다른 가치들보다 중요한 것으로 여기게 된 것은 그가 겪었던 불행했던 결혼생활, 정치적인 위협과 환멸, 실명, 딸들과의 불화 등 개인적인 삶과 무관하지 않다. 그는 수많은 어려운 역경들과 모순들에 직면하면서 처음에는 회의와 절망의 나락 속에 빠지게 되었다. 그러나 결국에는 신의 섭리의 정당성을 깨닫게 됨으로써 어려운 가운데서도 참고 기다리는 인내의 태도가 얼마나 중요하고 값진 것인가를 절실하게 깨닫게 되었다. 그래서 그는 그리스도의 입을 빌려 "가장 고통을 잘 참는 사람이 가장 큰 일을 할 수 있는 사람이며, 가장 복종을 잘하는 사람이 가장 잘 다스릴 수 있는 사람"(Who best can suffer, best can do; best reign, who first well hath obeyed; III. 195-197)이라고 역설하지 않을 수 없었던 것이다.

이 작품에서 그리스도의 가치는 사탄의 계속적인 집요한 공격을 받으면 받을수록 더욱 빛이 난다. 즉, 사탄의 공격은 그리스도를 패배시키기는커녕 오히려 그가 가지고 있는 내적인 미덕의 가치를 입증해줌으로써 그가 명실상부한 하나님의 아들임을 천명하는 역설적인 기능을 수행한다.

세 번째 유혹까지 거절을 당한 사탄은 잠깐 절망하기도 하지만, 곧 용기를 되찾아 새로운 방법으로 그리스도를 유혹하기 시작한다. 그리스, 로마 문화로 대표되는, 인간들이 이룩한 최고의 정신문화를 보여주며, 그리스도가 만일 이런 문명의 나라를 건설할 계획이라면 문명의 가치를 인정하고 문명을 지혜의 원천으로 삼아야한다고 제안한다. 그러나 고대 그리스나 로마의 문명이 아무리 화려하고 웅장하다 할지라도 결국은 다른 나라를 정복하거나 자기 백성을 압제하여 세운 것으로써 생명력이 없는 무력의 토대 위에 건설된 것임을 알고 있기에 그리스도는 이를 즉각 물리친다. 이처럼 세속적인 가치에 얽매여 있지 않은 그리스도의 관심은 하늘에 있다. 그는 이 세상의 지식, 지혜, 예술보다는 천상의 지혜와 진리에 관심을 보인다. 그는 위로부터의 원천, 곧 천상의 빛을 받기 때문에 다른 가르침은 필요가 없다.

> . . .   위로부터 빛의
> 원천에서 빛을 받는 자는 다른
> 가르침이 필요 없도다.

> . . .   he who receives
> Light from above, from the fountain of light,
> No other doctrine needs. (IV. 288-290)

이처럼 플롯이 진행될수록 그리스도는 육체를 가지고 있지만 정신적이고 영적인 가치를 중시하는 모습을 보여 하나님의 아들임이 드러난다. 사탄의 입을 통해 증거 되고 있듯이 부도, 명예도, 권력이나 예술도, 왕국이나 제국도 그리스도의 관심을 끌지 못한다. 그의 시선은 철저하게 세상적인 것을 벗어나서 천상적인 것에 고정되어 있다. 그런데도 사탄은 끈질기게 달라붙어 최종적인 유혹을 시도한다. 한 때의 광풍과 폭우가 휘몰아치던 밤이 지나가고 다시 밝아오는 새로운 아침에 사탄은 홀연히 나타나 그리스도를 예루살렘 꼭대기로 데려가 세우고 거기서 똑바로 서 있든지 뛰어내리라고 명령한다. 이 마지막 유혹의 장면에서 사탄의 유혹은 그 절정에 이른다.

> 서 있어 보려거든 서 있어 보시라. 바로 서려면
> 기술이 필요하도다. 나 그대를 그대 아버지의

집으로 데려와 가장 높은 곳에 놓았으니,
최고는 최선이다. 부자관계를 입증하시라.
못 서겠거든 뛰어 내리시라.
하나님의 아들이라면 안전하게,
기록되기를 그분(하나님)은 그대 일에 천사를
명하여 저들의 손으로 그대를 들어 올릴지니
그대 혹시라도 발로 돌부리를 찰까 함이로다.

    There stand, if thou wilt stand; to stand upright
Will ask thee skill; I to thy Father's house
Have brought thee, and highest placed, highest is best,
Now show thy progeny; if not to stand,
Cast thyself down; safely if Son of God:
For it is written, He will give command
Concerning thee to his angels, in their hands
They shall uplift thee, lest at any time
Thou chance to dash thy foot against a stone. (IV. 551-559)

    마지막 유혹의 내용은 부자관계 즉, 하나님의 아들임을 입증해 보이라는 것이다. 그것도 행동으로 보이라는 것이다. 그러나 그리스도에게 육체적인 행동은 중요하지 않다. 지금까지 사탄의 모든 유혹들은 "돌로 떡을 만들어 먹어라", "돈, 권력, 명예, 부 등에 의지하라"는 등 일방적으로 명령하는 것이었고 이에 대해 그리스도는 'No'라는 답변으로 승리했다. 그러나 이 마지막 유혹은 일방적인 명령이 아니라 '서 있든지 뛰어 내리든지' 선택하라는 내용을 담고 있어 일견 그리스도의 자발적인 선택권을 존중하는 유혹처럼 보인다. 하지만 이 두 가지 행동 중 어떤 선택을 하더라도 사탄의 제안을 수락하는 결과를 초래하게 된다는 점에서 무척 대처하기 힘든 유혹이다. 더구나 어떤 선택을 하든 하나님의 섭리에 정면으로 도전하는 의미를 가지고 있어 이 유혹에 대한 그리스도의 대응은 매우 중요한 의미를 지닌다.

그러나 의외로 그리스도의 대응은 간단하다. 그는 "주 너희 하나님을 시험하지 말라"(IV. 560-561)는 성서의 한 구절로써 사탄의 유혹을 물리친다. 그런데, 여기서의 '주 너희 하나님'이 그리스도 자신을 가리키는지 아니면 성부 하나님을 가리키는지는 분명하지 않다. 그래서 그리스도의 대답이 사탄의 강력한 유혹에 대한 대응책으로 다소 미약한 것처럼 보일 수 있다. 그러나, 전자를 지칭할 경우 자신이 바로 신이라는 사실, 즉 '신성'(divinity)을 천명한 것으로 볼 수 있고, 후자를 지칭할 경우 아버지 하나님에 대한 절대적인 '신뢰'(trust)와 '복종'(obedience)을 천명한 것으로 볼 수 있기 때문에 이 말은 그 짧은 표현 속에 하나님의 섭리의 절대성과 하나님의 진정한 아들로서의 절대적인 권위를 모두 포함하고 있다고 할 수 있다. 따라서, 이 한 마디로써 그리스도는 확실하게 사탄의 마지막 유혹을 물리칠 수 있게 되는 것이다. 뿐만 아니라, 이 말 한 마디로 그리스도는 명령을 받기만 하던 수동적인 입장에서 명령을 가하는 능동적인 입장으로 태도가 바뀌게 되고 하나님의 아들로서 당당한 모습을 온 천하에 천명하게 된다.

이상과 같이 이 작품에서 그리스도가 중시하는 것은 외적인 화려함이나 육체적인 안락함이 아니라 천상의 기쁨과 행복이다. 그는 '행동적인 삶'(active life)보다 '명상적인 삶'(contemplative life)에 더 큰 가치를 두고 있다. 그는 사탄이 제공하는 일련의 유혹들을 물리침으로써 '신의 모습'(divine image)의 대표적 원형인 '진리'(truth), '지혜'(wisdom), '정결'

(sanctitude) 등의 미덕을 갖추게 되고 자신의 정체성을 확립하는 인물로 나타난다. 더욱이, 보통의 인간에게서는 발견할 수 없는 '의로움'(righteousness)이라든지 '거룩함'(holiness)을 가지고 있어 하나님과 닮았을 뿐 아니라 자신이 하나님의 아들임을 입증해 보인다. 그는 육체에 얽매인 옛 사람을 반대하고 새로운 아담으로서 천상의 가치를 대변하고 있다. 세속적인 모든 가치들을 부정하고 천상의 가치로 새 옷을 입는 것이다. 그런데 'New Man'으로서의 그의 모습 창조에 있어 가장 중요한 것은 세속에 대한 강한 저항과 거부다. 스티드맨(John M. Steadman)이 거부의 모티프가 이 작품의 본질적인 요소라고 주장한 것도[67] 이 때문이다.

이처럼 밀턴은 이 작품에서 화려한 외적인 행동이나 육체적인 힘을 통해 자신의 가치를 입증하려고 시도하는 행동하는 인간으로서의 르네상스적인 영웅의 모습보다는 세속적인 유혹과 가치들을 거부함으로써 내면적인 덕과 가치의 우수성을 입증하려고 시도하는 사색하는 인간으로서의 기독교적인 정신적 · 영적 영웅상을 제시하고 있다. 그가 주장하는 서사시의 영웅은 세상적이고 세속적인 가치들로 무장된 영웅이 아닌 정신적이고 영적인 가치들을 갖춘 영웅이다.

『실낙원』에서 아담과 이브가 '자연적인 인간'(natural man)의 전형으로 묘사되었다면, 이 작품에서 그리스도는 자연인이면서도 동시에 '완전한 인간'(perfect man)의 전형으로 나타난다. 그는 분명 우리들과 똑같은 육체를 가진 인간이지만 동시에 '영적인 존재'(spiritual being)다. 따라서 육신의 배고픔이나 고통들을 우리와 똑같이 느끼면서도 세상적인 명예, 권력, 부, 문화적인 가치들이 그를 타락시킬 수 없었던 것이다. 이렇게 볼

---

67) John M. Steadman, *Milton and the Paradoxes of Renaissance Heroism* (Baton Rouge: Louisiana State University Press, 1987), 211-212.

때, 인류조상인 첫 번째 아담과 두 번째 아담인 그리스도 사이의 가장 큰 차이점은 타락성과 비타락성, 즉 연약성과 완전성이라 할 수 있을 것이다. 학자들은 아담이나 삼손을 비극적 결함을 가지는 연약한 인간을 대표하는 존재라고 언급하지만, 이 작품의 그리스도에 대해서는 완벽한 인내와 순종으로 모든 인간에게 행복과 구원을 보장해주는 완전한 인간의 표본이라고 평가한다. 이런 평가가 가능한 이유도 바로 그가 이처럼 완전한 인간이자 완전한 신으로서의 이중적인 모습을 모두 갖추고 있기 때문이다.

V

성서의 서정시

1. 시편의 특징

시편은 히브리인들의 시로서 히브리어로 '찬양의 노래들'이란 뜻을 가지고 있다. 전체가 150편으로 구성되어 있는 시편은 장르상으로는 서정시에 해당된다. 이것들은 원래 노래로 불리고 예배 시에 암송되었기 때문에 루이스(C. S. Lewis) 같은 학자는 '성전 찬양가집'이라 부르기도 했다.[68] 성서의 이야기(narrative)들이 일련의 사건들을 다루고 있는 데 반해 시편의 서정시들은 시인의 감정이나 심상을 표현한다. 문학 용어 사전에서 서정시는 "한 사람의 화자에 의해 표현되는 짧은 시로서 화자의 마음의 상태나 인식의 과정, 사상, 감정들을 노래하는 시"[69]로 정의되어 있다. 시편의 서정시들도 이와 동일한 특징을 가진다. 즉, 시편의 시들

---

[68] 한성우, 『성경 속의 문학』(대전: 오늘의문학사, 2014), 113 참조.

[69] M. H. Abrams, *A Glossary of Literary Terms* 7th Ed. (Orlando: Harcourt Brace, 1985), 146.

은 단일 화자의 감정과 사고를 표현하면서 원래는 노래로 불리도록 창작된 짧은 시이며 음악성, 주관성, 서정성, 간결성의 특징을 가지고 있다.

문학에서 서정 시인들이 큰 감명을 받은 순간의 감정이나 통찰력을 그들의 시 속에 간결하게 표현하는 것과 마찬가지로 시편의 시인들도 명제적 사고나 객관적 실체가 아닌 주관적인 감정과 느낌을 간결하게 표현한다. 시편의 문학성에 대해 모울튼(Richard G. Moulton)은 "시편은 성도들의 삶의 기록을 시로 고친 것이 아니다. 모든 시행들은 시편이 시인이 쓴 작품임을 보여주고 있다."[70]고 말한다. 다시 말해, 시편은 하나님을 사랑할 뿐 아니라 상상력이 풍부하며 시를 사랑하고 시의 예술성을 중요하게 생각하는 사람들이 쓴 훌륭한 시라는 것이다.

이스라엘 백성들은 노래(시)를 매우 사랑했다. 유목민족으로서 그들의 파란만장한 삶과 출애굽하는 과정에서 겪게 된 여러 시련들, 주변의 강국에 의한 정치적 압박, 망국의 비애, 회복의 소망과 같은 굴곡의 역사는 그들을 종교적으로 열렬하게 만들었을 뿐 아니라 감정을 자극하여 서정적인 감수성을 갖게 하였다.

그러나 그들은 강렬한 주관적인 감정을 소유하고 있으면서도 그것을 객관화시키고 구체적으로 표현하는 능력을 갖고 있었다. 그래서 성서에 나타나는 그들의 시들은 주관적이면서도 매우 실제적이다. 시편의 서정시에서는 '나'라는 화자가 자신의 목소리를 사용하여 사고와 감정을 표출하며 하나님을 직접 부르기도 한다. 하지만 유의해야 할 것은 시편의 시들이 화자의 개인적인 목소리로 표현되고 있기는 하나 그것은 세속적인 감정이나 체험이 아닌 종교적 체험을 표현한 것이라는 사실이다. 시

---

70) Richard G. Moulton, *The Literary Study of The Bible* (Boston: D. C. Heath & Co., Publishers, 1899), 1437.

편의 시인들은 다른 사람들이 원했거나 원하고 있는 것들을 그들 자신보다 더 잘 말해주는 대변인들이다. 다시 말해, 그들이 쏟아내는 감정들은 사적인 동시에 공적인 것이다. 그것들은 단일 화자가 말하는 것이지만 전체 그룹이 느끼는 것을 표현하고 있다.[71]

시편은 구약에 포함되어 있다. 하지만 롱맨은 구약이 시편 안에 담겨 있다는 것을 발견하는 것이 더 중요하다[72]고 말한다. 이 말은 시편이 구약의 메시지의 소우주임을 뜻한다. 아다나시우스는 시편을 '성서의 축소판'[73]이라고 불렀고 바실은 '모든 신학의 요약'[74]이라고 했다. 앤더슨은 "시편에 우리들이 알아야 할 모든 종교적인 진리가 들어 있다"[75]고 말하기도 했다. 이른바 구약의 핵심이 시편이라는 말이다. 물론 시편에 중요한 진리들이 다 들어있다고 해서 시편이 신학을 조직적으로 설명한 책은 아니다. 루이스의 지적처럼 "시편은 시며, 또 시란 것은 어디까지나 노래하기 위해 지은 것이다. 교리적 논문도 아니고 또한 설교도 아니다."[76] 하지만 우리는 시편의 시들을 통해 종교적인 진리를 배울 수 있다. 추상적인 설명이 아닌 구체적이며 실제적인 표현과 이미지들을 통해 우리는 하나님과 인간 사이의 관계, 신의 뜻과 섭리, 그리고 하나님이 어떤 존재인가를 알게 된다.

시편은 우리에게 하나님과의 친밀한 관계 속에서 그리고 삶의 현장

---

71) Leland Ryken, *The Literature of the Bible* (Michigan: Zondervan, 1974), 123.
72) 트렘퍼 롱맨 3세, 『어떻게 시편을 읽을 것인가?』 한화룡 역 (서울: 한국기독학생회 출판부, 1989), 65.
73) 위 책 65 에서 재인용.
74) 위 책 65 에서 재인용.
75) 위 책 65 에서 재인용.
76) C. S. Lewis, *Reflections on the Psalms* (New York: Harcourt, 1958), 10.

속에서 하나님에 관해 느끼는 다양한 종교적인 체험을 기록한 노래집이다. 시편은 분명히 개인적인 감정과 체험을 노래한 각각의 시들로 구성되어 있지만 성서에서 다루어지는 선과 악 사이의 갈등이 근본적인 구조를 이루고 있다. 시편에 등장하는 사람들은 선과 악, 경건한 자와 경건치 못한 자라는 두 가지 범주로 나누어진다. 시편 중의 많은 시들이 개인적인 탄식이나 찬양의 노래로 되어 있지만 그 개인은 하나님의 백성으로서의 개인 즉, 대중들을 대표하는 존재로서의 개인이다. 즉, 시편의 시들은 개인이 부르는 노래이기는 하나 그 개인은 하나님과 언약적 관계를 맺고 있는 백성의 한 사람으로서, 전체의 가치를 공유하는 백성의 일부로서 노래하고 있다. 그래서 다른 성경책들과 마찬가지로 시편에서도 모든 것의 중심은 하나님이다.77) 다시 말해서, 시편은 여호와가 모든 존재하는 것들의 창조주시며 열방을 비롯한 모든 세상의 주관자이심을 강조한다.

시편의 시들을 올바르게 이해하기 위해서는 문학적인 기법들을 숙지해야 한다. 그런데 영시와 달리 히브리 시에서 가장 두드러지게 사용되는 수사법은 대구법(parallelism)이다. 이 대구법은 히브리시의 기본이 되는 시적 기술로서 크게 세 가지 종류가 있다. 첫 번째로, 가장 빈번하게 사용되는 유사 대구법(synonymous parallelism)이 있다. 이것은 동일한 내용을 다른 말로 두 번, 그러나 동일한 문법구조를 통해 말하는 것을 가리킨다.

---

77) Gordon D. Fee & Douglas Stuart, *How to Read the Bible Book by Book* (Rapids: Zondervan, 2002), 164.

뭇 백성들아 이를 들으라.
세상의 거민들아 모두 귀를 기울이라. (시편 49편 1절)

그러므로 악인들은 심판을 견디지 못하며
죄인들이 의인들의 모임에 들지 못하리로다. (시편 1편 5절)

이러한 유사 대구법은 동일한 사상을 반복함으로써 시형을 아름답게 만들고, 표현하고자 하는 내용을 명확하게 강조하고자 하는 목적을 가지고 있다.

두 번째로, 대조 대구법(antithetic parallelism)이 있다. 이것은 두 번째 행의 내용이 첫 번째 행의 내용을 부정적으로 진술하거나 대조하는 표현법이다.

여호와는 의인을 감찰하시고
악인과 폭력을 좋아하는 자를 마음에 미워하시도다. (시편 11편 5절)

의인의 적은 소유가
악인의 풍부함보다 낫도다. (시편 37편 16절)

무릇 의인들의 길은 여호와께서 인정하시나
악인들의 길은 망하리로다. (시편 1편 6절)

세 번째로, 점층 대구법(climactic parallelism)이 있다. 이것은 둘째 행이 첫 행의 요소를 반복하고 그것에 살을 덧붙임으로써 첫 행을 완성하는 것을 말한다. 다시 말해, 하나의 단위 사상을 유사한 단위 사상으로 보완하고 확장하는 것이다.

네가 철장으로 그들을 깨뜨림이여

질그릇같이 부수리라 하시도다. (시편 2편 9절)

너희 권능 있는 자들아 여호와께 돌릴지어다.

영광과 능력을 여호와께 돌릴지어다. (시편 29편 1-2절)

그런데 성서에 사용되는 이러한 다양한 형태의 대구법은 일반 시에서의
운율과는 달리 다른 언어로 번역되더라도 그 효과가 사라지지 않는다는
장점을 가지고 있다.[78] 따라서 한글로 번역된 성서의 시들에서도 대구법
의 묘미를 느낄 수가 있다.

또한, 시편은 음악시(musical poems)이기 때문에 설화나 서신, 그리
고 율법의 한 부분을 읽는 것과 동일한 방법으로 읽을 수는 없다. 시편을
잘 이해하기 위해서는 거기에 사용되고 있는 상징적 언어를 이해해야 한
다. 시편은 장르적인 특성상 의도적으로 비유적인 언어를 사용하고 있기
때문에 직유, 은유, 상징, 이미지 같은 비유적인 언어들의 특성을 이해하
지 못하면 내용을 잘못 파악할 위험성이 크다. 예를 들어, 우리들이 잘
알고 있는 다윗의 시에 나오는 "여호와는 나의 목자시니 내게 부족함이
없으리로다."(시편 23편 1절)라는 구절을 문자적으로 해석하여 여호와
하나님의 직업이 목자라고 해석한다면 난감한 일이 아닐 수 없다.

특히, 시편은 각각의 시들이 독립적인 통일성을 가지고 있기 때문에
시 한편을 하나의 문학적인 단위(a literary unit)로 보고 각 구절들을 해
석할 때 문맥을 고려하여 의미를 파악해야 한다. 시에서 말하려는 주제
는 무시한 채 개별 구절들의 뜻만을 강조할 경우 논리적인 모순에 부딪

---

78) Leland Ryken, *The Literature of the Bible* (Michigan: Zondervan, 1974), 127.

히거나 오독을 할 수 있기 때문이다. 예를 들어 시편 51편 16절에 나오는 "주께서 제사를 기뻐하지 아니하시나니 그렇지 아니하면 내가 드렸을 것이라 주는 번제를 기뻐하지 아니하시나이다."를 문맥에 상관없이 해석하면 하나님이 제사와 번제를 싫어하는 것으로 의미가 파악된다. 하지만 곧 이어서 19절에 "그 때에 주께서 의로운 제사와 번제와 온전한 번제를 기뻐하시리니 그 때에 그들이 수소를 주의 제단에 드리리이다."라는 내용이 나오는 것을 볼 때 하나님이 싫어하는 것은 참된 참회와 회개가 없는 형식적인 제사라는 것을 알 수 있다. 따라서 각각의 시에서 무엇을 말하려는지 먼저 주제를 파악하고 문맥을 고려하여 개별구절을 해석해야 오독을 피할 수 있다.

시편은 각각의 시가 그 자체의 통일성과 의미를 가지고 있어 매우 독립적이기는 하지만 생각 없이 편집된 것은 아니다. 시편은 전체적으로 주제를 강화시켜 의미를 전달할 수 있는 방법으로 배열되고 분류되어 있다.79) 시편의 시들은 종류별로 대략 일곱 가지 유형으로 분류된다.

1) 탄식시

탄식시(Lament)는 시편에서 가장 많이 볼 수 있는 유형이다. 전체 시편 중 약 3분의 1이 여기에 해당되며, 개인 탄식시와 공동체 탄식시가 있다. 흉작, 가뭄, 전염병, 적의 공격, 병, 적의 우롱, 의심, 그리고 죄책감 등을 주제로 다루고 있다.

이런 탄식시들은 같은 시에서 반복해서 발생할 수도 있고 순서에 상관없이 일어나기도 하는 다섯 요소로 이루어진 정형화된 구성을 가진다.

---

79) Gordon D. Fee & Douglas Stuart, *How to Read the Bible Book by Book* (Rapids: Zondervan, 2002), 130.

즉, 일반적인 탄식시는 (1) 하나님을 향한 부르짖음 즉, '탄원' (2) 고통에 대한 설명이나 위기의 묘사 즉, '한탄' 또는 '불평' (3) 절망스러운 상태에서 하나님께 무엇을 해주기를 원하는 '간구' (4) 하나님이 상황을 바꾸어주실 것이라는 '하나님을 향한 확신의 말' (5) 모든 것들이 합력하여 선을 이루도록 하시는 하나님께 드리는 '찬양의 맹세'로 구성되어 있다. 탄식시의 기자는 상황이 절망적임을 주장하면서 시를 시작하지만 위기가 극복되고 새로운 평안이 찾아올 것이라는 확신으로 끝마친다. 상황의 역전과 반전이 그 속에 포함되어 있어 묘미를 선사한다. 대표적으로 시편 3, 12, 22, 44, 80편이 여기에 속한다.

2) 찬양시

탄식시 다음으로 시편에서 많이 다루어지는 것은 찬양시(Praise Psalm)다. 하나님을 찬미하는 내용의 시들이 여기에 포함된다. '찬양하다'(to praise)라는 영어 단어는 원래 '가격을 매기다'(to set a price on) 또는 '평가하다'(to appraise)는 뜻을 가진 말이다.[80] 시편에서는 어떤 사람이나 사물의 가치를 칭찬하거나 경의를 표한다는 의미로 사용되고 있다. 이 용어가 암시하듯 찬양시는 하나님의 위대함과 능력을 기리고 높이는 시들이다. 그런데 찬양의 내용들은 다양하지만 찬양시도 탄식시와 마찬가지로 세 가지 요소들로 구성된 고정된 형식을 가지고 있다. (1) 하나님을 찬양, 찬미, 노래하도록 권유하는 '찬양의 도입부' (2) 찬양드릴 만한 가치가 있는 하나님의 업적이나 성품을 열거하는 '찬양의 내용' (3) 찬양시의 결론이나 결말을 알리는 짧은 '기도와 기원'이 그것이다.

---

80) Ryken, 145.

찬양시에서 시인이 하나님을 찬양하는 이유는 하나님의 창조, 섭리, 도우심, 구원이나 구속, 악인에 대한 심판 등 다양하다. 어떤 때는 특별한 예를 들어 찬양하기도 하고 다른 경우에는 일반화된 예를 들어 찬양하기도 한다. 개인적인 축복이나 공통체적인 축복이 모두 찬양의 동기로 나타난다. 특히, 과거에 하나님께서 행하셨던 위대한 행위들이 찬양의 대상이 되는 경우가 많기 때문에 찬양시에는 과거의 사건들이 많이 인용되고 암시된다. 시편 19, 66, 100, 103, 113편이 대표적인 찬양시다.

3) 감사시

감사시(Thanksgiving Psalms)는 내용에 있어 탄식시와 반대되는 상황을 노래한 시다. 탄식이 응답된 것에 대한 반응이나, 기도가 응답된 것에 대해 하나님께 드리는 감사가 그것의 중요한 내용이다. 또한, 찬양시와 밀접한 관계를 맺고 있어서 감사시를 찬양시의 하위범주로 분류하기도 한다.[81] 감사할 수밖에 없는 여러 상황들 예를 들어, 만사가 형통하거나, 문제가 해결되어 상황이 좋아지거나, 하나님께서 주신 복과 은혜에 대해 감사할 이유가 생겼을 때 감사의 기쁨을 표현한 시들이 여기에 포함된다. 개인적인 감사시와 공동체의 감사시 두 종류가 있으며, 시편 30, 92, 106, 124, 136편이 대표적으로 이 유형에 속한다.

4) 신뢰시

신뢰시는 시인이 하나님의 선하심과 인도하심, 그리고 능력을 신뢰한다고 표현하고 있는 시다. 하나님은 신뢰할 만한 분이기에 심지어 고난

---

81) 트렘퍼 롱맨 3세, 『어떻게 시편을 읽을 것인가?』 한화룡 역 (서울: 한국기독학생회 출판부, 1989), 37.

과 절망 중에서도 자기 백성들을 향한 그의 선하심과 돌보심은 변함이 없을 것을 믿어야 한다는 사실에 초점을 맞추고 있다.[82] 대표적으로 신뢰시의 화자는 적대자나 어떤 다른 위험이 목전에 있음에도 불구하고 자신은 하나님을 신뢰한다고 주장한다. 그는 어떤 상황 속에서도 하나님의 임재를 믿기 때문에 평안하다고 말한다. 하나님은 그에게 피난처요, 목자요, 빛이요, 반석이요, 도움이 되신다.[83] 시편 16, 27, 91편 등이 대표적으로 여기에 해당한다.

5) 회상시

회상시는 이스라엘 백성 가운데서 행하신 하나님의 위대한 구속의 역사를 회상하는 내용을 가진 시다. 하나님이 과거에 이루신 구속의 행위들에 초점을 맞추고 있다. 특별히, 이스라엘을 애굽의 속박에서 해방시켜 약속의 가나안 땅으로 인도하여 자기 백성으로 삼으신 것을 추억하는 것이 중요한 내용이다. 회상시의 주제가 하나님의 구속이라는 점에서 구속시로 부르기도 한다. 대표적으로 시편 78, 105, 106, 135편이 여기에 해당한다.

6) 지혜시

지혜시는 지혜 자체와 지혜로운 생활의 유익과 가치를 찬양하는 내용의 시를 말한다. 잠언이나 전도서와 같은 지혜문학에서 볼 수 있는 내용들을 다루고 있다. 시편 36, 37, 49, 73편 등이 대표적인 시다.

---

82) 피, 골든 D. · 스튜어트 더글러스, 『성경을 어떻게 읽을 것인가』 개정3판. 오강만 · 박대영 역 (서울: 성서유니온, 2014), 257.
83) 트렘퍼 롱맨 3세, 38.

7) 제왕시

제왕시는 이스라엘의 왕들과 왕이신 하나님의 승리나 영광, 업적을 찬양하는 시를 말한다. 이 유형의 시는 대개 왕을 찬양하는 형태로 나타나기 때문에 찬양시의 범주에 포함시키는 경우도 있다. 시편 20, 45, 47편이 대표적인 제왕시에 속한다.

시편의 시들은 이상에서 분류한 7가지 유형 내에서 모두 분류가 가능하다. 그러나 몇몇 시들은 어느 한 유형이 아니라 여러 유형으로 중복적인 분류도 가능하다. 예를 들어, 시편 45편은 찬양시이면서 지혜시이며, 제왕시로도 분류할 수 있다. 시편의 시들은 개별적인 독자성과 독립성을 가지고 있으면서 또한 공통적인 특징들도 가지고 있다.

2. 다윗이 쓴 시편 23편

다윗이 쓴 시편 23편은 세계적으로 가장 널리 애송되는 시편의 시다. 이 시에서 다윗은 하나님과 인간의 관계를 목자와 양의 관계로 비유하여 묘사한다. 우선, 이 시는 목가적인 서정시로 되어 있다는 특징을 가진다. 시 전체를 지배하는 중심적인 이미지는 목자의 이미지다. 시의 주제는 인간에게 필요한 것을 공급해주시는 하나님의 섭리다.[84] 하나님께서 인간에게 필요한 것을 공급해주시는 여러 행동들의 목록이 시를 구성하고 있다. 시인은 첫 1행에서 "여호와는 나의 목자시니 내게 부족함이 없다"

---

84) Leland Ryken, *How to Read the Bible as Literature* (Grand Rapidz: Zondervan Publishing House, 1984), 16.

고 노래한다. 여기에 제시되는 양과 목자의 메타포는 시 전체를 들여다 볼 수 있는 렌즈 역할을 하는 것으로,[85] 이를 통해 시인은 하나님이 인간에게 어떤 존재인가를 감동적으로 보여준다.

여호와는 나의 목자시니 내게 부족함이 없으리로다.
　그가 나를 푸른 풀밭에 누이시며
쉴 만한 물 가로 인도하시는도다.
　내 영혼을 소생시키시고
자기 이름을 위하여 의의 길로
　인도하시는도다.

내가 사망의 음침한 골짜기로 다닐지라도
　해를 두려워하지 않을 것은
주께서 나와 함께 하심이라.
　주의 지팡이와 막대기가
　나를 안위하시나이다.

주께서 내 원수의 목전에서
　내게 상을 차려 주시고
기름을 내 머리에 부으셨으니
　내 잔이 넘치나이다.
내 평생에 선하심과 인자하심이
　반드시 나를 따르리니
내가 여호와의 집에 영원히
　살리로다. (시편 23편)

---

85) Leland Ryken, *Words of Delight: A Literary Introduction to the Bible* (Grand Rapids: Baker, 1992), 169.

The Lord is my shepherd; I shall not want.

He makes me lie down in green pastures.

He leads me beside still waters.

He restores my soul.

He leads me in paths of righteousness

for his names sake.

Even though I walk through the valley of the shadow of death,

I will fear no evil,

for you are with me;

your rod and your staff,

they comfort me.

You prepare a table before me

in the presence of my enemies;

You anoint my head with oil;

my cup overflows.

Surely goodness and mercy shall follow me

all the days of my life,

and I shall dwell in the house of the Lord

forever. (Psalm 23, ESV)

이 시에서 시인은 우선 목자가 양을 푸른 풀밭과 쉴 만한 물가로 인도한다고 노래한다. 그런데 여기에 나오는 풀밭과 물은 일반적으로 양에게 필요한 음식과 물을 상징하는 이미지로 해석되기 때문에 목자가 양을 풀밭과 물가로 인도한다는 것은 목자가 양이 육체적으로 필요로 하는 것들을 공급한다는 것을 의미한다고 볼 수 있다.

하지만 이 구절의 내용을 꼼꼼하게 살펴보면 목자가 양에게 풀을 먹이는 것이 아니라 풀밭에 눕게 하며, 물을 마시게 하는 것이 아니라 쉴 만한 물가로 인도한다는 것이다. 그러니까 이 구절은 목자가 양에게 단지 먹을 음식과 물을 제공하는 차원을 넘어서서 휴식(rest)을 제공하고 원기를 회복시킴(refreshment)을 의미한다. 이것을 인간에게 적용해보면 목자이신 하나님이 인간에게 평화와 만족과 쉼과 자유를 주신다는 것이다.

4행의 "그가 나의 영혼을 소생시키시고"라는 구절은 하나님이 인간의 타락한 영혼을 회복시키는 것으로 해석할 수 있다. 하지만 여기에 영어로 영혼(soul)으로 번역되어 있는 이 단어는 생명(life)으로도 번역될 수 있다는 점에서[86] 이 구절은 하나님께서 인간의 영적인 상태를 회복시킨다는 의미와 인간에게 생명의 활기를 불어넣는다는 의미를 모두 가지는 것으로 보아야 한다.

이어지는 5-6행의 "자기 이름을 위하여 의의 길로 인도하시는도다"라는 구절도 문자적으로 보면 인간을 의로운 길 즉, 하나님의 명령과 말씀을 순종하며 도덕적으로 올바르게 사는 길로 이끄신다는 의미로 해석할 수 있다. 그러나, 목자와 양의 관계에서 보면 양이 잘못된 길로 가지 않도록 계도하여 무사히 우리로 들어가게 하는 것을 의미하기 때문에 이를 인간에게 적용했을 때 거기에는 잘못된 길에서 돌이키게 한다는 계도의 의미가 포함된다.

7-11행은 시편 23편 중에서 문학적으로 가장 많이 알려져 있고 자주 인용되는 구절이다. 그런데 학자들에 의하면 원문인 히브리어를 영어로

---

86) *Ibid.*, 171.

번역할 때 이 구절의 첫 부분을 어떻게 '사망의 음침한 골짜기'로 번역했는지에 강한 의문을 제기한다. 원어적으로는 '사망의 음침한 골짜기'(the valley of the shadow of death)가 아니라 '깊은 어둠의 골짜기'(the valley of deep darkness)[87]로 번역해야 더 정확한 번역이라는 것이다. 따라서 이 구절이 의미하는 바는 단지 인간이 죽음의 공포에 직면했을 때 하나님으로 인해 위안을 받는다는 것이 아닌, 삶에 있어서의 어두운 부분들 즉, 역경, 외로움, 유혹, 죄 등 다양한 어려움에 직면했을 때 하나님이 함께 하기 때문에 잘 헤쳐 나갈 수 있다는 것으로 해석해야 한다는 것이다. 양과 목자의 관계에서 보았을 때도 이 구절을 '사망의 음침한 골짜기'가 아닌 '깊은 어둠의 골짜기'로 파악하는 것이 더 타당해 보인다. 늑대 같은 맹수의 습격으로 죽음의 위험 속에 양들이 처하는 것은 간혹 있는 일이지만 어둡고 위험한 길로 양들이 들어서게 되는 것은 보다 일반적인 상황이라는 점에서 이 구절을 '사망의 음침한 골짜기'가 아닌 '깊은 어둠의 골짜기'라고 보는 것이 보다 자연스럽기 때문이다. 아무튼 이 구절을 어떤 의미로 해석하든 문자적이고 비유적인 측면 모두에 있어서 이 구절의 의미는 매우 중요하다. 이 구절은 하나님이 인간을 그 어떤 위험이나 위기의 순간에도 강력한 손으로 보호하고 인도한다는 사실을 강조하고 있기 때문이다.

그런데 목자는 양들과 함께 할 뿐만 아니라 이어지는 부분에서 나타나듯 지팡이와 막대기로 양들을 돌본다. 여기에서의 지팡이와 막대기의 역할에 대해 지팡이가 보호와 인도의 역할을 한다는 것에는 이견이 없으나 막대기의 역할에 대해서는 두 가지 견해가 있다. 많은 학자들은 이 막

---

87) *Ibid.*, 172.

대기도 지팡이와 마찬가지로 양을 인도하고 보호하는 역할을 한다고 보았다. 특히, 이리 등 사나운 짐승들이 양을 공격할 때 양을 보호하기 위해 맹수들을 퇴치하는 무기로 사용되는 것이 지팡이라고 말한다. 하지만 또 다른 학자들은 지팡이가 양이 잘못된 길로 가든지 목자의 말에 순종하지 않을 때 벌을 주는 훈계의 회초리 역할을 한다고 지적한다. 목자 되신 하나님의 사랑을 상징하는 것이 지팡이라면 공의를 상징하는 것이 막대기라는 것이다. 그런데 그 역할이 어떠하든지 산에 양을 위해 막대기가 사용된다는 점에서 이 두 가지 해석은 모두 받아들일 수 있는 것처럼 보인다. 분명한 것은 양이 어려운 상황에 처했을 때 목자가 지팡이나 막대기를 사용하여 확실하게 양을 보호한다는 사실이다.

이 시편의 다음 부분에서는 하나님의 이미지가 양을 돌보는 목자에서 손님을 접대하는 주인(host)으로 바뀌어서 나타난다. 시인은 "주께서 내 원수의 목전에서 내게 상을 차려 주시고 기름을 내 머리에 부으셨으니 내 잔이 넘치나이다."라고 하나님이 자신의 삶을 풍성하게 축복해주셨다고 노래한다. 어린 시절 다윗이 목동으로 생활했다는 점에서 하나님을 목자에 비유하고 있는 이 시의 전반부에 자서전적인 면이 투영되어 있다. 그리고 다윗의 파란만장한 삶을 고려할 때 이 구절로부터 시작되는 시의 후반부에도 자기고백적인 면이 강하게 나타난다. 이 구절은 정치적으로 어려운 상황 속에서도 하나님이 다윗을 생명을 해하려는 원수들의 손에서 구원하셨을 뿐 아니라 그들이 보는 가운데서 축복하시고 승리하게 하셨음을 암시적으로 보여준다.

그런데 이 구절을 자서전적으로 해석하지 않고 목자와 양의 관계의 연장선상에서 목자가 이리 등 사나운 짐승(원수)들이 노리는 가운데서도 양들이 음식을 먹을 수 있도록 보호해주는 것을 의미한다고 해석하기도

한다. 하지만 이 부분은 다윗의 삶을 반영하고 있다고 보는 것이 더 올바른 해석으로 보인다. "기름으로 내 머리에 부으셨으니 내 잔이 넘치나이다."라는 다윗의 자기 고백이 이를 뒷받침 해준다. 그러니까 이 구절은 하나님이 어려운 역경 속에서도 그를 구원하시고 마침내 그의 머리에 기름을 부어 왕으로 삼으셨음을 의미한다. 따라서 여기서 말하는 잔은 삶의 잔을 나타낸다고 보이며 내 잔이 넘친다는 표현은 하나님께서 자신에게 베풀어주신 은혜와 축복이 풍성하다는 뜻을 지닌 감사의 비유적인 표현으로 볼 수 있다. 한 마디로, 주인 되신 하나님이 마치 손님을 극진히 대접하듯 자신의 인생에 복과 은혜를 풍성하게 베풀어 주셔서 자신이 풍성한 삶을 살게 되었다는 것이다.

이 시의 마지막 부분에는 '가정'(home)의 메타포가 사용되어 시인의 미래에 대한 전망이 제시된다. 시인은 "내 평생에 선하심과 인자하심이 반드시 나를 따르리니 내가 여호와의 집에 영원히 살겠다."고 미래에 대한 전망을 노래한다. 목자 되신 하나님의 인도와 보호하심이 언제나 자신과 함께할 것을 확신하며 하나님과 함께 살겠다는 것이다. 여기에서 여호와의 집이 의미하는 것은 미래에 예비된 천국일 수도 있고, 하나님이 함께하는 삶을 의미할 수도 있다. 어쨌든 지금부터는 인간의 집이 아닌 여호와의 집에서 살겠다는 것이다. 그것도 영원히 살고 싶다는 것이다. 이처럼 이 시는 끝이 아닌 새로운 시작을 선언함으로써 닫힌 결말이 아닌 열린 결말로 끝을 맺고 있다.

시편 23편이 많은 사람들로부터 사랑을 받고 유명해진 데는 이유가 있다. 이에 대한 라이켄(Leland Ryken) 교수의 설명은 아주 적절하다.[88]

---

88) Leland Ryken, *The Literature of the Bible* (Michigan: Zondervan, 1974), 134-135.

첫 번째 이유는 이 시가 사람들이 가장 좋아하는 사고와 감정들을 표현하고 있기 때문이다. 이 시는 평화, 위로, 안전, 배려, 자유, 희망을 노래하고 있는데 인간이 동경하는 사고와 감정들이 바로 이런 것들이다.

두 번째 이유는 이 시가 목가적인 전원풍의 서정시이기 때문이다. 목가적인 서정시는 휴식과 만족이 존재하는 푸른 초원의 세계를 묘사하는 특징을 가지고 있는데 이 시는 이런 목가적인 전원시의 전통을 따름으로씨 인간의 영혼에 강한 매력을 선사한다.

세 번째 이유는 이 시가 단순하면서도 동시에 매우 포괄적인 성격을 가지고 있기 때문이다. 신과 인간의 관계를 목자와 양, 주인과 손님의 관계 등으로 매우 단순화시켜 노래하면서도 시가 말하는 의미는 빛과 그늘, 푸른 풀밭과 위험한 골짜기, 생명과 죽음, 육의 양식과 영의 양식 등 매우 심오하고 포괄적이다. 따라서 읽는 독자들에게 신선한 충격을 선사한다.

네 번째 이유는 이 시가 문학적으로 우수하기 때문이다. 이 시는 풍부한 은유, 다양한 의미, 구체성과 현실성, 통일성, 그리고 균형을 가지고 있다. 그래서 한 편의 아름답고 우수한 시로서 독자의 상상력을 자극하고 감동을 주기에 충분하다.

3. 토머스 스턴홀드와 조지 허버트가 쓴 시편 23편

다윗이 쓴 시편 23편을 개작하여 그 이후의 작가들이 쓴 시편 23편에는 여러 가지가 있다. 마일즈 커버데일(Miles Coverdale)은 1535년에 "The Twenty Third Psalm"이란 제목으로 성서의 시편 23편을 개작했다. 하지만 이 시는 성서와 내용이 흡사할 뿐 아니라 형식이나 운율을 갖추고 있지 않아서 시라고 부르기 힘들다. 단지 성서에 나오는 다윗의 시편에서 단어들 몇 개만 바꾼 정도의 변화를 보이고 있다. 1565년에 토머스 스턴홀드(Thomas Sternhold)가 쓴 「시편 23편」("Psalm 23")이 그나마 연의 형태를 취하고 있고 운율도 있어서 시라고 할 수 있는 작품이다. 이 시의 전문은 다음과 같다.

나의 목자는 살아계신 여호와시니
　아무것도 나는 필요치 않네.
잔잔한 물이 있는 아름다운 초장에서
　그가 나를 먹이시네.
그는 내 영혼을 변화시키시고 기쁘게 하시며,
　나의 마음을 온전케 하시네.
그리고 그의 거룩한 이름을 위하여
　의의 길을 걷게 하시네.

비록 내가 사망의 골짜기를 걸어가도
　나는 조금도 해를 두려워하지 않으리.
당신의 막대기와 지팡이가 나를 위로하고
　당신이 항상 나와 함께 하기 때문이네.
그리고 내 원수들이 보는 앞에서
　당신은 상을 차려 주시고
나의 잔을 가득 채워주시며, 오, 주여
　나의 머리에 기름을 바르시네.

나의 일생동안 당신의 은총을 이처럼
　변함없이 나에게 베풀어 주셨기에

당신의 집에서 언제까지나

내가 거주하게 될 것이네.

My shepherd is the living Lord,

　nothing therefore I need;

In pastures fair with waters calm

　he sets me forth to feed.

He did convert and glad my soul,

　and brought my mind in frame,

To walk in paths of righteousness,

　for his most holy Name

Yea, though I walk in the vale of death,

　yet will I fear none ill:

Thy rod, thy staff doth comfort me,

　and thou art with me still.

And in the presence of my foes

　my table thou shalt spread:

Thou shalt, O Lord, fill full my cup,

　and eke anoint my head.

Through all my life thy favour is

　so frankly shew'd to me,

That in thy house for evermore

　my dwelling-place shall be.

이 시가 성서의 시편 23편과 다른 점은 여호와 하나님을 살아계신 존재로 묘사하고 있다는 점이다. 즉, 구약시대 그 옛날 다윗을 인도하고 보호하셨던 하나님이 지금도 살아계셔서 나의 목자로서 삶을 인도하고 있다는 것이다. 마지막 연에서도 다윗이 강조하는 하나님의 선하심과 인자하심을 '지금 베푸시는 은혜'로 바꾸어 놓음으로써 다윗의 찬양의 노래가 현재 나의 노래로 바뀌고 있다. 특히 이 시는 리듬이 단순하고 노래로 부르고 외우기 쉽게 되어 있어서 교회의 예배에서 널리 사용된 것으로 알려져 있다.[89]

문학적으로 훌륭한 시편 23편은 17세기 후반 형이상학파 시인들 중의 한 사람인 조지 허버트(George Herbert)에 의해 만들어졌다. 그가 쓴 시편 23편은 다윗의 시를 아름답게 개작한 것으로 문학성이 우수한 작품이다. 그가 쓴 한 편의 아름답고 감동적인 시 「시편 23편」을 보자.

사랑의 하나님은 나의 목자
　그가 나를 먹이시네.
그가 나의 것이고 내가 그의 것이니
　무엇이 필요하고 부족하겠는가?

그가 나를 부드러운 풀밭으로 인도하시니
　거기서 나는 먹고 쉼을 얻네.
그리고 잔잔히 흘러가는 시냇물로 데려가시니
　이 모두로 인해 가장 좋은 것을 가지게 되네.

---

89) David Jasper and Prickett, Stephen, Ed. *The Bible and Literature: A Reader* (Melbourne: Blackwell, 1999), 166.

혹시 내가 잘못된 길로 갈지라도 나를 돌이키시며
　　나의 마음을 바로 잡아 주시네.
이 모든 것을 나의 공적을 위해서가 아니라
　　그의 거룩한 이름을 위해서.

내가 사망의 그늘이 진 어두운 장소를
　　걸어갈지라도 두려워하지 않는 것은
그대가 나와 함께하며, 그대의 지팡이가 나를
　　인도하고 막대기가 나를 보호하기 때문이라네.

그대는 내 원수들이 보는 앞에서 나를
　　자리에 앉혀 식사를 하게 하며
나의 머리를 기름으로, 나의 잔을 술로 채워
　　밤낮 가득 넘치게 하시네.

분명히 그대의 달콤하고 놀라운 사랑이
　　나의 모든 날들을 채울 것이며
그 사랑 결코 내 곁을 떠나지 않을 것이니
　　나의 찬양의 노래 또한 끝나지 않으리.

The God of love my shepherd is,
　　and he that doth me feed;
While he is mine, and I am his,
　　What can I want or need?

He leads me to the tender grass,
　　Where I both feed and rest;

Then to the streams that gently pass:
  In both I have the best.

Or if I stray, he doth convert,
  And bring my mind in frame;
And all this not for my desert
  But for his holy name.

Yea, in death's shady black abode
  Well may I walk, not fear;
For thou art with me, and thy rod
  To guide, thy staff to bear.

Nay, thou dost make me sit and dine
  E'en in my enemies' sight;
My head with oil, my cup with wine
  Runs over day and night.

Surely thy sweet and wondrous love
  Shall measure all my days;
And as it never shall remove,
  So neither shall my praise.

이 시에는 '형이상학파 시인'(Metaphysical Poetry)으로서 허버트의 특징이 잘 나타난다. 17세기 새로운 시풍으로 영국의 시 세계를 강타했던 형이상학파 시인들의 가장 중요한 특징은 '바로크적인 감수성'(Baroque

Sensibility)을 사용하여 서로 이질적인 요소들, 예컨대 사상과 감정, 종교와 세속, 육체와 영혼, 시간과 영원, 아름다움과 추함, 구체적인 것과 추상적인 것, 정신적인 것과 육체적인 것 등을 시 속에 조화시킨 것이었다. 이 시에서도 허버트는 신의 사랑과 섭리를 주제로 노래하면서 그 표현법은 지극히 인간적인 것을 사용함으로써 종교적인 것과 세속적인 것을 훌륭하게 융합하고 있다.

그는 나씻이 노래한 싱하고 능력 있는 목자의 이미지가 아닌 '사랑의 하나님'(The God of love) 즉, 사랑하는 사람(연인)을 하나님의 '주도적인 이미지'(controlling image)로 묘사한다. 1연의 "나는 그의 것이고 그는 나의 것이기 때문에 무엇이 부족할 것이 있겠느냐"는 구절은 하나님과 인간과의 관계를 연인 사이로 설정하고 있음을 노골적으로 보여주는 표현이다. 또한 마지막 연에서의 "그대의 달콤하고 놀라운 사랑이 나의 모든 날들을 채울 것"이라는 표현도 사랑에 빠진 연인의 관계를 하나님과 인간의 관계에 대한 비유로 사용하고 있음을 나타낸다. 5연에서 성서에 나오지 않는 와인을 등장시킨 것도 사랑하는 사람들이 즐기는 낭만적인 분위기를 연출하기 위함이다. 시종일관 시의 전체적인 분위기가 감각적이고 자극적이다.

2연에서도 성서의 시편 23편에 나오는 푸른 풀밭 대신 부드러운 풀밭(tender grass)이라는 단어를 사용함으로써 육체적인 느낌과 정서를 강조한다. 이 시의 가장 중요한 특징은 하나님이 인간을 인도하시고 보호하시며 인간의 필요를 채워주시는 사랑의 존재라는 종교적인 주제를 이처럼 남녀 사이에 행해지는 인간적인 사랑의 이미지로 묘사함으로써 성(聖)과 속(俗)이라는 정반대의 가치들을 하나로 연결시키고 있다는 것이다. 이렇게 함으로써 시의 효과를 극대화하고 인간의 지성과 감정을 모두 자극하여 전인적으로 시를 느끼고 반응하도록 유도한다. 이 시는 영국 시골 교회의 목사로서 교회의 신도들에게 하나님의 뜻과 사랑을 이해하기 쉽게 전달하기 위한 목적으로 허버트가 형이상학시인으로서의 재능을 십분 발휘하여 창작한 작품이다.

4. 헨리 윌리엄스 베이커가 쓴 시편 23편

헨리 윌리엄스 베이커(Henry Williams Baker)가 1968년에 쓴 시편 23편은 위의 시들과는 매우 다른 특징을 가지고 있다. 다윗이 목자의 이미지로 노래했던 여호와 하나님이 이 시에서는 인간의 죄를 대신 지고 십자가에서 돌아가신 예수 그리스도의 이미지로 바뀌어 나타난다. 베이커는 인간을 인도하고 보호하시며 필요한 것을 채워주시는 섭리의 하나님이 아닌 인간의 죄를 속량하신 메시아로서 구원의 하나님을 시에서 노래한다. 다시 말해, 구약의 창조주 하나님 대신 인간의 몸을 입고 이 세상에 내려와 인간의 죄를 대신하여 십자가에서 죽으신 예수 그리스도의 형상을 하고 있는 구원의 하나님을 노래한다. 다윗이 노래한 구약의 하나님을 신약적으로 해석하고 적용하여 전혀 새로운 풍의 시편 23편을 만들고 있다. 다윗이 노래한 목자로서의 하나님은 푸른 풀밭과 쉴만한 물가로 우리를 인도하는 존재였지만 베이커가 노래하는 하나님은 생명수의 강이 흐르는 곳으로 구속받은 영혼을 이끌어 가시는 하나님이다. 시의 강조점이 인간의 필요를 채워주시는 하나님이 아닌 인간의 영혼을 구원하시는 사랑의 하나님에게 맞추어져 있다.

사랑의 왕이 나의 목자이시니
   그의 선함은 끝이 없으리.
그가 나의 것이고 내가 그의 것이기에
   영원히 부족한 것 없으리.

생명수의 강이 흐르는 곳으로 그가
   나의 구속받은 영혼을 인도하고
푸르른 풀들이 자라는 곳에서
   천상의 음식으로 나를 먹이시네.

악하고 어리석어 종종 잘못을 할 때에도
   사랑으로 그는 나를 찾으시고
그의 어깨에 나를 부드럽게 태우고
   기뻐하며 집으로 나를 데려온다네.

사망의 어두운 골짜기에서도 해를 두려워하지 않는 것은
   사랑하는 주께서 나와 함께 내 곁에 있기 때문이네.
그대의 지팡이와 막대기가 지금도 나를 안위하고
   그대의 십자가가 앞에서 나를 인도하네.

그대가 내 앞에서 상을 차려주시고
   기름부음의 은혜를 베풀어 주시니
오, 그대의 정결한 성배로부터 얼마나
   큰 황홀한 기쁨이 흘러나오는지!

그처럼 나의 삶의 모든 기간 동안
   그대의 선함이 결코 끊이지 않으리니

그대의 집에서 영원히 선한 목자이신 그대를
찬양하는 노래를 부르며 살기를 바라네.

The King of love my shepherd is,
　　Whose goodness faileth never;
I nothing lack if I am his
　　And he is mine for ever.

Where streams of living water flow
　　My ransomed soul he leadeth,
And where the verdant pastures grow
　　With food celestial feedeth.

Perverse and foolish oft I strayed,
　　But yet in love he sought me,
And on his shoulder gently laid,
　　And home, rejoicing, brought me.

In death's dark vale I fear no ill
　　With thee, dear Lord, beside me;
Thy rod and staff my comfort still,
　　Thy cross before to guide me.

Thou spread'st a table in my sight;
　　Thy unction grace bestoweth;
And oh, what transport of delight
　　From thy pure chalice floweth!

And so through all the length of days
　Thy goodness faileth never;
Good Shepherd, may I sing thy praise
　Within thy house for ever.

　물론 이 시에서도 목자의 이미지가 완전히 배제된 것은 아니지만 구약에서 그려지는 인간의 보호자로서가 아닌 신약에 나오는 선한 목자 즉, 예수 그리스도를 상징하는 목자의 이미지가 사용된다. 3연에 묘사되고 있는 양을 어깨에 메고 기뻐하며 집으로 돌아오는 목자의 이미지는 누가복음 15장 3-7절의 비유에 나오는 목자의 모습과 흡사하다. 여기에서는 양에게 필요한 것을 공급해주는 목자가 아닌 양의 생명을 소중하게 여기는 목자의 모습 즉, 구원자로서의 하나님의 이미지가 강조된다. 이처럼 이 시는 다윗의 시가 보여주는 목가적 전원시의 특징을 버리고 죄인인 인간과 인간의 죄를 용서하는 하나님의 관계를 그림으로써 인간의 구원 문제에 시의 의미를 집중시키고 있다. 그래서 이 시에서는 음식의 이미지도 인간의 육체를 위한 필요한 음식이 아닌 영적인 음식 즉, '천상의 음식'(food celestial)으로 표현된다. 즉, 인간에게 영적으로 필요한 음식을 하나님께서 공급해주신다는 것이다. 정서적이고 심리적인 차원에서 신과 인간의 관계를 그리지 않고 영적인 차원에서 하나님이 인간의 영혼의 문제에 어떻게 관여하시는가에 시인의 관심이 집중되고 있다.

　4연에서는 사망의 어두운 골짜기에 거할 때에도 사랑하는 주님께서 나와 함께 내 곁에 있기 때문에 두려워하지 않는다고 말하면서 그의 지팡이와 막대기가 자신을 안위한다고 노래한다. 하지만 이에 그치지 않고 그의 십자가가 자신을 인도한다는 구절을 첨가함으로써 인류를 위해 예수 그리스도가 십자가 위에서 흘리신 보혈이 인생에게 있어서 그 무엇보다 중요한 것임을 주장한다.

이어지는 5연에서는 예수 그리스도가 십자가 위에서 인간에게 보여주신 은혜가 얼마나 가치 있는 것인가를 확실하게 강조한다. 여기에서는 인류의 죄를 구원하기 위해 십자가에서 희생제물이 되신 그리스도의 사랑의 행위를 '기름부음의 은혜'(thy unction grace)로 표현하고, 잔도 술이나 음료수를 담는 잔이 아닌 성찬식에서 사용되는 성배(chalice) 다시 말해, 예수 그리스도가 흘리신 피를 기념하는 거룩한 잔으로 묘사한다. 철저하게 인간을 구원하기 위해 하나님이 베푸신 사랑과 은혜를 강조하는 이미지들이 사용되고 있다.

마지막 연에서도 단지 하나님과 함께 살고 싶다는 것이 아닌 인간에게 구원을 베푸신 선한 목자 되신 하나님의 인자하심과 사랑이 일생동안 자신을 떠나지 않기를 바라는 소망을 노래한다. 또한 찬양의 노래를 부르고 싶은 이유도 다른 어떤 것보다도 하나님이 베풀어주신 구원의 은혜 때문임을 명백하게 밝힌다.

이처럼 베이커가 창작한 시편 23편은 스턴홀드나 허버트가 지은 시편들과는 내용이 현저하게 다르다. 베이커가 노래하는 대상은 구약의 하나님이 아닌 선한 목자이신 신약의 예수 그리스도다.

요약하자면, 이 시는 인간의 죄를 대속하기 위해 십자가 위에서 죽으신 그리스도의 위대한 사랑을 주제로 하고 있어서 다윗이 쓴 시편 23편과는 내용상 많은 차이를 보이며, 메시아로서의 하나님의 모습을 노래하는 중요한 특징을 가지고 있다.

VI

성서와 삶의 지혜

1. 전도서에 나타난 인생철학

유명한 미국 소설가인 허먼 멜빌(Herman Melville)이 '모든 책들 중 가장 위대한 책'[90]이라고 칭했던 전도서는 성서 중에서 가장 위대한 걸 작이며 동시에 가장 오해하기 쉬운 책이기도 하다. "독자들은 헛되고 헛 되며 헛되고 헛되니 모든 것이 헛되도다."라는 전도자(Preacher)의 첫 발 언에서부터 압도당해 이 책의 표면적인 내용만을 보고 허무주의나 염세 주의 사상을 주제로 다루고 있는 것으로 오해하여 성서의 다른 책들의 주제와 일치하지 않는다고 생각하는 경향이 있다.

그러나 라이켄(Leland Ryken) 교수가 지적하듯이 이 책은 성서에서 강조하고 있는 가장 기본적인 주제 즉, 하나님과 초자연적인 종교적 가

---

90) Leland Ryken, *Words of Delight: A Literary Introduction to the Bible* (Grand Rapids: Baker, 1992), 319 에서 재인용.

치를 믿지 않고 세속적이고 인간적인 가치에 얽매여 사는 것은 의미가 없고 헛된 것이라는 주제를 다루고 있다.[91]

전도서에서 우리의 시선을 자극하는 핵심적인 표현은 '해 아래서' (under the sun) 또는 '하늘 아래서'(under heaven)라는 말이다. 30번이나 등장하고 있는 이 말들은 하나님의 초자연적인 질서에서 벗어나서 오직 이 땅, 이 세상에 묶여 있는 것을 의미한다. 다시 말해, 신 중심적인 것이 아닌 인간 중심적이거나 세상 중심적인 것을 뜻한다. 이 책에서 전도자는 세상 중심적이고 세속적인 가치에 얽매여 있는 모든 인간의 활동들과 삶은 의미가 없고 무익하다고 말한다.

전도자가 이르되 헛되고 헛되며 헛되고 헛되니 모든 것이 헛되도다. 해 아래서 수고하는 모든 수고가 사람에게 무엇이 유익한가. 한 세대는 가고 한 세대는 오되 땅은 영원히 있도다. (전도서 1장2-4절)

모든 만물이 피곤하다는 것을 사람이 말로 다 말할 수는 없나니 눈은 보아도 족함이 없고 귀는 들어도 가득 차지 아니하도다. 이미 있던 것이 후에 다시 있겠고 이미 한 일을 후에 다시 할지라. 해 아래에는 새 것이 없나니 무엇을 가리켜 이르기를 보라 이것이 새 것이라 할 것이 있으랴 우리가 있기 오래 전 세대들에도 이미 있었느니라. (전도서 1장 8-10절)

특히, 지혜의 왕으로 알려져 있는 이 책의 기자(writer)인 솔로몬 왕이 "지혜가 많으면 번뇌도 많으니 지식을 더하는 자는 근심을 더하느니라."(전도서 1장 18절)는 말을 하고 있는 것은 놀라운 일이 아닐 수 없다.

---

91) Leland Ryken, *The Literature of the Bible* (Michigan: Zondervan, 1974), 250.

우리 인간이 추구하는 최고의 덕목 중 하나가 지혜라는 점을 감안할 때 이러한 발언은 매우 충격적이다.

계속해서 그는 인간이 추구하는 즐거움, 수고, 재물, 부요, 존귀 등 모든 것들이 헛된 것이라고 주장한다. 그런데 영어성경에 'vanity'로 번역되어 있는 '헛되다'라는 말은 본래는 공기 중의 '증기'(vapor)나 '호흡'(breath)을 의미하는 단어였다.[92] 여기에서부터 공허함, 비현실성, 잡히지 않음, 덧없음 등의 의미가 파생되어 나왔고 전도서에서는 해 아래서 살아가는 삶의 덧없음과 허무성, 무의미함을 의미하는 것으로 사용되고 있다. 여기에 나오는 '바람을 잡으려는'(chasing the wind)이란 표현(2장 17절) 역시 동일한 뜻을 가지고 있다.

전도서는 기본적으로 글의 구조와 진행에 있어 '추구 모티프'(quest motif)가 중요한 역할을 한다. 삶이 어떤 것이며 무슨 의미를 가지고 있는지에 대한 물음을 전제로 인간사의 여러 활동들과 사건들이 기록되고 있다. 이 글의 서술자인 전도자는 시종일관 삶의 가치와 의미를 찾기 위해 탐구하는 자세를 견지한다. 이 글에 반복적으로 등장하는 "내가 ... 보았나니", "내가 돌이켜 ... 보았다", "내가 마음을 다하여 이 모든 일을 궁구하여 살펴본즉" 이라는 표현들과 "내가 깨달았다", "내 마음에 찾았다", "내가 얻지 못하였다"라는 말들은 전도자가 얼마나 '보고'(seeing) '찾고'(searching) '발견하는 일'(finding)에 몰두하고 있는지를 잘 보여준다. 그러나 안타깝게도 아무리 세상의 일들을 관심 있게 살펴보아도 인간이 하는 활동들 예컨대, 노동, 권력, 성, 전쟁, 출생 등은 예외 없이 인간에게 진정한 행복과 의미를 가져다주지 못한다. 모든 것들은 삶의 덧

---

92) 리런드 라이켄, 제임스 C. 윌호잇, 트렘퍼 롱맨 3세. 편저, 『성경이미지 사전』. 홍성희 외 다수 역 (서울: 기독교 문서 선교회, 2001), 1287.

없음과 의미 없음을 보여줄 뿐이다. 단지 확실하다고 할 수 있는 것은 인간은 영원히 살지 못하고 죽을 수밖에 없다는 사실 즉, 인간의 사멸성이다. 자연의 순환과 시간의 영속적인 흐름 속에서 인간은 잠깐 있다가 사라지는 존재이며 인간이 추구하는 모든 것은 바람을 잡으려는 것과 같이 궁극적인 실체가 없다는 것이 전도자의 주장이다.

이처럼 전도서는 인생의 무가치와 무의미함을 기록하고 있어서 허무주의를 주제로 다루는 것처럼 보일 수도 있다. 그리고 인간이 본받고 실천해야 할 것들이 아니라 피해야 할 부정적인 것들을 마치 파노라마처럼 보여 주고 있어서 지혜문학으로 전도서를 분류하는 것이 의아하게 생각될 수도 있다. 또한, 전도서에는 경계해야 할 부정적인 많은 내용들이 포함되어 있어서 트렘퍼 롱맨 3세(Tremper Longman III)가 지적하듯이 냉소적인 지혜를 표현하고 있는 글로 평가되기도 한다.[93] 그러나 이 글은 피해야 할 삶의 모습들을 통해 추구해야 할 가치가 무엇인지를 역설적인 방법으로 보여주고 있다는 사실에 주목해야 한다. 전도서를 읽을 때 조심해야 할 것은 앞부분에 제시되는 부정적인 내용들에 압도되어 전체적인 글의 강조점을 놓치지 말아야 한다는 것이다. 내용을 잘 살펴보면 여기에는 부정적인 구절이 15개, 긍정적인 구절이 12개, 그리고 긍정적이고 부정적인 요소가 섞여 있는 구절이 3개가 있다.

이 글은 구조적으로 상반되는 것들 사이의 갈등을 중심으로 변증법적인 원리를 통해 주제를 제시하는 특징을 보인다.[94] 다시 말해, 전체적으로 이 작품은 부정과 긍정의 구절이 교차되어 진행되다가 이 둘을 종합하

---

93) 트렘퍼 롱맨 3세, 『어떻게 시편을 읽을 것인가?』 한화룡 역 (서울: 한국기독학생회 출판부, 1989), 290.
94) Ryken, 251.

여 마지막에 서술자가 주제를 천명하는 방식을 취한다. 그러니까 이 책에서 전도자는 세상 중심적인 세계관과 하나님 중심적인 세계관의 대비를 통해 하나님만이 지혜와 기쁨의 원천임을 주장한다. 이런 점을 잘 보여주는 대표적인 예로 노동의 수고가 헛됨을 보여주는 다음 구절을 보자.

이러므로 내가 사는 것을 미워하였노니 이는 해 아래에서 하는 일이 내게 괴로움이요 모두 다 헛되어 바람을 잡으려는 것이기 때문이로다. 내가 해 아래에서 내가 한 모든 수고를 미워하였노니 이는 내 뒤를 이을 이에게 남겨 주게 됨이라. 그 사람이 지혜자일지, 우매자일지야 누가 알랴마는 내가 해 아래에서 내 지혜를 다하여 수고한 모든 결과를 그가 다 관리하리니 이것도 헛되도다. 이러므로 내가 해 아래서 한 모든 수고에 대하여 내가 내 마음에 실망하였도다. 어떤 사람은 그 지혜와 지식과 재주를 다하여 수고하였어도 그가 얻은 것은 수고하지 아니한 자에게 그의 몫으로 넘겨 주리니 이것도 헛된 것이며 큰 악이로다. 사람이 해 아래에서 행하는 모든 수고와 마음에 애쓰는 것이 무슨 소득이 있으랴 일평생에 근심하며 수고하는 것이 슬픔뿐이라 그의 마음이 밤에도 쉬지 못하나니 이것도 헛되도다. 사람이 먹고 마시며 수고하는 것보다 그의 마음을 더 기쁘게 하는 것은 없나니 내가 이것도 본즉 하나님의 손에서 나오는 것이로다. 아, 먹고 즐기는 일을 누가 나보다 더 해보았으랴 하나님은 그가 기뻐하시는 자에게는 지혜와 지식과 희락을 주시나 죄인에게는 노고를 주시고 그가 모아 쌓게 하사 하나님을 기뻐하는 자에게 그가 주게 하시지만 이것도 헛되어 바람을 잡는 것이로다. (전도서 2장 17-26절)

위 인용 글의 앞부분에서 전도자는 사람이 해 아래에서 하는 노동의 수고가 헛된 것이며 아무 소득이 없다는 것을 장황하게 설명한다. 하지만 뒷부분에서는 사람이 먹고 마시며 자기가 하는 일에서 만족을 느끼는 것보다 더 좋은 일은 없다고 설파하면서 삶의 기쁨과 만족은 근본적으로 하나님으로부터 나오는 것임을 밝힌다. 또한 하나님은 자기가 기뻐하는 자에게 지혜와 지식과 희락을 주신다는 사실을 강조한다. 즉, 세상이 중심이 되는 인본주의적인(man-centered) 삶은 의미를 갖지 못하지만 이와 대비되는 하나님 중심의(God-centered) 삶은 가치가 있으며, 이 땅 위에서 인간이 누리는 기쁨과 행복도 하나님이 주셔야 가능하다는 것이다. 따라서 위 인용문의 의미를 어차피 한 번 왔다가 갈 허무한 인생이기 때문에 마음껏 방탕하게 즐기면서 살아야 할 것을 주장하고 있는 것으로 해석하면 그 내용을 오독하는 것이 된다. 이 구절이 강조하는 중심적인 의미는 인생의 기쁨과 즐거움은 무엇을 소유하느냐에 있는 것이 아니라 자기에게 주어진 것이 무엇이든 그것을 하나님이 주신 소중하고 가치 있는 것으로 여기고 기뻐할 수 있어야 한다는 것이다. 즉, 신 중심적인 삶의 자세를 강조하고 있는 것이다. 이와 함께 위 인용문은 모든 사람이 죽는 것은 당연한 이치지만 삶의 형태는 사람마다 다르다는 것과 이 세상에서의 삶이 비록 완전하고 영원한 가치를 가질 수는 없어도 하나님이 주신 소중한 선물이라는 사실을 기억하고 신 앞에서 겸손한 모습으로 살아 갈 것을 주장한다.

또한, 전도자는 3장 1절부터 10절에서 세상의 모든 일에는 때가 있다는 사실 즉, 모든 것은 하나님의 섭리의 시간 속에서 진행된다는 사실을 아름다운 시의 형식으로 노래한다. 그는 이 세상의 모든 일들은 우연히 발생하는 것이 아니라 정한 시간에 발생한다고 생각한다. 다시 말해, 전도자는 인생의 시간표와 세상 질서를 주관하는 분이 하나님임을 인식하고 있다. 이어지는 3장 11-15절에서는 앞서 강조되던 염세주의가 아닌 낙관적주의적인 입장에서 하나님이 모든 것을 지으시되 때를 따라 아름답게 지으셨기 때문에 인간은 그의 주권을 인정하면서 주어진 삶을 즐기며 살 것을 권면한다. 그런데 여기에서 특히 주목을 끄는 것은 "또 사람에게 영원을 사모하는 마음을 주셨느니라."라는 11절 말씀이다. 이 말은 하나님께서 인간에게 초월적인 일과 초자연적인 것을 알 수 있는 분별력을 주셨다는 뜻으로 여기에는 영원한 것에 대하 연마을 끼진 인산의 삶이 이부어질 수 있는 가능성이 제시되고 있어서 중요하다. 다시 말해, 인간은 파괴적인 시간이 지배하는 이 세상 속을 살아가지만 하나님의 형상대로 지음 받은 피조물로서 시간을 초월할 수 있는 능력을 가지고 있다는 것이다. 계속해서 전도자는 비록 인간이 이 세상에서 허무한 삶을 영위하지만 '영적인 갈증'(spiritual thirst)을 가지고 있어서 이 세상의 일들과 즐거움에 만족할 수 없기 때문에 이를 해결하기 위해 이 세상이 아닌 하늘나라를 본향으로 소망하며 살아가야 한다고 주장한다.

그렇다면 나그네로서 사는 이 세상에서의 삶은 의미가 전혀 없다는 것인가? 결코 그렇지 않다. 이어지는 구절에서는 매우 현실적인 삶의 지혜가 제시된다.

> 사람마다 먹고 마시는 것과 수고함으로 낙을 누리는 그것이 하나님의 선물인 줄도 또한 알았도다. 하나님께서 행하시는 모든 것은 영원히 있을 것이라. 그 위에 더할 수도 없고 그것에서 덜 할 수도 없나니 하나님이 이같이 행하심은 사람들이 그의 앞에서 경외하게 하려 하심인 줄을 내가 알았도다. (전도서 3장 13-14절)

전도자는 먹고 마시는 것과 같은 일상적인 활동에서 인간이 행복을 느끼며 사는 것이 이 세상을 살아가는 지혜라고 말하고 있다. 하지만 명심할 것은 이러한 세상에서의 즐거움도 내가 만드는 것이 아니라 하나님께서 주신 선물이라는 것이다. 그런데 삶을 하나님이 주신 선물로 여기고 즐기라는 것은 이 세상에서의 삶이 궁극적인 가치를 갖는다고 생각하고 삶에 애착을 보이라는 말은 결코 아니다. 이것은 현실 중심적인 삶의 철학과는 완전히 다른 개념이다.[95] 이 구절의 강조점은 하나님 중심의 삶은 이 세상에서도 가치가 있음을 보여주려는 데 있다. 5장 19절에서도 "어떤 사람에게든지 하나님이 재물과 부요를 주사 능히 누리게 하시며 분복을 받아 수고함으로 즐기게 하신 것은 하나님의 선물이라"는 구절이 나온다. 하나님을 삶의 주관자로 인정하고 사는 삶은 그것이 비록 현세의 삶일지라도 의미가 있다는 것이다. 그런데 삶을 하나님이 주신 선물로 인정하고 감사하면서 그것을 즐기기 위해서는 하나님을 삶의 중심으로 삼아야 한다. 그래야만 세상적이고 세속적인 것에 마음을 뺏기지 않고 하나님의 청지기로서, 창조 시에 부여받은 만물의 관리자로서의 삶을 올바르게 살 수 있기 때문이다. 이런 삶에 대한 태도는 제일되는 것을 제일되는 것으로 여겨야 한다는 사고방식 즉, 피조물인 인간이 조물주인 하나님을 창조주로 인정하는 사고방식을 말하는 것으로 전도서에서 강조되는 가장 중요한 주제이다.

전도서는 삶의 허무주의를 말하는 것으로부터 글이 시작되지만 인간이 해야 할 본분은 하나님을 경외하는 것임을 강조하면서 끝을 맺는다. 전도자는 이 세상의 모든 것들은 아침 안개처럼 잠깐 있다가 사라져버리지만 하나님이 행하시는 일들은 더함도 덜함도 없이 영원한 가치를 지닌다는 사실을 깊이 인식하고 하나님을 경외하는 삶을 살아야 한다고 역설

---

95) Ryken, 255.

한다. 이런 생각은 성경 전체를 통해 강조되는 핵심 사상으로 하나님 중심의 삶만이 진정한 가치를 가질 수 있다는 진리를 그 속에 담고 있다. 이처럼 전도자는 이 세상의 각종 다양한 현상들과 일들을 모두 살펴본후 그것들이 모두 헛되고 무익한 것임을 알게 되지만 염세주의나 도피주의에 빠지는 것이 아니라 하나님을 경외함으로써 인생의 허무와 무상을 극복할 것을 주장한다. 이런 긍정적인 문제해결의 태도는 작품의 끝에서 길깅에 이른다. 신노시는 우선 젊은이들에게 복적의식을 가지고 의롭고 즐겁게 삶을 살 것을 당부한다. 그리고 하나님이 인간의 모든 행동들을 지켜보시며 심판하신다는 사실을 잊지 말며, 무엇보다 젊을 때에 창조주 하나님을 기억해야 한다고 말한다.

> 청년이여 네 어린 때를 즐거워하며 네 청년의 날들을 마음에 기뻐하여 마음에 원하는 길들과 네 눈이 보는 대로 행하라. 그러나 하나님이 이 모든 일로 말미암아 너를 심판하실 줄 알라. 그런즉 근심이 네 마음에 서 떠나게 하며 악이 네 몸에서 물러가게 하라. 어릴 때와 검은 머리의 시절이 다 헛되니라. 너는 청년의 때에 너의 창조주를 기억하라. 곧 곤고한 날이 이르기 전에, 나는 아무 낙이 없다고 할 해들이 가깝기 전에 해와 빛과 달과 별들이 어둡기 전에, 비 뒤에 구름이 다시 일어나기 전에 그리하라. (전도서 11장 9-12장 2절)

젊은 시절은 잠깐 동안이기 때문에 자신에게 오는 기회들을 활용할수 있는 시간이 짧다. 따라서 나이가 듦에 따라 느리지만 꾸준히 삶을 침범해오는 죽음을 생각하며 최선의 삶을 살아야 한다는 것이다.[96] 전도자

---

96) Gordon D. Fee & Douglas Stuart, *How to Read the Bible Book by Book* (Rapids: Zondervan, 2002), 160.

는 하나님에 대한 두 가지 의식 즉, 창조주와 심판자로서 처음과 끝이 되시는 하나님에 대한 의식을 가지고 그의 말씀대로 살아야 할 것을 촉구한다. 이런 자세로 삶을 영위하는 것만이 지상에서의 삶이 가지는 허무와 무상을 극복할 수 있는 방법이라고 생각한다.

이어지는 부분에 제시되는 노년기와 죽음에 대한 비유적인 묘사는 읽는 이로 하여금 감탄을 자아내게 할 만큼 문학적으로 훌륭하다. 전도자는 노년기에 찾아오는 신체적인 변화들을 비유적인 언어를 사용하여 절묘하게 표현한다.

> 그런 날에는 집을 지키는 자들이 떨 것이며 힘 있는 자들이 구부러질 것이며 맷돌질 하는 자들이 적으므로 그칠 것이며 창들로 내다보는 자가 어두워질 것이며 길거리 문들이 닫혀질 것이며 맷돌 소리가 적어질 것이며 새의 소리로 말미암아 일어날 것이며 음악하는 여자들은 다 쇠하여질 것이며 또한 그런 자들은 높은 곳을 두려워할 것이며 길에서는 놀랄 것이며 살구나무가 꽃이 필 것이며 메뚜기도 짐이 될 것이며 정욕이 그치리니 이는 사람이 자기의 영원한 집으로 돌아가고 조문객들이 거리로 왕래하게 됨이니라. (전도서 12장 3-5절)

여기에서 "집을 지키는 자들이 떤다"는 것은 손과 팔의 흔들림을 나타내고, "힘 있는 자들이 구부러질 것이라"는 것은 어깨가 구부정해지는 것을 나타낸다. "맷돌질 하는 자들이 적으므로 그칠 것"이라는 것은 이가 빠지는 것을, "창들이 어두워진다"는 것은 눈이 침침해지는 것을, 그리고 "길거리 문들이 닫혀질 것"이라는 것은 귀가 들리지 않는 것을 나타낸다. 또한, "맷돌 소리가 적어질 것이며 새의 소리로 말미암아 일어날 것이며 음악하는 여자들은 다 쇠하여질 것"이라는 말은 각각 식욕, 잠, 말하는 능력이 상실될 것을 나타낸다. "높은 곳을 두려워할 것이며 길에서는 놀랄 것"이라는 말은 높은 곳과 걷는 것에 대해 두려움을 느끼게 되는 것을, "살구나무가 꽃이 필 것"이라는 말은 흰 머리카락이 생기는 것을, 그리고 "메뚜기도 짐이 될 것"이라는 말은 기운차게 걷지 못하게 되는 것을 나타낸다. 그리고 이 모든 상황을 요약적으로 정리해주는 것이 "정욕이 그친다" 즉, 모든 것에 의욕을 잃고 기력이 쇠하게 된다는 말이다.97) 이 장면은 독자들의 감탄을 불러일으키고도 남을 정도로 다양한 시적인 표현들을 비롯한 문학적인 은유와 상징들로 가득 차 있다.

이제 전도서의 마지막에서 전도자는 "일의 결국을 다 들었다"고 진술함으로써 자신이 탐구해온 것들이 종착점에 도달했음을 밝힌다. 그러면서 하나님을 경외하고 그의 명령을 지킬 것을 당부하며 이것이 사람이 마땅히 행할 본분이라고 결론을 맺는다. 욥기, 시편, 잠언, 전도서, 아가서 등, 성서의 다른 지혜문학이 공통적으로 강조하고 있는 중심주제인 "하나님을 경외하고 그의 명령과 계명을 지켜야 한다"는 주제가 여기서도 강조되고 있다.

이와 함께, 전도자는 "하나님은 모든 행위와 모든 은밀한 일을 선악 간에 심판하시리라"는 마지막 말을 통해 이 세상의 삶이 근본적으로 허무하고 의미가 없는 것이기는 하나 어떻게 살았는가에 따라 내세의 심판이 결정되기 때문에 선과 악 사이에서 올바른 선택을 하며 살아갈 것을 촉구한다. 즉, 모든 것이 헛되고 헛된 것이라 해서 아무렇게 사는 것이 아니라 그렇기 때문에 오히려 하나님을 더욱 사모하고 올바르게 행동하며 미래를 대비할 수 있어야 지혜롭게 살 수 있다는 것이다. 다시 말해, 삶이 아무리 이해하기 어렵고 모순적인 것이라 할지라도 하나님을 바로

---

97) Ryken, 257-258.

알려는 목표를 가지고 정진하는 것이 지혜로운 삶이라는 것이다.

이상에서처럼, 전도서에서 솔로몬 왕은 세상의 모든 것들이 무익하고 헛된 것임에도 불구하고 인간은 인생을 즐기며 살아야 한다고 충고한다. 그러나 이것이 하나님의 명령을 지켜야 하는 인간의 의무를 면제시켜 주는 것은 아니라는 사실을 분명하게 지적한다.

또한, 인간은 삶 속에서 목적과 의미를 추구하고 살아야 하지만 이것은 인간 자신의 노력으로는 불가능하다는 사실도 상기시킨다. 인간은 악과 우둔함과 불의가 삶 속에 존재함을 인식하고 선과 악 중에서 선을 선택하기 위해 노력해야 하며 긍정적인 자세로 하나님에 대한 믿음을 지켜야 한다는 것이다. 우리 모두는 마지막 심판 날에 하나님 앞에서 이 세상에서 행한 대로 심판을 받아야 하며 그 때 이 세상에서의 삶의 부조리와 모순 때문에 우리가 잘못 살 수밖에 없었다고 핑계를 댈 수 없다는 사실 또한 명심해야 할 것을 당부한다.

결론적으로, 전도자가 여기에서 강조하는 참된 삶의 지혜는 하나님과 분리된 인간의 노력만으로는 아무것도 할 수 없음을 깨달아 인간의 시선을 하나님께 고정하고 하나님이 주시는 선물로서 삶을 인정하며 인생의 아름다움을 향유하면서 감사와 기쁨으로 살아야 한다는 것이다.

2. 새뮤얼 존슨의 「인간 욕망의 허무」에 나타난 인생철학

새뮤얼 존슨(Samuel Johnson, 1709-1784)은 생전에는 좌담가(talker)로 유명했지만 그의 작품은 별로 읽을 가치가 없다는 것이 19세기 내내 그에 대한 일반적인 평가였다. 즉, 그의 에세이들은 진부하고 도덕주의적이며, 그의 시들은 따분하고, 그의 비평은 완고하고 무미건조하다고 비난을 받았다. 하지만 오늘날 그는 비평가로서 또한 시인과 소설가로서 훌륭한 작가로 칭송을 받고 있다. 특히, 그가 1749년에 발표한 「인간 욕망의 허무」("The Vanity of Human Wishes")는 그가 쓴 시들 중 최고의 걸작으로 꼽힌다.

이 시는 로마의 풍자시인 주베날(Juvenal)의 풍자시 10번을 모방한 작품으로 라틴 시의 순서와 아이디어를 그대로 따르고 있다. 그러나 존슨은 로마에서 유행하던 극기적인 내용의 풍자시풍을 계승하면서도 풍자적인 내용이 아닌 인간 삶에 있어서의 비극적이고 허무한 여러 가지 모습들을 문학적으로 매우 훌륭하게 표현하고 있다.

이 시에서 화자는 넓은 시야를 가지고 중국에서부터 페루에 이르기까지 온 세상의 인류를 살펴보지만 인간이 염원하는 모든 소망들은 참된 가치를 갖지 못한 헛된 것이라는 사실을 깨닫게 된다. 그의 눈에 비친 인간들은 모두가 희망, 두려움, 욕망, 그리고 미움의 함정에 빠져 비틀거리면서 환상을 쫓고 있는 모습을 하고 있다.

그가 첫 번째로 헛된 것이라고 비판하는 것은 모든 인간이 최고로 가치 있다고 생각하는 황금 즉, 돈이다. 그는 지식이 많은 사람도, 또한 용감한 사람도 황금(돈)의 재앙 속에 예외 없이 빠지는 모습을 어렵지 않게 보게 된다고 술회한다(But scarce observ'd the Knowing and the Bold/Fall in the gen'ral Massacre of Gold, 21-22). 악한들이 돈을 위해 칼을 빼는 것은 흔히 볼 수 있는 일이며 재판관들도 돈 때문에 법을 왜곡시킨다고 하면서 "부를 아무리 축적해도 그것으로 진리나 안전을 살 수 없고, 보물이 많아지면 오히려 위험이 증가한다"(Wealth heap'd on Wealth, nor Truth not Safety buys, / The Dangers gather as the Treasures rise, 27-28)고 주장한다. 그러니까 돈이 모든 악과 폭력의 원천이 된다는 것이다.

인간이 추구하는 권력도 허무하기는 마찬가지다. 그는 헨리 8세 때의 세도가였던 토머스 울시(Thomas Wolsey)를 예로 들어 그가 왕의 총애를 받을 때는 대단한 권세를 누렸지만 왕의 총애를 잃게 되자 조롱과 비난의 대상이 되었다고 묘사하면서 인간 권력의 무의미함을 강조한다. 특히, 학자의 삶에 대한 그의 묘사에는 비평가와 문학가로서 자신의 고민과 입장이 나타나고 있어서 우리의 주목을 끈다.

> 대학의 출석부에 그의 이름이 처음 등재됐을 때
> 정열 넘치는 젊은이는 명성을 위해 편안함을 버린다.
> 대학의 강한 전염병에 걸려 모든 혈관을 통해
> 명성에 대한 불이 활활 탄다.
> . . . .
> 질병이 그대의 운동 부족인 핏줄에 침입하지 않고
> 우울의 환영이 그대의 그늘진 거처를 찾아오지 않는다 하더라도
> 인생에 슬픔이나 위험이 없기를 바라서는 안 되며
> 그대에게는 인간의 운명이 반대로 되리라고 생각해서도 안 된다.
> 지나가는 세상 사람들에게 시선을 돌리고
> 현명해지기 위해서는 학문에서 잠시 쉬어라.
> 그러면서 어떤 불행이 학자의 삶을 괴롭히는지를 보아라.
> 그것은 고생, 시기, 가난, 후견인, 감옥 같은 것이다.
> 국민들의 깨달음이 더디고 정당한 판단에 인색하여
> 땅에 묻힌 공로인에게 때 늦은 흉상을 세우는 것을 보라.
> 만약 아직도 꿈을 꾼다면 다시 한 번 주의를 기울여
> 리디아트의 삶과 갈릴레오의 종말에 귀를 기울여보라.

When first the College Rolls receive his Name,

The young Enthusiast quits his Ease for Fame;

Through all his veins the Fever of Renown

Burns from the strong Contagion of the Gown;

. . . .

Should no Disease thy torpid Veins invade,

Nor Melancholy's Phantoms haunt thy Shade;

Yet hope not Life from Grief or Danger free,

Nor think the Doom of Man reversed for thee:

Deign on the passing World to turn thine Eyes,

And pause a while from letters, to be wise;

There mark what Ills the Scholar's Life assail,

Toil, Envy, Want, the patron, and the Jail.

See Nations slowly wise, and meanly just,

To buried Merit raise the tardy Bust.

If Dreams yet flatter, once again attend,

Hear Lydiat's Life, and Galileo's End. (135-164)

그는 대학에 입학한 젊은이들이 학문적인 명예를 얻고자 편안함을 버리고 열심히 공부에 매진하지만 운동부족으로 병을 앓거나 우울한 생각에 빠져 살게 된다고 말한다. 그렇지 않다고 해도 모든 사람들이 겪는 슬픔이나 위험에서 벗어날 수 없다고 덧붙인다. 무식한 사람이건 많이 배운 사람이건 인간이라면 누구나 슬픔과 위험을 당할 수밖에 없다는 것이다. 그래서 현명해 지기 위해서는 학문에서 잠시 떨어져 있으라고 권고한다. 다시 말해, 고생, 시기, 가난, 후견인, 감옥 같은 불행들이 학자의 삶을 괴롭힌다는 사실을 기억하고 잠깐 다른 것에 관심을 돌릴 것을 촉구한다. 최악의 경우는 리디아트(Lydiat)처럼 가난에 찌들려 고생하다가 죽게 되거나 갈릴레오(Galileo)처럼 학문적인 신념 때문에 옥사할 수 있다는 사실도 상기시킨다. 지식과 학문에 대한 인간의 열망과 욕구가 얼마나 허무한 것인지를 잘 보여주고 있는 것이다.

무인들이 꿈꾸는 전쟁에서의 승리의 영광도 헛되기는 매한가지다. 위대한 장수들이 무공을 자랑하고 자신들의 명예가 지속되기를 바라지만, 찰스 2세가 해외 원정 전투에서 큰 공을 세우고 귀국한 후 작은 전투에서 부하병사가 실수하여 쏜 총탄에 맞아 죽게 되는 것처럼 기막힌 운명의 화살을 피할 수는 없다고 한탄한다.

인간이면 누구나 바라는 장수(length of life) 또한 헛된 욕망 중 하나로 제시된다. 노년이 되어 "삶을 연장하는 것은 그만큼 고통만 연장하는 것"(life protracted is protracted woe, 258)이라는 구절은 오래 사는 것이 얼마나 비참한 것이 될 수 있는지를 잘 보여준다. 그런데 문제는 셀 수 없는 질병들이 노인의 육체를 침범하여 그를 괴롭히지만 오래살고 싶은 욕심은 사그라지질 않는다는 것이다. 해가 진행될수록 점점 몸은 쇠약해지고 시드는 삶으로부터 기쁨이 떨어져 나가는(Year chases year, decay pursues decay, / Still drops some joy from with'ring life away, 305-306) 데도 장수에 대한 인간의 욕심은 끝이 없다는 것이다.

그렇다면 육체의 아름다움은 어떨까? 인간들은 예외 없이 육체의 아름다움을 소망하지만 이것 역시 위험을 수반하고 있고 나이가 들면 시들 수밖에 없어서 진정한 의미를 갖지 못하는 헛된 것이라고 화자는 불평한다.

이처럼 화자가 관찰한 결과 이 세상에서 인간이 추구하는 모든 일들과 행동들은 의미를 결여한 채 삶의 허무만을 보여줄 따름이다. 성서 전도서에 강조되는 허무주의와 삶의 무의미성이 새뮤얼 존슨의 이 시에서도 동일하게 강조되고 있다. 뿐만 아니라, 시의 마지막 부분에 나타나는 화자의 태도 또한 전도서의 결말을 연상시킨다. 화자는 인간이 무엇인가를 알려고 탐구하는 것을 중단하고 하나님의 돌보심을 겸손한 자세로 간구하며, 모든 처분과 선택을 하나님께 맡기는 것이 삶의 허무를 극복할수 있는 가장 좋은 방법이라고 역설한다.

> 좋은 것을 달라고 계속 기도의 목소리를 높이되
> 처분과 선택은 하나님께 맡겨라.
> 두 눈으로 멀리서도 허울만 좋은 기도의 숨겨진
> 비밀을 꿰뚫어 보시는 그의 능력을 의지하라.
> 그에게 도움을 구하고 그의 결정을 존중하라.
> 그가 주는 것은 무엇이나 최상의 것이니 그것을 가져라.

> Still raise for Good the supplicating Voice,
> But leave to Heaven the Measure and the Choice.
> Safe in his Power, whose Eyes discern afar
> The secret Ambush of a specious Pray'r.
> Implore his Aid, in his Decisions-rest,
> Secure whate'er he gives, he gives the best. (351-356)

화자는 모든 것을 하나님께 맡기고 그의 결정을 따르며 그의 능력에 의지하는 것이 인간이 해야 할 가장 중요한 일이라고 주장하고 있다. 인간이 세상적인 가치관에 빠져 행하는 모든 일들은 의미 없고 허무한 것이지만 하나님께 시선을 고정하고 그의 도우심을 받아 사는 삶은 그렇지 않다는 것이다. 이러한 이 시의 결론은 젊을 때에 조물주 하나님을 기억하고 그의 계명과 말씀을 지키며 사는 것이 인간의 본분임을 강조한 전도서의 결론과 다르지 않다. 이 둘은 모두 기독교적인 스토이시즘과 하나님 중심의 삶의 가치를 강조하고 있어 유사성을 지닌다. 그리고 이 시의 마지막에서 시인은 인간이 일단 거룩한 종교적인 지혜를 받아들이면 허망한 행복에 매달리지 않고 얻을 수 있는 것들만 추구하게 되기 때문에 그 자체의 행복을 스스로 창조하는 힘을 가지게 된다고 말한다.

> 하늘의 법칙이 인간을 위해 이런 선한 가치들을 명하고
> 그것을 가질 힘을 부여하시는 그가 이런 선한 가치들을 부여한다.
> 이런 천상적인 지혜를 갖게 되면 마음이 평정을 찾게 되고
> 운명이 찾지 못하는 행복을 갖게 된다.

> These Goods for Gan the Laws of Heaven ordain,
> These Goods he grants, who grants the Power to gain;
> With these celestial Wisdom calms the Mind,
> And makes the Happiness she does not find. (365-368)

여기에서 말하는 선한 가치들은 이 시구 앞에 나오는 사랑(love), 인내(patience), 믿음(faith)(361-363)의 가치들을 가리킨다. 인간이 이런 가치들로 무장하고 거룩한 종교적인 지혜를 가지게 되면 마음이 평안해지고 행복을 누릴 수 있다는 것이다. 전도서에서 솔로몬이 강조했던 것과 마찬가지로 하나님 중심의 삶과 천상의 지혜가 이 세상의 허무함과 무의미를 극복할 수 있는 해결책으로 제시되고 있다. 즉, 인간의 시선을 해 아래 즉, 이 세상에 두었을 때는 모든 것들이 헛되고 헛될 뿐이지만 시선을 하늘로 돌려 하나님을 바라보게 되면 우리 인생은 소망과 의미를 가

지게 된다는 것이다.

이 시에서 존슨은 솔로몬이 했던 것처럼 인간의 학식, 무공, 학문, 장수 등 이 세상에서 인간이 추구하는 모든 일들이 무의미하다는 것을 장황하게 이야기하고 있다. 그러나 그의 최종적인 메시지는 삶이 아무리 무의미하고 허무한 것이라 할지라도 실망하지 말고 천상의 지혜를 가지고 겸손한 태도로 신의 도움을 구하면서 살아야 한다는 것이다.

VII

탄생 이야기

1. 예수의 탄생 이야기

신약 성서에 나오는 사건 중 가장 중요한 사건을 꼽으라면 예수의 탄생과 십자가에서의 죽음일 것이다. 특히, 예수의 탄생은 예술가는 물론 일반인들에게도 가장 매력적인 사건으로 인식되고 있다. 이 사건은 한 위대한 인물의 탄생이라는 차원을 넘어서서 신화와 역사, 인간과 신이 하나가 된 사건으로[98] 서양 철학과 사상사에서 매우 중요한 의미를 가진다.

신약의 4복음서(마태, 마가, 누가, 요한복음) 중에서 예수의 탄생에 대해 기록하고 있는 것은 마태복음과 누가복음이다. 마태복음에는 아브라함으로부터 시작되는 예수의 족보, 동방박사가 별을 보고 아기 예수를 찾아와 경배하는 장면, 그리고 동정녀 마리아에게서 예수가 태어난 사건

---

98) David Jasper and Prickett, Stephen, Ed. *The Bible and Literature: A Reader* (Melbourne: Blackwell, 1999), 205.

이 예수의 탄생 이야기의 내용을 구성하고 있다. 누가복음에서는 이와는 달리 예수의 족보와 동방박사의 이야기는 나오지 않고 하늘의 천사들과 들에서 양을 치는 목자들이 아기 예수의 탄생을 축하하는 내용이 나온다. 그런데 이 두 복음서에서 모두 강조하고 있는 중요한 내용은 예수가 처녀의 몸에서 탄생했다는 것이다. 마태복음에서는 예수가 처녀의 몸에서 탄생한 것을 다음과 같이 기록하고 있다.

> 예수 그리스도의 나심은 이러하니라. 그의 어머니 마리아가 요셉과 약혼하고 동거하기 전에 성령으로 잉태된 것이 나타났더니 그의 남편 요셉은 의로운 사람이라. 그를 드러내지 아니하고 가만히 끊고자 하여 이 일을 생각할 때에 주의 사자가 현몽하여 이르되 다윗의 자손 요셉아 네 아내 마리아 데려오기를 무서워하지 말라. 그에게 잉태된 자는 성령으로 된 것이라. 아들을 낳으리니 이름을 예수라 하라. 이는 그가 자기 백성을 그들의 죄에서 구원할 자이심이라 하니라. (마태복음 1장 18-21절)

마태복음의 저자는 위 인용문에서 요셉과 약혼한 마리아가 요셉과 동거하기 전에 임신한 것은 성령으로 된 것으로 인류를 구원할 구세주로서 예수가 태어났다는 사실을 강조하고 있다.

그런데 예수가 처녀의 몸에서 태어난다는 것은 일반 영웅 이야기의 영웅들의 탄생처럼 매우 초자연적이고 특별한 사건이다. 하지만 이 사건은 일반 영웅들의 비범한 출생과는 다른 매우 중요한 의미를 담고 있다. 예수가 처녀의 몸에서 탄생했다는 것은 인류의 첫 조상인 아담의 저주 즉, 원죄(original sin)로부터 자유로운 존재로 태어났다는 것을 의미하기 때문이다.[99] 인류의 첫 조상인 아담의 타락은 모든 인간에게 죽음을 가져다주었다. 그래서 아담의 후손들은 자신의 의지와 행동에 상관없이 원죄를 가지고 태어나며 신의 형벌을 면할 수 없는 운명에 처하게 되었다. 그러나 예수는 인간의 죄악된 혈통을 통하지 않고 성령으로 잉태됨으로써 원죄의 저주에서 벗어나게 되었다는 것이다.

또한 시간적인 관점에서 보면, 예수가 처녀의 몸에서 태어났다는 것은 그가 분명히 인간의 육체를 입고 우리와 같은 성정을 지녔지만 동시에 영원의 존재인 신이 인간의 육신을 입고 이 세상에 온 것을 말한다. 즉, 그의 탄생이 성육신(incarnation)인 것을 의미한다. 다시 말해, 동정녀의 몸을 통해 예수가 태어난 사건은 바로 영원의 존재가 시간 속으로 들어온 것을 뜻한다.

> 태초에 말씀이 계시니라. 이 말씀이 하나님과 함께 계셨으니 이 말씀은 곧 하나님이시니라. . . . 참 빛 곧 세상에 와서 각 사람에게 비추는 빛이 있었나니 그가 세상에 계셨으며 세상은 그로 말미암아 지은바 되었으되 세상이 그를 알지 못하였고 . . . 말씀이 육신이 되어 우리 가운데 거하시매 우리가 그의 영광을 보니 아버지의 독생자의 영광이요 은혜와 진리가 충만하더라. (요한복음 1장 1-14절)

위에 인용한 요한복음에서도 말씀 곧, 신이신 하나님이 육체를 입고 이 세상에 온 존재가 예수임을 분명히 밝히고 있다. 달리 말해, 예수는 완전한 인간으로 태어났지만 동시에 완전한 하나님이라는 것이다. 예수의 신성과 인성을 모두 인정하는 이러한 생각은 이미 로마시대 니케아 종교회의에서 받아들여진 사상으로[100] 기독교의 핵심 사상일 뿐만 아니

99) *Ibid.*, 207.
100) *Ibid.*, 207.

라 서양의 시간과 역사에 있어서도 매우 중요한 의미를 가진다. 가령, 예수가 위대하기는 하지만 신이 아닌 한 인간일 뿐이었다면 서양의 역사는 파괴적인 성격을 가질 수밖에 없었다. 파괴적인 시간의 흐름 속에서 모든 가치가 변하기 때문에 영원이면서 시간의 존재인 예수가 역사 속으로 들어오지 않았더라면 인간의 역사는 새로운 목적과 희망을 가질 수 없었기 때문이다. 그러나 영원(eternity)이자 동시에 시간(time)의 존재인 예수가 역사 속으로 들어와 파괴적인 시간을 극복하고 시간과 영원을 연결하는 고리 역할을 함으로써 서양의 역사는 뚜렷한 목적과 새로운 희망을 가지게 되었다. 다시 말해 시간의 파괴성을 극복하고 소망으로 가득 찬 영원의 세계로 나아갈 수 있는 길을 신이면서 인간인 예수가 만들어 놓은 것이다.

예수가 처녀의 몸에서 탄생했다는 것은 누가복음에서도 강조된다. 마태복음과는 달리 누가복음에서는 요셉이 아닌 마리아에게 천사가 나타나 예수가 성령으로 잉태되었음을 알려준다.

> 여섯째 달에 천사 가브리엘이 하나님의 보내심을 받아 갈릴리 나사렛이란 동네에 가서 다윗의 자손 요셉이라 하는 사람과 약혼한 처녀에게 이르니 그 처녀의 이름은 마리아라. ...... 천사가 이르되 마리아여 무서워하지 말라. 네가 하나님께 은혜를 입었느니라. 보라 네가 잉태하여 아들을 낳으리니 그 이름을 예수라 하라. ...... 마리아가 천사에게 말하되 나는 남자를 알지 못하니 어찌 이 일이 있으리이까 천사가 대답하여 이르되 성령이 네게 임하시고 지극히 높으신 이의 능력이 너를 덮으시리니 이러므로 나실 바 거룩한 이는 하나님의 아들이라 일컬어지리라. (누가복음 1장 26-35절)

이처럼 성서에는 예수가 동정녀의 몸에서 탄생할 것을 부모가 될 요셉과 마리아 모두에게 천사를 통해 분명하게 예고하는 것으로 기록되어 있다. '예수'는 '자기 백성을 저희 죄에서 구원할 자'라는 뜻이며, 성서의 기자는 예수가 그의 이름에 어울리게 인류의 구세주가 될 수 있는 이유를 동정녀로부터의 탄생 즉, 성육신에서 찾고 있다. 만약 그가 처녀의 몸에서 태어나지 않았다면 보통 인간들과 마찬가지로 타락한 인류의 첫 조상 아담의 후손으로 원죄를 가진 죄인이었을 것이고, 그랬다면 파괴적인 시간의 지배하에 머물 수밖에 없어서 결코 인간의 죄를 대속하는 구원자가 될 수 없었을 것이다. 성서의 기자가 예수의 동정녀 탄생을 강조하는 이유가 바로 여기에 있다.

이와 함께 마태복음에서는 예수가 탄생했을 때, 동방의 박사들이 별을 보고 찾아와 아기 예수께 경배했다고 기록하고 있다. 예수가 인류의 구원자로서 뿐만 아니라 인류의 왕으로 오셨음을 나타낸다. 하지만 성서는 그의 왕권이 세속적인 것이 아닌 정신적인 것이며, 그는 세속적 군주가 아닌 만왕의 왕으로 이 땅에 오셨음을 강조한다. 우주 만물을 다스리고 모든 정신세계와 영적인 세계를 지배하는 존재로 예수가 이 땅에 왔다는 것이다.

누가복음에서는 마태복음과는 달리 박사들이 아닌 하늘의 천사가 밤에 양을 지키는 목자들에게 나타나 예수가 인류를 구원할 구세주임을 알려준다.

그 지역에 목자들이 밤에 밖에서 자기 양 떼를 지키더니 주의 사자가 곁에 서고 주의 영광이 그들을 두루 비추매 크게 무서워하는지라. 천사가 이르되 무서워하지 말라. 보라 내가 온 백성에게 미칠 큰 기쁨의 좋

은 소식을 너희에게 전하노라. 오늘 다윗의 동네에 너희를 위하여 구주
가 나셨으니 곧 그리스도 주시니라. (누가복음 2장 8-11절)

전통적으로 영웅 이야기는 크게 귀족적인 영웅 이야기와 민중적인
영웅 이야기로 나눌 수 있는데 전자에서의 주인공은 전형적으로 고귀한
혈통을 지니고 있다든지 특별한 방법으로 잉태되거나 출생하는 특징을
가지고 있다. 예수의 출생도 인간의 과학을 초월하는 방식으로 처녀의
몸에서 태어났고, 천사가 그의 출생을 예고하며, 하늘의 천군과 천사들이
그의 출생을 찬양하는 등 초자연적인 사건으로 기술되고 있어서 귀족적
영웅이야기의 영웅의 출생과 비슷한 특징을 가진다.

그런데 예수의 탄생 이야기에서 특이한 것은 예수의 족보에는 위대
한 혈통의 조상들만 있는 것이 아니라는 점이다. 마태복음 1장에 나와
있는 예수의 족보에서는 정통성을 결여한 비정상적인 인물들이 포함되
어 있어서 놀라움을 금치 못한다. 믿음의 조상인 아브라함으로부터 시작
되는 예수의 족보에, 아버지를 속여 장자권(birthright)을 뺏은 야곱, 시아
버지 유다와 비정상적인 관계를 통해 아들을 낳은 다말, 여리고 성의 기
생 라합, 다윗이 간음과 살인을 저지르고 얻은 아내 밧세바(원래는 우리
아의 아내였음), 이방 여인 룻 등 거룩한 계보에 적합하지 않는 인물들
이 예수의 조상으로 이름을 올리고 있다. 그런데 이런 사실은 인류의 구
원자로 이 땅에 온 예수의 이름을 더럽히는 것이 아니다. 오히려 예수가
죄인, 멸시받는 사람, 소외된 사람을 포함하는 모든 인류의 후손으로 태
어나서 그 모든 사람들을 죄에서 구원한다는 보다 깊은 의미를 담고 있
다. 의인을 부르러 온 것이 아니라 죄인을 부르기 위해 이 땅에 온 예수
의 정체성을 확실하게 부각시켜 주는 것이 이런 비정통적인 족보의 독

특한 역할이라 할 수 있다. 아무튼 예수의 탄생은 많은 문학가들과 사상가들의 상상력을 자극했고 이런 주제를 다룬 여러 영문학 작품들이 나오게 되었다.

2. 밀턴의 「그리스도 탄생한 날 아침에」

「그리스도 탄생한 날 아침에」("On the Morning of Christ's Nativity") 는 존 밀턴(John Milton)이 21살 되던 해인 1629년 12월 25일 즉, 그리스도의 탄생일에 인류에게 평화를 주기 위해 탄생한 예수 그리스도께 선물로 바치기 위해 쓴 작품으로 알려져 있다.[101] 밀턴은 이 시의 서시 (induction) 4연에서 동방박사의 예물에 해당하는 '소박한 노래'(humble ode)를 써서 탄생하시는 예수의 발 앞에 겸손히 바치겠다고 창작의도를 밝히고 있다. 이처럼 이 시는 인류를 구속하는 대 역사를 수행하기 위해 인간 세상에 태어난 그리스도의 탄생을 축하하는 내용으로 작품이 구성되어 있다. 그런데 이 시의 서시 3연을 보면 '아기 하나님'(the infant God)이라는 보기 드문 독특한 표현이 나온다.

하늘의 뮤즈여 말하라. 그대의 신성한 기질이
아기 하나님께 예물을 드릴 수는 없는가?
시, 찬송, 혹은 장엄한 노래 없는가?
그 분을 이 새로운 그의 처소로 맞아들일,

---

101) 밀턴은 친구 디오다티(Charles Diodati)에게서 온 편지의 답장으로 쓴 「제6엘레지」 끝 부분에서 이 송시에 대해 "그리스도의 탄생을 위해 내가 드린 선물(the gifts I have given for Christ's birthday)"이라고 말하고 있다.

지금 태양의 무리가 지나가지 않은 하늘엔
  다가오는 빛의 흔적도 없다.
반짝이는 전군이 빛나는 대오를 이루어 감시하고 있는 동안에.

Say heavenly Muse, shall not thy sacred vein
Afford a present to the infant God?
Hast thou no verse, no hymn, or solemn strain,
To welcome him to this his new abode,
Now while the Heaven by the sun's team untrod,
  Hath took no print of the approaching light,
And all the spangled host keep watch in squadrons bright? (15-21)

    일반적으로 삼위일체 하나님을 지칭할 때 성부로는 '아버지 하나님'(God the father)을, 성자로는 '예수 그리스도'(Jesus Christ)라는 호칭을 사용한다. 특히, 베들레헴 말구유에서 태어난 메시아(즉, 구세주)를 표현할 때는 '아기 예수'(the infant Jesus) 또는 '아기 그리스도'(the infant Christ)라는 표현을 사용한다. 이처럼 사람들은 아기라고 하면 당연히 하나님의 아들인 예수를 가리키는 것으로 생각한다.

    물론, 삼위일체 교리에서 성부, 성자, 성령은 한 하나님이기 때문에 따지고 보면 '아기 하나님'이란 말도 틀린 표현은 아니다. 그렇지만 이 세상에 구세주로 오신 예수 그리스도를 명명할 때 '아기 하나님'이란 호칭을 사용하지는 않는다. '아기 하나님'이란 호칭은 아들이 곧 아버지라는 뜻을 나타내는 말로서 논리적으로 맞지 않는 일종의 모순어법(oxymoron)이기 때문이다.

    그런데 밀턴이 이처럼 논리적으로 모순된 표현인 '아기 하나님'이란 표현을 이 시에서 애써 사용하고 있는 데에는 나름의 이유가 있다. 이 호칭을 통해 그리스도가 어떤 존재이며 그의 역할이 무엇인지를 보여주기 위해서다.

우선 '아기 하나님'이란 말은 이 세상에 태어난 아기 예수가 바로 하나님 자신임을 보여주는 표현이다. 신약성서 요한복음 1장에 "태초에 말씀이 계시니라 이 말씀이 하나님과 함께 계셨으니 이 말씀은 곧 하나님이시니라. (1절) . . . 말씀이 육신이 되어 우리 가운데 거하시매 우리가 그의 영광을 보니 아버지의 독생자의 영광이요 은혜와 진리가 충만하더라(14절)"는 구절이 있다. 예수 그리스도는 바로 창조주인 하나님이 인간의 몸을 입고 세상에 내려 온 존재임을 나타낸다. 밀턴도 이 시의 서시 2연에서 이러한 사실을 분명히 밝히고 있다.

> 그 분은 하늘의 높은 보좌에,
> 삼위일체의 가운데에 앉으셨던 바,
> 저 영광스러운 형상, 저 견딜 수 없는 빛,
> 멀리 빛나는 저 장엄한 불꽃을
> 버리셨네. 그리고 우리와 함께 하시려고,
>   영원한 낮의 큰 저택을 버리시고,
> 죽을 육체의 어두운 집을 우리와 함께 택하셨도다.

> That glorious form, that fight unsufferable,
> And that far-beaming blaze of majesty,
> Wherewith he wont at heaven's high Council-table,
> To sit the midst of Trinal Unity,
> He laid aside; and here with us to be,

Forsook the courts of everlasting day,

And chose with us a darksome house of mortal clay. (8-14)

밀턴은 빛과 어두움의 이미지를 사용하여 하늘 높은 보좌에서 삼위일체의 한 가운데에 앉아계시던 빛 되신 하나님께서 영원한 낮의 저택을 버리시고 어두운 육체의 집을 택했다고 그리스도의 탄생을 노래한다. 즉, 튜브(Rosemond Tuve)가 설명하고 있는 것처럼, 그리스도의 탄생은 한 위대한 인물의 탄생(nativity)이 아니라 신이 인간의 몸을 입고 태어난 성육신(incarnation)의 사건이라는 것이다.[102] 이렇게 볼 때, 이 시에서 노래하고 있는 인간으로 탄생한 그리스도는 한 마디로 신인(神人, God-man)이라 할 수 있다. 이것은 그리스도가 신이며 동시에 인간임을 의미하는 것으로 이 '아기 하나님'이란 표현을 통해 우리는 밀턴이 하나님, 그리스도, 성령이 하나라는 삼위일체 교리를 받아들이고 있고 동시에 예수 그리스도의 인성과 신성을 모두 인정하고 있음을 알 수 있다.

그런데 신인이라는 말은 일종의 신비요, 논리적으로 설명이 불가능한 표현이다. 무한한 신과 유한한 인간은 결코 하나의 존재일 수 없기 때문이다. 그러나 밀턴은 '아기 하나님' 즉, '신인'이라는 이 모순적인 개념을 통해 시간적인 관점에서 그리스도가 수행하는 독특한 역할과 의미를 분명하게 나타내 보인다.

시간적인 관점에서 신인이란 신이자 동시에 인간, 곧 그가 영원의 존재이자 동시에 시간의 존재임을 뜻하는 표현이다. 즉, 이 단어는 시간과 영원의 만남을 표상하는 인물이 그리스도임을 나타낸다. 따라서 그리스

---

102) Rosemond Tuve, *Images and Themes in Five Poems by Milton* (Mass: Harvard University Press, 1957), 37.

도의 탄생은 단지 한 위대한 인물이 역사 속으로 들어온 사건이 아니라 영원이 시간과 만난 엄청난 사건이라 할 수 있다.

이런 측면에서 그리스도의 탄생을 논할 때 탄생보다는 성육신이 더 중요한 의미를 지닌다. 이 성육신이란 말은 단순히 한 위대한 인물의 탄생을 지칭하는 것이 아니라 영원의 존재인 신이 '인간의 육체'(mortal clay)의 옷을 입고 이 세상에 태어난 것을 의미하기 때문이다. 이런 점에서 그리스도의 성육신은 다름 아닌 영원의 존재가 시간 속으로 들어와 시간의 속성을 획득하게 된 역사적으로 중요한 사건을 일컫는다고 할 수 있다.

밀러(David M. Miller)에 의하면 밀턴이 이 시에서 노래하고 있는 그리스도의 탄생은 시간과 영원을 연결한 사건으로 중요한 의미를 지닌다.[103] 벨시(Catherine Belsey)도 이 시에 제시되고 있는 그리스도의 탄생에 대해 하늘과 땅의 결합[104]이라고 그 의미를 설명한다. 특히, 밀러는 인류의 구원을 위해 그리스도가 당할 고난과 십자가보다 성육신이 시사하는 의미가 이 시에서는 더욱 중요하다고 판단하여[105] 역사 속으로 들어온 하나님의 의미를 강조하고 있다. 즉, 신성을 천명하고 인류를 구원하기 위해 십자가 위에서 그리스도가 당할 고통보다도 하나님이 육체의 어두운 집으로 내려온 성육신의 사건을 더욱 고통스러운 일이라고 보고 영원이 시간 속으로 들어온 사건의 중요성을 부각시키고 있는 것이다. 그도 그럴 것이 그리스도가 육체의 집을 택한 것 즉, 인간이 되신 것은

---

103) David M. Miller. *John Milton: Poetry* (Boston: Twayne Pubilishers, 1978), 31.
104) Catherine Belsey, *John Milton: Language, Gender, Power* 1st Ed. (Oxford: Basil Blackwell, 1988), 5.
105) Miller, 31.

파괴적이고 무상한 시간의 지배 아래에 속할 수 없는 영원이 시간의 지배 속으로 스스로를 내던진 엄청난 사건이기 때문이다. 그것은 루이스(C. S. Lewis)의 설명을 빌리면, 마치 목자가 양을 구하기 위해 몸소 양이 된 것에 견줄 수 있는 어마어마한 일이기 때문이다.106)

하지만 영원이 시간 속으로 들어 온 그리스도의 성육신의 사건은 결코 패배도 수치도 아닌 인간을 향한 신의 위대한 사랑의 표현이다. 어거스틴(St. Augustine)은 인간이 구원을 빌기 위해 갖추어야 할 조건을 설명하면서 그리스도의 필요성을 다음과 같이 적고 있다.

> 나는 모든 피조물들의 운동 속에서 과거와 미래를 경험한다. 영원한 진리에서는 과거와 미래가 없고 다만 현재만이 있다. 그러나 피조물에서는 그러한 불변성을 찾아볼 수 없다. 사물의 변화를 깊이 생각해 보아라. 그러면 거기에서 '있었다'와 '있을 것이다'를 발견할 것이다. 하나님을 명상해보아라. 그러면 거기에서는 과거와 미래가 없는 '있음'만 있는 현재만을 경험할 것이다. 그 현재를 경험하기를 원하면 너 자신이 시간의 한계를 초월하여라. 그러나 어떻게 시간의 제한을 받고 있는 인간이 자기 자신의 능력의 범위를 초월할 수 있단 말인가? 바라기는 "나 있는 곳에 그들도 있게 되기를 원한다"고 아버지께 기도한 그 분(그리스도)이 우리를 그곳으로 올리어 주기를 바랄 뿐이다.107)

---

106) G. I. Williamson, *The Shorter Catechism,* Vol. 1 (Philliphsburg: Pres by Terian and Reformed Publishing Co., 1970), 105.

107) Augustine, *Tractatus in Joannis Evagelium* in *The Basic Writings of Saint Augustine.* 2vols. Edited with an Introduction and Notes by W. J. Oates (New York: Rnadom House, 1948), xxxviii, 10.

우리가 이 글을 통해 알 수 있는 것은 첫째, 인간이 구원을 얻기 위해서는 삶(시간)의 분열과 분산에서 존재의 안정과 통일을 이룩해야 하며 이를 위해 시간을 초월해야 한다는 것이다. 둘째, 인간이 시간 안에서 시간을 초월하는 것은 전혀 불가능하므로 그리스도가 인간을 붙들어 올려 주어야 시간을 극복할 수 있다는 것이다. 이를 달리 설명하면, 인간은 교만의 죄로 인하여 완전히 시간의 세계에 고착되어 있기 때문에 자신의 힘만으로 이 변화무쌍한 시간의 세계에서 돌아서서 영원자를 향해 올라가는 것은 불가능하다. 그러나 하나님은 영원한 존재지만 영원의 상태로만 머물러 있지 않고 인간의 육체를 입고 이 땅에 내려와서 모든 인간을 자기에게로 이끈다는 말이다.

"왜 하나님은 인간이 되었을까?"하는 문제는 신학적으로 12세기에 안셀름(Anselm)이 속죄론을 설명하는 과정에서 구체적으로 제기되고 또한 그 의미가 설명되었거니와, 어거스틴에 의하면 영원자가 시간 속으로 들어와서 시간과 영원의 만남이 이루어진 성육신의 사건이야말로 인간 구원에 절대적으로 필요한 일이었기 때문에 신이 인간이 될 수밖에 없었다고 주장한다. 그는 말씀이 육신이 된 예수 그리스도는 "교만한 자를 낮추고 사랑을 북돋아"108) 순종한 자들을 자신에게로 끌어올림으로써, 하나님과 인간, 영원과 시간, 절대자와 많은 것으로 쪼개 떨어진 혼을 중개하는 중보자가 되고 길이 되셨다고 설명한다.109) 그는 하나님과 세계, 영원과 시간, 하나와 많음 사이에 어떤 중개적인 역할을 하는 원리로서 로고스(Logos) 즉, 말씀의 역할과 중요성을 논하고 있다.

---

108) Augustine, *Confessions*, Trans. R. S. Pine-Coffin (Harmondsworth: Penguin Books, 1984), 7, 18, 24.
109) *Ibid.*, 11, 29, 39.

그러나 그가 말하는 로고스는 플라톤주의자들이 주장하는 단지 추상적인 개념으로서의 로고스가 아니라 성서가 말하는 것과 같이 그를 통하여 만물을 무로부터 창조했고, 또한 말씀이 육신이 되어 우리 가운데 거하셨다(요한복음 1장 14절)는 역사화 된 로고스를 의미한다. 밀턴이 말하는 '아기 하나님'의 의미도 바로 이와 같은 역사 안에 오셔서 그 안에 존재하게 된 성육의 로고스 즉, 역사화 된 로고스의 개념을 뜻한다. 그런데 하나님이 인간이 되어 역사 안으로 들어온 이유는 자신을 낮추어 시간 속에 들어옴으로써 자신의 사랑과 은혜를 역사적으로 보여주고 이를 통해 인간이 시간을 극복하는 길을 열어 주기 위해서다. 바로 이 일을 위해 로고스인 하나님이 아기 예수로 이 세상에 온 것이다.

삼손(Samson)의 경우를 통해 알 수 있듯이, 밀턴은 인간의 구원이 시간 속에 존재하는 것이 아니라 영원 속에 존재하는 것으로 생각했다.[110] 그러나 그는 시간을 배타적으로 파악하지는 않았다. 그는 시간 속으로 영원이 들어오는 사건을 통해 이 두 가지를 통합적으로 이해하려 했고 바로 그것을 보여준 사건이 그리스도의 성육신이었던 것이다.

인간의 구원과 연관하여 그리스도의 성육신이 가지는 무엇보다도 중요한 의미는 이를 통해 시간에 질적인 변화가 일어남으로써 시간의 무상성과 허무성이 극복되고 죽음의 위협이 제거된다는 것에 있다. 시간에 대한 영원의 개입은 일종의 패러독스임이 틀림없지만 이 패러독스로 비춰지는 사건이 중요한 의미를 가지게 되는 것은 이를 통해 비로소 파괴적이고 무상한 시간이 극복되고 인간은 미래를 향해 열린 존재 즉, 영원으로 향하는 존재가 될 수 있기 때문이다. 이 시의 1연에서 노래하고 있

---

110) Edwad W. Taylor, *Milton's Poetry: Its Development in Time* (Pittsburgh: Duquesne Uiversity Press, 1979), 112.

는 아기 예수의 탄생이 하늘로부터 구원을 온 인류에게 가져다주며, 영원한 안식을 보장하는 사건이 될 수밖에 없는 이유도 그리스도의 탄생이 단순한 한 위대한 인물의 탄생이 아니라 인간을 구원하기 위해 영원이 시간 속으로 들어온 성육신의 사건이기 때문이다.

이와 같이 그리스도의 성육신은 인류 역사에 새로운 의미와 방향을 제시해 준 결정적으로 중요한 사건이다. 그것은 그 때까지 존재했던 순환적인 시간을 직선적인 시간으로 바꾸어 놓음으로써 시간의 역사를 이교도에서 말하는 지루한 과거의 반복과 순환이 아닌 의미심장한 현재와 새로운 미래를 가진 구속의 드라마가 되게 만들었다.

밀턴이 이교적인 순환적 시간을 반대했다는 것은 주지의 사실이다. 『복낙원』(*Paradise Regained*)을 통해 알 수 있듯이 그는 인간이 대적해야 할 사탄(Satan)을 순환적인 시간 의식을 가진 대표적인 인물로 제시한다. 순환적인 시간관은 그리스인들을 비롯한 고대 이교도들이 가지고 있었던 것으로 그들은 시간을 돌고 도는 커다란 수레바퀴 같은 것으로 생각했다. 그런데 순환적인 시간 개념에서는 시작이나 중간이나 끝이 없다. 모든 점이 시작이요, 중간이요, 끝이다. 따라서 순환적인 시간관에서는 세계의 창조나 종말이 존재하지 않는다. 세계의 역사는 무한히 원을 그리면서 반복될 따름이다. 이런 점에서 순환적인 역사의 과정에서는 엄밀한 의미에서 새로운 것이란 있을 수가 없다. 왜냐하면 모든 것은 과거가 끝없이 반복되는 순환에 지나지 않기 때문이다.

밀턴이 순환적인 시간관을 거부한 것은 그것이 자신이 신봉하는 기독교적인 사상과 대치되는 이교적인 것이었을 뿐만 아니라 선배 사상가의 영향에도 힘입은 바 크다. 시간개념을 정립함에 있어 밀턴에게 그 누구보다도 지대한 영향을 끼친 사상가는 앞서 언급한 성 어거스틴으로 그는 순환적인 시간을 악마적인 것으로 보았다. 어거스틴은 "이교도는 우리들의 단순한 신앙을 손상시켜 똑바른 길에서 우리를 이끌어냄으로써 그와 함께 둥근 바퀴 위를 걷게 한다."[111]고 설파함으로써 순환적인 시간에 대한 반대의 입장을 분명히 했다. 그는 시간을 끝없이 회전하는 순환적인 것이 아니라 시작과 중간과 끝이 있는 유한한 선과 같은 것이라고 생각했다.

그런데 어거스틴이 순환적인 시간관을 비판하고 직선적인 시간관을 주장하게 된 것은 다음과 같은 세 가지의 기독교 신앙 즉, 무로부터의 창조, 그리스도의 성육신, 그리고 종말론적 완성을 바라보는 기독교인의 소망에서 그 근거를 찾을 수 있는 바[112] 여기서는 '아기 하나님'의 개념과 직접적으로 연관성이 있는 그리스도의 성육신에 대해서 중점적으로 살펴보고자 한다.

태초에 하나님이 무로부터 세계를 창조했고 그것이 시간 안에서가 아닌 시간과 함께 이루어진 것이라고 하는 기독교의 신앙은 시간을 하나님이 창조했고 창조자의 지배 하에서 시간은 반복되지 않으며 최후의 목적(telos)을 향해 똑바로 진행된다는 직선적인 기독교 역사관의 존재론적 이유와 근거가 되고 있다. 그렇다면, 말씀인 그리스도가 시간 속에 와서 성육했다는 사실은 순환적인 시간관을 깨트릴 수 있게 해주는 특별한 이유가 된다. 예수 그리스도의 성육신의 사건은 인간을 죄와 죽음에서 구원하기 위한 역사적으로 전례가 없었던 독특한 사건이기 때문이다. 어거스틴의 다음의 글을 보자.

---

111) Augustine, *The City of God*, Trans. Dodds (New York: The Modern Library, 1950), XII, 18.

112) 선한용, 『시간과 영원: 성어거스틴에 있어서』 (서울: 대한기독교서회, 1998), 137.

예수 그리스도께서 우리 죄를 위하여 한 번 죽으시고 죽은 자 가운데서 다시 사시었으니 그는 다시 죽지 않으신다. 죽음은 그를 더 이상 다스리지 못한다. 우리도 또한 부활한 다음 주님과 영원히 함께 있을 것이다. 그 부활한 주님께 우리는 시편 기자가 기록한 바와 같이 "오 주님, 이 시대로부터 우리를 지키시고 보전해주소서"하고 간구할 수 있다. 그리고 다음에 뒤따르는 말로는 다음의 구절이 적절하다고 나는 생각한다. "사악한 자는 순환하는 길을 걸어간다."[113]

그에 의하면, 성육하신 예수 그리스도의 사건은 독특하고 일회적이며 역사상 전례가 없었던 것으로 시간의 순환을 잘라 정지시키고 그것을 펴서 인간 구원을 위한 직선의 드라마를 나타내 보여준 의미심장한 사건이다. 즉, 그것은 인간을 영원으로 인도하기 위해 영원이 시간 속으로 들어와 시간에 영원한 내용과 의미를 부여해 준, 영원과 시간 사이의 새로운 관계를 이룩한 특별한 사건이었던 것이다. 그러나 이러한 그리스도의 성육신은 결코 반복될 수 없다. 왜냐하면 영원이 시간에 예속될 수는 없기 때문이다.

그리스도의 성육신은 이처럼 일회적인 것이지만 중요하고 영원한 의미를 시간 속에 부여해주었기 때문에 어거스틴은 "그러므로 이제 우리는 그리스도이신 그 직선의 길(똑바른 길)을 걸어갑시다. 그를 우리의 안내자와 구원자로 모시고 우리의 마음과 생각을 신앙이 없는 자들이 주장한 거짓되고 허망한 순환(원)에서 돌이킵시다"[114]라고 사람들에게 권면하는 일을 잊지 않는다.

이렇게 볼 때, 창조가 하나님의 말씀을 통하여 피조물을 무로부터 불

---

113) Augustine, XII, 13.
114) *Ibid.*, XII, 13.

러 낸 영원과 시간이 처음으로 관계되는 시발점이라면, 그리스도의 성육신은 하나님이 그 아들을 통하여 타락된 피조물을 또다시 자기에게로 불러 이끄는 점 즉, 영원과 시간이 다시 관계되는 점이라고 볼 수 있다. 말하자면, 성육신은 하나의 재창조로서 창조의 기적이 재현된 것이고, 그 결과 그리스도는 분명한 목적과 의미를 가지는 기독교 시간관의 중심점 (focal point of Christian view of time)이 되고 있는 것이다.

밀턴은 이 시에서 기독교 시간관의 중심점으로서의 그리스도 탄생의 의미를 효과적으로 부각시키기 위해 그리스도의 탄생으로 말미암아 옛 질서는 사라지고 새로운 질서가 만들어지게 되었다고 노래한다. 그는 그리스도의 탄생을 신의 평화가 이 세상에 내려온 것으로 묘사한다.

> 그러나 그분은 자연의 근심을 그치시려,
> 온순한 눈을 가지신 평화를 내려 보내셨다.
> 　녹색 올리브 왕관을 쓴 평화는 미끄러지듯 살며시
> 그분의 신속한 선구자
> 회전하는 천체를 통해 내려 오셨다.
> 　산비둘기 날개로 달라붙는 구름들을 가르시며,
> 그리고 그 도금양 지팡이를 넓게 흔들어,
> 바다와 육지에 두루 평화를 울려 펼치시도다.

> But he her fears to cease,
> Sent down the meek-eyed Peace,
> 　She crowned with olive green, came softly sliding
> Down through the turning sphere,
> His ready harbinger,

With turtle wing the amorous clouds dividing,

And waving wide her myrtle wand,

She strikes a universal peace through sea and land. (45-52)

평화의 왕 그리스도는 '온순한 눈을 가졌고', 순결과 사랑의 상징인 '산비둘기 날개'와 '도금양 지팡이'를 지녔다. 그는 또한 미끄러지듯 살며시 내려와 바다와 육지에 두루 평화를 펼치신다. 그러나 이 평화는 비록 살며시 내려오는 모습을 취하기는 하지만 이 땅의 전쟁의 소리를 그치게 만드는 강력한 역할을 수행한다.

뿐만 아니라 그는 온 세상을 검게 뒤덮고 있는 어둠을 철저하게 몰아낸다. 그가 탄생하자 이 세상을 지배하던 어둠과 그의 세력들은 빛의 왕이신 그리스도의 통치가 시작되었음을 간파하고는 숨을 죽인다(5연). 낮의 세계를 지배하던 태양 또한 더 큰 태양의 도래에 그 머리를 감춘다(7연). 밀턴은 인류의 구원자인 그리스도의 이미지를 이같이 '평화'(46), '빛의 왕자'(62), '더 큰 태양'(83) 등으로 묘사하여 그가 세상을 밝히고 역사에 의미를 부여하는 존재임을 부각시킨다. 특히, 밀턴은 그리스도의 탄생으로 말미암아 인류의 역사는 황금시대로 되돌아갈 것이라고 노래한다.

만일 이렇듯 거룩한 노래가
우리의 공상을 오래 감싼다면,
　시간은 달려 돌아가 황금시대를 가져오고,
얼럭덜럭 허영심은
곧 병들어 죽을 것이며,
　문둥병 같은 죄는 지상에서 녹아 없어지고,

지옥 그 자체도 사라져,

그 음침한 저택을 밝아오는 새벽에게 남기리.

For if such holy song

Enwrap our fancy long,

 Time will run back, and fetch the age of gold,

And speckled vanity

Will sicken soon and die,

 And lepr'ous sin will melt from earthly mould,

And hell itself will pass away,

And leave her dolorous mansions to the peering day. (133-140)

여기서 황금시대로 되돌아간다는 것은 시간이 순환된다는 뜻이 아니라 타락 이전의 상태로 시간이 회복된다는 뜻이다. 즉, 시간의 파괴성을 극복하고 시간의 세계로부터 영원의 세계로 나아감을 일컫는 것으로 인간의 허영심과 죄의 문제가 해결되는 완전한 상태로 시간이 회복될 것이라는 말이다. 그리스도의 탄생이 인류에게 평화와 기쁨을 가져다줄 수 있는 이유는 이처럼 그의 탄생으로 과오와 실수로 점철된 파괴적인 시간은 물러가고 평화와 축복과 행복으로 가득 찬 잃어버렸던 황금시대가 다시 도래하기 때문이다. 다시 말해, 그리스도의 탄생은 죄와 모순으로 점철된 이교적인 파괴적 시간을 깨트리고 희망과 행복으로 가득 찬 새로운 시간을 가져오게 한다는 것이다. 따라서 그리스도의 탄생은 위대한 한 인물의 탄생이 아니라 시간의 흐름을 파괴적인 것에서 행복한 구원의 역사로 바꾸어놓는 역사적으로 중요한 사건인 것이다.

또한, 밀턴은 '영광스럽고 눈부신 빛'이신 그리스도께서 그 영광의 세계를 버리고 인간의 모습을 입고 이 세상에 탄생함으로써 어둠의 권세를 물리치고 인류에게 평화와 소망을 가져왔음을 찬미하는 것에 그치지 않고 이교신들에 대해 그리스도가 승리하는 모습을 보여줌으로써 이교 세계의 가치를 거부하는 태도를 분명하게 취한다. 물론, 기독교적인 세계와 이교적인 세계의 가치를 모두 인정하는 크리스천 휴머니스트로서의 그의 모습이 이 작품에 나타나지 않는 것은 아니다. 그는 그리스도를 평화의 왕, 더 큰 태양 등 기독교적인 이미지를 사용하여 묘사하기도 하지만 '강대한 판신'(the might Pan, 89) 등 이교적인 이미지를 사용하여 나타내기도 한다. 밀턴이 그리스도를 판신의 이미지로 그리고 있는 것은 그리스도를 위대한 판신이라고 불렀던 스펜스(Edmund Spenser)의 영향 탓도 있겠지만 그리스어 *pan*이 갖고 있는 전체(all), 혹은 총체(universal)라는 뜻이 온 세상과 모든 인류에게 빛이 되는 그리스도의 속성과 잘 부합되기 때문이다.

이처럼 밀턴은 기독교적인 이미지와 이교적인 이미지를 모두 사용하여 그리스도의 속성을 묘사하고 있지만 18연에서 26연에 이르기까지 길고도 상세하게 '훨씬 위대한 태양'에 비유되는 그리스도의 탄생으로 인해 어둠의 무리 즉, 이교신들이 추방당하는 모습을 묘사함으로써 이교적인 세계의 가치를 정면으로 반대한다.

그리고 그 때 마침내 우리의 행복은
가득하고 완전하나,
　지금은 그 시작이다. 이 복된 날부터
지하 협소한 구역에

결박당한 늙은 용은,

　그 빼앗긴 세력을 지금까지 전혀 떨치지 못하고,

그의 왕국이 패망함을 보고 격분하여,

　그 비늘 있는 무서운 접힌 꼬리를 칠 것이기에.

And then at last our bliss

Full and perfect is,

　But now begins; for from this happy day

The old dragon under ground,

In straiter limits bound,

　Not half so far casts his usurped sway,

And wrath to see his kingdom fail,

Swinges the scaly horror of his folded tail. (165-172)

　위 인용문에 나타나듯 그리스도의 탄생은 늙은 용 사탄을 결박시켜 활동하지 못하게 만든다. 사탄으로 대표되는 이교신들이 활동하고 통치하던 시대는 끝나고 하나님의 통치가 명실상부하게 시작되는 것이다. 그 결과 이교신 아폴로의 사당에서 신탁소리는 더 이상 들을 수 없고(9연) 쓸쓸한 산 너머에서, 또한 반향하는 해안에서 이교신의 울음소리와 크게 통곡하는 소리만이 들려온다(20연). 가정의 수호신과 망령들 또한 한밤의 슬픔으로 신음하고(21연), 브올과 바알 같은 이교신들도 그들의 신전을 떠난다(22연). 대표적인 이교신인 몰록도 실쭉한 모습으로 달아나고 나일 강의 짐승 모양을 한 신들 역시 급히 자리를 떠난다(23연). 큰 소리로 울며 풀밭을 짓밟던 오리시스도 모습을 감추고(24연), 뱀 모양의 꼬리를 가진 거대한 타이폰도 더 이상 자기 자리를 지키지 못한다(25연).

이처럼 그리스도의 탄생으로 이교적인 질서와 힘의 세계는 물러가고 전 세계에 걸쳐 하나님의 힘과 질서가 세워지게 된다. 그런데 이와 같은 하나님 중심의 새로운 질서가 성립될 수 있는 것은 참 신이신 아기 하나님이 "강보 속에서도 저주받은 무리들을 제어할 수 있기"(227-228) 때문이다.

특히, 이에 앞서 9연부터 17연까지에서는 그리스도의 탄생을 축하하는 천사들의 노래와 천체의 아름다운 음악이 천지창조와 십자가의 수난 및 최후의 심판 등의 이미지와 어우러져 감동적으로 표현된다. 대표적으로 16, 17연을 보자.

그러나 아무리 현명한 운명도 아니라 말한다.
이 일은 아직은 그렇게 되지 않을 것이 분명하기에,
　쓰라린 십자가 위에서
우리를 죽음에서 구해 내야 할 아기는
아직 천진스러운 미소 지으며 누워있다.
　그러므로 그 자신과 우리들을 영광스럽게 하기 위하여
아직까지도 잠의 사슬에 매여 있는 자들에게
깨어 있는 최후 심판의 나팔이 하늘을 통하여 크게 울려야 하리.

빨간 불꽃과 그을린 구름이 일어나는 중
시내산에서 울렸던
　그런 무서운 소리에
가공할 그 소리에
깜짝 놀란 노령의 지구는
　지표면에서 중심까지 흔들리리.
이 세상 최후의 날,
무서운 심판자가 중천에 그 보좌를 펴실 때에.

But wisest Fate says no,

This must not yet be so,

   The babe lies yet in smiling infancy,

That on the bitter cross

Must redeem our loss;

   So both himself and us to glorify:

Yet first to those ychained in sleep,

The wakeful trump of doom must thunder through the deep.

With such a horrid clang

As on Mount Sinai rang

   While the red fire, and smould'ring clouds out brake:

The aged Earth aghast

With terror of that blast,

   Shall from the surface to the center shake;

When at the world's last session,

The dreadful Judge in middle air shall spread his throne. (149-164)

위 인용문에 제시되는 그리스도의 이미지는 구원자와 심판자 두 가지다. 즉, 그가 이 땅에 와서 수행해야 할 사명은 십자가에서 피를 흘려 죽음으로써 인류의 죄를 대속하는 속죄양(scapegoat)으로서의 역할과 세상 끝날 마지막 심판대(Last Judgement)에서 모든 인류가 행한 대로 공과를 심판하는 것이다. 이 세상과 역사를 주관하고 다스리며 인류를 구원하고 동시에 심판하는 존재가 바로 그리스도라는 것이다. 따라서 그의 탄생은 단순히 한 고귀하고 영광스러운 위대한 인물의 탄생이라는 의미를 넘어서서 사탄에 의해 지배되는 세속적인 역사를 깨트리고 신에 의해 지배되는 새로운 역사를 창조하는 위대한 신의 탄생이라는 의미를 가진다.

이로 볼 때, 이 시에서 밀턴이 찬양하고 있는 그리스도 탄생의 의미는 단지 한 위대한 탄생이 아니라 악을 몰아내고 사랑과 평화를 실현시키며 세상의 시작부터 끝 날까지 역사를 주관하실 역사와 시간의 중심점으로서의 성육신임을 알 수 있다. 그는 시간을 파괴자로 보고 어떻게 하면 가치를 영원히 보존할 수 있을까 고민하던 시대에 인간이 구원을 받기 위해서는 시간을 극복해야 한다고 생각했으며, 성육신한 아기 하나님이 이 문제를 해결할 것이라고 노래하고 있다. 즉, 시간의 파괴성과 무상성을 극복하고 인간이 구원을 받기 위해 반드시 필요한 존재가 아기 하나님으로 이 땅에 온 예수 그리스도이며, 그의 탄생을 통해 어둠의 지배 아래 놓여 있던 파괴적인 역사가 빛과 희망으로 가득 찬 구원의 역사로 바뀌게 되었음을 피력하고 있는 것이다.

지금까지 살펴본 대로, 밀턴이 말하는 예수의 탄생은 영원하신 하나님이 인간의 육신을 입고 이 땅에 태어난 사건 즉, 탄생이 아닌 성육신을 말하며, 이 사건을 통하여 시간의 질적인 변화가 일어나고 인간은 허무와 무상성 그리고 죽음의 위협을 극복할 수 있게 되는 것이다. 그가 '아기 예수'를 '아기 하나님'으로 표현한 것은 바로 예수 그리스도가 그의 작품 세계에서 가지는 이러한 중요한 역할과 의미를 강조하기 위한 것이다. 따라서 「그리스도 탄생한 날 아침에」에서 중요한 것은 그리스도의 탄생이 아니라 그의 성육신이며 그것이 시사하는 의미인 것이다.

3. 엘리엇의 「동방박사의 여행」

엘리엇(Thomas Sterns Eliot)이 쓴 「동방박사의 여행」("Journey of the Magi")은 그가 영국으로 귀화하고 영국 국교도가 된 1927년에 쓴 작품으로 신약성서 마태복음 2장에 나와 있는 베들레헴으로 예수의 탄생을 보러 가는 동방박사들의 여행을 소재로 하고 있다. 이 시는 동방박사들 중 한 사람이 오랜 시간이 지난 후 과거 자신의 경험을 회상하며 이야기하는 독백의 형식을 취하고 있다. 이 독백의 첫 부분은 앤드루스(Lancelot Andrews) 주교의 『그리스도 탄생에 관한 설교』(*Nativity Sermon*)에서 직접 인용한 것이다. 하지만 성서의 마태복음과는 다르게 동방박사들이 화려한 생활을 하던 나라를 떠나 여행하기에 가장 불편한 한겨울에 낙타를 타고 그렇게도 먼 길을 가느라 고생했던 이야기가 사실적으로 자세히 묘사된다.

> "추운 길을 우리는 갔었지.
> 여행을 하기에는 그리고 그런 먼 여행을 하기에는
> 마침 일 년 중에서도 가장 고약한 때에.
> 길은 깊이 빠지고 날씨는 매섭고
> 때는 바야흐로 한 겨울."
> 그리고 낙타들은 찰과상을 입고 발은 아프고 말은 안 듣고
> 녹는 눈 속에 드러누웠지.
> 우리는 가끔 언덕위의 여름 별장과 테라스들
> 샤벳을 갖다 주던 비단 옷 입은 처녀들을 못내 아쉬워한 때도 있었다.
> 그 때 낙타꾼들은 욕지거리를 하고 투덜대고
> 술과 계집을 원하며 도망을 쳤다.

그리고 밤에 불은 꺼지고 잠 잘 곳은 없고
도시마다 적대적이고 고을마다 불친절했다.
마을들은 더러웠고 비싼 요금을 요구했었다.
정말 고생스러웠다.
결국 우리는 차라리 자지 않고 밤새 여행하기를 택했다.
틈틈이 졸면서
이것은 모두 어리석은 짓이라고
귓전에서 울리는 소리 들으며.

'A cold coming we had of it,
Just the worst time of the year
For a journey, and such a long journey:
The ways deep and the weather sharp,
The very dead of winter.'
And the camels galled, sore-footed, refractory,
Lying down in the melting snow.
There were times we regretted
The summer palaces on slopes, the terraces,
And the silken girls bringing sherbet.
Then the camel men cursing and grumbling
And running away, and wanting their liquor and women,
And the night-fires gong out, and the lack of shelters,
And the cities hostile and the towns unfriendly
And the villages dirty and charging high prices:
A hard time we had of it.
At the end we preferred to travel all night,
Sleeping in snatches,

With the voices singing in our ears, saying
That this was all folly. (1-20)

성서에서는 동방박사들이 별을 보고 아기 예수를 찾아와 예물을 드리며 기쁘게 경배하는 모습이 그려지지만 이 시의 처음에 묘사되고 있는 화자의 모습은 다분히 회의적이고 불안하다. 자신이 떠나온 도시를 잊지 못해 여름 별장과 테라스, 비단 옷 입은 처녀들을 그리워한다든지, "정말 고생스러웠다"라고 말하는 부분은 이런 분위기를 노골적으로 보여준다. 하지만 심한 추위와 길이 깊이 빠지는 어려운 상황 속에서도 그들의 여행을 지속시키게 해준 힘은 신앙심이었다.[115] 이 첫 부분에서 화자의 태도가 비록 피로와 회의를 보이기는 하지만 불평과 반역으로까지 발전하고 있지 않는 것은 그에게 신앙심이 있었기 때문이다.

이 시의 두 번째 부분은 여전히 외적인 풍경을 자세히 묘사하고 있지만 그것은 앞부분과 매우 다른 양상을 띤다. 앞부분에서는 추위와 눈, 상처 난 낙타 등 모든 이미지들이 고통과 고뇌, 어려움을 보여주는 것이었지만 여기서는 온화한 골짜기, 초목의 향기, 시냇물 소리 등 따뜻하고 희망적인 이미지들로 가득 차 있다.

이윽고 우리는 새벽녘에 설선 아래 물기가 있고
초목냄새 풍기는 온화한 골짜기로 내려왔지.
그곳엔 시내가 흐르고 물레방아가 어둠을 때리고
나지막한 하늘엔 세 그루의 나무가 서 있고
한 마리 늙은 백마가 초원을 뛰며 사라졌었지.

---

115) 이창배, 『20세기 영미시의 이해』 (서울: 민음사, 1993), 125.

그 후 우리는 상인방위에 포도덩굴이 덮여 있고
여섯 사내들이 열린 문가에서 은화를 걸고 주사위를 던지며
발로는 빈 가죽 술 부대를 차고 있는 어느 주막에 이르렀지.
그러나 거기서도 아무런 소식이 없어 다시 길을 떠나
저녁에 때 맞춰 그 곳을 찾아 도착했으니
그것은 만족스러운 일이라 말할 수도 있으리라.

Then at dawn we came down to a temperate valley,
Wet, below the snow line, smelling of vegetation;
With a running stream and a water mill beating the darkness,
And three trees on the low sky.
And an old white horse galloped away in the meadow.
Then we came to a tavern with vine-leaves over the lintel,
Six hands at an open door dicing for pieces of silver,
And feet kicking the empty wine-skins.
But there was no information, and so we continued
And arrived at evening, not a moment too soon
Finding the place; it was (you may say) satisfactory. (21-31)

초목 냄새가 풍기는 온화한 골짜기로 내려 왔다는 것 자체가 희망을
나타내고, 흐르는 시내와 어둠을 때리는 물레방아는 약동하는 생명의 힘
을 느끼게 한다. 그러나 나지막한 하늘에 서 있는 세 그루의 나무는 예수
가 십자가에 달릴 때 갈보리에 서 있었던 세 개의 십자가를 연상시키고
초원을 달리는 흰 말은 성서의 요한계시록에 나오는 백마를 상징한
다.116) 이런 대조적인 이미지들은 예수의 탄생이 그의 죽음을 전제로 한
것임을 보여준다. 실제로 성서를 보면 예수가 이 세상에 태어난 것은 죽

기 위해 다시 말하면, 십자가에서 죽음으로써 인류의 죄를 대속(ransom)하기 위해서다. 그의 죽음은 인간을 속박에서 해방시키고 새로운 희망을 주기 위한 것이며 이를 위해 이 세상에 아기 예수로 태어났다. 이처럼 예수의 탄생은 그의 죽음을 전제로 한 것이어서 매우 역설적인 성격을 가진다. 그러나 죽음을 통해 새로운 생명을 가져온다는 점에서 그것은 또한 신생(new life)의 이미지와 연결된다. 이런 측면에서는 이 세 그루의 나무와 백마를 신생과 희망의 이미지로 볼 수도 있다.

그러나 그리스도 예수의 탄생에 대한 신앙이 가져다주는 이런 희망과 새로운 삶에 대한 기대는 쉽게 실현되지 않는다. 거기에는 수많은 탐욕과 유혹, 그리고 배신이 존재한다. 여인숙과 여섯 명의 사내들이 은화를 걸고 주사위를 던지고 있는 장면은 부패와 탐욕과 불신을 상징한다. 이런 황무지 같은 상황에서는 아기 예수의 탄생에 대한 어떤 확신도 가질 수 없다. 그래서 동방박사들은 계속 여행을 하고 마침내 탄생의 장소인 그 곳을 찾는다. 그러나 그들은 기대만큼 만족하지 못한다. 단지 만족할 만한 것이라고 말할 수도 있다는 애매한 결론을 내릴 뿐이다. 그들은 예수의 탄생을 목도함으로써 먼 여행의 목적을 달성하기는 했지만 그 탄생이 무엇을 의미하는지는 확실하게 알 수 없었기 때문이다.

이런 화자의 불확실한 태도는 시의 마지막 부분에서 더욱 잘 드러난다. "이 모든 것은 오래 전 일이지만 나는 그런 여행을 다시 한 번 하고 싶다"는 그의 말에는 신앙과 회의(faith and doubt) 사이에서 방황하는 그의 모습이 뚜렷이 나타난다.

---

116) 김종길, 『현대의 영시』 (서울: 고려대학교 출판부, 1988), 49.

돌이켜보건대 이 모든 일은 오래 전 일이건만,
나는 그런 여행을 다시 한 번 하고 싶구나. 그러나
이것만은 규정짓고 싶다, 이것만은.
우리가 그토록 먼 길을 찾아간 것은
탄생 때문이었던가, 죽음 때문이었던가? 분명히 거기엔 탄생이 있었지.
증거도 있기에 전혀 의심도 하지 않았지. 나는 탄생과 죽음을 보았건만,
그 둘은 다른 것이라 생각했었지. 그러나 이 탄생은
우리에겐 괴롭고 쓰라린 고뇌였었지, 죽음처럼, 우리의 죽음처럼.
우리는 우리의 고향, 이 왕국으로 돌아왔건만,
낯선 백성들이 그들의 신들을 움켜잡고 있는
여기 이 낡은 율법 가운데에서 이젠 마음이 편하지 않다.
나는 또 한 번 죽고 싶구나.

All this was a long time ago, I remember,
And I would do it again, but set down
This set down
This: were we lead all that way for
Birth or Death? There was a Birth, certainly,
We had evidence and no doubt. I had seen birth and death,
But had thought they were different; this Birth was
Hard and bitter agony for us, like Death, our death.
We returned to our places, these Kingdoms,
But no longer at ease here, in the old dispensation,
With an alien people clutching their gods.
I should be glad of another death. (32-43)

동방박사들은 확실히 탄생을 보았다. 하지만 그들은 의문에 휩싸여 있다. 그토록 먼 길을 찾아 간 것이 탄생 때문인지 죽음 때문인지 확신하지 못하기 때문이다. 탄생이 곧 죽음이라는 역설 앞에 당황해하는 것이다. 지금까지 그들은 황무지의 세계 속에 살면서 탄생과 죽음은 서로 다른 것이라고 생각했다. 다시 말해, 세속적인 욕망과 육체적인 속박에서 해방되어 신생(new life)을 얻기 위해서는 죽음을 택해야 한다는 사실을 이해하지 못했다.

하지만 신이 인간의 육체를 입고 시간의 세계 속으로 내려온 사건인 예수의 성육신(incarnation)을 목도하고서는 삶이 곧 죽음임을 인식하게 된다. 다시 말해, 인간에게 새로운 생명을 주기 위해서는 영원의 존재가 파괴적인 시간의 지배를 받아야 한다는 사실 즉, 영원의 존재인 하나님이 인간의 몸을 취하고 시간의 세계 속으로 들어와 죽음을 맛보아야만 인간에게 새로운 생명을 줄 수 있다는 사실을 깨닫게 된 것이다. 이 시에서 말하는 신생의 전제가 죽음이라는 것은 바로 이런 역설적인 진리를 뜻한다. 그런데 이런 사실을 인식했을 때 그것은 환희가 아니라 고뇌 같은 것이었다. 그래서 그들은 다시 그들의 왕국으로 돌아올 수밖에 없었다.

그러나 그곳은 낡은 율법이 지배하고 자신들의 우상에 매달리는 이교도들이 득실대는 땅이다. 이런 땅에는 신의 은총이 존재하지 않으며 마음의 평화도 있을 수 없다. 그래서 늙은 화자는 또 한 번 죽고 싶다고 외친다. 여기서 다시 한 번 죽고 싶다고 말하는 이유는 예수의 탄생을 목도하는 가운데 이미 정신적인 죽음을 한 번 경험했기 때문이다. 이처럼 마지막 부분에서는 또 다른 죽음을 통해 암울한 현실 상황 속에서 비록 확신까지는 아니지만 구원을 얻고자 하는 화자의 기대가 나타난다.

이렇게 볼 때 이 시는 성서의 예수 탄생 이야기를 소재로 삼아 생명
은 곧 죽음을 전제로 하지만 이 죽음은 다시 생명의 희망을 가져다주게
된다는 예수의 탄생이 시사하는 신비로운 비밀을 노래하는 작품이라고
할 수 있다.

성서의 비유

1. 성서에 나오는 비유의 문학적 특징

비유(Parable)는 어떤 사물의 모양이나 상태 등을 보다 효과적으로 표현하기 위하여 그것과 비슷한 다른 사물에 빗대어 표현하는 수사법을 말한다. 성서에 나오는 비유들을 보면 첫째, 단순히 은유나 직유를 통해 두 개체를 서로 비교하는 단순한 형식의 비유(시편 49편4절, 78편2절, 마태복음 13장18절) 둘째, 속담 형식의 비유(사무엘상 10장12절, 24장13절, 에스겔 12장22-23절, 16장44절, 18장2-3절) 셋째, 잠언 형식의 비유(열왕기상 4장32절, 잠언 26장7절, 9절), 넷째, 노래 형식의 비유(민수기 23장7절, 18절, 이사야 24장4절, 미가 2장4절), 다섯째, 수수께끼 형식의 비유(시편 49편4절, 에스겔 17장2절) 등 여러 종류들이 있다.

비유를 지칭하는 헬라어 '파라볼레'는, '곁에(나란히) 던지다'라는 뜻에서 유래한 말로서, 일상적인 경험에 기초하여 잘 알려져 있는 내용과 전혀 알려지지 않은 영적 진리를 나란히 병치하여 그 뜻을 쉽게 설명하는 수사적인 기법을 말한다.

성서에서 비유는 다양한 목적으로 사용된다. 첫째는, 진리를 흥미 있는 형식으로 계시하며 보다 생생하고 구체적으로 전달되도록 예증적인 역할을 하기 위한 것이다(잠언 6장9-11절, 마태복음 13장10-11절, 16절). 둘째는, 실례를 들어 요점을 명확하고 알기 쉽게 전달하기 위한(누가복음 10장25-37절) 목적으로 사용된다. 셋째는, 말하는 사람이 확신을 가지고 그의 생각을 전달하기 위함이다. 넷째는, 청중들이 더 많은 관심을 갖도록 자극하고, 관심이 있는 사람들에게는 더 깊은 진리를 전하기 위해(마태복음 13장11-12절, 16-17절) 사용되었다.

특히, 예수가 사용하는 비유들은 사실주의와 상징주의라는 두 가지 큰 특징을 가지고 있다. 여기서 사실주의라는 것은 예수의 비유들이 우리가 세상에서 일반적으로 경험하는 실제적인 삶을 묘사하고 있음을 가리킨다. 예수의 비유에서 묘사되는 상황들은 매우 일상적인 것들로 씨 뿌림과 곡식 추수, 결혼식 초청, 등불과 기름을 준비하는 것과 같이 매우 평범하고 일상적인 것이며 현실적인 삶을 반영한다. 비유에 나오는 인물들 또한 농부, 가정주부, 아버지와 아들, 재산이 없는 과부, 상인 등 예수가 살았던 이스라엘 지방에서 흔히 볼 수 있는 평범한 사람들이다. 그의 비유에는 말하는 동물들이나 귀신이 출몰하는 숲과 같은 동화적인 요소들은 거의 나오지 않고 철저히 사실주의적인 인물과 상황이 묘사되고 있다.

또한, 예수의 비유는 사실주의를 바탕으로 하고 있을 뿐 아니라 줄거리가 단순하고 제시되는 상황도 복잡하지 않는 단순한 갈등의 구조를 가지고 있어서 비유에서 강조하려는 주제를 쉽고 명확하게 이해할 수 있게 해주는 특징을 가지고 있다. 물론 예수의 비유 속에는 긴장감도 존재하고 다른 대중적인 이야기에서처럼 분명한 대조와 과장된 포일(foil)이 사용되기도 하지만 그의 일상적 이야기들은 심오한 영적인 의미들을 구체적으로 표현한다. 그래서 그의 비유에 제시되는 주제를 쉽게 파악할 수 있으며 보편적으로 이해 가능한 민속 문학 같은 특징을 가지고 있다.[117]

그런데 예수의 비유는 이러한 사실주의적인 성격뿐 아니라 상징주의적인 성격 또한 가진다. 즉, 예수의 비유들은 비유가 지시하는 표면적인 차원을 넘어 종교적인 관점에서 은유적이고 상징적인 차원의 의미를 가지고 있다. 이것은 비유들이 일차적인 의미 외에 또 다른 의미를 가지고 있음을 말하는 것으로, 여기에서는 일차적인 의미보다 이차적인 은유적이고 상징적인 의미가 더 중요하다. 예를 들어, 예수의 많은 비유들은 "천국은 마치 ...와 같다"는 표현으로 시작되는데 이것은 그의 비유가 하나의 문자적인 이미지나 행동으로 끝나는 것이 아니라 영적인 실체를 가지고 있음을 알려준다. 또한, 씨 뿌리는 비유에서 씨앗은 말씀을 상징하고, 포도원의 비유에서 포도원 주인은 하나님 아버지를 상징하며, 잔치 비유에서 잔치는 구원을 상징하는 등 그의 비유들은 영적이고 상징적인 의미를 통해 메시지를 전달한다.

특히, 예수의 비유들은 기독교 신앙의 기본 교리와 믿음의 문제들을 주제로 다루는 경향이 있다. 즉, 구원, 하나님 나라, 심판, 섬김, 예수의 재림 등이 비유의 중요한 주제들이다. 예수는 이처럼 잘 알려지지 않았거나 이해하기 어려운 진리를 가르치기 위해 비유를 사용한다.[118] 그는 비유를 통해 이 세상과 영적 세계의 상호 관계를 보여주며 기독교 신앙

---

117) Leland Ryken, *The Literature of the Bible* (Michigan: Zondervan, 1974), 302.
118) *Ibid.*, 302.

이라는 위대한 영적 진리를 알기 쉬운 예들과 이미지를 사용해 가르쳐준다. 그의 비유는 매우 정교한 문학적인 형식을 가지고 있으며 직접적인 진술이 아닌 간접적인 방법을 사용하여 신앙적인 주제를 청중들에게 알기 쉽게 감동적으로 전달하고 있다.

2. 성서의 탕자 이야기

탕자(Prodigal Son) 이야기는 신약성서 누가복음 15장 11-32절에 기록되어 있는 것으로 예수의 비유들 중에서 가장 문학적이라고 평가된다. 이 이야기는 용서하는 아버지의 비유로 널리 알려져 있으며 아버지, 큰 아들, 작은 아들 사이에서 일어나는 세 단계로 진행되는 내러티브의 구조를 가지고 있다. 즉, 이 이야기는 작은 아들의 배반 이야기, 아버지의 용서와 사랑 이야기, 형제간의 경쟁의식 이야기 등 3가지 이야기들이 단계별로 진행되는 플롯으로 구성되어 있다.

이 비유에서 작은 아들이 아버지에게 유산을 받아 집을 떠나는 것은 문학적으로는 원형적인 이야기다. 이 이야기에 나타나는 집이나 고향을 떠났다가 다시 돌아오는 여행(journey)의 모티프는 문학 이야기에서 흔하게 발견되는 것이다. 그런데 탕자 이야기에서는 여기에 죽음과 재생(death-rebirth)의 모티프가 첨가되어 흥미를 배가시킨다. 탕자는 아버지의 유산을 챙겨 행복한 삶을 꿈꾸지만 아버지 집을 떠나 허랑방탕한 생활을 한 결과 돈은 떨어지고 먹을 것조차 주는 사람이 없게 된다. 탕자 이야기의 서술자는 그가 처한 곤궁한 상황을 "그가 돼지 먹는 쥐엄 열매로 배를 채우고자 하되 주는 자가 없는지라"(누가복음 15장 16절)라고 묘사한다. 그 당시 유대인들이 돼지를 매우 부정한 짐승으로 인식하고 있음을 상기할 때 이 말은 탕자가 인간 이하의 존재로 곤두박질쳤음을 나타낸다. 이것은 그가 실제로 죽지는 않았지만 죽는 것보다 더 비참한 상태로 전락했음을 의미한다.

그러나 그에게 주어진 이러한 치명적인 고통과 아픔은 도덕적으로 그를 각성시키는 역설적인 역할을 한다. 그는 자신이 지금까지 도덕적으로 잘못되어 왔음을 깨닫고 아버지에게로 돌아가겠다고 결심한다.

> 이에 스스로 돌이켜 이르되 내 아버지에게는 양식이 풍족한 품꾼이 얼마나 많은가 나는 여기서 주려 죽는구나. 내가 일어나 아버지께 가서 이르기를 아버지 내가 하늘과 아버지께 죄를 지었사오니 지금부터는 아버지의 아들이라 일컬음을 감당하지 못하겠나이다. 나를 품꾼의 하나로 보소서 하리라 하고 이에 일어나서 아버지께로 돌아 가니라. (누가복음 15장 17-20절)

위 인용구절의 첫 부분에 나오는 "이에 스스로 돌이켜"라는 표현은 탕자의 정신적인 전환점(turning point)을 나타낸다. 그가 영적인 죽음을 경험한 후 정신적으로 재생되는 출발점이 바로 이 부분이다. 특히, 자신이 아버지에게 뿐만 아니라 하늘에 대해서도 죄를 지었다고 고백하는 말은 그의 인식과 시야가 육신적인 차원을 벗어났음을 보여준다. 또한 자신을 아들이 아닌 품꾼의 하나로 여겨달라고 하겠다는 부분은 그 당시 품꾼이란 것이 하인의 등급 중에서도 가장 낮은 것이라는 점을 고려할 때, 그가 정말 자신의 모든 것을 내려놓고 진실하고 겸손한 회개(repentance)를 하고 있음을 나타낸다. 이것은 그가 과거와는 완전히 다른 새로운 인물로 다시 태어났음을 암시한다.

이 이야기에서 탕자는 인간의 내면에 존재하는 세속적인 충동들을 대변하는 원형적인 인물이다.119) 그것은 곧 가정과 안정, 기존의 가치의 틀을 벗어나서 자신이 생각하는 자유로운 세계와 물질적 가치를 추구하고자 하는 무모한 모험과 도전의 정신 즉, 일종의 '반항적인 충동' (rebellious impulse)들을 가리킨다. 그런데 문제는 타락 이후 죄로 물든 인간의 본성 속에 이런 충동들이 항상 강하게 활동하고 있다는 점이다. 하지만 탕자는 이런 충동의 지배하에 계속 머물러 있지 않고 사랑의 본질인 아버지께로 다시 돌아옴으로써 타락한 인간의 변화된 모습 즉, 회개하는 인간의 전형을 보여준다.

그런데 이 탕자의 이야기는 문학적인 측면에서 우리의 흥미를 자극한다. 모두가 공감할 수 있는 가족 간의 갈등을 흥미진진한 내러티브 형식으로 서술하고 있기 때문이다. 이 이야기에서 첫 번째로 우리의 관심을 끄는 것은 두 아들을 향한 아버지의 마음이다. 아버지는 큰 아들과 둘째 아들 모두를 지극히 사랑하고 아끼는 마음을 가지고 있다. 그러나 보통의 가정에서와 마찬가지로 이 가정에서도 형제간의 경쟁의식이 존재한다. 큰 아들은 동생에 대한 불편한 마음을 아버지에게 항변하듯이 표출한다.

> 아버지께 대답하여 이르되 내가 여러 해 아버지를 섬겨 명을 어김이 없거늘 내게는 염소 새끼라도 주어 나와 내 벗으로 즐기게 하신 일이 없더니 아버지의 살림을 창녀들과 함께 삼켜 버린 이 아들이 돌아오매 이

---

119) Leland Ryken, *Words of Delight: A Literary Introduction to the Bible* (Grand Rapids: Baker, 1992), 415.

를 위하여 살진 송아지를 잡았나이다. 아버지가 이르되 얘 너는 항상 나와 함께 있으니 내 것이 다 네 것이로되 이 네 동생은 죽었다가 살아 났으며 내가 잃었다가 얻었기로 우리가 즐거워하고 기뻐하는 것이 마 땅하다 하니라 (누가복음 15장 29-32절)

이 인용문의 내용 중 눈길을 끄는 것은 큰 아들이 동생을 동생이라 고 부르지 않고 "이 아들이 돌아오매"라는 말에서 나타나듯 아버지의 아 들로 부르고 있다는 점이다. 즉, 그는 동생을 동생으로 인정하지 않고 있다. 이런 큰 아들의 행동은 인간적인 차원에서는 이해가 가지 않는 것 도 아니다. 집에서 아버지의 말씀을 순종하며 열심히 일을 해왔던 자신 을 위해서는 염소새끼 한 마리도 잡아 즐기게 해주지 않으면서 아버지 로부터 유산을 받아 창녀들과 함께 탕진한 불효막심한 동생을 위해서는 살진 송아지를 잡아 잔치를 베풀어주는 것은 누가 봐도 이해할 수 없는 일이기 때문이다. 그러나 위 인용문의 "아버지가 이르되 얘 너는 항상 나와 함께 있으니 내 것이 다 네 것이로되"라는 대사에서 알 수 있듯이 아버지가 작은 아들을 편애하는 것은 결코 아니다. 큰 아들의 문제점은 과거의 탕자가 아닌 회개한 현재의 동생을 용서하고 인정하지 않는다는 것에 있다. 아버지와 매우 다른 점이 바로 이것이다. 이 탕자의 비유를 용서하는 아버지의 비유라고 부르는 것도 이 비유의 강조점이 용서에 있기 때문이다. 이 이야기는 탕자가 잘못을 저지르고 벌을 받는 이야기 가 아니라 자신의 죄를 회개하고 용서받는 이야기다. 탕자가 회개하고 돌아왔을 때 아버지가 보여주는 행동은 용서의 본질이 무엇인지를 잘 보여준다.

. . . 아직도 거리가 먼데 아버지가 그를 보고 측은히 여겨 달려가 목을 안고 입을 맞추니 아들이 이르되 아버지 내가 하늘과 아버지께 죄를 지었사오니 지금부터는 아버지의 아들이라 일컬음을 감당하지 못하겠나이다 하나 아버지는 종들에게 이르되 제일 좋은 옷을 내어다가 입히고 손에 가락지를 끼우고 발에 신을 신기라 그리고 살진 송아지를 끌어다가 잡으라 우리가 먹고 즐기자 이 내 아들은 죽었다가 다시 살아났으며 내가 잃었다가 다시 얻었노라 하니 그들이 즐거워하더라. (누가복음 15장 20-24)

아버지는 아들이 잘못을 빌기 전에 이미 측은히 여기는 마음 즉, 연민과 사랑의 마음을 가지고 있다. 진정한 용서의 시작은 바로 이런 측은지심으로부터 시작된다. 또한, 아들이 하늘과 아버지에게 죄를 지었다고 고백하며 회개하자 옷을 입히고 가락지를 끼우고 신을 신기며 송아지를 잡아 잔치를 벌일 것을 명령한다. 그런데 이런 아버지의 명령은 상징적으로 중요한 의미를 지닌다. 여기에서 옷은 가족으로 받아들여졌다는 명예를 상징하고, 반지는 노예로서 종속되는 것이 아니라 그가 가족의 일원으로 권리와 권위를 부여받게 되었음을 나타낸다. 그리고, 신발은 그 당시 노예가 맨발로 다녔다는 점을 고려할 때 아들로서의 지위가 회복됨을 나타낸다.[120] 더구나, 그를 위해 살진 송아지를 잡았다는 것은 그가 돌아온 것을 크게 환대했다는 것을 보여준다. 그 당시 귀한 손님이 왔을 때만 송아지를 잡아 대접했기 때문이다.

아버지가 이처럼 탕자를 다시 아들로 인정하고 환대할 수밖에 없는 이유를 성서는 "내 아들은 죽었다가 다시 살아났으며 내가 잃었다가 다

---

120) Leland Ryken, *The Literature of the Bible* (Michigan: Zondervan, 1974), 312-313.

시 얻었기 때문"이라고 설명한다. 무엇보다 생명을 소중하게 생각하고 회개를 중시하는 아버지의 생각을 강조한 것이다. 특히, 이 말은 이 비유가 강조하는 죽음과 재생이 무엇을 의미하고 있는지를 보여주고 있어서 의미심장하다. 그것은 곧, 하나님은 의인뿐 아니라 죄인도 사랑한다는 것이다. 하나님이 가장 기뻐하는 것이 죄인이 회개하고 하나님께 돌아오는 것이다. 그러나 큰 아들은 동생이 돌아왔다는 것이 시사하는 이런 소중한 의미를 깨닫지 못하기 때문에 동생을 용서할 수도 없고 환대할 수도 없는 것이다.

또한 큰 아들의 행동을 이 비유의 전후 문맥 속에서 생각해볼 때 보다 중요한 시사점을 발견하게 된다. 이 비유는 "바리새인과 서기관들이 수군거려 이르되 이 사람이 죄인을 영접하고 음식을 같이 먹는다 하더라."(누가복음 15장 2절)는 비난에 대해 예수가 입장을 표명한 것으로 죄인이 회개하고 돌아왔을 때 어떻게 반응해야 하는지를 잘 보여준다. 예수는 이 비유뿐만 아니라 잃어버린 양의 비유도 함께 사용하여 죄인이 회개하고 돌아왔을 때 즐거이 맞이해야 한다는 사실을 강조한다. 큰 아들처럼 동생을 죄인으로 정죄하기만 하고 회개하고 돌아왔음에도 불구하고 형제로 인정하지 않는 것은 큰 교만의 죄라는 것을 이 비유를 통해 가르쳐주고 있다. 이 비유는 회개한 죄인들을 회복시키고 반갑게 맞이한다는 내용을 가진 예수의 여러 비유들 중에서 세 번째 이야기다. 이 비유는 참회한 죄인을 용서할 뿐 아니라 용서에 따르는 기쁨이 무엇인지를 보여주는 비유다. 그러나 하나님의 자비와 용서만 강조하는 것이 아니라 하나님과 인간과의 관계에서 인간의 책임도 중요함을 보여준다. 인간이 당하는 재난은 피조물인 인간이 하나님께 죄받을 행동을 했기 때문에 주어지는 것이다. 둘째 아들 탕자의 모습에서 이런 점을 잘 알 수 있다. 그러나 용기를 내어 다시 집으로 돌아와 아버지 앞에 무릎을 꿇는 탕자를 통해 죄의 고백과 용서를 구하는 것은 인간이 해야 할 책임이라는 사실을 보여준다.121)

나아가, 이 비유는 맏아들의 모습에서 보여 지듯 용서의 진정한 기쁨을 이해하지 못하는 사람들의 잘못된 모습을 꼬집고 있다. 이것이 죄인을 환대하고 죄인과 함께 먹는다고 예수를 비난한 바리새인과 서기관들에 대한 예수의 가르침이다. 따라서 이 비유는 성서에 나오는 예수의 다른 비유들과 마찬가지로 전후 문맥 속에서 어떤 메시지를 담고 있는지를 살펴야 그 의미를 제대로 파악할 수 있다. 이 비유는 돌아온 탕자에게만 초점을 맞추고 있는 것이 아니라 큰 아들의 말과 행동에 더 중요한 강조점을 두고 있음을 간과하지 말아야 한다.

3. 존 뉴턴의 「탕자」

고통들은 비록 극심하게 보일지라도
　종종 사랑하기 때문에 주어진 것.
그것들 때문에 탕자는 방탕한 생활을 끝내고
　회개하게 된다.

그가 재산을 다 탕진하기까지는
　조금도 회개할 마음이 없었으나
기근으로 아픔을 느끼게 되자
　그의 완고한 마음은 녹기 시작했다.

---

121) *Ibid.*, 314.

그는 말했다. '내가 죄를 지어 얻은 것은
　배고픔, 수치, 두려움 외에 그 무엇인가?
내 아버지 집은 빵으로 넘쳐나는데
　나는 여기서 굶어 죽는구나.

나는 가서 그에게 내가 행한 모든 것을 말하리라.
　그리고 그의 면전에 엎드려
아들로 불릴 자격이 없으니
　종으로 받아줄 것을 간청해보리라.'

그의 아버지는 돌아오는 그를 보았다.
　그는 보고 달려가 미소를 지었다.
그리고 그의 배반한 자식의 목을
　두 팔로 끌어안았다.

'아버지, 제가 죄를 지었습니다. 용서해주세요!'
　'이제 그만 하면 됐다.' 그가 대답했다.
'식구들아 기뻐해라. 내가 죽었다고 슬퍼한
　아들이 살아 돌아왔구나.'

'살진 송아지를 잡고
　이 소식을 알려라
내 아들이 죽었으나 다시 살았고
　잃었으나 이제 다시 찾았느니라.'

하나님이 불쌍한 죄인들을 집으로 부르시며
　사랑을 나타내 보이시는 것이 바로 이렇다.

탕자의 아버지보다 더한 사랑을 가지시고
돌아오는 모든 자를 환영하신다.

Afflictions, though they seem severe,
   In mercy oft are sent;
They stopp'd the prodigal's career,
   And forc'd him to repent.

Although he no relentings felt
   Till he had spent his store,
His stubborn heart began to melt
   When famine pinch'd him sore.

'What have I gained by sin,' he said,
   'But hunger, shame, and fear?
My father's house abounds with bread,
   While I am starving here.

I'll go, and tell him all I've done,
   And fall before his face;
Unworthy to be call'd his son,
   I'll seek a servant's place.'

His father saw him coming back,
   He saw, and ran, and smil'd;
And threw his arms around the neck
   Of his rebellious child.

'Father, I've sinn'd — but, O forgive!'
    'I've heard enough,' he said;
'Rejoice, my house, my son's alive,
    For whom I mourn'd as dead.

Now let the fatted calf be slain,
    And spread the news around;
My son was dead, but lives again;
    Was lost, but now is found.'

Tis thus the Lord his love reveals,
    To call poor sinners home;
More than a father's love he feels,
    And welcomes all that come.

존 뉴턴(John Newton)이 쓴 「탕자」("Prodigal Son")라는 시는 성서의 탕자 이야기의 내용 중에서 탕자의 회개와 돌아온 탕자를 기쁘게 맞이하는 아버지의 모습에 초점을 맞추고 있고 탕자 이야기의 후반부에 나오는 큰 아들의 반응과 이에 대한 아버지의 태도는 생략하고 있다. 특히, 이 시는 고통이 인간을 파멸로 몰아가는 것이 아니라 성숙하게 만들고 회개시키는 역설적인 역할을 한다는 사실을 그 무엇보다 중요한 주제로 다룬다.

1연에 나타나듯 고통은 매우 아프고 참기 어려운 것처럼 보이지만 신이 인간을 사랑해서 주는 것이다. 인간은 아픔과 고통을 경험함이 없이 자신의 잘못을 뉘우치고 회개의 길로 들어설 수 없기 때문이다(2연). 성서에서 아버지가 둘째 아들에게 유산을 주면 뻔히 그것을 모두 탕진하고 어려움에 처할 것을 알면서도 유산을 주어 집을 떠나는 것을 허락한 데는 아들을 향한 깊은 뜻이 숨겨져 있다. 아버지의 사랑을 깨닫게 하고 아버지의 품이 얼마나 좋은 것인지를 알게 해주기 위함이다. 하지만 비극적인 것은 탕자처럼 우리 인간도 하나님의 품을 떠나 고통을 경험해야만 하나님의 사랑이 어떠함을 깨닫게 된다는 사실이다. 따라서 인간이 죄로 점철된 삶을 청산하고 새롭게 태어나기 위해서 반드시 거쳐야 할 것이 고통의 터널이다. 이 시에서 강조하고 있는 핵심적인 내용이 바로 이것이다.

이처럼, 탕자의 방탕한 생활을 끝내게 만들고 회개할 마음을 갖게 하는 원동력은 다름 아닌 그가 당한 극심한 고통이다. 그는 고통을 통해 죄가 얼마나 무서운 결과를 가져오는지를 체득한다. 죄는 자신에게 배고픔, 수치, 공포밖에 가져다주지 않는다고 그는 고백한다(3연). 그가 떠나온 아버지 집을 생각하게 되는 것은 죄로 인해 그가 경험하게 된 이러한 혹독한 인생의 경험들 때문이다. 어쩌면 아버지 집으로 돌아가는 것 외에 그가 선택할 수 있는 것은 없는지도 모른다. 굶어 죽게 된 상황에서 그가 취사선택할 수 있는 것은 거의 없기 때문이다. 그에게 있어 고통의 경험은 단순히 견디기 어려운 것이라기보다는 삶 속에서의 죽음 즉, 생중사(death-in-life)의 경험과 같은 것이다. 그런데 그의 정신적인 재생(spiritual rebirth)은 이와 같은 생중사의 경험을 통해 이루어지는 것으로 그의 생각과 가치관의 변화를 수반한다. 아들로서가 아닌 종으로 받아줄 것을 간청해보리라는 그의 결심에서 완전히 변화된 그의 모습을 찾아볼 수 있다(4연).

그런데 단지 자신의 잘못을 뉘우칠 뿐 아니라 생각과 가치관이 변화된 그의 모습에서 우리는 그가 진정한 회개를 한 것을 알 수 있다. 참된 회개는 단지 자신의 죄를 슬퍼하는 것에 그치는 것이 아니라 죄의 길을 버리고 생각과 가치관이 바뀌는 것을 의미하기 때문이다. 그가 돌아와 아버지 앞에 엎드려 잘못했다고 용서를 구할 때 아버지가 그를 기꺼이 용서하고 잔치를 베푸는 것도 그가 이처럼 참된 회개를 하기 때문이다(5-7연).

이 시는 죄인이 회개하고 돌아오는 것이 그 어떤 것보다 소중하고 기뻐해야 할 일이라는 것을 강조한다. 죽었다가 살아나고 잃었다가 다시 찾는 것에 대한 소중함과 기쁨을 이 시는 노래한다(7연). 죄인들을 향한 하나님의 사랑도 이와 같다는 것이 이 시의 결론이다(8연). 죄인이 회개하고 돌아오는 것을 하나님 아버지는 가장 기뻐하고 환영한다는 것이다.

이처럼 이 시는 성서의 탕자 이야기를 소재로 삼아 거기에 나타나 있는 탕자의 회개하는 모습과 그런 탕자를 사랑으로 맞이하는 하나님의 모습을 아름다운 시의 형식을 사용하여 문학적으로 표현하고 있다.

4. 예이츠의 「이니스프리 호도(湖島)」

나 이제 일어나 가리, 이니스프리로.
거기 가지 엮어 진흙 발라 작은 오두막 한 채 지으리.
아홉 이랑에 콩 심고 벌통도 하나 두고
꿀벌 붕붕대는 숲 속에 나 홀로 살리.

나 거기서 안식 얻으리. 그것이 천천히 방울져 내리기에,
아침의 장막으로부터 귀뚜라미 우는 곳으로 방울져
거기에는 한밤이 온통 은은히 빛나고 정오는 보랏빛으로 달아오르며
저녁은 홍방울새 날개 가득해.

나 이제 일어나 가리, 밤이나 낮이나 항상
호수 물 나직이 호반을 씻는 소리 들리기에.
차도에나 잿빛 보도에 서 있을 때,
가슴 한 가운데서 나는 그 소리 듣노라.

The Lake Isle of Innisfree

I will arise and go now, and go to Innisfree,
And a small cabin build there, of clay and wattles made:
Nine bean-rows will I have there, a hive for the honey-bee,
And live alone in the bee-loud glade.

And I shall have some peace there, for peace comes dropping slow,
Dropping from the veils of the morning to where the cricket sings;
There midnight's all a glimmer, and noon a purple glow,
And evening full of the linnet's wings.

I will arise and go now, for always night and day
I hear lake water lapping with low sounds by the shore;
While I stand on the roadway, or on the pavement gray,
I hear it in the deep heart's core.

이 시는 20세기의 유명한 영국 시인인 예이츠(William Butler Yeats)
가 런던에 체류할 때 고향 아일랜드를 그리워하며 쓴 시다. 어릴 때부터
자신의 꿈속에 기억으로 남아 있던 아름다운 이니스프리 호도(湖島)에서
미국의 초절주의 시인인 헨리 소로(Henry Thoreau)처럼 은거하며 살고

싶은 소망을 표현하고 있는 작품이다.

이 시는 예이츠가 27세 때 향수에 젖어 런던의 플리트 스트리트(Fleet Street)를 지나면서 한 가게의 진열장에 설치된 분수에서 뿜어져 나오는 물위의 작은 공이 균형을 잡고 떠 있는 것을 보고 고향 아일랜드 슬라이고(Sligo) 지방의 길(Lough Gill) 호 속에 있는 작은 섬이 생각나서 쓴 것으로 알려져 있다.

그런데 이 시의 1연과 3연의 첫 행에 나오는 "나 이제 일어나 가리"라는 표현은 성서 누가복음 15장 18절에서 예수가 들려주는 탕자의 비유 속의 한 구절 "나 일어나 아버지에게 가리라"는 탕자의 말을 인유한 것이다.

이 시에서 시인이 동경하는 이니스프리는 모든 인간이 꿈꾸는 하나의 이상향을 나타낸다. 그곳은 꿀벌 소리가 요란한 골짜기에 오두막집과 채전이 있는 시골의 호젓하고 평화로운 전원생활이 펼쳐지는 장소다. 예이츠는 물 흐르는 듯한 유연한 운율과, 벌떼의 소리, 귀뚜라미 소리 등의 아름다운 청각적 이미지, 그리고 오두막집과 아침, 점심, 저녁을 장식하는 자연의 생동감 있는 시각적 이미지를 사용하여 독자들의 마음속에 아름답고 아련한 전원풍경의 그림을 제시한다.[122]

성서에서 탕자가 돌아가는 아버지 집이 행복과 기쁨이 가득한 천국을 상징하는 것처럼 이 시에서의 이니스프리도 시인이 꿈꾸는 낭만적인 이상향, 즉 마음속에 그리는 천국과 같은 곳이다. 그런데 이 시의 내용을 보면 시인의 정서가 아버지 집을 그리워하는 성서의 탕자의 정서를 이어받고 있다는 것을 알 수 있다. 시인이 생각하는 이니스프리는 단지 경치

---

122) 이창배, 『예이츠의 시의 이해』 (서울: 문학과 지성사, 1992), 128.

만 아름다운 곳이 아니라 세상살이에 지친 모든 사람들에게 진정한 평화와 휴식을 제공해줄 수 있는 궁극적인 마음의 안식처 즉, 탕자가 돌아가고자 염원한 아버지 집과 같은 곳이다. 시인이 성서의 탕자 이야기에서 자신이 주장하려는 이상향에 대한 이미지를 가져온 것이다. 따라서 성서의 탕자 이야기의 정서를 잘 이해하지 않으면 예이츠의 시가 강조하는 주제에 대한 올바른 이해도 쉽지 않다는 것을 알 수 있다.

제3장

성서와 영문학 작품 비교

성서의 삼손과 밀턴의 삼손

1. 성서의 삼손 이야기

문학적인 입장에서 성서의 삼손 이야기는 비극으로도 볼 수 있고 영웅 이야기로도 볼 수 있는 복잡한 성격의 글이다. 그런데 성서의 세계관은 궁극적인 하나님의 섭리를 통해 모든 것이 합력하여 선을 이루기 때문에 엄밀한 의미에서 문학에서 말하는 비극적 정서가 존재하지 않는 세계관이다. 그래서 비극이 아닌 영웅 이야기로 삼손 이야기를 평가하는 것이 더 타당해 보인다.

영웅 이야기로서 삼손의 이야기는 전통적인 영웅 이야기와 비교해볼 때 공통점과 상이점을 동시에 가지고 있어서 많은 논쟁거리를 제공한다. 구약성서 사사기 13장부터 16장에 기록되어 있는 삼손의 행적을 보면 삼손은 '육체적인 힘'(physical strength), '복수'(vengeance), '현명함' (cleverness) 같은 전통적인 영웅들이 가지고 있는 모습들을 가지고 있으면서도 '정신적인 나약성'(mental weakness) '도덕적, 윤리적 결함'(moral and ethical weaknesses) 같은 반영웅적인 모습(anti-heroic traits)을 동시에 가지고 있어 흥미롭다.

삼손이 보여주는 영웅의 모습 중에서 가장 괄목할 만한 것은 잘 알려져 있는 대로 그가 반복해서 나타내 보이는 어마어마한 '육체적인 힘'(physical strength)이다. 그는 사자를 염소새끼를 찢듯이 찢고(사사기 14장 6절), 나귀의 턱뼈로 일천 명을 죽이며(사사기 15장 15절), 가사의 성문짝들과 설주와 빗장을 빼어 두 어깨에 메고 헤브론 앞산 꼭대기로 올라간다(사사기 16장 3절). 그는 한 마디로 히브리 민족의 헤라클레스다.[123]

그런데 문제는 이런 엄청난 힘을 사용해 그가 과연 어떤 정의와 선을 이스라엘과 자신에게 실현시키느냐 하는 것이다. 우리는 바보 같은 수수께끼를 내서 30명의 무고한 생명을 빼앗는 일에 하나님께서 주신 힘을 함부로 사용하는 삼손의 사려 깊지 못한 경솔한 행동에 실망을 금치 못한다. 가사에 있는 기생집에 들어갔다가 포위를 당해 성문을 빼어들고 탈출하는 모습에서도 머리는 텅 비고 힘만 센 우둔한 거인의 이미지를 연상하게 될 뿐, 진정한 영웅의 모습을 찾아볼 수 없다. 다른 여러 사건들에서도 그는 자신의 힘을 사용해 블레셋 사람들을 살육하여 이스라엘 민족에게 일시적으로 승리를 가져다주는 것처럼 보이지만, 오히려 블레셋 사람들로부터 또 다른 학대와 보복을 불러옴으로써 악순환의 결과를 초래한다. 다시 말해, 하나님께서 특별하게 그에게 부여한 육체적인 힘은 그의 경솔함과 무분별한 행동으로 인해 이스라엘의 구원자로 예언된 그의 소명(vocation)을 명실상부하게 실행하는 일에 효과적인 도구로 사용

---

123) John H. Gottcent, *The Bible: A Literary Study* (Boston: Twayne Publishers, 1986), 27.

되지 못한다.

전통적인 영웅들이 보여주는 또 다른 특징인 '복수'(vengeance)의 경우에 있어서도, 영웅의 복수의 행동은 사적인 감정에서 행해지는 개인적인 차원으로부터 영웅이 속해 있는 공동체나 국가를 적의 손에서 구해내는 것과 같은 사회·문화적인 차원으로 승화되어 행해질 때 비로소 진정한 영웅의 자질로서 의미와 가치를 지닌다고 할 수 있다. 그러나, 삼손의 복수는 비록 그것이 블레셋 사람들에 대한 민족적인 복수의 성격을 지니고 있다고 하더라도 다혈질의 인간이 보이는 성급한 행동의 인상이 강하다. 그 한 예로, 삼손은 첫 번째 아내로 삼은 딤나 여인을 다른 남자에게 빼앗기자 여우 삼백을 붙들어서 그 꼬리와 꼬리를 매고 그 두 꼬리에 홰를 달고 거기에 불을 붙여 블레셋 사람들의 곡식밭에 몰아넣어 곡식단과 베지 아니한 곡식과 감람원을 불살라 복수를 한다(사사기 15장 1-6절). 그러나 아내를 다른 사람에게 준 장본인은 장인이라는 점에서 삼손이 블레셋 사람들에게 복수를 하는 것은 명분이 약하다. 삼손의 이러한 복수의 행동에 대해 사이먼(Ulrich Simon)이 "갱이 행동하는 것처럼 보복을 하고 있다"[124]고 지적했듯이, 결국 그의 무분별한 행동은 블레셋 아내와 그녀의 가족들을 죽게 만드는 결과를 가져온다. 더구나, 이 일로 인해 블레셋 사람들이 이스라엘 사람들을 공격하기 위해 올라와 진을 치고 이에 겁이 난 이스라엘인들은 삼손을 결박하여 블레셋 사람에게 내어준다. 그러나 삼손은 결박한 밧줄을 끊고 나귀 턱뼈를 취하여 일천 명의 블레셋 사람들을 죽임으로써 복수를 하게 된다. 이것 역시 이스라엘 민족을 위한 행동이라기보다는 개인적인 이유 때문에 행해진 행동이다.

---

124) Ulrich Simon, "Samson and the Heroic." *Ways of Reading the Bible*. Ed. Michael Wadsworth (Sussex: The Harvester Press, 1981), 157.

이처럼 성서에 나타난 삼손의 복수 과정을 살펴보면, 그것은 죽음과 배반, 그리고 대량 살육으로 이어지는 악순환의 형태를 보이고 있어서 위대한 영웅의 행동으로서 진정한 가치를 가진다고 보기는 어렵다. 블레셋 사람들의 간담을 싸늘하게 만든 복수를 감행한 후 곧바로 가사에 있는 기생에게로 생각 없이 내려가는 그의 모습에서도 그의 승리는 도덕적 · 윤리적으로 문제가 있으며, 그는 '안정된 인물'(stable character)이 아님이 여실히 드러난다.[125] 삼손의 복수에서 우리가 압도적으로 가지게 되는 감정은 그것이 이스라엘 민족의 구원이라는 큰 뜻을 수행하기 위해 행해지는 차원 높은 행동이라기보다는 개인적인 분노와 감정에 의해 행해지는 사적인 행동이라는 느낌이다.

다음으로 전통적인 영웅들이 갖고 있는 또 다른 자질인 '현명함' (cleverness)의 문제를 생각해보면, 고대인들은 풀기 힘든 수수께끼를 푼다든지 수수께끼를 내는 것을 현명함의 표식으로 보았다. 오이디푸스가 왕이 된 것도 스핑크스의 수수께끼를 풀어 저주로부터 도시를 구했기 때문이다. 물론, 딤나 여인과의 결혼식에서 참석한 하객들에게 "먹는 자에게서 먹는 것이 나오고 강한 자에게서 단 것이 나왔느니라"(out of the eater came something to eat / Out of the strong came something sweet, 사사기 14장 14절)는 수수께끼를 내는 모습에서 알 수 있듯이 삼손도 오이디푸스 왕과 마찬가지로 지력과 현명함을 가지고 있는 인물이다. 데릴라가 그에게 힘의 비밀을 알려달라고 계속해서 조를 때에는 세 번씩이나 현명한 말로써 위기를 모면한다. 한 마디로, 그는 아무 생각도 없고 힘만 센 우둔한 황소 같은 인물은 아니다. 그러나 결국 아내의 간청에 못 이겨

---

125) *Ibid.*, 157.

자신이 낸 수수께끼의 답을 누설해버리고, 끈질기게 졸라대는 데릴라의 성화에 못 이겨 급기야 힘의 비밀을 폭로함으로써 그의 현명함과 지혜는 빛을 잃고 만다. 전체적으로 볼 때 그는 육체적으로는 누구에게도 뒤지지 않는 강력한 힘을 가지고 있지만 정신적으로는 매우 나약한 인물이다. 삼손 이야기의 플롯에 있어 중요한 위기를 장식하는, 데릴라의 간청에 굴복해 힘의 비밀을 누설하는 장면은 삼손이 가진 비극적 결함 즉, 하마르티아가 다름 아닌 정신적인 나약성에 있음을 잘 보여준다.

> 들릴라가 삼손에게 이르되 당신의 마음이 내게 있지 아니하면서 당신이 어찌 나를 사랑한다 하느냐 당신이 이로써 세 번이나 나를 희롱하고 당신의 큰 힘이 무엇으로 말미암아 생기는지를 내게 말하지 아니하였도다 하며 날마다 그 말로 그를 재촉하여 조르매 삼손의 마음이 번뇌하여 죽을 지경이라 삼손이 진심을 드러내어 그에게 이르되 내 머리 위에는 삭도를 대지 아니하였나니 이는 내가 모태에서부터 하나님의 나실인이 되었음이라 만일 내 머리가 밀리면 내 힘이 내게서 떠나고 나는 약해져서 다른 사람과 같으리라 하니라 (사사기 16장 15-17절)

위의 인용문에서 우리의 눈길을 끄는 것은 데릴라가 "날마다 그 말로 그를 재촉하며 조르매 삼손의 마음이 번뇌하여 죽을 지경이라"는 표현이다. 그는 육체적으로는 강했지만 정신적으로는 쇠약해질 대로 쇠약해져 있다. 사실, 데릴라는 표면적으로는 삼손이 그녀를 사랑한다면서 왜 사랑하는 사람에게 힘의 비밀을 알려주지 않느냐는 논리를 펴지만 그녀의 속셈은 힘의 비밀을 알아내 그를 적인 블레셋 사람들의 손에 넘겨주는 데 있다. 즉, 그녀는 사랑을 핑계 삼아 배신을 꾀하고 있는 것이다. 따라서 제아무리 데릴라가 조른다 해도 삼손이 마음속으로 괴로워하고 번민을 느껴야 할 하등의 이유가 없다. 그럼에도 그는 외양과 실재를 구별하지 못하는 정신적인 우둔함과 신과의 약속보다는 인간적인 사랑을 더 중요시하는 잘못된 가치관, 그리고 언어가 가지는 설득력에 좌우되는 정신적인 나약성 때문에 힘의 비밀을 데릴라에게 누설하고 블레셋 사람들에게 체포되어 비극을 자초하고 만다.

이상을 통해 볼 때 삼손은 전통적인 영웅들이 가지고 있었던 힘 (strength), 복수심(vengefulness), 현명함(cleverness) 즉, 육체적, 정서적, 지적 능력을 가지고 있기는 하지만 결국 이것들을 올바르게 사용하지 못하고 비극으로 자신을 몰아간다는 점에서 그를 진정한 영웅으로 부를 수 있을 것인가에 의문이 생긴다. 성서의 삼손 이야기는 이처럼 도덕적 · 윤리적 결함을 가지고 있는 삼손의 모습을 그리고 있어서 그를 진정한 영웅으로 인정하기 위해서는 현대인들이 보여주는 영웅에 대한 맹목적 숭배주의가 필요할지도 모른다. 그렇다면 성서에 나오는 삼손 이야기의 진정한 영웅, 진정한 주인공은 과연 누구인가?

성서의 다른 이야기에 있어서와 마찬가지로 삼손 이야기의 진정한 영웅은 인간이 아니라 인간의 위에서 인간사를 주관하는 신 즉, 하나님 (God)이다. 만약 우리가 삼손을 영웅이라 부른다면 그 이유는 그가 앞서 논의한 힘, 복수심, 현명함 같은 육체적, 정서적, 지적 능력을 두루 소유하고 있어서가 아니라 그의 배후에서 실제적인 행동의 동인(driving force)으로 작용하는 하나님에 의해 특별하게 선택을 받았기 때문[126]이다.

삼손은 태어나기도 전에 이미 하나님이 보낸 천사에 의해 이스라엘의 구원자가 될 것이라고 두 번씩이나 예언되었다. 첫 번째는 그의 어머

---

126) Gottcent, 28.

니만 있는 자리에, 그리고 두 번째는 그의 아버지와 어머니가 모두 있는 자리에 천사가 나타나 태어날 아들은 하나님의 구별된 나실인(Nazarite)으로서 압박 받고 있는 이스라엘 민족을 블레셋의 손으로부터 구원할 자임을 알려주며, 삭도를 그 머리에 대지 말 것을 명령했다. 뿐만 아니라, 포도주와 독주를 마시지 말고 부정한 것을 먹지 말 것을 경고했다. 그러나 이러한 경고의 말을 잊어버리기라도 한 듯, 삼손의 행동과 모습은 자유분방할 뿐만 아니라 이스라엘의 진정한 구원자로서의 그것과는 거리가 멀다. 여색을 좋아하고, 자신의 기분에 따라 행동하며, 육체적인 힘을 사용해 자존심을 지키려는 그의 모습은 결코 구별된 나실인의 모습도 아니고, 대의를 조심스럽게 수행하는 위대한 영웅의 신중한 모습도 아니다.

그러나 하나님은 자신이 선택한 삼손이 어떤 모습을 하고 있든지 항상 그를 지켜보며 그에게 필요한 것들을 제공해준다. 그리고 삼손의 마지막 순간에 삼손을 포함하여 어느 누구도 예상하지 못하는 상황을 통해 그에게 예언된 사명을 수행하도록 만든다. 성서의 강조점은 삼손의 자질이나 화려한 외적 행동이 아니라 그를 지키시고 보호하는 하나님의 인도와 도우심에 있다. 삼손이 사사로서 이스라엘의 구원자로 등장하게 되는 모습을 성서는 "그 아이가 자라매 여호와께서 그에게 복을 주시더니 소라와 에스다올 사이 마하네단에서 여호와의 영이 그를 움직이기 시작하셨더라"(사사기 13장 24-25절)라고 묘사함으로써 하나님의 역할을 강조한다. 그런데 여기서만 아니라 삼손의 이후의 행동들도 여호와의 신이 감동함으로써 이루어지고 있어서 성서의 강조점은 분명하다. 즉, 성서는 삼손이 사용하는 힘의 원천은 하나님이며, 삼손의 행동과 모습이 중요한 것이 아니라 그를 통해 배후에서 역사하는 신의 섭리와 손길이 위대함을 강조한다. 나귀 턱뼈로 일천 명의 블레셋 인들을 도륙한 후 삼손이 목이 말라 죽을 지경에 이르렀을 때에도 그의 부르짖음에 즉각적으로 응답하여 기적적인 방법으로 물을 제공함으로써 그를 구원하는 존재는 다름 아닌 여호와 하나님이다. 그런데 흥미로운 것은 삼손이 맨 마지막에 다곤의 신당으로 가서 하나님께 간구하는 순간을 제외하고 이 장면이 유일하게 그가 하나님께 간구하는 장면이라는 것이다. 삼손은 하나님에 의해 이스라엘의 구원자로 예언되었으면서도 그의 뜻과 도움을 구하기보다는 자신의 의지와 생각대로 이스라엘을 구원하고자 했던 것이다.

하지만, 신이 생각하는 구원의 방법은 삼손이 생각하는 것과는 다른 것이었다. 하나님은 인간이 의식하지 못하는 상태에서 인간이 위대한 일을 수행하도록 인간을 사용한다. 앞서 언급한대로, 삼손은 이스라엘 구원자로 선택되었지만 그가 나타내 보이는 행동의 동기는 신의 뜻이나 섭리가 아니라 자신의 감정과 충동이었다. 그는 부모의 반대에도 불구하고 자신의 느낌과 취향을 중시하여 이방 사람인 딤나 여인을 아내로 맞이한다. 그러나 "그 때에 블레셋 사람이 이스라엘을 다스린 까닭에 삼손이 틈을 타서 블레셋 사람을 치려 함이었으나 그의 부모는 이 일이 여호와께로부터 나온 것인 줄은 알지 못하였더라"(사사기 14장 4절)라는 구절에서 알 수 있듯이 이방 여인과 삼손의 결혼은 하나님께로부터 비롯된 것이다. 삼손 이야기의 서술자(narrator)는 이처럼 사건 배후에는 항상 신의 목적이 존재함을 밝힌다.[127] 인간은 신의 뜻을 잘 알 수 없지만 신은 인간이 알지 못하는 가운데서도 자신의 뜻을 성취해나간다는 사실을 보여주고 있는 것이다.

복수에 있어서도 삼손의 행동은 계속해서 개인적이고 사적인 복수의

---

127) Simon, 156.

형태로 진행되어 블레셋 사람들로부터 또 다른 복수를 불러오지만, 결국 중요하게 대두되는 것은 개인과 개인이 아닌 이스라엘 민족과 블레셋 민족, 나아가 다곤 신과 하나님 사이의 갈등 구도다. 따라서, 다곤 신당에서 장렬한 최후를 맞이하는 삼손의 마지막 행동은 한 힘센 인간의 최후가 아니라 신의 챔피언으로서, 또한 이스라엘 구원자로서 자신에게 맡겨진 임무를 수행하는 최후의 행동이기 때문에 중요한 의미를 지닌다.

그런데 아이러니하게도 삼손은 이스라엘을 블레셋 사람들의 손에서 구원하는 자신의 마지막 행동에서조차도 자신의 행동이 신의 원대한 뜻을 수행하는 도구로 사용되고 있음을 의식하지 못한다. 그는 마지막 순간까지 "주 여호와여 구하옵나니 나를 생각하옵소서 하나님이여 구하옵나니 이번만 나를 강하게 하사 나의 두 눈을 뺀 블레셋 사람에게 원수를 단번에 갚게 하옵소서 하고"(사사기 16장 28절)라고 외치며 개인적인 감정의 차원에서 복수를 위한 기도를 한다. 사실, 진정한 대결은 언제나 자신과 블레셋 사람들 사이가 아닌 이스라엘의 하나님과 블레셋의 다곤 신 사이에 존재하는 것이었지만 그는 최후의 순간까지 자신이 다곤과 하나님 사이의 전쟁의 도구로 사용되고 있음을 인식하지 못하고 있는 것이다. 하지만 하나님은 이런 삼손을 사용하여 다곤과의 전쟁에서 승리를 거두고 이스라엘에게는 평화를, 블레셋에게는 멸망을 가져온다. 인간은 자기 느낌에 따라 제한적인 범위 내에서 생각하고 행동하지만 하나님은 이런 인간을 통해 인간이 예상하지 못하는 큰 목적을 성취하는 것이다.

이렇게 본다면 성서의 세계에서 인간의 영웅주의는 존재할 수 없다. 모든 일을 주관하고 섭리하며 수행하는 존재는 인간이 아니라 신이기 때문이다. 그렇다면 성서의 세계에서 인간이 할 수 있는 일은 무엇인가? 사사기 전체를 통해 강조되고 있는 중요한 주제는 인간이 잘못을 했을 경우에도 다시 신에게로 돌아와 회개하고 신과의 관계를 회복해야 한다는 것이다. 인간은 연약한 존재로 실수를 저지를 수 있다. 삼손도 나실인의 신분으로 여자들을 좋아하고 사람들을 함부로 죽이는 등 여러 가지 실수들을 다반사로 저질렀지만 단 한 번을 제외하고는 하나님을 결정적으로 배반하는 일은 하지 않았다. 그가 정말 힘든 곤경에 빠지게 된 때는 힘의 비밀을 데릴라에게 누설함으로써(사사기 16장 17절) 하나님을 배반했을 때다. 그러자 육체적인 힘도 그를 떠나고 하나님도 그를 떠나는(사사기 16장 20절) 결과를 맞이한다. 그러나 그가 다곤의 신당에서 다시 하나님께로 돌아오자 육체적인 힘도 다시 돌아오고 하나님의 은총도 다시 회복한다.

하나님이 택한 백성 이스라엘 민족도 마찬가지다. 이스라엘 민족이 하나님을 배신하고 하나님 앞에서 악을 행했을 때에는 하나님이 적의 손에 그들을 붙이지만 그렇다고 완전히 버리지는 않는다. 하나님은 배후에서 항상 택한 백성을 지켜보면서 구원자들을 일으킨다. 그들이 바로 삼손 같은 사사들이다.

이상에서 살펴 본 것처럼 성서에 나오는 삼손 이야기의 진정한 영웅은 인간이 아니라 신이다. 비록 성서가 인간의 가치를 부정하는 것은 아니지만 그 강조점은 인간의 배후에서 인간사를 섭리하고 주관하는 신에게 맞추어져 있다.

2. 밀턴의 『투사 삼손』

많은 학자들의 주장처럼 존 밀턴(John Milton)이 말년에 쓴 『투사 삼손』(Samson Agonistes)에는 타락(fall)과 재생(regeneration)이라는 삼손의 종교적 체험이 극화되어 있다. 이 극에 나오는 삼손은 구약성서에 나오는 힘만 세고 정신력은 미약한 인물이 아니라 오히려 하나님과, 그리고 자신과 더불어 갈등을 겪는 욥(Job)과 같은 존재다. 작품 전체를 통하여 그는 하나님의 말씀을 불순종한 죄의 대가로 고통을 당하는 인물로 그려지지만 이 고통을 통하여 하나님에 대한 지식과 회개에 이르게 되고, 마침내는 하나님께 봉사할 수 있는 참된 신앙인이 된다. 결국 그는 자신에게 예언되었던 이스라엘 민족의 구원이라는 소명을 완수함으로써 하나님의 길이 인간에게 정당하다는 것을 증명하는 동시에 인간이 하나님께 귀의하게 되는 길을 보여주고 있다.

일찍이 존슨(Samuel Johnson)이 이 극은 시작과 끝은 있어도 중간부분은 없다고 혹평을 가한 이래 비평가들은 작품의 중간 부분에 많은 관심을 갖게 되었다. 존슨의 비난에 대해 슬라이트(Camille W Slight)를 비롯한 비평가들은 오히려 이 중간 부분이 작품해석의 중요한 열쇠가 된다고 주장하며[128] 절망상태에 빠져 있던 삼손이 믿음의 영웅이 되기까지 변화의 한 단계 한 단계를 보여주는 것은 바로 이 중간부분이라고 주장한다.

실제로 이 작품의 강조점은 주인공 삼손이 절망을 떨쳐버리고 살아계신 하나님을 신뢰하는 믿음을 갖게 되는 삼손의 내적 변화와 갈등에

---

128) Camille W Slight, "A Hero of Conscience: Samson Agonistes and Casuistry." PMLA 91 (1975), 395.

있다. 즉, 그가 타락 후 다시 신에게로 돌아가는 여정과 잃어버렸던 이전의 힘을 다시 찾는 과정은 외적인 행동이 아니라 내적인 투쟁과 변모의 과정으로 제시된다. 이렇게 볼 때 존슨이 의미를 발견하지 못했던 이 작품의 중간 부분은 삼손의 정신적인 성장과 재생을 추적하게 해주는 매우 중요한 부분으로 이 극의 실제적인 구조를 이루고 있다고 볼 수 있다.

『투사 심손』의 사료는 주로 구약성서 사사기(Judges) 13-16장에서, 사소한 내용들은 요세푸스(Josephus) 제5장에 나오는 삼손의 역사에서 온 것이고, 형식은 주로 그리스 비극의 형식을 따르고 있다. 이 작품은 힘의 비밀을 누설하고 힘을 상실한 후 블레셋 인들에게 사로잡혀서 눈알이 뽑히고 쇠사슬에 묶인 채 맷돌을 돌리고 있는 삼손과 그를 위로하기 위해 등장하는 일련의 방문객들과의 대화로 플롯이 구성되어 있는 시극(poetical drama)이다. 삼손이 마지막에 다곤의 신당을 무너뜨리는 영웅적인 행위는 무대 밖(off-stage)의 사건으로 처리되어 있어 존슨 박사가 말한 대로 중간부분에서는 아무런 외적인 행동도 발생하지 않는 것처럼 보인다. 그러나 삼손을 찾아오는 합창대(Chorus), 마노아(Manoa), 데릴라(Dalila), 하라파(Harapha), 블레셋 관리(Philistine Officer) 등 일련의 방문객들은 삼손이 죄로 인해 가지게 된 절망감을 극복하고 새로운 하나님의 챔피언으로 태어나도록 도와주는 자극제 역할을 하고 있어 중요한 의미를 지닌다.

천사에 의해 이스라엘을 구원할 자로 두 번씩이나 예언되었지만 이스라엘을 구원하기는커녕 자신의 육체도 구원하지 못하는 노예상태에 처해 있는 삼손을 찾아오는 첫 번째 방문객은 그의 친구들인 합창대다. 육체적인 불능 상태뿐만 아니라 시력의 상실을 가장 슬퍼하는 삼손의 모습을 접한 이들은 인간의 연약함과 삶의 무상함을 피부로 절감한다. 그런데 여기서 우리의 관심을 끄는 것은 그들이 삼손의 몰락을 운명에 의한 것으로 파악하고 있다는 점이다.

더욱 희귀하다. 그대의 예는
그대는 육체 가진 인간 중 최강자이면서
놀라운 영광의 정점으로부터
비천한 운명의 밑바닥에 떨어졌으니
오래 내려온 가문이 또는 운명의 수레바퀴가
높이 올리는 자를 나는 높은 위치에 있다고
생각지 않는다. 그러나 그대의 힘은
그 미덕이 운명과 짝지어 있던 동안
오 최상에서 최고의 칭송 받으며
이 세상을 정복할 수도 있었다.

The rarer thy example stands,
By how much from the top of wondrous glory,
Strongest of mortal men,
To lowest pitch of abject fortune thou art fallen.
For him I reckon not in high estate
Whom long descent of birth
Or the sphere of fortune raises;
But thee whose strength, while virtue was her mate,
Might have subdued the earth,
Universally crowned with highest praises. (166-175)

그들의 이와 같은 발언은 그들의 사고가 운명에 의존되어 있음을 나타냄과 동시에 순환적인 시간관에 기초하고 있음을 보여준다. 왜냐하면 운명에 기초한 인생관은 대표적으로 사탄이 가지고 있는 것으로 새로운 변화와 발전을 거부하는 순환적인 시간관에서 강조되는 삶의 철학이기 때문이다.

시간을 순환적으로 인식한다는 것은 반복성을 시간의 본질적인 요소로 파악함을 의미한다. 거기에는 미래의 변화가 인정되지 않으며, 그 결과 발전이나 진보의 개념이 존재하지 않는다. 그것은 이 세상의 모든 일들을 새로운 것이 아닌 동일한 것의 반복, 즉 정체적인 것으로 파악함을 일컫는다. 그런데 구이보리(Achsah Guibbory)가 지적하듯이, 반복과 순환의 패턴은 과오, 관습, 전통과 밀접하게 연결되어 있어 변화와 발전에 방해가 될 뿐만 아니라 인간의 죄와 실수에 직결되어 있다.129) 밀턴은 발전과 변화가 없는 상태, 곧 정체적인 상태를 현상유지로 보지 않고 쇠퇴와 파멸로 보고 있다. 그는 "진리의 강물이 계속적으로 진행하여 흐르지 않으면 그것은 전통과 순응이라는 진흙탕의 연못 속에서 썩을 것이다"130)라고 하여 정체성을 곧 타락의 개념과 동일시하고 있다.

따라서, 정체적인 사고를 가지고 있는 합창대는 삼손을 위로하고자 했던 그들의 의도와는 달리 역설적이게도 그에게 새로운 시련과 유혹을 제공하는 역할만을 수행한다. 이는 그들의 사고가 순환적인 시간관에 얽매여 있어서 인간적이고 육신적인 수준을 결코 벗어나지 못한 결과 비롯

---

129) Achsah Guibbory, *The Map of Time: Seventeenth-Century English Literature and Ideas of Pattern as History* (Urbana: University of Illinois Press, 1986), 199.

130) John Milton, *Areopagitica*, Vol. IV *The Works of John Milton* Ed. Frank A. Patterson (New York: Columbia University Press, 1935), 333.

된 것이다. 예컨대, 그들은 삼손이 어리석은 수로 안내인처럼 하나님으로부터 온 힘의 비밀을 한낱 여인에게 누설해버린 일을 지극히 지혜 없는 행동이었다고 한탄하자, 아주 현명한 사람도 악한 여인에게는 속을 수 있다고 말함으로써 상식적이고 인간적인 차원의 대답만을 시도할 뿐 영적이고 섭리적인 차원의 대답은 하지 못한다. 또한, 블레셋 인들에게 도전하는 문제에 있어서도 삼손이 적절한 기회를 잡는 일에 결코 태만하지 않았다고 하여 단지 그의 영웅적인 행동이 보인 외적인 모습만을 상기하여 그에게 위로를 주고자 함으로써 그 행동이 지니는 영적이고 정신적인 의미는 깨닫지 못하고 있다.

이처럼 '영적인 무지'(spiritual blindness)를 보이는 그들이 삼손을 진정으로 위로할 수 없는 것은 당연한 결과다. 바루치(Franklin R. Baruch)는 합창대의 이러한 모습에 대하여, "그들은 육신적인 모습과 영적인 모습을 올바로 분간하지 못하기 때문에 육신적이고 영적인 개념을 하나로 묶어주는 시간에 대하여 불확실한 상태에 있을 수밖에 없다"131)고 설명한다. 다시 말해, 그들의 의식이 육신적인 것으로부터 영적인 것으로 발전하지 못하기 때문에, 즉 파괴적인 순환적 시간에 얽매여 그것의 희생물이 되기 때문에 시간의 파괴성을 극복하고 새로운 창조와 발전으로 나아가지 못한다는 것이다.

그런데 이 작품에서 '시간에 대한 제한적인 견해'(limited view of time)를 가진 인물은 합창대만이 아니다. 합창대를 이어 등장하는 삼손의 아버지 마노아도 아들의 육신적인 고통과 구속에만 관심을 보이는 순환적인 시간관을 가진 인물로 드러난다. 그의 관심은 한결같이 육체적이고

---

131) Franklin R. Baruch, "Time, Body, and Spirit at the Close of *Samson Agonistes*" *ELH* 36(1969), 336.

국가적이고 정치적인 것에서만 맴돌 뿐 아들의 정신적이고 영적인 상태에 대해서는 무지하다. 따라서 그는 기묘한 방법으로 구원을 이루시고 악에서 선을 만들어내시는 신의 섭리가 지니는 신비한 작용을 이해할 수가 없다. 즉, 그는 역사 속에서 신비하게 작용하여 진정으로 새로운 가치를 창조하는 신의 창조적인 시간의 역사를 의식하지 못한다. 이처럼 그의 의식은 현상적인 것에만 고착되어 있어서 진정한 미래를 향해 나아갈 수 없다.

마노아는 시간에 대한 근시안적인 시각 때문에 남루한 몰골로 맷돌을 돌리고 있는 현재의 모습보다 데릴라에게 정신적인 노예상태로 있던 과거의 모습이 더욱 치욕스럽다고 고백하는 아들의 고통의 본질을 이해하지 못한다. 그는 아들이 당하는 정신적인 고통보다는 다곤에게는 영광을, 그렇지만 하나님과 자기 조국 이스라엘에게는 수치를 가져온 국가적, 종교적 명예의 실추 문제에 더 큰 관심을 보인다. 그는 어떻게 하면 실추된 국가적, 종교적 명예를 다시 회복시킬 것인가(440-447)에 골몰할 뿐 아들의 상처받은 영혼을 어떻게 치료할 것인가에는 관심이 없다. 그래서 그는 몸값을 지불하고 아들의 육신을 자유롭게 만드는 일이 자기가 할 수 있는 최선의 방책이라고 생각한다.

이상에서 알 수 있듯이, 이 극에서 마노아의 가장 큰 특징은 그가 세상적인 명예에 대단한 관심을 보이고 인간이 인간사를 지배할 수 있다는 믿음을 가진 인물이라는 것이다. 즉, 그에게 있어 '역사의 동인'(driving force of life)은 하나님이 아니라 인간이다. 그는 인간의 노력에 의해 시간과 역사의 의미가 달라질 수 있다고 보고 있다. 즉, 그의 가치 판단의 기준은 정신적이고 영적인 것이 아니라 육신적이고 세상적인 것이다. 따라서 그는 시간의 흐름 속에서 계시되는 인간사의 정신적인 의미에 대해서 통찰력을 보이지 못하며, 그 결과 자기 나름대로는 아들을 구하기 위해 인간적인 노력을 아끼지 않지만 아들을 더욱 깊은 절망의 상태로 빠트리게 되는 역설적인 결과를 초래하고 마는 것이다.

그런데 삼손의 옛 사고와 행동도 아버지와 동일했다. 그도 집안과 국가와 종교의 명예에 대단한 관심을 보였던 인물이다. 그는 바로 자기 자신이 이스라엘 민족과 종교의 역사를 바꾸어 놓을 수 있을 것이라고 생각했다. 그래서 마치 '작은 신'(petty God)인 양 교만하게 행동했다. 그러나 아버지와의 만남을 통해 자신의 과거의 모습을 직면하게 된 그는 이스라엘을 구원할 열쇠는 자신이 아닌 하나님의 손에 있음을 고백하게 된다.

> 단지 이 한 가지 희망이 나의 고통을 덜어주나이다.
> 즉, 내게 있어서 투쟁은 끝났다는 것. 이제 모든 대결은
> 하나님과 다곤 사이에 있나이다.

> This only hope relieves me, that the strife
> With me hath end; all the contest is now
> 'Twixt God and Dagon; (460-462)

사실, 대결은 언제나 하나님(God)과 다곤(Dagon) 사이의 것이었지 삼손과 다곤 사이의 것은 아니었다. 삼손은 다곤을 주제넘고 건방지다고 나무라지만 사실은 과거 자신이 그러한 존재였다. 그는 자신을 유일하게 이스라엘을 구원할 힘을 가진 인물로 생각하고 하나님의 동의도 구하지 않은 채 주제넘게 행동했던 것이다.

이렇게 볼 때, 삼손이 몸값을 지불하고 그를 자유롭게 하겠다는 아버지의 제안을 거부하는 것은 단지 육신의 편안함을 거부하는 것이 아니라 과거의 사고방식과의 결별을 선언하는 것이라 할 수 있다. 그러나 삼손에게 있어 과거의 시간 고리는 쉽게 깨어지지 않는다. 아버지를 만난 후, 다시 한 번 '하늘이 자신을 버렸다는 극도의 절망감'(sense of heaven's desertion, 632)에 사로잡혀 '신속한 죽음'(speedy death, 650)만이 자신의 고통을 치유해줄 것으로 보고 그것을 희망하는 모습을 보이기 때문이다.

절망 속에 빠진 삼손의 정신을 분기시키고 그로 하여금 과거의 파괴적인 시간과 확실하게 결별하도록 만드는 인물은 아이러니하게도 그의 타락의 장본인이었던 전처 데릴라다. 삼손의 타락의 직접적인 원인은 데릴라의 미모에 눈이 멀어 자신의 힘의 비밀을 그녀에게 누설한 데 있다. 즉, 하나님과의 약속을 깨고 '침묵의 성채'(fort of silence, 235)를 그녀에게 내어준 데 있다. 따라서 그가 다시 재생되기 위해서는 색욕의 역사를 청산해야 하고 '마음의 연약성'(weakness of mind)을 회복해야 한다.

삼손의 과거를 살펴보면, 그의 개인적인 역사는 딤나의 여인을 취하는 것에서부터 하나님의 말씀보다는 미모를 지닌 여인의 간청과 명령에 행동이 좌우되는 색욕의 역사였다. 그는 여인의 화려한 외모에만 시선을 고정시켜 진정한 내면적인 실체를 보지 못함으로써 '외양'(appearnce)과 '실재'(reality)를 올바르게 구별하지 못하고 유혹에 넘어갔던 것이다.

그러나 계속되는 방문객들과의 만남을 통해 새로운 깨달음을 갖게 된 삼손에게 이제 더 이상 화려한 데릴라의 외모는 유혹거리가 되지 못한다. 더구나, 시력을 상실한 그이기에 그녀의 외모는 조금의 영향력도 행사할 수가 없다. 밀턴은 눈이 먼 삼손을 통해, 가시적인 세상적 가치에는 눈이 멀고 비가시적인 정신적 가치에 눈을 떠야만 재생이 가능함을 상징적으로 보여주고 있다.

데릴라가 삼손을 방문한 것은 그의 영혼을 다시 한 번 사냥하기 위해서다. 삼손을 또 다시 자신의 지배하에 끌어넣기 위해 그를 찾아온 것이다. 겉으로 보기에는 몸값을 지불하고 삼손을 감옥에서 빼내어줄 테니 고향으로 돌아가 여생을 함께 보내자고 눈물어린 호소로 간청하는 그녀의 모습이 측은해 보이기도 한다. 하지만 영적인 면에서 보면 그녀의 이러한 간청은 육신의 편안함과 그녀가 제공하는 육욕의 삶으로 되돌아가자는 것이어서 정신적인 노예상태에서 벗어나고자 몸부림치고 있는 삼손에게는 엄청난 도전이요, 유혹이다.

그러나 이러한 데릴라의 제안에 대한 삼손의 반응은 한마디로 극렬하다. 삼손은 데릴라가 등장할 때부터 그녀를 '반역자'(725)라고 부르며 아예 가까이 접근하지도 말라고 호통을 친다. 이런 냉대에도 불구하고 그녀는 자신의 잘못에 대해 용서를 구하며 얼굴이라도 한번 보고 싶어서 찾아왔으니 제발 자신의 존재를 받아달라고 간청한다. 그러나 그녀의 본심을 이미 간파하고 있는 삼손은 그녀를 '하이에나'(748)라고 부르면서 단호하게 그녀를 거부한다. 특히, 돈으로 자유를 살 테니 자유롭게 되면 고향으로 돌아가 함께 여생을 보내자고 꼬드기는 그녀의 제안은 거부감과 적대감만을 불러일으키는 것이 아니라 타락으로 인해 상실되었던 그의 정신적인 힘을 소생시키는 활력소로 작용한다.132) 그녀의 제안에 대해 "나는 이 감옥을 자유의 집이라고 생각한다. 그러니 당신의 집 문에는 다시 발을 들여놓지 않으리라"(949-950)라는 결의에 가득 찬

---

132) E. M. W. Tillyard, *Milton* (London: Peregrine Books, 1968), 289.

삼손의 대사가 보여주듯, 아버지 마노아의 방문이 그를 절망의 상태에 빠트린 것과는 달리 그녀의 방문은 상실감으로부터 그를 벗어나게 만들고, 공격을 당했을 때보다 적극적인 정신적 반응을 보이도록 그를 변화시키게 된다.

이제, 모든 유혹에서 실패한 데릴라는 마지막으로 손이라도 한번 만지게 해달라고 육체적인 유혹을 시도한다. 그런데 육체적인 유혹으로 심수을 더리시신 그녀가 마지막으로 다시 육체적인 유혹을 시도하는 모습은 그녀의 의식이 결국 육체적인 차원을 벗어나지 못함을 여실히 보여주는 것이라 하지 않을 수 없다. 즉, 그녀도 앞의 방문객들과 마찬가지로 순환적인 시간의식을 가지고 있으며 이 때문에 삼손의 정신적인 변화를 감지할 수 없어 새로운 상황변화에 대처하지 못하고 순환과 반복의 패턴에 얽매여 멸망하고 만다는 것이다.

더구나, 그녀의 사고는 철저하게 세상적이고 세속적인 것에 고정되어 있을 뿐만 아니라 세상의 모든 일들이 운명에 의해 지배된다고 믿는 운명관에 깊이 뿌리박고 있어서 악을 선으로 바꾸시는 신의 섭리가 지닌 역설적인 진리를 깨닫지 못한다. 또한 그녀는 경험적인 논리에만 집착함으로써, 다시 말해, 인간이 경험할 수 있는 것에서만 해결책을 찾고자 함으로써 영적인 불능상태를 드러내 보인다. 따라서 그녀는 파괴적인 순환적 시간의 고리를 깨고 창조적인 미래로 결코 나아갈 수 없는 인물이다. 다시 말해, 그녀는 무상, 무의미, 허무 등으로 특징지어지는 파괴적인 시간의식에 깊이 사로잡혀 있기 때문에 육체적이고 세상적인 가치로부터 자유로울 수도 없고, 신의 섭리를 깨달아 알 수도, 또한 이해할 수도 없다는 것이다. 결국, 그녀는 인간이 피해야 할 악과 인생의 허무를 드러내 주는 하나의 상징물에 지나지 않는다고 볼 수 있다.

데릴라를 이어 등장하는 하라파는 성서에는 나오지 않는 밀턴이 창조한 인물이라는 점에서 우리의 관심을 끈다. 그는 블레셋 거인으로 힘이 빠진 삼손을 조롱하고 그의 힘을 시험해보기 위해 등장한다. 즉, 그의 방문 목적은 다른 방문객들과는 달리 삼손을 위로하기 위해서가 아니라 자신의 힘과 삼손의 힘을 겨루어 자신의 힘의 우위를 과시하기 위해서다. 그의 가치관과 사고방식은 철저하게 육신의 가치, 그 중에서도 육체적인 힘의 가치에 집중되고 있다. 그는 삼손에게는 모욕을 주고, 자신에게는 명예를 가져오기 위해 그에게 결투할 것을 제안하다. 그러나 그의 결투 제안은 알맹이 없는 공언에 지나지 않으며, 그는 비겁쟁이이며 허풍쟁이로 드러난다. 왜냐하면 그의 도전에 대해 삼손이 비록 앞을 볼 수는 없지만 누가 더 강한가를 "알 수 있는 방법은 눈으로 보는 것이 아니라 몸으로 부딪쳐보는 것"(The way to know were not to see but taste, 1091)이라고 외치면서 강력한 도전의 태도를 보이자 겁에 질려 "소경과 싸우는 것을 나는 경멸한다."(To combat with a blind man I disdain, 1106)라고 설설 꽁무니를 빼면서 행동을 보이지는 못하고 험담만을 늘어놓기 때문이다. 즉, 그는 말만 무성했지 실속은 없는 '속이 빈 인간'(hollow man)의 전형인 것이다.

그런데 사실 과거의 삼손의 모습이 그러했다. 그는 처음부터 끝까지 육체적인 위대한 힘을 과시함으로써 자신이 추앙을 받는 데만 관심을 가졌다. 한마디로 그는 '자만심'(pride)의 화신이었던 것이다. 하나님의 정의를 모르고 있었던 것은 아니지만, 사고방식이 너무나도 자기중심적이어서 그는 하나님의 도우심과 은혜를 갈망하지 않은 채 육체적인 힘만을 믿고 교만하게 행동했다. 그러나 이제는 육체적인 힘만을 자랑하려는 하라파의 모습에서 자신의 과거의 모습을 발견하고 과거 시간과의 결별을 선언함으로써 교만으로 점철되었던 자신의 모습을 청산하게 된다. 더구나, 하라파의 도전은 삼손의 기를 죽이기는커녕 오히려 정신적으로 더욱 그를 활기차게 만듦으로써 잃어버렸던 믿음을 회복하는 계기로 작용하고 있어 의미심장하다.

주문 같은 것을 나는 모른다. 금지된 술수 같은 것 안 쓴다.
내가 신뢰하는 것은 살아 계신 하나님이다. 그 분이 그 힘을
내가 태어날 때 나에게 주신 것이다.

I know no spells, use no forbidden arts;
My trust is in the living God who gave me
At my nativity this strength, (1139-1141)

삼손이 이전에 행한 무공이 주문이나 술수에 의한 것이 아니었냐는 하라파의 비난은 이처럼 삼손으로 하여금 희망과 소망의 신앙고백을 하도록 만든다. 즉, 삼손은 자신에게 힘을 주신 살아 계신 하나님을 신뢰한다고 고백함으로써 마노아의 방문 시 포기했던 이스라엘 구원자로서의 소명을 다시 생각하게 된 것이다. 그가 비록 앞을 볼 수 없고 쇠사슬에 매여 있으면서도 하라파에게 결투를 제안하는 것은 자신의 힘이 마술이 아님을 증명함과 동시에 자신이 섬기는 하나님이 다곤보다 더 위대한 분이심을 증명하기 위한 것이다.

이렇게 하라파와의 대면을 통해 그는 세상적인 관심에서 벗어나 하나님의 챔피언으로서 자신의 임무를 다시 깨닫고 자신에게 힘을 주신 하나님을 명백하게 신뢰하는 모습을 갖추게 된다. 즉, 그는 육체적인 힘만

을 자랑하려는 하라파에게서 자신의 과거의 파괴적인 시간과 대면하지만 그의 유혹을 거부함으로써 교만하게 행동했던 과거의 잘못된 사고의 틀을 완전히 깨뜨리게 되는 것이다.

그러나 그가 완전한 재생을 이루기 위해서는 아직도 회복해야 할 미덕이 남아있다. 그것은 시간의 관점에서 볼 때 가장 중요하게 여겨지는 인내의 미덕이다. 그에게 인내의 미덕을 가르쳐주는 인물은 마지막 방문객인 블레셋 관리다. 그는 등장하여 삼손에게 자기를 따라 다곤을 위한 축제가 열리고 있는 신당으로 나갈 것을 명령한다. 그러나 삼손은 하나님의 백성이 이방 신당에 나가는 것은 율법을 어기는 것일 뿐만 아니라 하나님이 자신에게 주신 신성한 힘을 이방 신 앞에서 놀잇감으로 사용할 수 없기 때문에 그의 명령을 거부한다.

그런데 블레셋 관리의 말을 듣지 않겠다는 삼손의 결심에 대해 합창대까지 당황해하며 극 속의 어느 누구도 이 시점에서 삼손을 이해하지 못한다. 왜냐하면, 삼손의 거절은 그에게 죽음까지를 포함하는 불행한 결과를 가져올 것이 뻔한 일이기 때문이다. 바로 이 시점에서 그는 하나님을 제외한 모든 사람들로부터 소외되게 된다. 극은 여기에서 그 절정(climax)에 달한다. 왜냐하면 삼손은 이제 겸손, 믿음, 인내의 교훈까지 배우고 받아들여 영과 육 모두에 있어 새롭게 되기 때문이다. 즉, 세상의 모든 가치로부터 벗어나서 완전한 재생을 성취하기 때문이다. 이렇게 되자 그는 마침내 파괴적인 순환적 시간의 고리를 끊고 세상적인 시간으로부터 자유롭게 되어 영원으로 나아갈 수 있는 상태에 이르게 된다. 그가 하나님의 부르심에 응하는 특별 소명(vocation)인 "심중에서 끓어오르는 어떤 충동"(some rousing motions)을 의식하게 되는 것은 바로 이 순간이다.

용기를 가져라. 나는 느끼기 시작한다.
내 생각을 어떤 비상한 것에 기울게 하는
심중에서 끓어오르는 어떤 충동을.
나는 이 사자를 따라 가련다.

Be of good courage, I begin to feel
Some rousing motions in me which dispose
To something extraordinary my thoughts.
I with this messenger will go along, (1381-1384)

여기에 나오는 '심중에서 끓어오르는 어떤 충동'의 의미는 매우 중요
하다. 이유는 이 충동에 따라 삼손은 목숨을 불사하더라도 나가지 않겠
다고 우기던 다곤 신당으로 자진해서 나가게 되고 그 결과 이스라엘의
구원자로서의 위대한 사명을 감당하게 되기 때문이다. 이 충동이 과연
무엇인가에 대해 밀턴 학자들 사이에 의견이 분분하지만 작품에서 합창
대가 '영'(spirit)으로 표현하고 있는 것으로 보아 기독교에서 말하는 성
령, 곧 신으로부터 들려오는 내적 음성이라고 할 수 있다. 따라서 이 충
동에 따라 삼손이 행동을 한다는 것은 기존의 가치체계를 거부하고 내면
적인 가치와 충동, 즉 하나님의 특별한 부르심(calling)을 행동의 기준으
로 삼게 되었음을 보여주는 것이다.

그런데, 삼손과는 달리 그를 데리고 가기 위해 등장한 블레셋 관리는
전형적으로 기존의 가치체계에 복종하는 인물로 나타난다. 그 이유는 삼
손을 다곤 신당으로 데려오라는 명령이 어떤 의미를 담고 있는지 그것에
대하여 조금의 의문도 제기하지 않은 채 무조건 복종하는 모습을 보이기
때문이다. 그러나 개인적인 갈등과 투쟁의 길고도 힘든 과정을 통과하여

옛 사람은 없어지고 새로운 사람으로 재생한 삼손은 기존 가치체계의 형식적인 틀에 얽매이기를 거부하고 신의 새로운 부르심에 응답하는 모습을 보임으로써 블레셋 관리와는 확연히 구별된다. 즉, 그는 이제 율법 그 자체보다 율법을 주신 하나님의 음성을 듣고 그것에 반응할 수 있는 영적인 단계에까지 이른 것이다.

따라서, 그가 다곤 신당으로 나가서 보여주게 되는 신당을 무너뜨리는 마지막 영웅적인 행위는 이전에 행한 그의 무공과는 그 의미가 판이하게 다르다. 이 일은 삼손이 정신적인 재생을 완성하여 신의 뜻에 자신의 의지를 자발적으로 복종시킨 결과 이루어지는 것이기 때문이다.

하나님의 섭리와 인간의 의지라는 상호 대립적인 두 개념은 밀턴에게 있어 그 무엇보다도 중요한 관심사였다. 밀턴의 위대성은 서로 어울릴 수 없을 것처럼 보이는 이러한 개념들을 하나로 합치는 예술적 역량에서 찾을 수 있는데, 삼손이 죽기 바로 직전 다곤 신당을 지탱하고 있는 두 기둥에 팔을 얹고 신에게 도움을 구하는 간절한 기도를 드리면서 동시에 자신의 의지를 천명하고 있는 모습에서 그 좋은 예를 찾아볼 수 있다. 다곤 신당을 무너뜨리기 바로 직전 신에게 묵상의 기도를 한 후 이어서 마침내 머리를 들고 외치는 삼손의 다음 대사를 보자.

> 귀족들이여, 지금까지는 너희들이 명령하는 대로
> 나는 행동했다. 충분한 이유가 있어서 하라는 대로,
> 놀람과 기쁨 없이는 보지 못할 짓을.
> 이번에는 나 스스로 자진하여, 위대한 힘으로
> 보는 자들이 모두 놀라서 나자빠질 정도의
> 시도되지 않은 엄청난 일을 너희들에게 해 보이고자 한다.

Hitherto, lords, what your commands imposed
I have performed, as reason was, obeying,
Not without wonder or delight beheld.
Now of my own accord such other trial
I mean to show you of my strength, yet greater;
As with amaze shall strike all who behold. (1640-1645)

위 대사를 볼 때, 건물을 무너뜨리는 마지막 행동의 결정은 삼손의 자유의지에 의한 것임이 분명하다. 하지만 여기서의 자유로운 선택은 이전의 삼손의 자기중심적인 사고방식에서 나온 방종을 의미하는 것은 아니다. 그것은 하나님의 충성스러운 도구로서 자신의 의지를 하나님의 뜻에 맞추는 행위이다.133) 뿐만 아니라 그것은 시간과 영원과의 만남이 시도되는 장면이라고 해석할 수도 있다. 왜냐하면 삼손의 결정은 마노아, 데릴라 등이 제시하는 이 세상의 시간 속에서의 구원을 거부하고 신이 거하는 영원의 세계 속으로 나아가고자 하는 의지의 천명으로 볼 수 있기 때문이다.

밀턴은 인간의 구원을 시간이 아닌 영원 속에 존재하는 것으로 보았다.134) 즉, 파괴적인 속성을 가진 세속적인 시간 속에서 영원히 지속될 수 있는 가치는 아무것도 없기 때문에 가치를 지속적으로 보존하기 위해서는 신의 세계인 영원의 세계로 나아가야 한다는 것이다. 그는 이 세상을 악과 유혹, 파괴와 죽음이 존재하는 불완전한 것으로 보았다. 하지만

---

133) John Spencer Hill, *John Milton: Poet, Priest and Prophet* (Totowa: Roman and Littlefield, 1979), 172.

134) Edward W. Tayler, *Milton's Poetry: Its Development in Time* (Pittsburgh: Duquesne University Press, 1979), 110.

그의 결론은 시간이 지배하는 이 세상을 경험하지 않고서는 영원의 세계로 나아갈 수 없다는 것이다. 다시 말해, 그는 악을 극복하기 위해서는 악을 경험해야만 하며 시간을 극복하기 위해서는 시간 세계의 고통을 견디어야만 한다고 생각했던 것이다. 그의 이러한 생각은 역설적인 것임이 틀림없지만 바로 이런 역설을 통하여 그가 제시하고자 했던 마지막 목표점은 시간과 영원과의 만남, 즉 인간의 의지와 신의 섭리가 둘이 아닌 하나가 되는 것이었다.

그러나 시간과 영원과의 만남은 결코 쉽게 이루어지는 것이 아니다. 그것은 인간의 거듭남을 필요로 하며 동시에 신의 특별한 인도와 간섭이 있어야만 가능한 일이다. 삼손의 재생에 있어서도 그의 처절한 노력과 회개가 진행되는 동안 작품의 시작에서부터 끝까지 하나님의 '인도하는 손길'(guiding hand, 1)이 삼손과 함께 했다. 즉, 인간의 마음을 감동시키는 하나님의 은총의 손길이 시종일관 삼손의 재생과정에 은밀하게 작용했다는 것이다. 이러한 신의 간섭과 도우심이 있었기에 삼손의 죽음은 의미 없는 허무한 파멸이 아니라 부활과 영생을 약속해주는 것으로서 아버지 마노아를 비롯한 모든 사람들에게 '마음의 평정'(calm of mind, 1758)을 가져다주는 영적 치료제의 기능을 수행할 수 있었던 것이다.

이상에서 살펴보았듯이 크리스천 휴머니스트로서 밀턴의 강조점은 신과 인간 모두에게 있었다. 그래서 그는 신의 가치와 인간의 가치 중 어느 것도 소홀하게 생각할 수 없었으며 신의 섭리가 소중한 만큼 인간의 의지 또한 중요한 것으로 생각할 수밖에 없었다. 『투사 삼손』을 다양한 관점에서 살펴볼 수 있겠지만 시간관의 관점에서 살펴본 가장 중요한 이

유는 그의 시간관이 다른 어떤 것보다 신의 뜻과 인간의 의지 같은 밀턴
작품 세계의 상호모순적인 주제들의 의미와 관계를 명쾌하게 설명해주어
그의 작품 세계에서 강조되는 인간과 삶에 대한 역설적인 비전을 설득력
있고 감동적으로 보여주고 있기 때문이다.

II

성서의 다윗 이야기와 호손의 주홍 글씨

1. 성서의 다윗 이야기

　다윗은 성서 속에서 가장 복잡하고 다면적인 성격을 가진 인물이다. 그는 왕, 목자, 시인, 용사, 음악가 등 여러 호칭으로 불린다. 다윗만큼 뛰어난 장군도 없으며 또한 다윗만큼 문학적인 감수성이 뛰어난 시인도 성서에서 찾아보기 어렵다. 그는 행동형인 동시에 사고형의 인간이며 문무를 모두 겸비한 매우 매력적인 인물이다.

　우리에게 잘 알려져 있는 다윗의 영웅적인 이야기는 블레셋 거인 골리앗을 이긴 소년 영웅의 이야기다. 그는 비록 소년이었지만 용기의 화신으로 거인 블레셋과 마주하여 전형적인 종교적 영웅의 모습을 보인다. 그가 골리앗에게 하는 대사는 영웅으로서 그의 매력을 너무나도 잘 보여주는 명대사로 꼽힌다.

다윗이 블레셋 사람에게 이르되 너는 칼과 창과 단창으로 내게 나아 오거니와 나는 만군의 여호와의 이름 곧 네가 모욕하는 이스라엘 군대의 하나님의 이름으로 네게 나아가노라. 오늘 여호와께서 너를 내 손에 넘기시리니 내가 너를 쳐서 네 목을 베고 블레셋 군대의 시체를 오늘 공중의 새와 땅의 들짐승에게 주어 온 땅으로 이스라엘에 하나님이 계신 줄 알게 하겠고 또 여호와의 구원하심이 칼과 창에 있지 아니함을 이 무리에게 알게 하리라. 전쟁은 여호와께 속한 것인즉 그가 너희를 우리 손에 넘기시리라. (사무엘상 17장 45-47절)

거인 골리앗을 죽인 다윗은 단숨에 이스라엘 백성들의 영웅으로 부상한다. 그가 전장에서 돌아올 때 여인들이 그를 환영하며 "사울이 죽인 자는 천천이요 다윗은 만만이로다"(사무엘상 18장 7절)라고 외친다. 이 것은 그의 인기가 왕을 능가하고 있음을 보여준다. 다윗의 이야기는 그가 왕위에 등극하면서 빠른 속도로 진행된다. 그의 영웅적인 자질은 전통적인 문학의 영웅들이 일반적으로 보여주는 정치적인 지도자로서의 모습과 다르지 않다. 그는 왕이 된 후 새로운 왕으로서 역할을 훌륭하게 수행하며 적과의 싸움에서 계속해서 승리하는 등 일반적인 영웅의 모습들을 그대로 보여준다. 차이점은 "만군의 하나님 여호와께서 함께 계시니 다윗이 점점 강성하여 가니라"(사무엘하 2장 10절)라는 구절에서 드러나듯 그의 영웅적 지위가 인간의 위대함이 아닌 하나님의 도움으로 굳건해진다는 사실이다.

고전 서사시나 중세의 로망스에서 영웅들은 전쟁의 승리를 통해 불후의 명성을 얻는다. 다윗 역시 전장에서 훌륭한 솜씨를 발휘하여 승리함으로써 고전 서사시의 영웅들과 같은 명성을 얻고 있다. 성서는 "다윗이 . . . 명성을 떨치니라"(사무엘하 8장 13절)라는 구절을 통해 그가 전통적인 문학에서의 영웅과 다르지 않음을 보여준다. 물론 성서는, "다윗이 어디를 가든지 여호와께서 이기게 하셨더라"(사무엘하 8장 14절)라는 구절을 통해, 그가 싸움에 능숙한 훌륭한 장수가 된 것은 하나님 때문임을 밝힌다. 성서는 전지전능한 하나님에 대해 기록한 책이기 때문에 하나님의 위대성과 능력을 강조한다. 다윗이 위대하다면 다윗을 그렇게 만든 하나님이 사실은 더욱 위대한 존재다. 하지만 인간적인 차원에서 보면 다윗만큼 위대한 영웅도 찾기가 쉽지 않다.

그런데 다윗이 가진 다면적인 성격은 그를 영웅이자 동시에 패배자로 만드는 매우 역설적인 역할을 한다는 사실에 주목할 필요가 있다. 다윗은 자기를 죽이려고 혈안이 된 사울을 죽일 수 있는 완벽한 기회를 두 번씩이나 가지고도 하나님이 기름 부어 세운 왕이기 때문에 자기 손으로 죽일 수 없다고 거부함으로써 엄청난 자제력을 보여준다. 반면에, 밧세바와 간통을 저지르고 이 죄를 숨기기 위해 그녀의 남편 우리아를 전투에서 죽도록 명령하는 장면에서는 이해하기 어려울 정도로 파괴적인 격정에 빠지는 모습을 보인다. 이런 양면적인 기질로 인해 그의 삶은 상승과 하강, 영웅과 죄인, 승리와 비극이라는 상호 대조적인 양상들로 점철된다.

다윗과 골리앗 이야기가 다윗의 영웅적인 삶의 시작점이었다면 밧세바와의 간음 이야기는 그의 비극의 출발점이 된다. 사무엘하 2장에 나와 있는 이 이야기는 그의 개인생활과 가정생활의 첫 번째 이야기로 소개된다. 아름다운 여인을 보고 성적인 욕구를 억제하지 못하는 그는 매우 정열적이며 감정에 지배되는 모습을 보인다. 더구나 자신의 죄를 숨기기 위해 그녀의 남편인 우리아를 전쟁에서 죽도록 명령하는 모습에서는 비인간적이며 비정함의 극치를 보여준다. 그의 행동은 한 가지 죄가 또 다른 죄를 낳는다는 죄의 속성을 보여주는 성서의 전형적인 사례다. 성서에서 간통은 하나님이 제정한 신성한 사랑, 이른바 결혼을 통한 진실한 사랑을 왜곡하는 것이기 때문에 무서운 죄악이다.[135] 또한, 살인은 하나님이 주신 십계명 중 여섯 번째 계명을 어기는 것으로, 결코 범하지 말아야 할 큰 죄다. "다윗의 소위가 여호와 보시기에 악하였더라"(사무엘하 11장 27절)라는 구절에서 나타나듯 그의 범죄는 단지 이성이 감정에 굴복당한 심리적인 상태를 넘어서서 하나님이 주신 노덕법을 어긴 심각한 불순종을 저지른 것이다.

하지만 이런 엄청난 죄를 짓고도 절대권력의 화신인 다윗은 자신이 행한 잘못을 처음에는 인정하지 않는다. 선지자 나단이 비유를 사용하여 그의 죄를 깨닫게 한 후에야 회개하게 된다. 양과 소를 많이 가지고 있는 부자가 유일하게 암양새끼 한 마리를 가지고 있는 가난한 사람의 양을 빼앗는다는 나단 선지자의 비유는 은유를 통해 그 목적이 잘 드러난다. 이 비유는 부자와 가난한 자의 엄청난 차이점을 부각시키고 부자의 행위를 용서할 수 없는 것으로 묘사함으로써 다윗의 반응을 유도한다. 정의감에 자극을 받은 다윗은 동정심이 없는 부자를 반드시 벌해야 한다는 반응을 보이고 이 때 나단은 그 냉혹한 인간이 바로 왕 자신임을 밝힌다.

나단 선지자의 책망을 받은 다윗은 하나님께 죄를 범했다고 고백하고(사무엘하 12장 13절) 자신의 잘못을 회개한다. 그의 회개가 얼마나 진정성을 가진 것인가는 그가 쓴 시편 51편에 잘 나타난다.

하나님이여 주의 인자를 따라 내게 은혜를 베푸시며 주의 많은 긍휼을 따라 내 죄악을 지워 주소서. 나의 죄악을 말갛게 씻으시며 나의 죄를

---

135) Leland Ryken, *The Literature of the Bible* (Michigan: Zondervan, 1974), 62.

깨끗이 제하소서. 무릇 나는 내 죄과를 아오니 내 죄가 항상 내 앞에 있나이다. 내가 주께만 범죄하여 주의 목전에 악을 행하였사오니 주께서 말씀하실 때에 의로우시다하고 주께서 심판하실 때에 순전하시다 하리이다. 내가 죄악 중에서 출생하였음이여 어머니가 죄 중에서 나를 잉태하였나이다. (시편 51편 1-5절)

그는 자신의 행동이 단지 사람에게만 잘못한 행동이 아니라 하나님께 잘못한 것이라고 고백하면서 자신이 원래 죄인이었음을 토로하고 있다. 다시 말해, 태어날 때부터 죄의 본성을 가지고 태어난 근본적인 죄인임을 고백한다. 다윗의 위대함은 그의 완벽함이 아니라 우리들처럼 실수를 하면서도 죄를 지적받았을 때 정말 가슴 깊숙이 진실한 회개를 하고 있는 이런 모습에서 찾아볼 수 있다. 이렇게 해서 그는 하나님의 용서를 받고 죽음을 면한다.(사무엘하 12장 13절)

그러나 하나님이 세우신 신성한 도덕적인 질서를 훼손한 결과 야기되는 혼란과 무질서는 실로 엄청나다. 그의 범죄는 개인적인 것에서뿐만 아니라 가족적, 사회적, 정치적 차원에서 혼란을 불러온다. 그의 개인적인 도덕적 타락은 가족과 국가 내의 도덕적 붕괴를 초래한다. 예를 들어, 그의 아들 암몬이 누이 다말을 범하는 근친상간과 가장 잘생긴 아들 압살롬의 손에 의해 다른 아들들이 죽임을 당함으로써 성의 왜곡과 살인이 가족 내에서 행해진다. 또한, 압살롬의 반역으로 다윗은 아들을 피해 도망가는 신세가 된다. 그의 개인적인 잘못이 사회적, 정치적 수준에서 국가의 붕괴마저 위협받게 만드는 심각한 결과를 가져온 것이다. 뿐만 아니라 아들 압살롬이 다윗의 첩들을 백주대낮에 모든 사람들이 보는 앞에서 범함으로써 다윗이 몰래 저지른 간통은 모든 사람들이 보는 가운데서, 그것도 사랑하는 아들에 의해 죗값을 치르게 된다. 다윗의 간통사건을 통해 성서는, 죄는 하나님께 회개하면 용서받을 수 있지만 죗값은 반드시 치러야 하며 그 악영향은 실로 광범위하고 심각하다는 사실을 보여준다.

만약 다윗이 간통과 살인의 죄를 범하지 않았더라면 완벽한 영웅이었을지 모른다. 그러나, 역설적이게도 종교적으로나 인간적인 면에서 그의 진정한 매력과 위대성은 그가 죄를 범한 이후에 더욱 빛난다. 나단 선지자가 그의 죄를 지적했을 때 그는 자신의 잘못을 솔직하게 인정하고 진정으로 하나님께 마음으로부터 우러나오는 회개를 한다. 성서는 그가 침상이 눈물에 썩도록 회개했다고 기록하고 있다. 절대적인 권력을 가진 왕이지만 자신의 잘못을 합리화하거나 회피하지 않고 겸손하게 인정하는 모습은 그가 고결한 성품을 지니고 있음을 잘 보여준다. 그는 회개를 통해 파괴적인 열정을 억제하고 자제력을 회복하며, 하나님 앞에서 다시 겸손하고 겸비한 자세를 취한다.

성서의 영웅들이 가장 쉽게 빠지는 함정이 교만(pride)의 함정이다. 하나님은 교만한 자를 물리치고 겸손한 자를 선택한다고 성서는 누누이 강조한다. 일반 영웅들과 달리 성서의 영웅이 갖추어야 할 가장 중요한 덕목은 바로 겸손(humility)이다. 이스라엘의 초대 왕인 사울을 비롯하여 성서의 많은 인물들이 인생의 후반에 교만해짐으로써 하나님으로부터 버림을 받는다. 그러나 다윗은 파괴적인 열정에 휘말려 죄는 범했으나 하나님 앞에 일평생 겸손한 태도를 유지함으로써 하나님이 가장 신뢰하고 아끼는 인물로 성서에 기록되고 있다. 성서 열왕기와 역대기를 보면 다윗의 후손들이 계속해서 잘못을 할 때에도 하나님은 다윗을 생각해서 후손들의 왕위를 지속시키고 은혜를 베풀었다고 말하고 있다.

또한 그는 예수 그리스도의 조상으로 성서의 구속사에서 중요한 계보를 차지한다. 신약성서는 "아브라함과 다윗의 자손 예수 그리스도의 계보"라는 말로 서두를 시작하고 있다. 구약 인물들 중에서 믿음의 조상인 아브라함과 더불어 구속사의 조상으로 신약의 토대를 이루는 중요한 의의를 지닌 인물이 다윗이다.

우리는 그의 정치가이자 군사적인 영웅으로서의 리더십과 무공에 매력을 느끼고, 시인과 음악가로서의 예술적인 감수성에 감동한다. 하지만 한 인간으로서 그의 진정한 매력과 가치는 잘못은 했지만 그것을 극복하고 다시 처음의 순수성을 회복하고 그것을 유지시킨 그의 내적인 아름다움과 강인함에 있다.

성서의 영웅 이야기들은 일반적으로 주인공의 승리와 갈등에 초점을 맞추고 있다. 다윗 이야기도 다윗의 승리와 갈등을 무엇보다 중요하게 그리고 있어 대표적인 영웅이야기라 할 수 있다. 또한, 성서의 영웅이야기는 역사적 사건들을 전하는 이상의 역할을 하며 주인공인 영웅은 인류를 대표한다. 그는 종교적 경험의 모델이거나 전형으로 나타난다. 다윗 이야기도 단지 역사적인 인물에 대한 정확한 기록이 아니라 이상적 인물로서 인간을 대표하는 전형적인 영웅을 제시하고 있어서 영웅이야기로서 가치를 지닌다. 왕, 용사, 시인, 음악가로서 다방면의 재능을 지닌 다윗의 파란만장한 삶의 이야기는 인간의 삶과 현실에 대한 축소판이며 거울이어서 읽는 이의 눈길을 끈다.

2. 호손의 『주홍 글씨』

너새니얼 호손(Nathaniel Hawthorne)이 1850년에 발표한 그의 최대의 걸작 『주홍 글씨』(*The Scarlet Letter*)는 청교도 목사와 유부녀 사이에 이미 저질러진 간음죄의 결과가 사건에 관련되는 세 사람 즉, 헤스터(Hester Prynne), 딤즈데일(Arthur Dimmesdale) 목사, 칠링워스(Roger Chillingworth)의 삶과 양심에 어떤 영향을 끼치는지를 주제로 다루고 있다. 다시 말해, 이 작품은 죄의 원인보다는 죄가 인간의 심리에 미치는 영향과 결과를 그리고 있다.

호손이 살았던 19세기는 이미 청교주의에 입각한 삶의 규범이 쇠퇴하던 시대로, 초기의 엄격했던 청교도 규범은 약화되고 과학적 세계관, 자본주의 시장경제, 사회진화론 등에 근거한 새로운 질서가 지배하기 시작했다. 이런 시대적인 상황 속에서 호손은 퓨리턴 사회가 엄격하게 금하는 도덕률을 어긴 목사와 유부녀 사이의 간음을 등장시켜 종래의 가치 및 질서와 충돌하는 새로운 가치와 이데올로기를 시험대에 올려놓고 있다. 이 작품에서 간음죄는 퓨리탄 사회가 지향하는 공동체적 가치와 새로운 사회의 선두주자로 부상되는 개인의 가치사이에서 판단의 시금석 역할을 한다. 미국문학에서 거론되는 대표적인 주제인 '사회와 개인과의 갈등'(the conflict between the individual and society)의 문제가[136] 간음죄를 통해 부각되고 있다.

딤즈데일 목사와 헤스터 프린이 저지른 간음죄는 종교적이고 도덕적인 관점에서는 결코 비난을 피할 수 없는 명백한 죄악이다. 그것은 신이

---

136) Leland Ryken, *Realms of Gold: The Classics in Christian Perspective* (Wheaton: Harold Shaw Publishers, 1991), 142.

제정한 신성한 결혼제도를 파괴하는 것이며 공동사회를 유지시키는 도덕적 규범을 깨뜨리는 행위다. 따라서 이런 죄를 범한 인물은 당연히 고통과 벌을 받아야 한다. 더구나 헤스터와 이런 불륜을 저지른 상대가 퓨리턴 사회의 영적인 지도자인 목사라는 사실에서 이들의 간음은 아무리 이해하려고 해도 사회적으로는 정당성을 찾기가 힘들어 보이기도 한다. 하지만 간음에 대한 호손의 생각은 그렇지가 않다. 그는 간음의 당사자이며 가장 큰 고통과 수치를 당해야 하는 헤스터를 새로운 가치를 추구하는 인물로 그림으로써 간음에 대한 새로운 시각을 제시한다.

이 작품의 여주인공인 젊고 아름다운 유부녀 헤스터는 자신이 딤즈데일 목사와 나눈 사랑의 행위에 대해 잘못된 것이라고 결코 생각하지 않는다. 그녀는 미국으로 건너오기 전 나이 차이가 많이 나는 로저 프린(Roger Prynne)과 사랑이 없는 결혼을 했다. 차갑고 이지적인 그녀의 남편은 행복을 주지 못했다. 그녀는 보스턴으로 와서 딤즈데일 목사를 만나 자신이 바라던 사랑을 했고 그래서 사회의 규범이나 타인의 시선을 아랑곳하지 않는다. 그녀에게 있어서는 자신의 열정과 의지가 중요한 것이지 사회적인 법과 제도가 중요한 것이 아니었다. 간음에 대한 그녀의 태도는 감정에 기초한 낭만적인 윤리를 표방하고 있다.[137]

작가 호손은 헤스터를 통해 간음이 죄악이다 그렇지 않다라는 이분법적인 이야기를 하는 것이 아니라 간음에 대한 다양한 시각과 입장을 보여준다. 호손이 간음을 옹호하거나 죄가 아니라는 태도를 보이는 것은 절대로 아니다. 그보다는 법과 도덕을 초월하여 마음과 열정의 지배를 받을 수밖에 없는 인간의 존재론적 상황에 대해 다시 생각해볼 것을 헤

---

137) *Ibid.*, 149.

스터를 통해 주장하고 있는 것처럼 보인다. 1장의 끝에서 그가 이 작품을 '인간의 약함과 슬픔에 대한 이야기'(a tale of human frailty and sorrow)라고 한 것은 시사하는 바가 크다.

아무튼 헤스터를 중심으로 보면 이 작품은 개인이 공동체의 법을 어기고 벌 받는 이야기이며 동시에 규범에의 순응과 자신의 열정 사이에서 격렬한 내적 갈등을 겪는, 법과 욕망 사이의 긴장과 갈등을 다루는 이야기라 할 수 있다.

이 작품에서 헤스터는 엄격한 도덕률이 지배하는 퓨리턴 마을에서 새로운 가치를 주장하는 신여성의 모습으로 나타난다. 그녀는 신·구 질서의 갈등과 충돌을 대변하는 인물로서 남성 중심적인 가치체계에 저항하는 모습을 보인다. 주지사와 마을의 원로들은 처형대 위에서 아기를 안고 서 있는 헤스터에게 누가 아기의 아버지인지를 밝히라고 명령하지만 그녀는 명령을 거부한다. 그녀가 침묵을 지키면 그 아기의 아버지인 숨은 죄인은 위선이라는 또 다른 죄를 짓게 될 것이기 때문에 이를 피하기 위해서라도 함께 죄를 지은 사람을 만천하에 알려야 한다고 다그치지만 그녀는 요지부동이다. 숨은 죄인이 누구인지 밝혀 아이에게 아버지를 찾아주는 것이 아이를 위해 할 수 있는 최선책이라는 회유도 그녀에게는 통하지 않는다.

오히려, 그녀는 매우 적극적인 태도로 자신의 고통과 함께 자신과 함께 간음을 한 그의 고통도 자기가 짊어지겠다고 말한다. 여기에서 헤스터의 침묵은 자신의 선택이며 자유의지의 표현이다. 인간은 죄인이고 신은 전능하다는 믿음이 지배하는 청교도 마을에서 그녀는 퓨리턴적인 가치에 대항하여 자신의 의지와 가치를 주장하고 있다. 따라서 그녀의 간음은 인간이 만든 인위적인 법과 제도보다는 자연의 질서에 따른 행위이며 그녀의 자유의지가 천명된 것이라 할 수 있다.

그러나 그녀는 자신의 열정과 사랑을 주장하고 딤즈데일에 대한 사랑을 끝까지 포기하지 못하는 강한 의지를 가지고 있으면서도 퓨리턴 사회의 법과 질서에 정면으로 도전하지는 않는다. 퓨리턴 사회가 간음의 벌로 부과한 간음을 상징하는 A자를 가슴에 달고 한 평생 참회와 고행의 삶을 사는 것을 볼 때 그녀는 청교도 사회의 가치를 정면으로 거부하는 인물은 아니다. 소설의 후반부에서 딤즈데일이 죄를 고백하고 죽은 후 펄(Pearl)과 함께 떠났던 마을로 다시 돌아와 스스로 가슴에 주홍글자를 달고 불행한 사람들, 특히 자기처럼 금지된 사랑으로 고통 받으며 사는 사람들을 위로하며 남은 생을 보내는 모습은 그녀가 기존의 가치와 질서의 세계를 전복하지 않는 인물로 설정되어 있음을 잘 보여준다.

또한, 그녀는 단지 남성중심의 가치 체계에 반대의 목소리만 내는 인물이 아니라 자신의 생각을 지체 없이 행동으로 옮기는 인물이다. 그녀는 자신을 향한 멸시와 야유의 분위기 속에서도 참회와 선행을 계속하여 그녀의 가슴에 달고 다니는 'Adultress'(간음)를 나타내는 치욕스러운 A자가 나중에는 'Angel'(천사)이나 'Able'(유능한)의 뜻으로 마을 사람들에게 인식되게 된다. 그녀는 딤즈데일과 비록 불륜을 저지르기는 하지만 진정한 사랑을 향한 개인적인 열정과 사회의 규범과 가치를 존중하는 책임 의식 사이에서 사려 깊게 행동하는 캐릭터의 모습을 보인다.

이 소설의 중심 주제는 헤스터와 목사 사이의 연애이야기가 아니다. 이 소설은 두 사람 사이의 연애담을 생략하고 헤스터가 불륜을 저지른 후 그 결과로 낳은 딸 펄을 안고 사형대 위에서 조롱과 야유를 받는 장면부터 이야기가 전개된다. 이 소설은 공동체의 일원으로서 간음죄를 지은 헤스터가 겪게 되는 고통으로 점철된 회한의 삶과 가슴 속 진실과 사랑을 외면할 수 없는 그녀의 개인적 열정이 가져오는 복합적인 갈등과 번민을 균형 잡힌 시각으로 그리고 있다.

성서에서 다윗 왕은 자신이 저지른 간음죄에 대해 잘못을 철저히 회개하고 일시적으로 사로 잡혔던 파괴적인 개인적 열정과 자신의 의지를 억누르고 신에게 다시 복종하는 겸손한 태도를 보였다. 하지만 헤스터는 자신의 가치와 의지를 무엇보다 소중하게 생각하며, 그녀가 작품에서 보여주는 참회 또한 신의 뜻에 다시 복종하는 것이 아니라 억압적인 사회현실 속에서도 꿋꿋이 자아를 추구해가는 의미 있는 노력의 일환으로 나타난다. 첫 장의 끝에 나오는 감옥과 야생장미의 대조를 통해 호손은 문명사회가 만들어낸 어두운 그늘과 자연의 아름다움을 병치시킨다. 감옥이 문명사회의 법과 제도가 만들어낸 어두운 그늘이라면 헤스터는 이러한 틀 속에서 갈등을 겪으면서도 아름다움과 향기를 선사하는 야생장미 같은 낭만적인 인물이다.

헤스터와 간음을 한 딤즈데일 목사는 그녀와 남몰래 불륜을 저지른 다음 자기도 그녀처럼 내놓고 벌을 받고 싶지만 그렇게 하지 못하는 자신의 용기 없는 위선적인 모습에 괴로워한다. 그는 영적인 면에서 세일럼 사회의 정신적 지도자로 나타나지만 감수성이 예민하고 충동적인 성격을 가지고 있어서 유혹에 쉽게 굴복할 뿐 아니라 자신의 생각을 쉽게 행동에 옮기지 못하는 우유부단한 사색가다. 죄 속에서 억눌려 초췌한 모습으로 지내던 그는 숲 속에서 헤스터와 딸 펄을 만난 후 새로운 힘을 얻고 뉴잉글랜드의 경축일을 맞이해 감동적인 설교를 한 후 자신이 지은 죄를 사형대 위에서 고백하지만 정신적 충격으로 사망하고 만다.

이처럼 딤즈데일은 한편으로는 열정과 생명력을 가지고 있으면서도 또 다른 한편으로는 퓨리턴 공동체가 주장하는 가치의 지배를 받으며 자신의 죄와 생각을 만천하에 솔직하게 고백하지 못하고 고뇌와 번민에 빠지는 의지력이 약한 우유부단한 인물이다. 한마디로, 그는 실체적인 진실을 대면할 정신적인 강인함을 결여하고 있다. 그가 이 소설에 등장하는 7년 동안 변함없이 보여주는 일관된 인상은 고민하는 모습이다.

성서의 다윗이 자신의 간음죄를 솔직하게 인정하고 진실한 회개를 한 것과는 다르게 그는 간음죄가 주는 극심한 양심의 고통에 시달리기는 했지만 사람들 앞에 자신의 잘못을 떳떳하게 고백할 만한 용기나 배짱은 없었다. 그가 할 수 있었던 것은 남몰래 스스로를 징벌하는 것이었다. 그는 자물쇠를 채워놓은 비밀 벽장 속에 피로 물든 매를 감추어 놓고서는 수시로 그것으로 자신의 어깨를 내리쳤다. 또한 무릎이 후들거릴 때까지 금식을 함으로써 육체적인 고행의 징벌을 자신에게 가했다.

그런데 감추어진 죄의식으로 인해 겪는 고뇌보다 더욱 그를 괴롭힌 것은 간음죄를 숨기고 고뇌에 차서 하는 그의 설교가 신도들을 더욱 감동시키고 있다는 사실이다. 그가 강단에 올라가 자신이 얼마나 부패하고 허위로 가득 찬 인간인가를 토로할수록 청중은 그를 신과 같은 젊은 목사님으로 추앙했다. 이런 청중들의 반응은 그로 하여금 자신을 위선과 허위로 가득 찬 형편없는 존재라고 생각하게 만들었고 그의 몸과 마음은 극도로 쇠약해져 갔다.

헤스터가 공개적으로 자신의 죄를 시인하고 선행을 실천함으로써 치욕의 상징인 A자를 명예롭게 바꾸어 놓았다면 딤즈데일은 가슴에 새겨진 A자가 상징하듯 죄의 감옥 속에 얽매여 시간이 지날수록 더욱더 큰 고통과 양심의 가책을 느낀다. 헤스터의 고민과 갈등이 그녀와 퓨리턴 사회 사이에서 빚어진 외적인 것이라면 딤즈데일 목사의 고민과 갈등은 그의 내부에서 진행된 내적인 것이다.138) 하지만 숲속에서 헤스터와 그의 딸 펄을 만나 사랑을 재확인한 후 그는 해방감에 젖어들고 헤스터가 보스턴을 떠나 유럽에 갈 것을 제의하자 희망에 부푼다. 유약하고 위선적이었던 그가 강한 성격을 지닌 헤스터를 통해 힘을 얻고 활기를 회복하게 된 것이다. 그 결과 새 총독부임의 축제날 초만원을 이룬 교회에서 모인 청중들을 대상으로 감동적인 설교를 한 후 그는 헤스터의 반대에도 불구하고 그녀의 손을 잡고 사형대 위에 올라가서 자신의 죄를 고백하다

저를 아껴주신 여러분, 저를 거룩하다고 생각하시는 여러분! 저를 보십시오. 이 세상의 유일한 죄인을! 마침내 나는 7년 전에 마땅히 섰어야 할 이 곳에 이 여인과 함께 섰어야 할 이곳에 지금 섰습니다. 내가 이곳에 기어 올라온 그 약한 힘보다 더 굳센 이 여인의 팔이 무서운 이 순간에도 나를 쓰러지지 않도록 부축해줍니다. 보십시오! 헤스터가 달고 있는 주홍글씨를! 여러분 모두는 그것을 보고 몸서리치셨지요. 그녀가 가는 곳마다—비참한 멍에를 진 그녀가 안식을 찾는 곳마다—주홍글씨는 그녀를 에워싸고 몸서리치는 공포와 무서운 증오의 붉은 빛을 던졌습니다. 허나 여러분들 가운데 서 있는 또 한 사람의 죄와 치욕의 표식을 보고서는 몸서리치지 않았습니다. ⋯⋯ 그 표식은 그 사나이에게도 있었지요! 하나님의 눈은 그것을 보셨습니다. 천사도 늘 그것을 손가락질 했습니다. 악마도 그것을 잘 알고 불타는 손가락으로 끊임없이 건드려 괴롭혔지요. 그러나 그는 세상 사람들 모르게 그것을 교묘히 감추고 죄 많은 세상에서 자기만이 성결하여 항상 마음이 괴롭다는 듯이 ⋯⋯ 행세하였지요. ⋯⋯ 죄에 대한 하나님의 심판을 의심하는 분이 이 자리에 계신가요? 보십시오! 그 무서운 증거를![139]

---

138) *Ibid.*, 143.

139) Chang, Wang-Rok, *The Scarlet Letter with Essays in Criticism* (Seoul: Shina-sa, 1982), 448-449 에서 우리말로 번역함.

그가 영감 넘치는 설교를 하고 자신의 죄를 고백하게 된 것은 의지력이 강해졌기 때문이 아니라 헤스터와 펄과의 숲 속에서의 재회를 통해 새로운 용기와 생명력을 부여받았기에 가능한 것이었다. 그는 죄를 고백한 후 그 자리에서 쓰러져 헤스터의 품에 안겨 신에게 감사하면서 숨을 거두는데 그의 이런 모습은 헤스터가 그에게 얼마나 소중한 존재였으며, 또한 그녀의 사랑이 그에게 얼마나 큰 힘과 용기가 되었는가를 충분히 짐작하게 해준다. 이 두 사람의 사랑은 우여곡절 속에 진행되기는 하나 이를 통해 호손은 이 세상에서 인간과 인간이 하는 사랑보다 더 소중한 것은 없다는 사실을 강조하고 있다.

헤스터의 남편이었던 칠링워스는 이 작품에서 전형적인 '악한' (villain)의 캐릭터로 묘사된다. 그는 자기가 보스턴에 도착하기 전 외도를 한 부인을 둔 남자로서 증오심이 내면화되어 은밀하고 계획적인 복수를 하는 인물이다. 그러나 그는 이런 일을 당하기 전까지는 세상과 맺는 관계에서 순수한 면을 가진 사람이었다. 그는 따뜻한 성품은 아니지만 친절하고 차분한 성품을 가진 인물로 비밀을 밝히기 시작할 때도 재판관의 엄중한 성실성 같은 것을 가지고 오직 진실만을 추구하였다. 하지만 한밤중 처형대 위에서 딤즈데일 목사가 헤스터와 펄과 함께 죄를 고백하는 장면을 목격한 다음 그는 이성을 잃어버리고 급격히 타락하여 인간의 마음속을 파헤치고자 하는 교만의 죄를 저지르고 만다. 인간의 잘못은 간음의 경우처럼 열정으로 야기되었을 때는 함께 감내해야 할 불행한 것임에도 불구하고, 그는 마치 추상적인 선이나 기하학적인 문제를 다루는 태도로 죄와 고통으로 병들어가고 있는 딤즈데일의 가슴을 들여다보고자 했던 것이다.

그의 비극은 인간에게 금지된 영역, 즉 인간의 영혼을 침범하려고 했다는 점이다. 그가 소설에서 용서받지 못할 죄인으로 나타나는 것은 온전히 신의 영역으로 남아 있어야만 하는 인간의 영혼을 넘보려 했기 때문이다. 헤스터와 딤즈데일의 죄는 욕정의 죄이지만 칠링워스의 죄는 '지성의 오만'(intellectual pride)의 죄다.[140] 헤스터와 딤즈데일이 칠링워스와 다른 점은 그들은 비록 죄인이지만 인간 영혼의 신성함을 범하고 있지는 않다는 것이다.

또한, 작가 호손은 딤즈데일과 칠링워스의 만남을 통해 과학과 종교를 대비시킨다. 그것은 곧 우주와 사물을 바라보는 두 관점의 차이를 말한다. 이 소설에서 목사 딤즈데일은 신과 인간에 대한 사랑을 내세워 죄를 고백하지 못하는 자신의 위선을 변명하는 종교적인 가치관을 대변하고, 의사인 칠링워스는 과학자로서 인간의 이성 또는 양식을 내세워 진실을 찾고자 하는 과학적인 가치관을 대변한다. 그래서 의사는 목사에게 영혼의 고통을 알아야 육신의 병을 고칠 수 있다고 주장하면서 죄에 대한 고백을 강요하지만 목사는 신앙인으로서 사랑의 근원이신 전능하신 신에게만 자신의 영혼의 병을 말하겠다고 선언한다. 호손은 이 두 인물의 대비를 통해 초기의 청교도적인 규범이 약해지고 과학적 세계관, 사회진화론 등에 근거한 질서가 지배하기 시작한 19세기의 종교와 과학의 갈등을 보여주고 있다.

호손의 소설에 등장하는 주요 인물들 중 펄은 간음죄를 범한 헤스터의 살아 있는 죄의 산물로서 요정 같은 모습을 보이기도 한다. 하지만 그녀는 헤스터가 A자를 가슴에 달고 많은 사람들의 따가운 시선을 받으면서도 용기를 잃지 않고 삶을 지탱할 수 있는 힘과 용기의 원천이 된다.

---

140) Chang, Wang-Rok, *The Scarlet Letter with Essays in Criticism* (Seoul: Shina-sa, 1982), 31.

그러나 펄은 때때로 이해하기 어려운 행동을 통해 신비감을 자아내면서 동시에 공동체의 규율을 어기고 왜곡된 헤스터와 딤즈데일의 삶을 바로 잡는 중요한 역할을 수행하는 인물이다. 숲 속 시냇가에서 딤즈데일 목사와 헤스터, 그리고 펄이 함께 만난 자리에서 헤스터가 가슴에 단 A자를 떼어내 내팽개쳐버리자 숲이 떠나가도록 비명을 지르며 A자를 달지 않은 헤스터를 거부한다. 이 요정 같은 아이는 주홍글자를 부정하는 헤스터를 인정할 수 없다. 펄은 마을의 법과 질서를 거부하고 여성으로서의 행복과 열정을 추구하고자 하는 헤스터를 잔인하게 거부하는 살아 있는 주홍글자다. 딤즈데일에 대해서도 "목사님은 우리를 사랑하나요? 우리 셋이 함께 손을 잡고 마을로 갈까요?"라고 하면서, 마을로 함께 가서 세 사람이 한 식구임을 밝힐 것을 요구한다. 헤스터든, 딤즈데일이든 간에 부모의 거짓을 용납하지 않겠다는 것이다. 따라서 펄은 이들에게 기쁨이자 고통의 존재다. 하지만 펄의 소외와 고립된 삶을 생각해보면 마을 공동체로 복귀하여 떳떳하게 죄를 고백하고 소외된 삶을 청산할 것을 외치는 이 아이의 주장은 지극히 당연한 것이다. 이런 측면에서 소설『주홍 글씨』는 곧 살아 있는 주홍글자인 펄의 이야기라고도 할 수 있다.[141]

호손은 이 작품에서 도덕이나 옳고 그른 문제에 대해서보다는 죄(여기서는 간통죄)가 빚어낸 심리적인 영향, 특히 숨기고 있는 죄의 악영향을 다루고 있다. 특히, 죄로 인한 사회적인 소외와 고독, 그리고 지성이 오만을 부리거나 남의 심정을 무시하고 침범하는 행위에서 초래된 비극을 주제로 삼고 있다.[142]

---

141) 서숙,『서숙 교수의 영미소설 특강 1: 주홍글자』 (서울: 이화여자대학교출판부, 2005), 131.
142) Wang-Rok Chang, 48.

육체와 영혼을 모두 가진 인간은 현실과 이상, 물질과 정신, 육체와 영혼 사이에서 갈등을 겪으면서 살 수밖에 없는 존재다. 헤스터와 딤즈데일 목사가 죄를 짓게 된 것은 인간이 가지고 있는 불완전함, 즉 인간의 연약성 때문이었다. 이 소설은 연약성을 지닌 인간은 근원적으로 비극은 아니라 할지라도 고통 속에서 애달픈 삶을 살아야 한다는 현실적인 교훈을 우리에게 전해준다.

다윗왕의 경우에서 알 수 있듯이 성서에서 간음죄는 하나님의 계명을 어겼다는 것, 즉 하나님의 말씀에 불순종했다는 것에 강조점이 있어서 죄가 인간과 하나님의 관계에 어떤 영향을 미치느냐가 중요한 관심거리다. 그러나 호손이 그리는 간음죄는 죄가 한 인간의 내면과 삶에, 또한 다른 사람과 그가 속한 공동체와의 관계에 어떤 영향을 끼치는가에 관심이 집중된다. 그가 주장하는 세계관과 인간관의 밑바탕에는 인간의 가치를 존중하는 휴머니즘이 자리 잡고 있다.

III

성서의 『욥기』와 밀턴의 『투사 삼손』

1. 『욥기』에 나타난 고통과 하나님의 섭리

『욥기』에서 욥은 고통 받는 인간의 대표자로 나타난다. 그는 아무 잘
못도 없지만 재물과 자녀와 건강을 모두 잃고 엄청난 고난에 처하게 된
다. 『욥기』는 전체적으로는 U자 형태의 플롯을 가진 글로서 희극처럼 행
복한 결말로 끝나지만 거기에 제시되는 고통이 너무나 강렬하여 비극
(tragedy)의 범주 안에서 반복적으로 논의되어 왔다.[143] 그런데 욥의 이
야기에서 가장 독자들을 어리둥절하게 만드는 것은 욥이 당하는 고통의
납득할 만한 원인을 찾을 수 없다는 것이다. 욥을 가장 괴롭히는 것도 아
무리 생각해도 자기가 엄청난 고통을 당할만한 잘못을 하지 않았다는 것
즉, 고통의 원인을 알 수 없는 것이었다. 『욥기』의 기자는 1장 1절에서부

---

143) Leland Ryken, *How to Read the Bible as Literature* (Grand Rapidz: Zondervan
Publishing House, 1984), 85.

터 "그 사람은 온전하고 정직하여 하나님을 경외하며 악에서 떠난 자더라"라고 하여 욥이 '죄 없는'(sinless) 인물임을 강조한다.

그러나 아내를 비롯한 주위의 사람들, 심지어 그를 위로하기 위해 찾아온 친구들조차도 욥은 죄를 지었기 때문에 그 징벌로서 엄청난 고통을 당하게 되었다고 생각한다. 그러나 욥은 이러한 생각을 결코 수용할 수 없다. 잘못을 하지 않았을 뿐더러 1장 5절에 나타나 있듯이 그는 자녀들이 혹시 죄를 범하여 하나님을 배반하였을까 염려하여 자녀들의 생일잔치가 끝나면 자녀들의 수대로 하나님께 번제를 드린 순전하고 경건한 삶을 살았기 때문이다. 따라서 욥에게 가장 견디기 힘든 시련은 불시에 닥친 경제적, 가족적 손실 같은 외적인 재앙이 아니라 왜 이러한 고통이 주어졌는지 그 원인을 이해할 수 없는 '삶의 불가해성'이다. 즉, 신의 의로움과 섭리의 정당성에 대한 의심에서 연유하는 정신적인 고통이었다.

『욥기』는 동방의 의인인 욥의 불행을 통해 인간은 아무 잘못이 없어도 고난을 받을 수 있음을 보여준다. 『욥기』가 많은 사람들의 관심과 흥미를 끌게 된 것은 인간이 당하는 고통을 죄의 대가라고 생각하는 인과 관계에 근거한 전통적인 가치관을 파괴하고 있기 때문이다. "아니 땐 굴뚝에 연기 나랴"라는 우리나라의 속담이나 "원인 없는 결과는 없다"는 서양의 격언이 의미하는, "어떤 불행이 생기면 반드시 그것의 원인이 있다"는 인과율적인 이성적인 가치판단을 『욥기』는 거부한다. 하지만 인간이 고통을 당했을 때 그 원인을 찾는 것은 지극히 당연한 일이다. 욥도 자신을 찾아온 엄청난 고통 앞에서 그의 존재와 삶을 뒤흔들어 놓은 일련의 사건들의 의미를 인과율적인 입장에서 이해하려고 시도한다. 그러나 이러한 가치관은 인간의 원수인 사탄이 표방하는 가치관으로서 배격해야 할 것으로 나타난다.

사탄이 여호와께 대답하여 이르되 욥이 어찌 까닭 없이 하나님을 경외하리이까 주께서 그와 그의 집과 그의 모든 소유물을 울타리로 두르심 때문이 아니니이까 주께서 그의 손으로 하는 바를 복되게 하사 그의 소유물이 땅에 넘치게 하셨음이니이다 이제 주의 손을 펴서 그의 모든 소유물을 치소서 그리하시면 틀림없이 주를 향하여 욕하지 않겠나이까 (욥기 1장 9-11절)

위의 대사에서 사탄의 주장은 철저하게 원인과 결과간의 연관 관계를 중시하는 경험론의 입장을 취하고 있다. 사탄이 주장하는 논리는 "욥이 하나님을 섬기는 것은 하나님께서 그에게 복을 주셨기 때문"이라는 인과율에 근거한다. 따라서 이런 논리에서 보면 욥이 복을 상실하게 되면 즉, 재물과 자녀를 잃게 되면 당연히 하나님을 원망하는 반응을 보여야 마땅하다. 그러나 예기치 않은 불행을 당한 욥의 첫 번째 반응은 인과율에 근거한 사탄의 예상을 완전히 벗어난다.

욥이 일어나 겉옷을 찢고 머리털을 밀고 땅에 엎드려 예배하며 이르되 내가 모태에서 알몸으로 나왔사온즉 또한 알몸이 그리로 돌아가올지라 주신 이도 여호와시요 거두신 이도 여호와시오니 여호와의 이름이 찬송을 받으실지니이다 하고 이 모든 일에 욥이 범죄하지 아니하고 하나님을 향하여 원망하지 아니하니라 (욥기 1장 20-22절)

욥은 복을 주신 존재가 하나님이기 때문에 그것을 도로 빼앗아가는 것은 당연하다고 생각한다. 모든 재산을 다 잃고 열 명의 귀한 자녀들을 하루아침에 잃은 가장이 할 수 있는 발언이 아니다. 신에 대한 절대적인 믿음이 없이는 보일 수 없는 모습이다. 이런 점에서 이와 같은 그의 발언은 대단히 위대한 신앙고백으로 보인다. 하지만 그가 모든 것을 잃은 것은 따지고 보면 신이 준 것을 회수한 것이기 때문에 이치상으로는 손해가 없는 본전인 셈이다. 따라서 이런 외적인 불행들이 신에 대한 확고한 신앙으로 무장되어 있는 욥을 흔들어 놓지 못한다고 해서 이상하게 생각할 일은 아닐 수도 있다. 그렇지만 욥이 당한 불행은 거부에서 빈털터리로, 사랑스러운 아들과 딸들을 가진 행복한 가장에서 자식을 모두 잃은 비참한 가장으로 전락되는 '운명의 내역전'과 같은 것이어서 왜 이런 일이 생겼을까 하는 의문을 갖도록 하기에는 충분하다.

『욥기』에 나타난 고통의 의미는 여러 가지 관점에서 논의될 수 있겠으나 여기에서는 크게 두 가지 견해만을 소개하고자 한다. 그 하나는 욥이 당한 고통을 인간의 죄악과 잘못의 결과로 보는 것으로 전통적인 견해라 할 수 있다. 이런 견해는 욥 주위의 인물들이 가지고 있었던 것으로 인간의 경험과 전통적인 가치관을 근거로 고통의 의미를 평가한 것이다. 『욥기』뿐 아니라 성서의 다른 여러 곳에서도 이와 같은 생각을 찾아볼 수 있는데, 창세기 2장 17절의 "선악을 알게 하는 나무의 열매는 먹지 말라 네가 먹는 날에는 반드시 죽으리라 하시니라"는 구절과, 잠언 12장 21절의 "의인에게는 어떤 재앙도 임하지 아니하려니와 악인에게는 앙화가 가득하리라"는 구절, 그리고 잠언 13장 21절의 "재앙은 죄인을 따르고 선한 보응은 의인에게 이르느니라"(잠언 13장 21절) 같은 구절들은 모두 인과율에 근거하여 고통을 죄의 결과로 규정하고 있는 표현들이다. 고통의 원인을 인간의 잘못과 죄악에서 찾는 이러한 태도는 구약성서에 나오는 여러 선지자들의 사상 속에 깊이 배어 있는 것으로 랍비 암미(Ammi)가 말한 바와 같이 "죄 없는 곳에는 사랑도 없고, 죄 없는 곳에는 고통도 없다"144)는 인과율에 근거한 가치관을 반영하고 있는 태도를 가리킨다.

욥이 당한 고통에 대한 두 번째 해석은 욥을 교육시키기 위해 고통이 주어졌다는 견해다. 다시 말해, 인간을 교육시키기 위한 하나의 시험(test)으로 신이 고통을 허락한다는 것이다. 히브리어로 마싸, 헬라어로 페이라스모수로 지칭되는 시험이라는 말은 크게 긍정적인 의미와 부정적인 의미 두 가지를 가지는데, 긍정적으로는 선을 창조하기 위하여 하나님으로부터 비롯되는 시험을 의미하고 부정적으로는 죄를 짓도록 만들기 위한 사탄의 유혹을 의미한다. 물론 욥에게 주어지는 고통은 신의 허락 하에 이루어지는 것이라는 점에서 긍정적인 것이라 할 수 있고, 또한 욥은 죄를 범한 적이 없고 최악의 불행 속에서도 하나님을 원망하거나 항의하는 것과 같은 실수를 하지 않는 것으로 볼 때 그의 고통의 원인이 죄가 아닌 것은 분명하다. 『욥기』 23장 10절의 말씀 즉, "내가 가는 길을 그가 아시나니 그가 나를 단련하신 후에는 내가 순금 같이 되어 나오리라"라는 구절에서도 나타나듯 욥의 고통은 죄의 결과라기보다는 그를 단련시키기 위한 하나님의 시험으로 해석해야 옳다.

그런데 욥의 고통을 그를 단련시키기 위한 하나님의 시험으로 해석할 때 봉착하게 되는 문제는 그것이 비록 인간을 단련시키기 위한 훈련의 의미를 가진다고 하더라도 그로 인해 죄 없는 자녀들이 모두 죽게 되고 욥 자신도 말로써는 형언할 수 없는 엄청난 고통을 당하게 된다는 점이다. 머피(Roland E. Murphy)도 이런 점을 주시하여, "처음에 하나님은 그의 종(욥)의 행복에 무관심한 것으로 보인다."145)고 논평한다. 다시 말

144) John Bowker, *Problems of Suffering in Religions of the World* (Cambridge: Cambridge University Press, 1970), 32.

145) Roland E. Murphy, *The Tree of Life: An Exploration of Biblical Wisdom Literature* (Grand Rapids: William B. Eerdmans Publishing Company, 1996), 36.

해, 욥의 고통이 비록 그를 훈련시키기 위해 교육적으로 주어진 것이라고 하더라도 그의 행복을 송두리째 빼앗아가고 있어서 너무나도 가혹하다. 따라서 신의 선하심과 의로움에 의문을 가지지 않을 수가 없다는 것이다. 욥의 마음을 근원적으로 괴롭혔던 것도 다름 아닌 바로 이런 '신의 의로움에 대한 의구심'이었다.

첫 번째 시험을 감행한 사탄은 자신의 시도가 실패했음에도 불구하고 『실낙원』(*Paradise Lost*)의 사탄처럼 불굴의 투지를 보이며 세속해서 욥을 시험한다. 물론 처음과 마찬가지로 이번에도 그의 시험은 하나님의 허락 하에서 행해진다.

> 여호와께서 사탄에게 이르시되 네가 내 종 욥을 주의하여 보았느냐 그와 같이 온전하고 정직하여 하나님을 경외하며 악에서 떠난 자가 세상에 없느니라 네가 나를 충동하여 까닭 없이 그를 치게 하였어도 그가 여전히 자기의 온전함을 굳게 지켰느니라 사탄이 여호와께 대답하여 이르되 가죽으로 가죽을 바꾸오니 사람이 그의 모든 소유물로 자기의 생명을 바꾸올지라 이제 주의 손을 펴서 그의 뼈와 살을 치소서 그리하시면 틀림없이 주를 향하여 욕하지 않겠나이까 여호와께서 사탄에게 이르시되 내가 그를 네 손에 맡기노라 다만 그의 생명은 해하지 말지니라 (욥기 2장 3-6절)

위 인용문의 하나님과 사탄 사이의 대화가 보여주듯 『욥기』에서 강조되고 있는 것은 이 세상에서 일어나는 모든 일들은 하나님의 계획과 섭리 속에서 진행된다는 것이다. 다시 말해, 『욥기』가 분명하게 보여주는 것은 하나님께서 인간을 주관하는 것이지 인간이 하나님의 섭리를 좌지우지 할 수 없다는 사실 즉, 모든 주도권은 하나님께 있다는 것이다. 욥이라는 존재가 갖는 실존의 의미도 그가 어떤 사람이고 어떤 본성을 가지고 있는가에 의해서가 아니라 하나님이 그를 어떻게 생각하고 있는가에 의해 결정되고 있다는 사실이 중요하다. "그와 같이 온전하고 정직하여 하나님을 경외하며 악에서 떠난 자는 세상에 없느니라"(욥기 1장 8절, 2장 3절)라고 하는 하나님의 평가는 어느 누구의 간섭도 받지 않는 하나님의 독자적인 선언임을 기억할 필요가 있다.

욥은 하늘에서 불이 내려오고 거친 들에서 대풍이 불어와 종들과 자식들을 눈 깜짝할 사이에 잃게 되면서도 주신자도 여호와이시고 취하신 자도 여호와라고 외치면서 하나님의 섭리에 의문을 제기하지 않았다. 그러나 극한의 상황 속에서도 버팀목이 되었던 자신의 육체마저 사탄의 공격으로 발바닥에서 정수리까지 악창이 나게 되자 그는 신의 정의로움에 대해 의문을 품기 시작한다. 육체적인 고통이 극심하여 8일 동안 말문을 닫고 있던 그가 내뱉는 첫 번째 말은 자신의 출생을 저주하는 것이다.

> 주께서 나를 태에서 나오게 하셨음은 어찌함이니이까 그렇지 아니하셨더라면 내가 기운이 끊어져 아무 눈에도 보이지 아니하였을 것이라 (욥기 10장 18절)

하나님께서 자신을 이 땅에 태어나게 하셨을 때는 분명히 계획과 뜻이 있었을 것인데, 현재 자신의 몰골을 보면 그것들을 도저히 가늠하지 못하겠다는 것이다. 특히, 이 말은 세상에 태어났다는 사실 자체를 후회하는 존재론적인 회의를 표현해주고 있어 의미심장하다. 그것은 단순한 고통의 표현을 넘어 지금 당장 죽고 싶다는 바람 이상의 어두운 절망을 암시하고 있어서 안타까움을 자아낸다. 계속해서 그는 자신의 상태를 다음과 같이 묘사한다.

> 나의 날이 지나갔고 내 계획, 내 마음의 소원이 다 끊어졌구나 그들은 밤으로 낮을 삼고 빛 앞에서 어둠이 가깝다 하는구나 내가 스올이 내 집이 되기를 희망하여 내 침상을 흑암에 펴놓으매 무덤에게 너는 내 아버지라, 구더기에게 너는 내 어머니, 내 자매라 할지라도 나의 희망이 어디 있으며 나의 희망을 누가 보겠느냐 우리가 흙 속에서 쉴 때에는 희망이 스올의 문으로 내려갈 뿐이니라 (욥기 17장 11-16절)

그는 절망 상태에 빠져 울부짖으면서 삶의 희망이 사라졌다고 한탄하고 있다. 키르케고르(Ane Sørensdatter Lund Kierkegaard)가 절망을 죽음에 이르는 병과 같은 것이라고[146] 말했듯이 그의 현재 상태는 살아 있기는 하지만 이미 죽음을 자신의 거처로 삼고 있는 '생중사'(death-in-life)에 처해 있는 모습이다.

이에 그치지 않고 욥은 자기가 하나님에게 고통을 받고 박해당하며 버림을 받았다고 느낀다.[147] 자기에게 일어난 일을 받아들일 수 없는 상황이 그로 하여금 반항과 대항하는 태도를 불러일으킨 것이다. 더구나 그는 무엇을 잘못했다고 이런 고통을 당하는지 모르겠다는 의구심에 휩싸여 원망과 분노의 감정을 표출한다. 그는 격분하여 "그(하나님)가 폭풍으로 나를 치시고 까닭 없이 내 상처를 깊게 하시며 나를 숨쉬지 못하게

---

146) "절망이 죽음에 이르는 병"이라는 문제는 키르케고르가 그의 저서 『죽음에 이르는 병』(*The Sickness unto Death*)에서 심도있게 논의 하고 있다.

147) 헤르베르트 하아크, 『하나님에 대한 욥의 물음』 김윤주 역 (서울: 분도출판사, 1974), 39.

하시며 괴로움을 내게 채우시는구나"(욥기 9장 17-18절)라고 절규한다. 하나님의 공의를 의심하지는 않지만 하나님이 자기 신세를 망쳐놓았다고 항변하고 있는 것이다.

욥의 세 친구들은 욥에게 분명 잘못이 있어서 그가 고난을 당한다고 생각하지만 욥은 하나님에게 뭔가 이상한 점이 있다고 생각한다. 하나님께서 의인을 냉대하는 것도 이상하고, 이유 없는 고난을 허락하는 것도 이해할 수 없는 일이라고 생각한다. 그래서 그는 하나님의 전횡을 비난한다. 하나님을 업신여기는 자들이 신앙심이 깊은 사람들보다 잘되는 경우가 자주 있다고 불평하고, 이 세상에서는 죄 있는 사람이나 죄 없는 사람이나 똑같이 고난을 받기 때문에 하나님은 기분 내키는 대로 행동하시는 분이라고 항변한다(욥기 9장 22-24절).

그런데 절망과 하나님의 공의에 대한 회의의 감정은 결국 욥을 깊은 영적 침체의 상태로 몰아간다. 다시 말해, 정의로운 하나님이 존재하지 않는다는 느낌은 그에게 무력감과 체념의 감정을 부여한다. 그는 "나의 희망이 어디 있으며 나의 희망을 누가 보겠느냐"(욥기 17장 15-16절)라고 자신의 신세를 한탄할 뿐 아니라 "내가 주께 부르짖으나 주께서 대답하지 아니하시오며 내가 섰사오나 주께서 나를 돌아보지 아니하시나이다"(30장 20절)라고 무력감을 내비친다. 더구나 13장 24절에서는 "주께서 어찌하여 얼굴을 가리시고 나를 주의 원수로 여기시나이까"라고 외치며 하나님으로부터 버림받은 심경을 토로한다. 특히, "전능자의 화살이 내게 박히매 나의 영이 그 독을 마셨나니 하나님의 두려움이 나를 엄습하여 치는구나"(6장 4절)라는 구절에서는, 하나님이 그를 인도하고 돌보시는 존재가 아니라 그에게 무자비하게 화살을 쏘아대는 적대자라고 느낀다. 그래서 그는 화가 나서 자포자기하며 매우 심각하게 마음에 상처를 입고 환멸을 경험한다.

그러나 놀라운 일은 욥이 이와 같이 하나님을 적대적으로 인식하고 있으면서도 하나님께 걸고 있는 희망은 결코 포기하지 않는다는 점이다. 비록 하나님이 현재는 적대자처럼 자신에게 아픔을 주시지만 미래에는 반드시 자신을 구속해주실 것이라고 그는 말한다.

> 내가 알기에는 나의 대속자가 살아 계시니 마침내 그가 땅 위에 서실 것이라 내 가죽이 벗김을 당한 뒤에도 내가 육체 밖에서 하나님을 보리라 (욥기 19장 25-26절)

위 인용문에서 구속자라는 말의 원어가 되는 히브리어는 '고엘'로 '되사다' 또는 '도로 찾다'라는 뜻을 가진 말이다.[148] 따라서 여기서 구속자란 욥의 입장에서 그의 의 곧, 그의 결백을 변호해주어 그를 원래의 상태로 회복시키는 존재를 의미한다. 그가 하나님에 대해 깊은 신뢰를 가지고 있음을 보여주는 부분이다. 그의 현재의 모습은 영락없이 죄 지은 자의 비참한 몰골을 하고 있지만 결국은 하나님께서 그의 무죄를 증명해주실 것이라는 기대를 마음속에 품고 있는 것이다.

이렇게 볼 때, 욥의 정신적 갈등은 신앙이 없어서 생긴 것이 아니라 자기가 당하는 고통과 슬픔을 견딜 수 없어서 갖게 된 인간적인 절망과 분노 때문에 생긴 것이라 할 수 있다. 이런 측면에서 욥은 신앙의 위대함과 인간의 한계를 동시에 보여주는 인물이다.

『욥기』는 인생의 고난을 다루되 단순히 육체적 고난의 문제에 국한하지 않고 영적·정신적 고민을 더 깊게 다루고 있어 특색이 있다. 『욥기』

---

148) 조신권, 『삶의 감추인 지혜 탐구』 (서울: 평산문화사, 2001), 108.

는 의인이 왜 고난을 당해야 하는가의 문제로 시작해서 하나님은 왜 의인을 돕지 않는가라는 보다 근본적인 질문을 던진다. 바로 이런 질문 속에 이해할 수 없는 일에 대한 욥의 반응이 포함되어 있으며 이를 통해 인간이 당하는 고통에 대한 아주 새로운 시각의 의미가 제시된다. 그것은 곧, 이 세상에서는 죄 있는 사람이나 죄 없는 사람이나 똑같이 고난을 당한다(9장 22절)는 것이다. 그러나 이러한 고통에 대한 새로운 인식을 받아들이는 것은 결코 쉬운 일이 아니다. 우리 모두는 이해할 수 없는 고난을 당했을 때 욥과 마찬가지로 신과 인간의 관계에 대한 근원적인 질문을 던질 수밖에 없기 때문이다. 욥의 다음 대사를 보자.

> 내가 복을 바랐더니 화가 왔고 광명을 기다렸더니 흑암이 왔구나 내 마음이 들끓어 고요함이 없구나 환난 날이 내게 임하였구나 (욥기 30장 26-27절)

> 만일 내가 허위와 함께 동행하고 내 발이 속임수에 빨랐다면 하나님께서 나를 공평한 저울에 달아보시고 그가 나의 온전함을 아시기를 바라노라 만일 내 걸음이 길에서 떠났거나 내 마음이 내 눈을 따랐거나 내 손에 더러운 것이 묻었다면 내가 심은 것을 타인이 먹으며 나의 소출이 뿌리째 뽑히기를 바라노라 (욥기 31장 5-8절)

> 내가 언제 나를 미워하는 자의 멸망을 기뻐하고 그가 재난을 당함으로 즐거워하였던가 실상은 나는 그가 죽기를 구하는 말로 그의 생명을 저주하여 내 입이 범죄하게 하지 아니하였노라 내 장막 사람들은 주인의 고기에 배부르지 않은 자가 어디 있느뇨 하지 아니하였는가 실상은 나 그네가 거리에서 자지 아니하도록 나는 행인에게 내 문을 열어 주었노라 (욥기 31장 29-32절)

위 여러 인용문에 나타난 대로 욥은 자신이 당하는 고통의 원인을 이해할 수 없기 때문에 세상의 주관자가 되시는 하나님의 선함과 의로움에 의문을 제기한다. 하지만 이러한 욥의 태도는 전통과 관습을 내세워 자신들의 입장을 관철시키려는 그의 세 친구들의 태도와 다를 바 없는 것으로 전능한 신의 속성을 인간 경험의 범주 안에 제한시켜버리는 현명하지 못한 행동이다. 물론, "무슨 이유 때문에 죄 없는 사람이 고난을 당하는가?"라는 문제에 대한 직접적인 해답은 『욥기』의 어디에도 분명하게 나타나 있지 않다. 하나님이 욥에게 하는 책망도 오직 암시적으로만 나타나 있을 뿐이다.

그러나 욥기의 후반부에서 하나님이 욥에게 하는 말씀(연설)은 우주가 본질적으로 신 중심적이라는 것을 상기시켜준다. 『욥기』가 우리에게 제공하는 이해할 수 없는 고통에 대한 해답은 인간은 원초적으로 하나님의 섭리를 알 수 없으며 근원적으로 하나님 앞에서 의로운 인생은 존재할 수 없기 때문에 악인이나 의인이나 똑같이 고통을 당할 수 있다는 것이다. 휘몰아치는 폭풍우 속에서 욥에게 나타나 하신 하나님의 말씀의 강조점도 인간은 본질적으로 하나님의 신비한 섭리를 알 수 없는 무지한 존재이며 연약함과 한계성을 가진 피조물에 불과하다는 사실을 일깨워주는 것에 있다.

> 내가 땅의 기초를 놓을 때에 네가 어디 있었느냐
> 네가 깨달아 알았거든 말할지니라 (욥기 38장 4절)

> 네가 사자를 위하여 먹이를 사냥하겠느냐
> 젊은 사자의 식욕을 채우겠느냐 (욥기 38장 39절)

네가 낚시로 리워야단을 끌어낼 수 있겠느냐 노끈으로 그 혀를 맬 수 있겠느냐 (중략) 네가 능히 많은 창으로 그 가죽을 찌르거나 작살을 그 머리에 꽂을 수 있겠느냐 (중략) 참으로 잡으려는 그의 희망은 헛된 것 이니라 그것의 모습을 보기만 해도 그는 기가 꺾이리라 (욥기 41장 1 절, 7절, 9절)

우주의 시작과 운행 및 자연 만물의 생존 질서를 살펴보라는 이러한 하나님의 말씀은 욥이 제기한 문제에 대한 근본적인 해답이 될 수는 없 지만 하나님이 어떠한 존재라는 것과 그의 섭리의 성격을 암시해주고 있 어서 의미심장하다. 크랜쇼(James L. Crenshaw)가 주장하듯이 하나님은 인간보다 위대하기 때문에 어떤 인간도 하나님을 비난할 수 없다.149) 전 지전능한 하나님은 인간과 근본적으로 다른 존재이며 그가 하는 일을 인 간은 알 수도, 이해할 수도 없다. 따라서, 인간의 이성으로 신과 그의 섭 리를 이해하려고 하는 것 자체가 교만이요, 주제넘은 행동이 될 수 있다.

욥은 지금까지 세 친구들처럼 이론에 입각한 전통적 가치에 근거하 여 하나님을 간접적으로 알았지만 이제는 하나님과 직접 대면하는 경험 을 통해 그를 직접적으로 알게 된다.150) 욥이 하나님과 대면한 후, "내가 주께 대하여 귀로 듣기만 하였사오나 이제는 눈으로 주를 뵈옵나이다" (욥기 42장 5절)라고 고백하는 것에서 알 수 있듯이 신을 안다는 것은 지 식의 문제가 아니라 경험의 문제로서 신이 자신을 인간에게 계시하지 않 으면 불가능한 일이다. 고통당하는 욥에게 있어 근본적인 딜레마는 자신

---

149) James L. Crenshaw, *Old Testament Wisdom: An Introduction* (Louisville: Westminster John Knox Press, 1998), 100.

150) John H. Gottcent, *The Bible: A Literary Study* (Boston: Twayne Publishers, 1986), 72.

이 경험한 만큼만 신을 알 수 있고 고백할 수 있다는 것이다. 『욥기』의 후반부에서 하나님을 대면한 후 욥은 "주께서는 못 하실 일이 없사오며 무슨 계획이든지 못 이루실 것이 없는 줄 아오니"(욥기 42장 2절)라고 고백한다. 신의 존재와 섭리는 인간의 이해력을 초월하는 것임을 깨닫고 자신의 무지를 시인하게 된 것이다. "무지한 말로 이치를 가리는 자가 누구니이까 나는 깨닫지도 못한 일을 말하였고 스스로 알 수도 없고 헤아리기도 어려운 일을 말하였나이다"(욥기 42장 3절)라는 욥의 말이 암시해주듯, 그의 잘못은 도덕적이고 윤리적인 것이 아니라 자신이 모든 것을 알고 있고, 또한 이해할 수 있다고 생각한 지적인 교만에 있다.

그렇다면 인간은 모든 것을 알 수 없기 때문에 알지 못하고 행하는 것들은 정당화 될 수 있는가? 몰랐다고 인간의 잘못이 면제되는 것은 아니다. 이런 의미에서 인간의 무지도 죄가 된다. 인간의 지식은 본래부터 한계를 가지기 때문에 인간이 모든 것을 다 알 수 없다는 것은 당연하다. 그러나 문제는 무지하다는 사실을 스스로 인식하지 못한다는 데 있다. 즉, 인간은 자신의 무지에 대해 무지하다는 것이다. 욥이 고난의 경험을 통해 소중하게 깨달은 진리가 바로 이것이다. 인간은 아무리 자신이 깨끗하다고 생각해도 근본적으로 죄인일 수밖에 없다는 것 다시 말해, 자신이 죄가 없다고 생각하는 그 자체가 자신의 무지를 드러내는 것으로서 교만의 죄가 된다는 사실이다. 따라서, 인간이 큰소리로 하나님을 부를 때 그가 아무런 대답도 않으시고 침묵을 지키고 있는 것처럼 보인다고 해서 욥처럼 그의 존재성과 선함에 의문을 제기하는 것은 신의 위대성에 대한 도전이며 반항이다.

이상을 통해 볼 때, 『욥기』의 목적은 왜 인간이 고난을 당하는가에 대한 해답을 주려는 것이 아니라 하나님의 절대적인 주권과 그의 위대하심을 선포하려는 데 있다는 것을 알 수 있다.151) 그런데 『욥기』에서 하나님보다 자기가 의롭다고 주장하는 욥에게 하나님의 위대성과 선함을 일깨워주는 역할을 하는 사람은 엘리후라는 인물이다. 그는 하나님이 어떤 분인가를 신실하고도 성실하게 말해준다. 그는 "내가 그대에게 대답하리라 이 말에 그대가 의롭지 못하니 하나님은 사람보다 크심이니라 하나님께서 사람의 말에 대답하지 않으신다 하여 어찌 하나님과 논쟁하겠느냐"(욥기 33장 12-13절)라고 하면서 하나님은 사람보다 크고 위대한 존재임을 욥에게 가르쳐준다. 또한 "하나님이 그 사람을 불쌍히 여기사 그를 건져서 구덩이에 내려가지 않게 하라 내가 대속물을 얻었다 하시리라"(욥기 33장 24절)고 함으로써 하나님은 인간에게 사랑을 베푸시는 긍휼한 존재임을 강조한다. 하지만 하나님은 공의를 굽히면서까지 사랑하지는 않는 공의로운 존재라는 사실 또한 분명하게 밝힌다.

> 그러므로 너희 총명한 자들아 내 말을 들으라 하나님은 악을 행하지 아니하시며 전능자는 결코 불의를 행하지 아니하시고 사람의 행위를 따라 갚으사 각각 그의 행위대로 받게 하시나니 진실로 하나님은 악을 행하지 아니하시며 전능자는 공의를 굽히지 아니하시느니라 (욥기 34장 10-12절)

위 인용문에서 엘리후는 성서 전체를 통해 제시되는 하나님의 두 가지 속성 곧, 하나님은 사랑의 존재이자 동시에 공의의 존재라는 사실을 강조하고 있다. 계속해서 그는, 하나님은 사람의 행위대로 심판하시며(욥기 34장 21-24절), 전능한 존재(욥기 36장 5-6절)이므로 욥에게 하나님을 떠나 죄를 짓지 말 것을 당부한다. 욥이 환난 가운데서 엘리후를 통해 깨

---

151) 김해연, 『구약 시가서 연구』 (서울: 도서출판 솔로몬, 1996), 91.

닫게 된 것은 이처럼 하나님은 크시고, 긍휼하시고, 공의로우시며, 심판하시는 전능한 분이라는 사실 즉, 하나님은 본질적으로 인간과는 다른 존재라는 것이다. "하나님은 나처럼 사람이 아니신 즉, 내가 그에게 대답함도 불가하고 대질하여 재판할 수도 없구나"라는 욥의 고백은 그가 엘리후를 통해 하나님의 본질에 대해 새로운 인식을 갖게 되었음을 잘 보여주는 유명한 대사다.

『욥기』에서 하나님은 전지전능한 존재이며 그의 섭리로 우주를 통치하시면서 동시에 우주의 질서를 초월해 있다. 그는 인간의 이해력을 벗어나 있으면서도 또한 인격적으로 인간에게 자신을 드러내는 존재다. 인간은 이 세상에서 이루어지는 하나님의 역사를 정확하게 알 수 없는 한계성을 지닌 존재이지만, 하나님은 이 세상에서 인간과 아주 가까이 계셔서 인간과 만물을 돌보신다. 그러니까, 하나님은 사랑과 능력을 모두 가진 존재로[152) 초월성과 내재성을 동시에 가지고 있다. 따라서 인간이 하나님을 근원적으로 이해하는 것은 불가능하지만, 그의 계시를 통해 심령의 눈과 귀가 열리게 되면 그의 오묘한 섭리를 깨달을 수 있다.

지금까지 살펴보았듯이, 고통은 욥으로 하여금 하나님이 어떤 존재인지를 인식시키는 중요한 역할을 했다. 악인뿐만 아니라 선인에게도 동일하게 고통이 주어진다는 점에서 욥은 하나님의 '옳음'을 의심했지만 결국 그가 깨달은 진리는 하나님은 의롭고 긍휼한 존재라는 것이다. 이런 측면에서 어거스틴(St. Augustine)이 강조했던 고통의 의미를 다음과 같이 해석한 옥한흠 목사의 설명은 『욥기』에 나타나는 고통의 의미를 이해하는 데 도움이 된다.

---

152) Leland Ryken, *The Literature of the Bible* (Michigan: Zondervan, 1974), 118.

고통은 동일하나 고통당하는 사람은 동일하지 않습니다. 악한 사람은 똑같은 고통을 당하면서도 하나님을 비방하고 모독하지만 선한 사람은 고통 속에서도 하나님을 찾으며 하나님을 찬양합니다. 모든 사람이 무슨 고통을 당하느냐가 문제가 되는 것이 아니라 어떻게 당하느냐가 문제입니다. 똑같은 미풍이 불어오지만 오물은 더러운 냄새를 풍기고 거룩한 기름은 향기로운 냄새를 풍깁니다.153)

    욥을 포함한 모든 인간들은 예외 없이 이유 없는 고통이 찾아왔을 때 신의 섭리를 의심하며 그에게 반항하는 잘못된 태도를 보이기 마련이다. 하지만 위의 인용문에서 강조되듯이 중요한 것은 고통 그 자체가 아니라 고통을 대하는 사람의 태도다. 하나님은 그 크고 영원한 섭리 속에서 욥에게 시험을 허락하셨지만 그가 고통 당하는 것을 즐거워하면서 보좌위에 군림하는 폭군은 아니다. 이런 점에서 욥에게 주어진 이유 없는 고통은 루이스(Kenneth R. R. Gros Louis)의 지적처럼 교육적인 것이라 할 수 있다.154) 악인과 선인 모두에게 고통이 주어지기는 하나 욥처럼 의인에게 주어지는 고통은 징벌이 아니라 인간을 교육시키고 강하게 만들며, 잘못된 부분을 교정하고 미래를 대비시키기 위한 신의 사랑의 또 다른 표현이기 때문이다.
    이와 같은 교육적인 의미 외에도 욥의 고통은 그를 훈련시키고 단련시키며 정화시키는 역할을 한다는 점에서도 중요한 의미를 지닌다. 엘리후에 따르면 고통은 선민을 단련시키고 정화시키는 데 사용되는 매우 유

---

153) 옥한흠, 『나의 고통, 누구의 탓인가?』 (서울: 두란노, 1994), 160.
154) Kenneth R. R. Gros Louis, "The Book of Job." *Literary Interpretations of Biblical Narratives*. Ed. Kenneth R. R. Gros Louis, & Ackerman S. James, & Thayer S. Warshaw (Nashville: Parthenon Press, 1978), 235.

용한 방법이다. 그는 "이는 사람에게 그의 행실을 버리게 하려 하심이며 사람의 교만을 막으려 하심이라. 그(하나님)는 사람의 혼을 구덩이에 빠지지 않게 하시며 그 생명을 칼에 맞아 멸망하지 않게 하시느니라."(욥기 33장 17-18절)라고 말함으로써 하나님께서는 욥의 교만을 막으시고 그의 영혼을 멸망치 않게 하시려고 고통을 예방의 수단으로 사용했음을 밝힌다. 욥 자신도 "내가 가는 길을 그가 아시나니 그가 나를 단련하신 후에는 내가 순금 같이 되어 나오리라"(욥기 23장 10절)라고 말함으로써 고통이 단련과 정화의 수단임을 스스로 고백하고 있다.

이와 함께 『욥기』에서 강조되는 또 다른 주제는, 하나님은 고통당하는 사람에게 지속적으로 찾아와서 그의 교만이 부서질 때까지 깨우침을 주신다는 것이다. 이런 사실은 "혹시 그들이 족쇄에 매이거나 환난의 줄에 얽혔으면 그들의 소행과 악행과 자신들의 교만한 행위를 알게 하시고 그들의 귀를 열어 교훈을 듣게 하시며 명하여 죄악에서 돌이키게 하시나니"(36장 8-10절) 같은 구절에서 잘 드러난다. 또한 욥의 고통은, 인간은 모든 것을 박탈당했을 때 비로소 하나님을 우리가 가진 전부라고 고백할 수 있음을 가르쳐주고 있다. 이렇게 볼 때, 결국 하나님께서 의인에게 고통을 허락하시는 것도 인간의 무지를 깨닫게 하고 그의 교만을 깨트려 구원을 베푸시고자 하는 하나님의 위대한 섭리의 일환인 것을 알 수 있다.

인간은 자신이 아무리 깨끗하다고 해도 결코 완전하지도, 완전할 수도 없는 한계성을 지닌 존재다. 또한 인류의 조상인 아담의 타락으로 인해 모든 인간의 본성 속에는 죄성을 담고 있다. 따라서 인간은 자신이 행한 잘못이 없다고 해서 자신의 의로움을 주장하기 어렵다. 인간이 의롭다고 생각하는 것 자체가 인간의 불완전성을 망각한 것에서 기인하는 교만이기 때문이다. 이런 점에서 본다면 이해할 수 없는 고통에 처한 욥이 보이는 하나님의 부조리와 불합리에 대한 항변은 근원적인 인간의 한계성과 죄악성을 인식하지 못한 것에 그 원인이 있다고 할 수 있다. 인간은 자신이 경험하는 고통의 의미를 완전히 이해할 수 없다. 그러나 고통은 인간으로 하여금 자기 자신은 물론이거니와 하나님을 다시 발견할 수 있도록 해준다는 소중한 교훈을 『욥기』는 우리에게 전해주고 있다.

2. 욥의 세 친구와 삼손의 방문객들 비교

존 밀턴(John Milton)의 『투사 삼손』(*Samson Agonistes*)과 성서의 『욥기』(*The Book of Job*)는 여러 가지 면에서 공통점을 지닌다. 우선 두 작품은 공히 주인공의 시련과 고통을 다루고 있고 극심한 고통을 통하여 보다 차원 높은 새로운 비전의 세계에 도달한다는 주제적인 측면의 공통점을 지닌다. 뿐만 아니라 두 작품의 주인공들이 모두 위대한 상태에서 갑자기 운명이 역전되는 비극적 영웅들의 삶의 패턴을 따르고 있다는 점에서도 공통점을 지니며 고통에 처한 주인공을 위로하기 위해 일련의 방문객들이 등장한다는 점에서도 닮았다.

존슨(Samuel Johnson) 박사가 『투사 삼손』의 가치를 평가절하하면서 내세운 논점은 이미 널리 알려져 있는 대로『투사 삼손』에는 처음과 끝은 존재하지만 마지막 파국으로 이끌어가는 중간부분의 행동이 결여되어 있어 통일성 있는 구조를 갖추고 있지 못함을 비판한 데 있었다. 즉,『투사 삼손』의 중간부분은 극적인 행동을 결여하고 있어 무미건조할 뿐 아니라 작품진행의 인과관계에도 영향을 주지 않기 때문에 있으나마나한 불필요한 부분이라는 데 그의 비판의 논거가 존재했다. 하지만 후대의 많은 비평가들은 오히려 존슨 박사가 비판한 그 중간부분을 주목하고 이 부분이야말로 결정적인 중요성을 지닌다고 지적하였다. 많은 밀턴 비평가들은 이구동성으로 삼손을 위로하기 위해 등장하는 일련의 방문객들의 역할이야말로 주인공 삼손의 재생에 결정적으로 중요하다고 주장하였다.

『욥기』에 있어서도 작품의 대부분을 차지하는 내용은 욥의 세 친구들이 방문해 욥과 벌이는 언어의 논쟁으로 이루어져 있다. 총 42장으로 구성되어 있는 욥기서 중 3장에서 39장까지가 욥의 친구들의 방문이 그 내용을 이루고 있다. 『투사 삼손』과 마찬가지로 이 작품에서도 욥의 친구들의 방문은 욥과의 언어논쟁으로 되어 있어 일견 무미건조하게 느껴지기 쉽다. 그러나 친구들의 방문과 그들이 퍼붓는 언어의 공격은 욥의 재생에 결정적으로 중요한 역할을 수행한다. 그들은 고난에 처한 욥에게 정신적인 활력소를 제공해줄 뿐만 아니라 그의 잘못이 무엇이었나를 깨닫게 해주는 자극제로 나타난다. 즉, 그들은 욥의 정신적인 고뇌를 가속화시키는 차원을 넘어서서 궁극적으로 신의 섭리를 발견하고 신의 위대성에 감탄하도록 만듦으로써, 그를 정신적으로 재생시키는 중요한 역할을 하고 있다.

『투사 삼손』에서 삼손을 찾아오는 일련의 방문객들의 방문 목적은 명확하다. 그들은 예외 없이 삼손을 위로하기 위해 찾아왔다고 방문 목적을 밝힌다. 그러나 작품의 논쟁점 중의 하나는 과연 이들이 자신들의 공언대로 위로자로서의 역할을 수행하느냐 하는 것이다.

첫 번째 등장인물인 친구들로 구성된 합창대(Chorus)부터가 절망에 빠져 있는 삼손에게 과연 위로자로서 역할을 수행하는지 의문을 던져주기에 충분하다. 합창대는 삼손의 과거의 위대한 업적을 현재의 비참한 상태와 대조시킴으로써 위안을 주기는커녕 삼손을 더욱 깊은 절망의 상태로 빠지도록 재촉하는 인물로 드러나기 때문이다.

> 보라, 베개도 없이 축 처진 머리로
> 되는 대로 사지를 뻗고 누워 있는 모습을
> 한 때는 우리의 희망이었지만 지금은 버림받아
> 스스로를 포기한 사람;

> See how he lies at random, carelessly diffused,
> With languished head unpropped,
> As one past hope, abandoned,
> And by himself given over; (118-121)

위의 '한 때는 희망이었지만'(one past hope)이나 '버림받아'(abandoned) 같은 말들은 확실히 삼손의 마음을 더욱 아프게 만드는 말이다. 이처럼 이들의 위로의 말은 의도와는 상반되게 삼손의 아픔과 절망을 가속화시키는 아이러니컬한 결과를 가져온다. 이러한 결과는 친구들인 그들의 의도가 불순한 데 원인이 있는 것이 아니라 그들의 영적 인식의 부족에 원인이 존재한다. 즉, 그들은 영웅적인 위업을 떨치던 삼손의 외적 행동에만 관심을 가져 그의 영적 고뇌의 본질을 꿰뚫어보지 못했기 때문에 그들의 의도와는 다른 결과를 초래하고 만 것이다.

삼손이 당하고 있는 고통은 자신의 과오로 인한 육체적이고 외부적인 수치감에서보다는 오히려 자아를 잃어버리고 정체성을 상실한 정신적이고 심리적인 좌절감에서 그 본질을 찾을 수 있다. 물론 작품의 초반부에서의 그의 모습은 아직까지 외적이고 육체적인 관심사에서 미련을 완

전히 떨쳐버리지 못하는 것으로 나타나지만 그의 관심은 급속히 정신적
이고 영적인 가치로 전환된다. 따라서 영광스러운 최고의 정점에서 수치
스러운 최저의 비참한 상태로 전락한 삼손의 외적인 변화의 양상에만 관
심을 가지고 삼손을 위로하려는 친구들의 시도는 정신적인 가치로 급속
히 방향을 선회하는 삼손에게 부정적인 영향을 미치는 역작용으로 나타
날 수밖에 없다. 이런 점에서 그들은 위로자가 아니라 오히려 삼손이 경
계하고 물리쳐야 할 또 하나의 유혹자로서 역할을 수행하고 있는 것이다.

그러나 합창대의 역할은 그 부정적인 작용을 통하여 결국은 긍정적
인 결과를 도출해낸다는 점에서 밀턴이 천명하는 악에서 선을 만들어내
는 신의 섭리를 보여주는 하나의 좋은 예가 된다. 삼손의 내적인 상태를
정확하게 파악하지 못하고 내뱉는 그들의 언어는 처음에는 삼손을 더욱
깊은 절망의 상태로 내몰아 가지만 삼손은 이러한 쓰라린 고통의 체험을
통하여 잘못되었던 과거의 자신의 모습을 발견하고 자신의 과오를 뉘우
침으로써 새롭게 거듭나게 되기 때문이다.

합창대를 이어 등장하는 삼손의 아버지 마노아도 방문 목적과는 완
전히 다른 역할을 수행하는 인물이다. 마노아는 삼손의 아버지로서 부성
애에 기초한 애절한 위로의 말을 건네며, 돈을 주고 삼손을 감옥에서 빼
내겠다는 실제적인 구출의 방법을 제시한다. 그러나 그의 발언이나 방법
또한 인간적이고 육신적인 수준에 머물고 있어 삼손의 고뇌하는 마음을
진정으로 위로해주기에는 한계를 보인다.

아버지 마노아가 가장 수치스럽게 생각하는 것은 아들의 개인적인
불행이나 불명예보다는 아들로 인해 야기된 자신과 집안과 국가의 불명
예와 모욕이다. 그는 현재 다곤 신당에서 열리고 있는 축제에서 아들 때
문에 우상인 다곤 신이 숭배되고 이스라엘 하나님은 모욕을 당할 뿐 아

니라 이로 인해 가문과 자기 자신까지도 씻을 수 없는 치욕을 당하게 되었다고 생각한다.

> . . . 그래서 너는 죄의 대가로
> 많은, 아니 지나치게 많은 고통을 받고 있다.
> 에누리 한 푼 없는 계산서를 쓰라리게
> 갚았고, 지금도 갚고 있다. 그런데 더 슬픈 일이 남았다.
> 오늘 블레셋 사람들이 여기 가자에서 축제를
> 개최한다고 한다. 다곤 신을 소리 높여 찬양하며,
> 화려한 행렬과 희생물을 바칠 것이다.
> 너를 묶고 눈알을 뽑아 그들의 손에 넘겨준
> 우상 신 다곤에게 말이야.

> . . . and thou bear'st
> Enough, and more the burden of that fault;
> Bitterly hast thou paid, and still art paying
> That rigid score. A worse thing yet remains,
> This day the Philistines a popular feast
> Here celebrate in Gaza; and proclaim
> Great pomp, and sacrifice, and praises loud
> To Dagon, as their god who hath delivered
> Thee Samson bound and blind into their hands, (430-438)

그는 무엇보다도 중요한 아들의 현재의 영적인 상태와 그것의 중요성에 대해서는 무지하고 무감각한 상태다. 그 결과 속전을 지불하고 아들을 구해내려고 노력하지만 그의 노력은 의도와는 달리 삼손에게 위로가 되기보다는 유혹으로 작용한다.

돈을 써서라도 아들의 육체를 구하겠다는 마노아의 생각은 인간적인 차원에서는 부성애로부터 비롯된 아름답고 고귀한 것이지만 영적인 차원에서는 그의 타락의 원인을 정확하게 파악하지 못한 것에서 비롯된 무가치하고 쓸모없는 것이다. 그것은 아들의 육체적인 고통만을 중시한 결과 갖게 된 것으로 삼손의 회개와 재생의 과정에 역행하는 사고방식이다. 왜냐하면 알렌(Don Cameron Allen)의 설명처럼 관능의 노예가 되어 나태함의 늪에 빠진 삼손이 육신의 구속을 위한 아버지의 계획을 받아들인다는 것은 그가 더욱 깊은 나태의 늪 속으로 빠져 들어간다는 것을 의미하기 때문이다.[155]

실제로 삼손이 당하는 비극의 중요한 원인들은 육체가 제공하는 관능의 유혹에 굴복한 것과 정신적인 긴장상태를 지속하지 못하는 영적인 나태라고 할 수 있다. 그는 데릴라(Dalila)라는 미모의 여인으로부터 제공되는 육체적 안락과 쾌락에 매료되어 신으로부터 예고된 이스라엘 구원자로서의 소명을 망각한 결과 타락하여 불행을 자초했던 것이다. 더구나, 그는 정신적으로 긴장이 해이해진 상태에 처해 있으면서도 자신이 대단한 존재라고 생각하는 일종의 과대망상 즉, 자만심에 사로잡혀 있었다. 이러한 사실은 그가 블레셋 사람들의 손에 붙잡혀 눈이 뽑히고 연자맷돌을 돌리는 노예의 신세로 전락하기 전까지 자신과 다곤 사이의 대결에 이스라엘 백성들의 운명이 달려있다고 생각한 것만 보아도 잘 알 수 있다.

사실 대결은 언제나 하나님과 다곤 사이에 있는 것이었지 삼손과 다

---

155) Don Cameron Allen, *The Harmonious Vision: Studies in Milton's Poetry* (Baltimore: The Johns Hopkins University Press, 1970), 76.

곤 사이의 것은 아니었다. 삼손은 단지 신의 섭리의 도구일 뿐 그 이상도 이하도 결코 될 수 없는 존재였지만 주제넘게 자신을 마치 '작은 신' (petty God, 529)처럼 여기고는 건방지고 교만하게 행동했던 것이다. 그러나 마노아의 방문은 이러한 삼손의 태도에 큰 변화를 초래하게 만드는 결과를 가져온다. 마노아의 방문을 통해 삼손은 이제 자기에게는 하나님께서 약속한 임무를 수행할 어떠한 가능성도 없음을 깨닫게 된다. 그래서 이후의 대결은 하나님과 다곤 사이에만 있다고 공표한다.

> 저를 달래주는 유일한 희망은 이제 저의
> 투쟁은 모두 끝났다는 사실입니다. 지금부터 모든 투쟁은
> 하나님과 다곤 사이의 투쟁입니다.

> This only hope relieves me, that the strife
> With me hath end; all the contest is now
> 'Twixt God and Dagon; (460-462)

이러한 발언은 그의 인식이 육신적이고 인간적인 차원을 넘어 정신적이고 영적인 차원으로 나아가고 있음을 보여주는 좋은 단서다. 그가 자신의 육체를 감옥으로부터 구하겠다는 아버지의 제안을 거절하는 것은 이처럼 정신적인 속박과 구속을 육체적인 속박과 구속보다 더 중요하게 여기게 된 그의 인식의 전환에서 기인한다. 그 결과 그는 아버지와의 대면 후 육체의 자유보다는 오히려 자신이 범한 죄에 대한 대가를 치르고 속죄를 받음으로써 정신적인 자유를 향유하게 되기를 갈망하게 된다.

이렇게 볼 때 삼손에게 있어서 아버지 마노아와의 대면은 결국 그의 정신적 재생을 가일층 진전시키는 적극적인 힘으로 작용함을 알 수 있다.

그러나 이러한 긍정적인 효과는 이 작품의 내부에 작용하는 하나님의 섭리가 있었기에 가능한 것이라는 점에 밀턴의 강조점이 있다. 즉, 악에서 선을 만들어내는 신의 섭리가 작용하고 있기 때문에, 유혹자인 아버지는 본인도 의식하지 못하는 가운데 역설적으로 삼손의 재생을 도와주는 긍정적인 역할을 하게 된다는 것이다.

그러나 삼손에게 있어서 재생의 길은 멀고도 험한 것이었다. 아버지와의 대면 이후 자신의 영혼의 고통을 치유할 수 없는 상처에 비유하고 아버지가 제안하는 안락한 삶에서가 아니라 오히려 '신속한 죽음'(speedy death, 650)에서 고통의 치유책을 찾고 있는 것을 볼 때 아직까지는 이스라엘의 구원자로서 자신을 향한 신의 섭리가 어떻게 작용할 것인가에 대해 명확한 확신을 결여하고 있음이 분명하다.

아버지가 퇴장하고 곧바로 등장하는 전처 데릴라와 삼손과의 대면 장면은 신의 섭리에 대한 삼손의 확신을 보여주고 있다는 점에서 이 작품의 그 어떤 방문객과의 대면보다도 중요한 의미를 지닌다. 데릴라는 가능한 모든 치장을 함으로써 한 송이 아름다운 꽃 같은 모습을 하고 마치 구약 성서에 나오는 교만의 상징인 다시스의 거창한 배처럼 등장한다. 그런데 여기에서 우리의 시선을 끄는 것은 그녀가 머리를 숙이고 눈가에는 이슬방울이 맺혀있는 회개자의 모습을 하고 있다는 점이다.

> 그녀가 계속 오고 있어요. 이제 멈춰 서서 당신을 뚫어지게 바라봅니다.
> 말을 하려고 하는 것처럼. 이슬을 머금은 아름다운 꽃처럼
> 고개를 숙이고 눈물을 흘립니다.
> 하고 싶은 말을 차마 하지 못하니, 눈물이 되어
> 비단옷 가장자리를 적시고 있습니다.

Yet on she moves, now stands and eyes thee fixed,
About t' have spoke, but now, with head declined
Like a fair flower surcharged with dew, she weeps
And words addressed seem into tears dissolved,
Wetting the borders of her silken veil: (726-730)

그녀는 변함없는 관능미의 표본이며, 사탄이 선한 천사의 모습으로 자신의 실체를 감추듯이, 흐느끼는 한 송이 꽃인 양 자신의 사악한 의도를 가식적인 회개자의 모습 속에 숨기고 있다. 그러나 거짓된 회개를 하는 그녀의 모습은 그녀가 밝히고 있는 것과는 달리 삼손에게 진정한 자유를 주기 위한 것이 아니라 그의 영혼을 다시 한 번 포획하기 위한 전략의 일환이다. 그녀는 외양(appearance)과 실재(reality)의 괴리를 표상하는 대표적인 인물로서 선한 모습 속에 감추어진 악을 대변한다.

데릴라가 삼손에게 가장된 회개를 하는 이유는 다시 삼손의 신뢰를 얻어 그로 하여금 죄를 짓도록 만들기 위해서다. 멀드로(George M. Muldrow)가 그녀의 방문 목적을 그의 영혼을 노예로 삼기 위한 것[156]이라고 말한 것처럼 그녀는 삼손의 영혼을 사냥하기 위해 그를 찾아왔다. 하지만 역설적이게도 그녀의 방문은 삼손의 마음을 사로잡기는커녕 반감만을 불러일으키며 오히려 의기소침했던 그의 정신에 활기를 불어넣는다. 틸리아드(E. M. W, Tyillyard)도 이런 점을 강조하여 데릴라는 삼손에게 유혹의 제공자로서 뿐만 아니라 정신적인 낙담상태로부터 그의 정신을 분기시키는 활력의 제공자로서 역할을 한다고 설명한다.[157]

---

156) George M. Muldrow, *Milton and the Drama of the Soul: A Study of the Theme of the Restoration of Men in Milton's Later Poetry* (The Hague: Mouton, 1970), 190.

앞의 여러 방문객들과 마찬가지로 그녀도 삼손의 진정한 위로자는 아니었지만 그의 재생에 결정적으로 중요한 역할을 수행하는 인물이다.

성경의 『욥기』에 나타나는 욥의 세 친구들의 역할도 삼손을 찾아온 방문객들의 역할과 흡사하다. 『욥기』를 보면 동방의 의인이며 부자였던 욥의 집안이 하루아침에 패가망신하여 재산을 잃어버렸음은 물론 자녀들도 죽고 자신마저 몹쓸 병에 걸려 동네에서 쫓겨나 쓰레기 더미에서 참담한 생활을 하고 있다는 소문이 인근에 쫙 퍼진다. 그 소문을 듣고 욥을 조문하고 위로하기 위해 욥의 친한 세 친구가 찾아오는데 그들의 이름은 엘리바스, 빌닷, 소발이다. 욥이 졸지에 10남매나 되는 자녀를 잃어버렸기에 조문을 하는 것이 당연하고 그 많던 가산을 다 탈취 당하고 이제 몸이 병들어 죽게 되었으니 위로를 해주는 것이 친구로서의 마땅한 도리이기에 세 친구들이 찾아온 것이다.

욥의 세 친구 중 엘리바스는 데만 사람으로 나이가 가장 많고 제일 신사적이며 학식이 높은 인물이다. 그는 세상을 오래 살면서 보고 들은 경험을 바탕으로 자기의 주장을 펼친다. 욥기 4장 7절부터 11절을 보면 이런 사실을 바로 알 수 있다.

> 생각하여 보라 죄 없이 망한 자가 누구인가 정직한 자의 끊어짐이 어디 있는가 내가 보건대 악을 밭 갈고 독을 뿌리는 자는 그대로 거두나니 다 하나님의 입 기운에 멸망하고 그의 콧김에 사라지느니라 사자의 우는 소리와 젊은 사자의 소리가 그치고 어린 사자의 이가 부러지며 사자는 사냥한 것이 없어 죽어 가고 암사자의 새끼는 흩어지느니라 (욥기 4장 7-11절)

---

157) E. M. W. Tillyard, *Milton* (London: Peregrine Books, 1968), 289.

위 구절에서 '내가 보건대'라는 말은 '내가 지금까지 경험한 바로는' 이라는 뜻이다. 그는 "악을 밭 갈고 독을 뿌리는 자는 그대로 거둔다."라는 인과응보의 법칙을 자기가 본 보편적인 지식 즉, 경험을 바탕으로 주장하고 있다.158) 자신의 경험과 지식에 비추어보면 죄 없이 망한 자는 하나도 없다는 것이다. 다시 말해, 엘리바스의 견해에 따르면 고난이란 언제나 특별한 죄의 직접적인 결과요, 또한 죄에 대한 하나님의 심판의 결과라는 것이다. 그러므로 욥도 이 법칙에서 예외일 수 없으므로 그가 고통을 당하는 것은 엄연한 죄의 대가요, 하나님의 심판의 결과라고 주장한다.

엘리바스의 이러한 견해는 삼손의 친구들인 합창대의 견해와 근본적으로 다를 것이 없다. 그들도 자신들의 인생경험에 근거하여 삼손의 고난을 죄의 직접적인 결과요, 죄에 대한 하나님의 심판으로 보고 있기 때문이다. 엘리바스와 합창대의 이러한 논리는 일반적인 관점에서는 타당한 것처럼 보이지만 완고하고 형식주의적이며 더구나 폐쇄적인 것이어서 이런 주장만 일삼으면 혁신이나 개혁은 이루어질 수 없다는 데 문제점이 있다. 특히, 이러한 사고는 악을 변화시켜 선을 만드시는 신의 섭리를 배제시키는 편협한 사고방식이어서 매 순간 시간 속에서 특별하게 역사하시는 신의 모습을 감지할 수 없게 만든다.

욥의 또 다른 친구 빌닷은 수아 사람으로 논쟁적이고 공격적인 인물이며 전통주의자다. 그는 옛 시대 사람 즉 열조 때부터 내려오는 전통과 관습에 의존해서 욥을 정죄한다.

---

158) 조신권, 『삶의 감추인 지혜 탐구: 욥기서 강해』 (서울: 평산문화사, 1996), 90.

청하건대 너는 옛 시대 사람에게 물으며 조상들이 터득한 일을 배울지
어다 (우리는 어제부터 있었을 뿐이라 우리는 아는 것이 없으며 세상에
있는 날이 그림자와 같으니라) 그들이 네게 가르쳐 이르지 아니하겠느
냐 그 마음에서 나오는 말을 하지 아니하겠느냐 (욥기 8장 8-10절)

그는 어떠한 지혜도 선조들로부터 배울 수 있다고 생각한다. 이렇게
전통에 치우쳐서 그는 "하나님이 어찌 정의를 굽게 하시겠으며 전능하신
이가 어찌 공의를 굽게 하시겠는가 네 자녀들이 주께 죄를 지었으므로
주께서 그들을 그 죄에 버려두셨나니"(욥기 8장 3-4절)라고 하면서 정말
무서운 비난을 퍼붓는다. 욥의 자녀들이 한꺼번에 몰살을 당한 것은 자
녀들의 죄악 때문에 생긴 것으로 하나님의 공의의 심판이라는 것이다.
그의 입장은 냉엄한 종교적 율법주의자의 그 입장과 다를 바 없다.

빌닷 또한 엘리바스처럼 욥의 고통을 죄의 대가로 보고 있다. "왕골
이 진펄이 아니고 나겠으며 갈대가 물 없이 자라겠느냐. 이런 것은 푸르
러도 아직 벨 때 되기 전에 다른 풀보다 일찍이 마르느니라. 하나님을 잊
어버리는 자의 길은 다 이와 같고 사곡한 자의 소망은 없어지리니."(욥기
8장 11-13절)라는 말에서 드러나듯 그는 욥이 사곡한 자 곧, 죄인이기 때
문에 고통을 당한다고 생각하고 있다. 빌닷도 욥의 고난을 인과응보로
해석하고 있는 것이다.

그러나 그의 이러한 사고방식은 전통과 관습을 내세워 자기 주장의
정당성을 고집한다는 점에서는 엘리바스와 비슷하지만 실상은 상상과 가
정에 근거하며 욥의 문제를 해석하는 것이어서 오랜 인생경험을 바탕으
로 한 엘리바스의 사고방식과는 근본적인 차이를 보인다. 그는 '만일'이
라는 표현을 많이 사용하고 있는데 그것이 이런 점을 잘 대변해준다. 하

지만 빌닷은 상상은 풍부한지 모르나 진실을 알지 못하였고 하나님의 계시에 의해서 문제를 풀려고 하지 않았다. 그가 범한 잘못은 사람을 판단할 때 그 사람이 행한 일 또는 행하였다고 생각되는 일만 가지고 판단하고 있다는 점이다.

욥의 세 번째 친구 소발은 나아마 사람으로 매우 무뚝뚝한 독단론자이며, 도덕주의자로서 상대방보다도 자기가 거룩하다고 생각하는 거만한 자다. 또한 그는 세 사람 중에서는 나이가 제일 어리고 단순한 반면 인정이 없는 인물로 그려진다. 그는 자신의 추측과 상식을 가지고 욥을 판단하려 한다. 그는 욥에게 "하나님께서 너로 하여금 너의 죄를 잊게 하여 주셨음을 알라"(욥기 11장 6절)라고 말하며 욥을 함부로 정죄한다. 그는 악인은 망할 것이고(욥기 20장 7절), 꿈같이 지나갈 것이고, 환상처럼 쫓겨갈 것이며(욥기 20장 8절), 기골이 장대하나 결국은 흙에 눕게 될 것(욥기 20장 11절)이라고 주장한다. 또한, 악인은 스스로 행복하려고 애를 쓰나 결국은 자기가 삼킨 재물을 토하게 되고(욥기 20장 15절), 자기 소유를 즐거워하지 못하게 되며(욥기 20장 18절), 영생의 복에서 제외될 것(욥기 20장 17절)이라고 단언한다. 한 마디로, 그는 악인이 회개하지 않으면 하나님의 온갖 징벌을 피하지 못할 것이라고 생각한다.

이러한 그의 생각은 논리적으로는 옳은 것처럼 보일 수 있다. 그러나 하나님의 진심은 악인을 징벌하는 데 있는 것이 아니라 그 악인이 진심으로 회개하고 돌아오기를 기다리는 데 있다. 따라서 정죄만을 일삼는 그는 욥을 위로할 수 없으며 욥의 아픈 상처를 더욱 아프게 만드는 역할만을 수행할 뿐이다.

이상에서 살펴본 것처럼 욥의 세 친구들은 세상적인 관점에서는 일리 있는 이야기를 하고 있는 것처럼 보이지만 실상은 좋은 위로자는 아니다. 그들은 욥을 위로하기 위해 방문하지만 위로와 위안을 주기보다 욥을 근심하게 만들며 그의 정신적인 고뇌만을 가중시킨다.

욥의 세 친구들이 진정한 위로자가 될 수 없는 가장 중요한 첫 번째 이유는 참된 사랑을 가지고 있지 않기 때문이다. 경험과 지식을 내세워 욥의 고통을 죄의 대가라고 확신하는 엘리바스에 대하여 욥이 보인 다음의 반응을 보자.

> 낙심한 자가 비록 전능자를 경외하기를 저버릴지라도 그의 친구로부터 동정을 받느니라 내 형제들은 개울과 같이 변덕스럽고 그들은 개울의 물살 같이 지나가누나 (욥기 6장 14-15절)

여기에서 개울은 팔레스타인에서 흔히 발견되는 '와디'(wadi)를 가리킨다. 욥은 비가 오면 갑자기 물이 불어 범람하다가도 비가 그치면 얼마 안 가서 깡말라 바닥이 드러나는 와디처럼 친구들이 자신을 진심으로 사랑하지 않고 있다고 하소연을 하고 있다. 욥의 친구들이 왜 욥을 위로할 수 없었는지를 충분히 알 수 있게 해주는 대목이다.

두 번째로 그들이 욥의 진정한 위로자가 될 수 없는 것은 거짓말을 지어내는 쓸모없는 의사 같은 존재들이기 때문이다. 욥은 세 친구들을 환자를 고치기 위하여 취하여야 할 처방을 전혀 알지 못하는 돌팔이 의사에 비유한다(욥기 13장 4절). 그들은 변론을 많이 늘어놓고 방어하는 말을 하는 데는 능하지만 쉽게 부서지는 토성과 같은 존재로(욥기 13장 12절) 욥의 정신적 상처의 본질을 정확하게 파악하지 못한다. 따라서 그들은 마치 돌팔이 의사처럼 욥의 상처를 치료하지 못하고 오히려 고민과 고통만을 안겨 주는 무익한 역할만을 할 수밖에 없다.

세 번째로 그들은 번뇌케 하는 위로자이기 때문에 진정한 위안을 욥에게 줄 수 없다. 욥의 친구들은 위로를 하기 위해 방문했으면 욥을 불쌍히 여기고 감싸주며 따뜻하게 대해주어야 했으나 오히려 번뇌케 하는 말로 열 번이나 그를 꾸짖고 정신적으로 학대를 가하는 가증스러운 행동만을 보였다. '욥의 친구'라는 말이 우정을 가장하여 고통을 더해주는 사람을 일컫는 뜻을 갖게 된 것은 바로 이 때문이다. 이들은 어떤 면에서는 참된 친구가 아니라 양의 가죽을 뒤집어 쓴 위선자들 같은 존재들이다.

이러한 세 친구들을 대면한 욥의 첫 번째 반응은 『투사 삼손』에서 합창대인 친구들의 방문을 받았을 때 삼손이 보인 반응과 마찬가지로 절망이었다. 그가 얼마나 큰 충격을 받았는가는 한동안 말문을 닫고 있었다는 사실에서 쉽게 짐작할 수 있다. 그가 8일 만에 입을 열고 내뱉은 첫 번째 말은 자기의 태어난 날을 저주하는 것이었다. 특히, 다음의 구절은 절망에 가득 찬 그의 상태를 잘 보여주고 있어 주목할 만하다.

> 나는 음식 앞에서도 탄식이 나며 내가 앓는 소리는 물이 쏟아지는 소리 같구나 내가 두려워하는 그것이 내게 임하고 내가 무서워하는 그것이 내 몸에 미쳤구나 나에게는 평온도 없고 안일도 없고 휴식도 없고 다만 불안만이 있구나 (욥기 3장 24-26절)

친구들의 방문을 받은 욥은 이처럼 실로 심각한 절망상태에 빠져 있었다. 그런데 절망에 빠진 인간은 소망을 가질 수 없다. 그래서 육체적인 고통이나 불능상태보다 더 심각한 것은 정신적인 불능상태 즉, 소망을 가질 수 없는 정신적인 죽음의 상태라고 한다. 진정한 소망은 바람과 기대라는 두 요소로 구성되어 있기 때문에 소망이 끊어지면 남는 것은 절망과 죽음밖에 없다.159) 그러나 욥은 절망 상태에만 머물러 있지는 않았다.

친구들을 대면하고 욥이 보인 두 번째 반응은 『투사 삼손』에서 삼손이 데릴라와의 대면에서 보여주었던 것과 같은 분노였다. 그런데 분노라는 것은 자신에게 일어난 일을 받아들이기를 거부하는 일종의 반항과 갈등을 말한다.160) 욥은 하나님을 선하시고 의로운 자를 축복하시고 끝까지 보호해주시는 신실한 존재로 알고 있었지만 지금 그가 느끼는 하나님은 그와는 다른 부조리한 존재다. 그가 과거에 알고 있었던 하나님과 그가 현재 경험하는 하나님 사이의 이러한 괴리감이 그의 분노를 유발시키는 원천이 되고 있다.

그런데 정신적 분노는 욥을 영적 침체의 상태로 내몰고 간다. 그는 분노 속에서 하나님이 계시지 않는 것 같은 불안과 공포를 느끼게 되고 아무것도 할 수 없다는 무력감과 체념에 사로잡히게 된다. 이러한 감정은 급기야 그로 하여금 모든 주위 사람들로부터 소외되어 있다는 생각을 가지도록 만든다. 그는 "나의 형제들이 나를 멀리 떠나게 하시니 나를 아는 모든 사람이 내게 낯선 사람이 되었구나 내 친척은 나를 버렸으며 가까운 친지들은 나를 잊었구나"(욥기 19장 13-14절)라고 외치며 현재의 고독한 상태를 절규한다.

그러나 이러한 정신적인 고독은 그로 하여금 모든 인간적인 수단들을 의지하는 것을 포기하고 신에게만 도움을 청하도록 만들어 연약해진 그의 믿음을 다시 회복시키는 역설적인 역할을 한다. 고독이 삼손으로 하여금 인내의 미덕을 배우게 만들었듯이 주위 사람들로부터 철저하게 소외되었다고 느끼는 욥의 고독감도 그를 절망의 늪으로 밀어 넣는 것이 아니라

---

159) 조신권, 『히브리 지혜문학의 이해』 (서울: 아가페문화사, 2010), 133.
160) 위 책, 135.

새로운 인간으로 거듭나게 하는 재생의 힘(power for regeneration)으로 작용한다.

이렇게 볼 때 삼손을 찾아 온 방문객들과 마찬가지로 욥의 정신적인 고통을 덜어주기 위해 방문한 욥의 친구들도, 오히려 정신적인 갈등과 고민만을 부채질하는 역기능을 수행하는 것으로 나타난다. 그러나 삼손이 일련의 방문객들로부터 제공되는 유혹들을 물리침으로써 정신적으로 재생하게 되는 것과 마찬가지로 욥도 친구들이 제공하는 유혹과 갈등을 극복함으로써 정신적으로 거듭나게 된다.

고난 받는 삼손과 욥을 통해 밀턴과 욥기서의 저자가 말하려는 중요한 주제는 위에서 언급했듯이 인간사에 작용하는 신의 섭리는 비록 인간의 이해력을 초월해 있기는 하나 결국은 정당하다는 사실이다. 삼손과 욥을 위로하기 위해 등장한 일련의 방문객들의 역할은 이런 관점에서 중요한 의미를 지닌다. 방문객들은 표면적으로는 삼손과 욥에게 위로를 제공하기는커녕 그들을 더욱 깊은 절망의 상태로 밀어 넣는 유혹자의 모습으로 나타난다. 그러나 결국 이들과의 대면을 통해 삼손과 욥이 자신의 잘못을 깨닫고 신에게로 돌아와 잃어버렸던 믿음을 회복하고 자아를 되찾게 된다는 점에서 두 작품의 방문객들은 모두 악에서 선을 풀어내는 신의 섭리의 정당성을 입증해주는 역할을 수행하고 있다고 할 수 있다.

서양의 기독교 문학에서 가장 일반적으로 다루어지는 주제는 '행복한 타락'(fortunate fall)이다. 논리적으로 볼 때 모순되는 이런 개념이 기독교 문학의 가장 의미 있는 주제로 다루어지는 이유는 비록 논리적으로 설명하기는 어렵지만 인간의 삶에 역설적으로 오묘하게 작용하는 신의 섭리를 이 개념보다 더 잘 설명해줄 수 있는 것은 없기 때문이다.

삼손과 욥을 찾아 온 방문객들도 분명 그들이 밝히고 있는 의도와는 달리 위로자가 아니라 유혹자 내지는 삼손과 욥에게 심적인 부담감과 번뇌만을 가중시키는 정신적인 고통의 가해자로서 역할을 수행하는 것으로 제시된다. 하지만 이들이 제공하는 고통과 그로 인한 절망이 오히려 삼손과 욥에게 새 힘을 부여하고 그들을 재생하게 만든다는 점에서, 이들의 역할은 악을 선으로 바꾸는 신의 섭리의 오묘한 성격을 그 어떤 것보다도 잘 나타내 보여주는 역설적인 것이라고 평가할 수 있다.

| 참고문헌 |

권성수.『성경해석학』. 서울: 대한 기독교서회, 1991.

게린, 윌프레드 L.외.『문학비평의 이론과 실제』 4판. 최재서 역. 서울: 한신문
　　화사, 2000.

게이블 존 B. 외.『문학으로의 성서』. 신우철 역. 서울: 이레서원, 2011.

갤러거, 수잔ㆍ런딘, 로저.『신앙의 문으로 본 문학』. 김승수 역. 서울: 한국기
　　독학생회 출판부, 1999.

그랜트, 로버트 M.『성서해석의 역사』. 이상훈 역. 서울: 대한기독교서회, 1994.

글리스버어그, 차알즈 I.『문학과 종교』. 최종수 역. 서울: 성광문화사, 1981.

김상훈.『해석 매뉴얼: 성경해석법의 이론과 실제』. 서울: 그리심, 2003.

김병선.『성경도 문학이다』. 서울: 쿰란 출판사, 2006.

김종길.『현대의 영시』. 서울: 고려대학교 출판부, 1988.

김지찬.『언어의 직공이 되라』. 서울: 생명의 말씀사, 1996.

김해연.『구약 시가서 연구』. 서울: 도서출판 솔로몬, 1996.

돌시, 데이빗.『구약의 문학적 구조』. 류근상 역. 서울: 크리스챤출판사, 2011.

라이켄, 리런드.『기독교와 문학』. 권영권 역. 서울: 크리스챤다이제스트, 1991.

_____.『문학으로 성경을 어떻게 읽을 것인가?』. 곽철호 역. 서울: 은성, 1996.

_____.『문학에서 본 성경』. 유성덕 역. 서울: 크리스챤다이제스트, 1998.

_____.『상상의 승리: 기독교적 관점에서 본 문학』. 최종수 역. 서울: 성광문
　　화사, 1982.

_____, 제임스 C. 윌호잇, 트렘퍼 롱맨 3세. 편저.『성경이미지 사전』. 홍성

희 외 다수 역. 서울: 기독교문서선교회, 2001.

롱, 토마스.『성서의 문학유형과 설교』. 박영미 역. 서울: 대한기독교서회, 1995.

롱맨, 트렘퍼 3세.『문학적 성경해석』. 유은식 역. 서울: 솔로몬말씀사, 2002.

_____.『어떻게 시편을 읽을 것인가?』. 한화룡 역. 서울: 한국기독학생회출
　　판부, 1989.

마르그라, 다니엘 · 이방 부르캥.『성경 읽는 재미: 설화분석입문』. 염철호 역.
　　서울: 바오로딸, 2014.

박홍수.『히브리 실화 연구: 한국인의 문화통전적 성서이해』. 서울: 글터, 1997.

박철우.『구약성서의 구조와 신학』. 천안: 한국신학연구소, 1994.

박형용.『성경해석의 원리』. 서울: 엠마오, 1994.

블록, 하셀.『시편총론-문학 및 신학적 개론』. 류근상 역. 서울: 총신대학교 출
　　판부, 1997.

블롬버그, 크레크.『비유해석학』. 김지찬 역. 서울: 생명의 말씀사, 1996.

베스터만, 클라우스.『구약 · 신약 성서개설』. 방석종과 박창건 역. 서울: 종로
　　서적, 1984.

백승철.『실제적인 문학의 정서와 성경』. 서울: 도서출판 영문, 2010.

서숙.『서숙 교수의 영미소설 특강 1: 주홍글자』. 서울: 이화여자대학교출판부,
　　2005.

선한용.『시간과 영원: 성어거스틴에 있어서』. 서울: 대한기독교서회, 1998.

스티븐 헤인스 · 스티븐 맥켄지.『성서비평 방법론과 그 적용』. 김은규 · 김수
　　남 역. 서울: 대한기독교서회, 1997.

신성종.『예수의 비유와 이적』. 서울: 국민일보, 2005.

오르도, 데이비드 R. · 로버트 B. 쿠트.『새로운 눈으로 보는 성서』. 강우식 역.
　　서울: 바오로딸, 1995.

오현택 · 김호경.『성서 묵시문학 연구』. 서울: 크리스천 헤럴드, 1999.

옥한흠.『나의 고통, 누구의 탓인가?』. 서울: 두란노, 1994.

유성덕.『성경과 영문학』. 서울: 총신대학출판부, 1984.

이일환.『알레고리와 아이러니 사이』. 서울: 한신문화사, 1999.

이관직.『성경인물과 심리분석』. 서울: 목회상담연구소, 1999.

이달.『성서 문학의 세계』. 대전: 한남대학교 출판부, 2005.

이창배.『20세기 영미시의 이해』. 서울: 민음사, 1993.

_____.『예이츠의 시의 이해』. 서울: 문학과 지성사, 1992.

이형원.『구약성서 비평학 입문』. 대전: 침례신학대학교 출판부, 1991.

조신권.『명작속의 크리스천』. 서울: 아가페문화사, 2007.

_____.『삶의 감추인 지혜 탐구: 욥기서 강해』. 서울: 평산문화사, 1996.

_____.『성경의 문학적 탐구』. 서울: 아가페문화사, 2008.

_____.『성경의 이해와 해석』. 서울: 아가페문화사, 2011.

_____.『실낙원 : 불후의 서사시』. 서울: 아가페문화사, 2013.

_____.『영문학과 종교적 상상력』. 서울: 도서출판 동인, 1994.

_____.『예수와 그 주변 사람들의 이야기』. 서울: 아가페문화사, 2009.

_____.『재미있고 신나는 성경이야기』. 서울: 아가페문화사, 2011.

_____.『히브리 지혜문학의 이해』. 서울: 아가페문화사, 2010.

팟테.『구조주의 성서해석이란 무엇인가?』. 이승식 역. 천안: 한국신학연구소, 1987.

포오르, 게오르크.『구약성서 개론』. (상). 방석종 역. 서울: 성광문화사, 1985.

피, 골든 D.와 스튜어트 더글러스.『성경을 어떻게 읽을 것인가』. 개정3판. 오강만 · 박대영 역. 서울: 성서유니온, 2014.

최재석.『왜 그리스도인에게 문학적 소양이 필요한가?』. 서울: 대한기독교서회, 2006.

키르케고르.『죽음에 이르는 병』. 박환덕 역. 서울: 휘문출판사, 1985.

한성우.『성경 속의 문학』. 대전: 오늘의문학사, 2014.

헤슬 블록.『시가서 개론』. 임영섭 역. 서울: 도서출판 은성, 1999.

헤르베르트 하아크.『하나님에 대한 욥의 물음』. 김윤주 역. 서울: 분도출판사, 1974.

현경식 · 이성호.『수사학적 성격해석의 이론과 실제』. 서울: 성서연구사, 2000.

현길언.『문학과 성경』. 서울: 한양대학교 출판부, 2002.

Abrams, M. H. *A Glossary of Literary Terms*, 7th Ed. Orlando: Harcourt Brace, 1985.

Achtemeier, Paul J. Green, Joel B. and Tompson, Marianne Meye. *Introducing the New Testament: Its Literature and Theology*. Michgan: William B. Eerdmans, 2001.

Alter, Robert. *The World of Biblical Literature*. New York: Basic Books, 1991.

_____. *The Art of Biblical Narrative*. New York: Basic Books, 1981.

Allen, Don Cameron. *The Harmonious Vision: Studies in Milton's Poetry*. Baltimore: Johns Hopkins University Press, 1964.

Amit, Yairah. *Reading Biblical Narratives: Literary Criticism and the Hebrew Bible*. Minneapolis: Fortress Press, 2001.

_____ and Frank Kermode. Ed. *The Literary Guide to the Bible*. Cambridge: The Belknap Press, 1999.

Arp, Thomas R. *Instructor's Manual to Accompany Perrines's Sound and Sense: Am Introduction to Poetry*. Fort Worth: Harcourt Brace College Publishers, 1997.

Auerbach, Erich. *Mimesis: The Representation of Reality in Western*. Trans. Willard R. Trask. Princeton: Princeton University Press, 1968.

Augustine. *The City of God*. Trans. Marcus Dodds. New York: The Modern Library, 1950.

_____. *Confessions*. Trans. R. S. Pine-Coffin. Harmondsworth: Penguin Books, 1984.

_____. _Tractatus in Joannis Evagelium_ in _The Basic Writings of Saint Augustine._ 2vols. Edited with an Introduction and Notes by W. J. Oates. New York: Rnadom House, 1948.

Baruch, Franklin R. "Time, Body, and Spirit at the Close of _Samson Agonistes._" _ELH_ 36, 1969.

Bede, _A History of the English Church and People._ Harmondsworth: Penguin Books, 1965.

Belsey, Catherine. _John Milton: Language, Gender, Power_, 1st Ed. Oxford: Basil Blackwell, 1988.

Berlin, Adele. _Poetics and Interpretation of Biblical Narrative._ Sheffield: Almond, 1983.

Bewer, Julius A. _The Literature of the Old Testament._ New York: Columbia University Press, 1933.

Bowker, John. _Problems of Suffering in Religions of the World._ Cambridge: Cambridge University Press, 1970.

Bush, Douglas, "_Paradise Lost_ in Our Time: Religious and Ethical Principles." _Milton: Essays in Criticism,_ Ed. Artur E. Barker. London: Oxford University Press, 1970.

Carruthers, Jo, Mark Knight & Andrew Tate. Ed. _Literature and the Bible._ New York: Routledge, 2014.

Clifford, Richard J. _The Wisdom Literature._ Nashville: Abingdon Press, 1998.

Condee, Ralph Waterbury. _Structure in Milton's Poetry: From the Foundation to the Pinnacles._ University Park: Pennsylvania State University Press, 1974.

Crain, Jeanaie C. _Reading the Bible as Literature: An Introduction._ Cambridge: Polity Press, 2010.

Crenshaw, James L. *Old Testament Wisdom: An Introduction.* Louisville: Westminster John Knox Press, 1998.

Dorsey, David A. *The Literary Structure of the Old Testament.* Grand Rapids: Baker Books, 1999.

Duke, Paul D. *Irony in the Fourth Gospel.* Atlanta: John Knox, 1985.

Fee, Gordon D. & Stuart, Douglas. *How to Read the Bible for All Its Worth.* 2nd Ed. Grand Rapids: Zondervan, 1993.

_____. *How to Read the Bible Book by Book.* Rapids: Zondervan, 2002.

Fischer, James A. *How to read the Bible.* Englewood Cliffs, N.J.: Prentice-Hall, 1981.

Fishbane, Michael. *Biblical Text and Texture: A Literary Reading of Selected Texts.* Oxford: One World, 1998.

Fish, Stanley. *Surprised by Sin: The Reader in Paradise Lost.* Berkeley: University of California Press, 1967.

Fokkelman, J. P. *Reading Biblical Narrative: An Introductory Guide.* Louisville: Westminster John Knox Press, 1999.

Fowler, Alastair. *Kinds of Literature: An Introduction to the Theory of Genres.* Cambridge, Mass: Harvard University Press, 1982.

Frei, Hans. *The Eclipse of Biblical Narrative.* New Haven: Yale University Press, 1974.

Frye, Northrop. *Anatomy of Criticism.* Princeton: Princeton University Press, 1957.

_____. *The Great Code: The Bible and Literature.* New York: Harcourt Brace Jovanovich Publishers, 1981.

_____. *The Return of Eden.* Toronto: University of Toronto Press, 1965.

Gabel, John B. & Charles B. Wheeler. *The Bible as Literature: An Introduction.*

New York: Oxford University Press, 1986.

Gottcent, John H. *The Bible: A Literary Study.* Boston: Twayne Publishers, 1986.

Guibbory, Achsah. *The Map of Time: Seventeenth-Century English Literature and Ideas of Pattern as History.* Urbana: University of Illinois Press, 1986.

Hanford, J. Holly. *A Milton Handbook.* 4th Ed. New York: Appelton Century-Crofts, 1961.

Habel, Norman. *Literary Criticism of the Old Testament: Guide to Biblical Scholarship.* Philadelphia: Fortress Press, 1971.

Henn, T. R. *The Bible as Literature.* New York: Oxford University Press, 1970.

Hill, John Spencer. *John Milton: Poet, Priest, and Prophet.* Totowa: Roman and Littlefield, 1979.

Jasper, David. *The Study of Literature and Religion: An Introduction.* Minneapolis: Fortress, 1989.

_____. *The New Testament and the Literary Imagination.* Atlantic Highlands, Humanities Press, 1987.

_____ and Prickett, Stephen. Ed. *The Bible and Literature: A Reader.* Melbourne: Blackwell, 1999.

Johnson, Marshall D. *Making Sense of the Bible: Literary Type as an Approach to Understanding.* Grand Rapids: William B. Eerdmans, 2002.

Jordan, Richard Douglas. "*Paradise Regained* and the Second Adam" *Milton Studies* IX, Ed. James D. Simmonds. Pittsburgh: University of Pittsburgh Press, 1969.

Keegan, Terence J. *Interpreting the Bible: A Popular introduction to Biblical Hermeneutics.* Ner York: Paulist Press, 1985.

Kerrigan, William. *The Prophetic Milton.* Charlottesville: University Press of Virginia, 1974.

Kugel, James L. *The Idea of Biblical Poetry: Parallelism and Its History.* New Haven: Yale University Press, 1981.

Ladd, George Eldon. *The New Testament and Criticism.* Grand Rapids: William B. Eerdmans, 1967.

Lemon, Rebecca, Emma Mason, Jonathan Roberts & Christopher Rowland. Ed. *The Blackwell Companion to the Bible in English Literature.* West Sussex: Wiley-Blackwell, 2012.

Lewis, C. S. *A Preface to Paradise Lost.* London: Oxford University press, 1942.

_____. *Reflections on the Psalms.* New York: Harcourt, 1958.

_____. *The Literary Impact of the Authorized Version.* London: Oxford University Press, 1950.

Licht, Jacob. *Storytelling in the Bible.* Jerusalem: Magnes, 1978.

Longman, Tremper, III. *Literary Approaches to the Bible.* Grand Rapids: Zondervan, 1987.

Louis, Gros, Kenneth R. R, James S. Ackerman & Thayer S. Warshaw. Ed. *Literary Interpretations of Biblical Narratives.* Nashville: Parthenon Press, 1978.

Louis, Gros, Kenneth R. R. "The Book of Job." *Literary Interpretations of Biblical Narratives.* Ed. Kenneth R. R. Gros Louis, & Ackerman S. James, & Thayer S. Warshaw. Nashville: Parthenon Press, 1978. 226-266.

Martz, Louis. "Chorus and Character in *Samson Agonistes*." *Milton Studies I* Ed. James D. Simmonds, Pittsburgh: Pittsburgh University Press, 1969. 115-134.

McEvenue, Sean. *Interpretation and Bible.* Collegeville: The Liturgical Press, 1994.

McFague, Sallie. *Literature and the Christian Life.* New Haven: Yale University Press, 1996.

Mckenzie, Steven L. *How to Read the Bible-History, Prophecy, Literature.* Oxford: Oxford University Press, 2009.

Miller, David M. *John Milton: Poetry.* Boston: Twayne Pubilishers, 1978.

Milton, John. *Areopagitica,* Vol. IV *The Works of John Milton* Ed. Frank A. Patterson. New York: Columbia University Press, 1935.

Milward, Peter. *The Bible as Literature.* Tokyo: Kenkyusha, 1983.

Moor, Stephen D. *Literary Criticism and The Gospels: The theoretical Challenge.* New Haven: Yale University Press, 1989.

Moulton, R. G. *Bible as Literature.* New York: Thomas Y. Crowell & Co., 1896.

_____. *The Literary Study of The Bible.* Boston: D. C. Heath & Co., Publishers, 1899.

Mueller, Martin. "Time and Redemption in *Samson Agonistes* and *Iphigenie Auf Tauris." University of Toronto Quarterly Vol XLI, No 3,* 1972. 227-245.

Muldrow, George M. *Milton and the Drama of the Soul: A Study of the Theme of the Restoration of Men in Milton's Later Poetry.* The Hague: Mouton & Co, 1970.

Murphy, Roland E. *The Tree of Life: An Exploration of Biblical Wisdom Literature.* Grand Rapids: William B. Eerdmans Publishing Company, 1996.

Nicolson, Marjorie H. *John Milton: A Reader's Guide to His Poetry.* New York: Noonday Press, 1963.

Petersen, David L. *The Prophetic Literature: An Introduction.* Louisville: Westminster John Knox Press, 2002.

Prickett, Stephen. *Words and the Word: Language, Poetics, and Biblical Interpretation.* Cambridge: Cambridge University Press, 1986.

Radzinowicz, Mary Ann. *Toward Samson Agonistes: the Growth of Milton's Mind.* Princeton: Princeton University Press, 1978.

Rajan, Balachandra. Ed. *The Prison and the Pinnacle.* Toronto: University of Toronto Press, 1972.

Rice, Warner G. *"Paradise Regained" Milton: Modern Essays in Criticism,* Ed. Arthur E. Barker. Oxford: Oxford University Press, 1967.

Ryken, Leland. *How to Read the Bible as literature.* Grand Rapids: Academia, 1984.

_____. *The Literature of the Bible.* Michigan: Zondervan, 1974.

_____. *Realms of Gold: The Classics in Christian Perspective.* Wheaton: Harold Shaw Publishers, 1991.

_____. *Words of Delight: A Literary Introduction to the Bible.* Grand Rapids: Baker, 1992.

_____. *Triumphs of the Imagination: Literature in Christian Perspective.* Downers Grove: InterVarsity Press, 1979.

_____. *Windows to the World: Literature in Christian Perspective.* Dallas: World Publishing, 1990.

Santayana, George. *Interpretations of Poetry and Religion.* New York: Harper & Row, 1957.

Sarna, Nahum M. *Understanding Genesis: The World of the Bible in the Light of History.* New York: Schocken Books, 1966.

Seaman, John E. *The Moral Paradox of Paradise Lost.* The Hague: Mouton,

1971.

Simon, Ulrich. "Samson and the Heroic." *Ways of Reading the Bible.* Ed. Michael Wadsworth. Sussex: The Harvester Press, 1981.

Slight, Camille W. *"A Hero of Conscience: Samson Agonistes and Casuistry."* PMLA 91, 1975.

Smith, G. A. *Early Poetry of Israel.* New York: Prentice-Hall, 1988.

Stein, Roman. *An Introduction to the Parables of Jesus.* Philadelphia: The Westminster Press, 1981.

Steadman, John M. *Milton and the Renaissance Hero.* Oxford: Oxford University Press, 1967.

_____. *Milton and the Paradoxes of Renaissance Heroism.* Baton Rouge: Louisiana State University Press, 1987.

Stein, Arnold. *Answerable Style.* Minneapolis: University of Minnesota Press, 1953.

Stein, Robert H. *A Basic Guide to Interpreting the Bible.* Grand Rapids: Baker Books, 2003.

Straton, Hillyer Hawthorne. *A Guide to the Parables of Jesus.* Grand Rapids: William B. Eerdmans, 1959.

Stump, Eleonore. *Wandering in Darkness: Narrative and the Problem of Suffering.* Oxford: Clarendon Press, 2012.

Swanton, Michael. *English Literature before Chaucer.* London: Longman, 1987.

Tayler, Edward W. *Milton's Poetry: Its Development in Time.* Pittsburgh: Duquesne University Press, 1979.

Tillyard, E. M. W. *Milton.* London: Peregrine Books, 1968.

Trawick, Buckner B. *The Bible as Literature: The Old Testament and the Apocrypha.* New York: Harper & Row, Publishers, 1970.

Trible, Phyllis. *Texts of Terror: Literary-Feminist Readings of Biblical Narratives.* Philadelphia: Fortress Press, 1984.

Tuve, Rosemond. *Images and Themes in Five Poems by Milton.* Mass: Harvard University Press, 1957.

Walsh, Jerome T. *Style and Structure in Biblical Hebrew Narrative.* Colledeville: The Liturgical Press, 2001.

Wadsworth, Michael. Ed. *Ways of Reading the Bible.* Sussex: The Harvester Press, 1981.

Wang-Rok Chang. *The Scarlet Letter with Essays in Criticism.* Seoul: Shina-sa, 1982.

Wegewood, C. V. *Seventeenth-century English Literature.* London: Norwood, 1978.

Wellek, Rene. *A History of Modern Criticism 1750-1950.* London: Jonathan Cape, 1965.

Williamson, G. I. *The Shorter Catechism,* Vol. 1. Philliphsburg: Pres by Terian and Reformed Publishing Co., 1970.

Wright, T. R. *Theology and Literature.* Oxford: Basil Blackwell, 1988.

Wright, B. A. *Milton's Paradise Lost.* London: Methuen, 1968.

Writtreich, Joseph A. Ed. *Calm of Mind.* Cleveland: Case Western Reserve University Press, 1986.

| 지은이 **김종두**

연세대학교에서 영어영문학 전공으로 학사와 석사학위를 받고 같은 대학에서 「밀턴의 시간관 연구」라는 제목의 논문으로 박사학위를 받았다. 미국 버지니아 대학교에서 방문교수를 지냈고, 한국 기독교어문학회 회장을 역임했다. 현재는 연세대학교 인문예술대학 영어영문학과 교수로 재직하고 있다. 1997년부터 영문학과 학생들을 대상으로 〈성경과 영문학〉이라는 과목을 강의해오고 있다.

저서로는 『형이상학시의 분석과 이해』, 『영문학과 종교적 상상력』(공저), 『언어의 미학』(공저), 『밀턴의 이해』(공저), 『문학작품 영상화에 나타난 시각의 변화』(공저)가 있고, 논문으로는 「삼손의 마지막 행동 어떻게 볼 것인가?」, 「복락원에 나오는 첨탑 위 마지막 유혹의 의미」, 「데릴라의 혀의 공격과 삼손의 언어 회복」, 「영웅 이야기로서 성서의 삼손 이야기」 외에 40여 편이 있다.

성서와 영문학의 만남

초판 1쇄 발행일 2015년 8월 28일

지은이 김종두
발행인 이성모
발행처 도서출판 동인
주 소 서울시 종로구 혜화로3길 5 118호
등 록 제1-1599호
TEL   (02) 765-7145 / FAX (02) 765-7165
E-mail dongin60@chol.com
I S B N 978-89-5506-669-2
정 가   16,000원

※ 잘못 만들어진 책은 바꿔 드립니다.